美国畅销书排行榜惊险小说前十名

瘟疫船

（美）克莱夫·卡斯勒　杰克·杜·布鲁◎著　程 悦◎译

九州出版社 JIUZHOUPRESS | 全国百佳图书出版单位

图书在版编目(CIP)数据

瘟疫船 / （美）卡斯勒，（美）布鲁著；程悦译.
—北京 ：九州出版社，2010.6
ISBN 978-7-5108-0502-8

Ⅰ.①瘟… Ⅱ.①卡… ②布… ③程… Ⅲ.①长篇小说—美国—现代
Ⅳ.①I712.45

中国版本图书馆CIP数据核字(2010)第086041号

著作权合同登记号：图字 01-2009-1277号

瘟疫船

作　　者	（美）克莱夫·卡斯勒　杰克·杜·布鲁 著　程　悦 译
出版发行	九州出版社
出 版 人	徐尚定
地　　址	北京市西城区阜外大街甲35号（100037）
发行电话	（010）68992190/2/3/5/6
网　　址	www.jiuzhoupress.com
电子信箱	jiuzhou@jiuzhoupress.com
印　　刷	三河市东方印刷有限公司
开　　本	880毫米×1230毫米　32开
印　　张	16.25
字　　数	375千字
版　　次	2010年10月第1版
印　　次	2010年10月第1次印刷
书　　号	ISBN 978-7-5108-0502-8
定　　价	32.00元

当俗称“黑死病”的瘟疫横扫了整个欧洲大陆并且令其三分之一的人口丧生时，也就出现了人类历史上可以得到证实的一次最为重要的财富转移。这场瘟疫给13世纪中叶欧洲的政治、经济、宗教以及社会结构等各方面造成了巨大冲击，从而引发了深刻的变革，成为宗教改革、文艺复兴、地理大发现以及医疗革命等众多具有深远意义的历史事件的根本动因。可以说，正是这一事件帮助欧洲最终赢得了对于世界的统治权。

——《繁殖是一条通往死亡之路：人口过剩如何会使文明毁灭》，利德尔·库珀博士著，猛禽出版社，1977年

序 幕

巴伦支海

挪威北部

1943 年 4 月 29 日

一轮苍白的猎月悬挂在地平线上，月光洒落下来，在冰冷的海面上铺泻下一层银辉。由于冬天还没逝去，春天尚未到来，因此太阳还躲在那弯弯曲曲的海岸线的另一端，只在海天之交的地方隐隐散发出一丝微弱的光芒。还得再过一个月它才会完全地展露出来，一旦它冉冉升上了天际，那么直到秋天它才会消失不见。这便是北极圈内昼与夜的奇特循环。

由于大部分海域处于北纬 70 度以北，所以巴伦支海在一年中的多数时间里原本应当会结冰，无法通行。然而庆幸的是，来自热带的墨西哥暖流却为它汇入了温暖的海水，正是这股强大的暖流使得苏格兰和挪威的北角成为了可供人居住的地方，并且让巴伦支海的西南部常年不封冰，从而成为了北冰洋内著名的“暖池”，甚至在深冬也能通航。因为这个缘故，巴伦支海成了一条把战争物资从那些不知疲倦、日夜运作的美国工厂护送到处于严阵以待状态的俄国的主要航道。就像许多这类海上航线一样——比如英吉利海峡或者直这位个性温驯的少年才刚满十八岁，在被征兵入伍之前，他的梦想是成为一名医生。因为来自于巴伐利亚一户穷苦的农民家庭，所以他接受高等教育的机会可以说几乎是零，然而这并没能阻止他把不值勤的时间都花在了埋头苦读那些医学杂志和教科书上。

“这并不是一个德国战士应有的态度，”里奇特曼温和地劝告道。他对于他们从未遭遇过敌人的袭击心怀感激。他怀疑凯斯勒极有兴致想用他那把机枪开火，但这个男孩是机组里唯一一个可以数小时面对机尾坐着而不会因为晕机丧失战斗能力的人。

他悲伤地想着那些在东线战场上死去的人们，想着那些被运送到俄国的坦克和飞机是如何使得莫斯科那原本不可避免的沦陷命运得以一再延长的。里奇特曼觉得，假如自己能够亲自击沉几艘船只的话，那他一定会高兴死的。

又一个单调冗长的钟头过去了，机上的五个人凝视着沉沉的夜色，希望能够发现护航船队的蛛丝马迹。艾贝尔哈德特拍了拍里奇特曼的肩膀，然后指着他的飞行日志。尽管屈膝跪在机腹吊舱前部的机头射手是名专业的导航员，但艾贝尔哈德特却在计算着他们的飞行时间和方向，他指出已经到了他们掉头去搜寻另一片海域的时间了。

里奇特曼操纵着方向舵，灵活地移动了一下升降舵，轻松地向左舷方向转去。他没有让视线离开地平线，而此时月亮似乎在天幕上轻轻地来回摆荡着。

厄恩斯特·凯斯勒自豪于他是机上五个成员里头视力最为敏锐的一个。当他还是个小男孩的时候，他便开始解剖在家庭农场周围所发现的那些死去动物的尸体，以便研究一下它们的内部构造，看看是不是与他在书上看到的那些动物解剖图片一样。他知道自己那极为敏锐的视力与一双稳稳当当、不会随意晃动的手将会使他成为一名优秀的医生。然而他的这些不凡的感官能力如今只能用于去发现敌国的护航舰船。

由于位置是面对着机尾，所以他本不应该是发现敌船的那个人，然而他却有所发现。当飞机倾斜时，一道奇特的闪光引起了他的注意，这道白色的闪光，绝非是月光的反射。

“机长！”凯斯勒冲着对讲机喊道，“右舷这边有发现。”

“你看到什么了？”里奇特曼的声音里有一种当猎人发现猎物时的激动与颤抖。

“我不太确定，长官，但是有东西，好像是一道闪光。”

里奇特曼和艾贝尔哈德特顿时紧张起来，他们朝着年轻的凯斯勒所指的方向望去，然而黑暗中似乎并没有任何东西。

“你肯定吗？”飞行员问道。

“是的，长官，”凯斯勒回答说，并且在回答里加入了一种确信，“就是在我们转弯的时候。现在角度已经变了，但我肯定我看到了些什么。”

“护航船队吗？”艾贝尔哈德特声音粗哑地问道。

“我不能确定，”厄恩斯特承认道。

“约瑟夫，准备好无线电通讯，”里奇特曼说道，并命令机头射手到他的辅助位置上来。飞行员给“大黄蜂”星形发动机添加了更多的动力，再一次让飞机倾斜转弯。当螺旋桨在空中快速地旋转拍打时，所发出的嗡嗡声变得稍微尖锐了一点儿。

艾贝尔哈德特拿起一副双目镜贴在眼前，在那漆黑的大海上认真搜寻着。“秃鹰”以每小时 200 英里的速度在空中飞速前行着，因此他应当任何时候都有可能发现护航船队的踪迹。然而几分钟过去了，依然一无所获，于是他再一次把双目镜给放低了下来。“一定是波浪，”他说道，由于他没有按下对讲机的麦克风键，所以这话只有里奇特曼能听到。

“再试一次吧，”里奇特曼回答说，“凯斯勒就像只猫，能够在黑暗里看到东西。”

同盟国的军队将耀眼伪装设计[①]运用在了他们的货船和油轮身上，以防止德军的侦察兵从表面看到船只。然而到了夜里，护航船队就变得无处可藏了，因为船只后面形成的尾流会在漆黑的海面上烙下一层醒目的白色。

“真该死，”艾贝尔哈德特嘴里嘟囔着，然后透过挡风玻璃继续搜寻着船只的踪影。

一开始，它看起来只是黑色海面上一大片灰白，然而当他们飞得更近一些的时候，这片灰色就变成了许多条平行的白线，就像黑板上的粉笔印记那般地清楚明显。这些白色是一支舰队的尾迹，这些舰船正尽可能快速地向东行驶着。从“秃鹰”所处的高度看去，这些船犹如一群大象在沉重而缓慢地行走着。

“秃鹰”飞得越来越近，直到那炫目的月光允许机上人员区分出了行驶较为缓慢一些的货船和油轮以及作为前哨位于护航船队侧面的驱逐舰身后那细长的尾流。当他们观察的时候，一艘驱逐舰在护航船队的右舷边上高速行驶着，两个烟囱里冒着滚滚浓烟。当它到达了护航船队的最前面时，它就会再次慢下来，让货船通过，这种做法被同盟国称为“印度式赛跑”。当处在这个足有一英里之长的

① 耀眼伪装设计类似于立体派绘画，即将许多彩色的几何图形胡乱地拼凑在一起，就和迷彩服中的杂色一样，这种设计使人难以识别船只的实际轮廓以及区分左右舷。假如潜水艇无法确定船只的行进方向，那么要使鱼雷准确瞄准就会困难许多。——译者注

护航船队的末尾时，这艘驱逐舰会再一次重新加速，如此循环往复。这种方式可以减少为受护航的商船提供掩护的战舰的数量。

“这里一定有两百条船，”艾贝尔哈德特估计道。

“足够让那些俄国佬们再继续作战好几个月了，”飞行员附和道，“约瑟夫，无线电的情况如何？”

“我只能收到噪音。”

噪音是在北极圈内进行无线电通讯时会经常遇到的一个问题。那些冲击着地球磁场的带电粒子不断地向极地推进，从而给无线电的真空管造成了严重破坏。

“我们要标记一下所处的位置，”里奇特曼说道，“等我们离基地更近一些的时候再用无线电发送报告。嘿，厄恩斯特，干得不错。要不是你，我们现在已经掉头走了，这样也就不会发现护航船队了。”

“谢谢您的夸奖，长官，”男孩的回答里明显洋溢着一丝自豪之情。

“我希望能够更好地计算一下护航船队的大小，并且对他们的行驶速度做一个大致的估算。”

“我们千万不要靠得太近，不然驱逐舰会开火的，”艾贝尔哈德特警告说。他曾经亲眼目睹过战争场面，如今则退居二线，干起了远程海上侦查工作，因为一块榴霰弹的碎片埋在了他的大腿股里，这都是拜伦敦的防空炮火所赐。他意识到了里奇特曼的眼神和声音里所流露出来的那股兴奋，于是补充道：“还有，可别忘了弹射飞机船（CAMs）。”

“相信我，”飞行员自信满满地说道，然后驾驶着这架庞大的飞机向着在他们下方大约一万英尺、缓慢行驶着的船队逐步靠近。“我不会靠得过近的，我们距离他们还很远，所以他们是无法朝我们发射飞机的。”

弹射飞机船是同盟国为了应对德军的空中侦察所采取的反击策略。他们在货船的船首处安装上一条长长的钢轨，并配有一个火箭助推器，于是便能够发射“飓风”式战斗机来击落正隆隆作响的“秃鹰”，或者甚至于去袭击那些浮出水面的U艇。而弹射飞机船的劣势便在于飞机无法降落回母舰的甲板，因此“飓风”不得不靠近大不列颠岛或是其他一些友邦地区，以便飞行员能够正常着落。否则飞机就必须在海上迫降，而飞行员则得冒着葬身大海的危险，除非及时获得了救援。

正在“秃鹰”下方行驶的护航船队，距离同盟国的领土大约超过了1000英里之遥，即使有明亮月光的照耀，在海上迫降的飞行员也不可能在如墨般漆黑的夜里获得援救，所以今晚应该不会有“飓风”战斗机起飞的。“秃鹰”对于这群浩浩荡荡的同盟国船队无所畏惧，除非它不慎盘旋在了驱逐舰的射程之内而被他们射向空中的防空炮火给击中了。

当两艘驱逐舰的甲板上突然出现了闪烁的亮光时，厄恩斯特·凯斯勒正在计算着船队的行数。“机长！”他叫喊道，“护航舰开火了！”

里奇特曼才刚刚能够辨认出位于飞机翼下的驱逐舰来。“冷静点，小伙子，”他说道，“那些只是信号灯，船只严格遵循国际上有关无线电寂静时间的规定行驶，所以发信号灯就成为了他们的交流方式。”

“哦，对不起，长官。”

“不要担心，你只要尽可能准确地计算出舰只的数量就可以了。”

“秃鹰”在舰队上空缓缓地转了一个圈，当它正沿着舰队北侧飞行时，守在炮台位置的迪茨突然叫喊道：“来了！”

里奇特曼并不知道这个家伙说的是什么，因此反应有些迟缓。一排由口径7.7毫米的机关枪所射出的齐发子弹，倾斜地射在了“秃鹰”的外观上部，子弹先是打在了垂直翼面的底部，尔后则覆盖了整个机身。迪茨还没来得及发出一颗子弹便被击中身亡了。那些射进了驾驶员座舱内的子弹，碰到机舱里的金属表面会跳弹开去，不断发出刺耳的砰砰声。风从机身的裂缝中透进来，呼呼作响。里奇特曼听到他的副驾驶员痛苦地哼哼着，他转过头，看到艾贝尔哈德特的飞行服的前面已经被鲜血给浸透了。

里奇特曼紧握方向舵，用力地压着升降舵，来了一个俯冲，试图远离那不知从哪里冒出来的同盟国的飞机。

这步棋走错了。

仅仅数周前才下水的“麦卡尔平帝国号”，是护航船队里的最近成员。这艘8000吨级的船只起初是作为运粮船来建造的，尔后在英国的本泰兰造船厂停放了五个月的时间，目的是将其甲板的上层结构改装为一个小型的控制岛，在上面安装一个460英尺长的跑道以及一个可存放四架“剑鱼”式鱼雷轰炸机的飞机棚。而在改装之前，它只能运载足够多的粮食。英国海军部始终认为，在能够找到一个更为安全的替代物之前，弹射飞机船只是一个权宜之计。而商船航空母舰（MACs），比如“麦卡尔平帝国号”，是直到英国确定将获得由美国提供的数艘“艾塞克斯”级护航航空母舰之后才被投入使用的。

当“秃鹰”在护航船队上空盘旋的时候，两架“剑鱼”早已从“麦卡尔平帝国号”起飞，然后在距离护航船队足够远的地方飞行着，它们爬升到漆黑的夜空里，准备伏击那些比自己身型更大、速度更快的德军飞机，而这个时候里奇特曼和他的战友们压根就不知道危险正在逼近着自己。“剑鱼”是双翼飞机，最高时速为“秃鹰”的一半。它们各自携带着一把“维克斯”式机关枪，安装在星形发动机的引擎罩上，在面向机尾的驾驶员座舱里还有一把设在支架上的“刘易斯”

式轻型机关枪。

第二架“剑鱼”潜伏在“秃鹰”下方大约3000英尺的地方，在夜色的笼罩之下，它几乎是无影无形的。当“秃鹰”向下俯冲，远离最开始受到的攻击时，就正好落入了这第二架鱼雷轰炸机的网中。

“维克斯”式机关枪朝“秃鹰”的前部展开了一阵猛烈的火力攻击，而机尾射手则俯在后面的驾驶员座舱的舱门处，用他的“刘易斯”式机关枪奋力扫射着。

厄恩斯特·凯斯勒的周围出现了无数硬币大小的洞，机舱里的金属铝面呈现出了樱桃红色，瞬间之后又淡去了。迪茨的叫喊声才刚刚过了几秒钟，接着又是一阵密集的火力射向“秃鹰”的下部，压根就没有给他们留下多少时间去哀悼战友的阵亡。凯斯勒知道自己的职责所在，他艰难地吞咽着，因为他的胃部由于飞机的垂直骤降而感到极度的不适，他紧扣着自己那把MG-15式机枪的扳机。“秃鹰”继续向下俯冲，从速度比自己慢的“剑鱼”身旁一掠而过。空中开始布满了曳光弹，他将那把口径7.92毫米的武器瞄准着敌机，就像是一个消防员在紧握手中的水枪一样。他能够看到一圈小小的火光在黑暗中闪耀着,这是“剑鱼”的星形发动机爆裂所排出的气体，他便以这些逐渐消失的火光为目标开枪射击，即使此时他自己的飞机正遭受着英国飞机的不断攻击。

曳光弹的弧形线条聚合在了发光的圆圈上，看起来似乎同盟国的飞机的前端被吞没在了火光之中。火星和火舌将“剑鱼”团团围住了，飞机的各种金属制材在猛烈的攻击中被撕成了碎片，螺旋桨已经裂开了，星形发动机犹如一个散开的手榴弹般被炸得粉碎。灼灼燃烧着的燃料与热油向毫无遮蔽的飞行员和机枪手身上滚去。“剑鱼”向下俯冲，速度之快几乎赶上了“秃鹰”，这显然是失去了控制的骤降。

着火的“剑鱼”如流星一般划过了夜空，呈螺旋形急剧下降着。里奇特曼开始把“秃鹰”拉平。凯斯勒能够看到那燃烧着的残骸继续在往下掉落着。它突然改变了形状，机翼从“剑鱼”的机身脱落开去，碎成了一片一片。“剑鱼”像块石头般往下落去，当它的残骸一头扎进茫茫大海里时，闪现出了道道火光。

厄恩斯特抬起眼来，目光穿过50英尺长的左翼边缘，他的恐惧已经被冲散开了，现在他浑身都是力气。两个九缸发动机上都冒着烟，他可以清楚地听见动力装置已经点不了火了。

“机长，”凯斯勒冲着对讲机叫喊道。

“闭嘴，凯斯勒，”里奇特曼猛地打断了他，“无线电通讯员，快到这儿来，给我帮下忙。艾贝尔哈德特死了。”

“机长，左舷引擎坏了，”凯斯勒坚持说道。

“我知道，该死，我知道。拜托你闭嘴好吗？”

发动攻击的第一架“剑鱼”最大的可能是已经返回，重新加入到了护航船队中，所以凯斯勒所能做的，只有惊恐地盯着烟在由螺旋桨引起的滑流里急速转动着。里奇特曼关闭了机侧引擎，希望能够把火给扑灭了。他让螺旋桨在重新使用启动装置前暂时作风车般旋转。引擎发出咳嗽般的声音，引擎罩的周围出现了火光，火焰很快便熏黑了发动机舱的铝制外壳。

由于机侧引擎产生了一股小小的推力，因此里奇特曼尝试着关掉机外引擎。当他重新打开了启动装置时，引擎立即点着了，只偶然地冒了一缕烟。于是他马上关掉了仍在燃烧的机侧引擎，害怕火会蔓延到“秃鹰”的燃料管。他调整着引擎里的燃料流量，使其回到被损坏的机外引擎，从而让它尽可能长时间地运作。因为两台引擎还能正常使用，而第三台则耗了一半的能量，因此他们应该能够返回到基地去。

时间一分钟一分钟紧张地过去着。年轻的凯斯勒拼命克制着内心的冲动，努力不去询问机长他们目前的处境如何。他知道，里奇特曼只要可以的话便会告诉他的。凯斯勒听见了一个新的声音，从他后面径直传来一阵嗖嗖的涌动声，于是他立即跳起身来，结果把头撞到了一根舱内的压杆上。在他的位置上方由树脂玻璃制成的座舱盖突然被几滴液体给弄湿了。他过了一会儿才意识到，里奇特曼一定计算过"秃鹰"的燃料量以及返回到他们位于纳尔维克[①]的基地的路程。他正在倒掉多余的汽油，以便尽可能地给飞机减负。而倒油管正好就在他所处的机腹射手位的后面。

"你在那儿还好吗，凯斯勒？"里奇特曼问道。

"嗯，很好，长官，"凯斯勒结结巴巴地回答说，"那些飞机是从哪儿来的呢？"

"我甚至都没有看见它们，"飞行员坦白道。

"它们是双翼机，嗯，至少我击落的那架是。"

"一定是'剑鱼'，"里奇特曼说道，"看起来同盟国还藏了一手。它们并不是来自于弹射飞机船，因为有火箭助推器的引擎会把机翼给撕成两半的。英国佬一定是有了一艘新的航空母舰。"

"但是我们并没有看到有任何飞机起飞啊。"

"他们可以通过雷达看到我们，在我们发现护航船队之前便已经起飞了。"

"我们能够把这条信息用无线电发送回基地去吗？"

① 挪威北部港市。——译者注

“约瑟夫现在正在忙着这事呢，无线电还是只能接受到噪音。我们半小时后便将把海岸从头至尾飞完一遍了，到那时讯号的接收应该会清楚些了。”

“您希望我做些什么呢，长官？”

“待在你的位置上，时刻留意有没有其他‘剑鱼’的踪迹。我们的时速不到100英里，所以还是可能会遭到某架敌机的暗中偷袭的。”

“那艾贝尔哈德特中尉和迪茨下士怎么办呢？”

“我好像听说你父亲是位牧师？”

“我祖父是，长官，他是我们村里的路德教会的牧师。”

“下一次给他写家信时，让他说一段祈祷文。艾贝尔哈德特和迪茨都牺牲了。”

在这段对话之后他们就再也没有交谈过了。凯斯勒继续注视着漆黑的夜空，希望能够发现某架敌机的身影，但同时他又在心里祈祷说最好可以不要有所发现。他努力不去想自己刚才是怎样杀死了两个人的。这是战争，他们没有发出任何警告便来伏击“秃鹰”，所以他不应该有任何罪恶感，尽管实际上他的神经正被这种负疚感弄得隐隐作痛。他的手不应该颤抖个不停，他的胃也不应该如同打了个结般地难受。他多么希望里奇特曼没有提到过他的祖父，他可以想象那位严格的牧师会说些什么。他憎恨政府以及由他们所发动的这场愚蠢透顶的战争，而如今这场罪恶的战争已经将他这个最小的孙子变成了一个杀人不眨眼的刽子手了。

凯斯勒知道自己再也无法直视祖父的眼睛了。

“我可以看到海岸，”里奇特曼在40分钟之后宣布道，“我们就要回到纳尔维克了。”

当“秃鹰”在挪威北海岸的上空飞驰而过时，它下降到了3000

英尺的高度。这是一片难看的不毛之地，海浪不停地拍打着岸边，泛起白色的泡沫，四周还有一些毫无特色的悬崖和岛屿。几个渔村紧挨着峭壁和水湾，当地人靠海吃海，勉强为生。

厄恩斯特·凯斯勒的情绪稍稍振作了一点儿，不知为何，靠近陆地令他感觉更加安全。倒不是因为坠落在下面这片岩石丛生的地带将会有存活的机会，而是因为假如死在了陆地上，那么飞机的残骸可以被找到，而他的尸体也将会得到体面的安葬，这似乎要比成为葬身大海的无名死尸好得多，比如被他击落的英国飞行员就只能落到这样悲惨的下场。

命运选择在那一刻亮出它的最后一张牌。那部只剩下一半能量、一路嗡嗡作响、让这架身躯庞大的飞机保持着良好运作状态的舷外发动机，就这样毫无预兆地突然卡住了，以至于螺旋桨从为飞机提供稳定平衡的旋转圆盘，变成了一个静止不动的金属雕刻。

在驾驶舱里，里奇特曼用力地猛击方向舵，试图去阻止“秃鹰”落入急剧下降的命运。来自右翼的推力与来自左翼的阻力，使得飞机无法飞行，如此一来将会出现的情况便是机首向左翻转与往下俯冲了。

凯斯勒被猛地摔在了他的枪架上，子弹圈犹如一条蛇在他的身上滑动着，“噼噼啪啪”击打着他的脸，以至于他的视线变得模糊起来，鲜血从两个鼻孔里喷涌而出。假如他没有迅速弯下身来，把这圈由黄铜制成的带子牢牢地按在舱壁上的话，估计他的脑袋也会遭到子弹圈的猛击的。

里奇特曼让飞机多保持了几秒钟的稳定，然而他知道此战必败无疑。“秃鹰”已经完全丧失了平衡，倘若他怀有任何让飞机着陆的希望，他就必须使推力和阻力相等。他伸出了一只戴着手套的手，去击打右舷引擎的开关。他们将会迅速下降，一动不动的螺旋桨继续在左舷造成了额外的阻力，但里奇特曼能够有所补救，因为他的飞机已经变成了一架超大型的滑翔机。

“凯斯勒，到这儿来，系上安全带，”里奇特曼冲着对讲机叫喊道，“我们就要坠机了。”

飞机向峡湾旁的一座山急冲过去。峡湾的前部结有冰川，冰块那令人炫目的白色，与锯齿状的黑色岩石形成了强烈的对比。

厄恩斯特解下了束在肩膀上的安全带，他弯着腰，爬出了射手位。这时候，下方的某个东西引起了他的注意。在峡湾的裂缝深处，有一栋局部建在冰川上的房屋。又或许是某个年代久远的东西，以至于冰川已经开始将它给掩埋起来了。仅这匆匆的一瞥是很难判断那个东西的尺寸的，但看起来挺大，像是某种古老的斯堪的纳维亚人的仓库。

“机长，”凯斯勒喊道，“我们后面，在那个峡湾里，有一栋建筑物，我觉得我们可以降落在那片冰上。”

里奇特曼并没有看到任何东西，但是凯斯勒是面朝后面的，所以对峡湾一览无余。“秃鹰”前面是一片凹凸不平的地带，上面还耸立着一些犹如匕首般尖利的冰雕的隆起物。飞机一触地，起落架就会塌掉，岩石将会把飞机的外壳切得粉碎，就像是撕碎一片纸那样轻而易举。

“你肯定吗？”他大声叫喊道。

“是的，长官，它就在冰川的边缘上。我可以在月光里看到它，那里绝对有一栋房屋。”

由于能量已经耗完了，所以里奇特曼不得不尝试着让飞机着陆。他确信，假如自己在野外尝试这么做的话，那么他和他那两名幸存的战友将会在坠机中丧生的。在一片冰川上着陆也不会是件轻松的事儿，但至少还有走着离开的一线机会。

他用力地拉着升降舵，与“秃鹰”的惯性做着斗争。翻转飞机导致机翼表面无法抬升起来。当他保持着水平飞行时，测高仪开始向后快速地旋转着。里奇特曼所能做的只有这个了，这是简单的物理学。

这架身躯庞大的飞机划过了天际，回到了朝北的航向。那座阻挡了里奇特曼的视线，使他无法看到冰川的山峰，就赫然地耸立在前方。他在心里默默地感谢明亮的月光，因为，在山的底部，他可以看到一片纯净的白色，那是一块至少有一英里长的浮冰。他没有看见凯斯勒所发现的那栋房屋的任何迹象，不过这无关紧要，因为那片浮冰才是他所关注的焦点。

长长的峡湾里零星地点缀着几座小冰山。“秃鹰”正快速地下沉着，里奇特曼几乎没有高度去最后一次翻转飞机，以便能与冰川处于同一平面。他们落到了山顶的下面。从翼尖望过去，冰刀形状的岩石看起来还没有一个胳膊的长度。那片从 1000 英尺的高度望去显得十分平滑的浮冰，如今随着他们朝它的方向掉落得越来越近，看起来也越来越不平整了，就仿佛是被冻住了的一个个小波浪。里奇特曼没有拉直起落装置，如果当他们触到冰面时有一个压杆被扯掉的话，那么飞机就会来一个侧翻跳，从而撕裂开来。

“坐稳了，”他说道。他的喉咙很干，所以发出来的话语也显得十分低沉嘶哑。

厄恩斯特已经从他的位置上爬了过来，坐到了无线电通讯员的座位上，并且系好了安全带。约瑟夫和里奇特曼一起待在驾驶舱里。无线电的调谐度盘发着奶白色的光。由于附近没有窗户，因此飞机的内部漆黑一片。当听到飞行员简要的警告时，凯斯勒把身子弯得更低了，他将双手绕在脖颈后面，肘部则把膝盖夹紧，就像在训练时所做的那样。

他的嘴里还念念有词地说着祈祷文。

伴随着一声巨响，“秃鹰”撞上了冰川，在冰面上卷起了一阵高达 12 英尺的风。金属撞击冰面所发出的声音，就仿佛一列火车急速穿过隧道时的声响。凯斯勒被猛地摔在了安全带上，但是他不敢改变自己那犹如胎儿在母体里的姿势而去把身体给伸直。飞机坠落在了某个隆起物上面，以至于他们架子上的无线电通讯手册飞落了下来。机翼撞击着冰面，飞机开始打起转来，机体大片大片地脱落着。

他不知道哪种做法才是更好的，是独自一人待在飞机的壳体里，不晓得外面所发生的情形；还是待在驾驶员座舱中去目睹着“秃鹰”支离破碎的过程。

在凯斯勒蜷缩着的地方下面，发生了一个碰撞，一股寒冷的空气透进了机身。机前射手位座舱罩的里面已经爆开了。从冰川游离的一块块厚冰在飞机里面急速地转动着。

尔后出现了一声震耳欲聋的巨响，那是被撕裂的金属发生爆炸时所产生的回音，紧接着则是航空燃料高辛烷散发出来的阵阵恶臭。凯斯勒明白发生了什么。一个机翼插进了冰里，尔后被折断了。尽管里奇特曼已经把他们的大部分汽油都倒掉了，但剩下的汽油也足以导致一场真正的火灾。

飞机继续落向冰川的深处，这是由于它的冲力所导致的，于是在冰面上切开了一个小小的斜坡。但是它终于开始慢了下来，因为左翼已经被扯落了，所以飞机由垂直状态变为了此刻所行进的方向。它的大部分外壳都在刮擦着冰面，因此摩擦力便战胜了重力。

凯斯勒让自己深深地舒了一口气，他知道，不一会儿，“秃鹰”就会完全停下来。机长里奇特曼那颗自叫喊了一声“坐稳了”的警告后便一直悬着的心也终于放了下来，当右翼插进了冰面，底部被扯落下来的时候，他就可以在座位上伸直身体了。

机身翻转到了被切开的机翼上，尔后又猛地翻转到了它的背面。这番猛烈的折腾，差一点把凯斯勒甩出了安全带。他的脖子被猛地扭了一下，疼痛感一直传递到了脚趾头。

这个年轻的空军被安全带倒掉了好几秒钟，弄得他头晕目眩了好一阵，直到他意识到不会再听见飞机的铝制外壳撞击冰面所发出的刺耳的刮擦声了。“秃鹰”已经停了下来。他努力克制着胃里泛起的阵阵恶心感，小心翼翼地解开了安全带，滑落到了舱顶上。他感觉脚下面似乎有某个软绵绵的东西，他在黑暗里慢慢地移动着，猜想自己是不是踩在了某个机组成员的身上。于是他跪了下来，尔后又立即将手给收了回来，原来他碰到了一具尸体，他的指头上沾满了温热的、黏黏的液体，他知道那是血。

“里奇特曼机长？”他喊道，“约瑟夫？”

而他所听到的回答，只是透进这架已坠毁的飞机里的一股寒风。

凯斯勒翻寻着无线电下面的一个柜子，在里面找到了一把手电筒。它那白晃晃的光束，照在了那位当受到“剑鱼”伏击的第一刻时就被打死了的副驾驶员马克斯·艾贝尔哈德特的尸体上。他继续呼喊着约瑟夫和里奇特曼，把光线瞄准了倒转着的驾驶员座舱。他发现两个战友仍然被安全带系在他们的座位上，胳膊无力地悬荡着，就仿佛碎布制成的洋娃娃一般。

两个人都没有动弹，甚至当凯斯勒朝他们爬过去，把一只手放在了飞行员的肩膀上时，也依然没有任何动静。里奇特曼头朝后，他的那双蓝眼睛一眨不眨，脸上布满了从头骨里渗出来的暗红的鲜血。凯斯勒摸了摸他的脸颊，肉还是温热的，但皮肤已经失去了弹性。

他又把手电筒照向了那位无线电通讯员，结果发觉约瑟夫·沃格尔也死了。沃格尔的头撞到了舱壁上，结果被碰得粉碎——凯斯勒可以看到舱壁上血溅得到处都是——里奇特曼的脖子一定是在飞机不断翻转的时候给折断的。

汽油燃烧的恶臭终于将凯斯勒脑袋里的混乱不清给熏跑了，他蹒跚地来到了设有主门的飞机尾部。坠机使得门框给压碎了，于是他不得不用肩膀猛击金属，试图把它给撞开来。他从“秃鹰”掉落了下来，四肢摊开地躺在了冰面上。冰川上到处都是机身和机翼的碎片，他可以清楚地看见飞机凿进冰面时所造成的一道道深深的犁痕。

他并不确定飞机起火的威胁会有多么迫近，也不知道要多久他才能够安全地返回到受损的“秃鹰”上。但是这由积冰所引起的刺骨寒风，使他知道他不能够在户外逗留得太久。对他来说，最好的法子便是找到他在坠机前所发现的那栋神秘的建筑物。他会一直在那儿等着，直到确定“秃鹰”不会起火之后再返回到这里来。但愿无线电在坠机中没有被损坏掉，假如不能再用了的话，飞机的尾部还储藏有一个小型的充气船。他需要花上几天的工夫才能到达附近的渔村，但如果他是停靠在海岸线的话，那么所花的时间应该会少一些。

心中怀有一个计划，能够帮助驱散过去的一个钟头在分隔舱里所承受的巨大惊恐。现在他必须要把所有的心思都集中到怎么求生上头来，等安全地返回到纳尔维克之后，他再让自己去好好回想一下那些死去的同伴们。他与他们中的任何一个都并不特别亲密，但他们毕竟是和他并肩作战的战友。

凯斯勒的头受到过重击，脖子也变得十分僵硬，以至于他几乎无法转动它了。他确定了一下峡湾旁的那座山的方位，然后便开始沉重吃力地穿过冰川。冰面上的路程是很难测定的，原本看起来似乎只有几公里的距离，结果却变成了数小时的漫长跋涉，他的双脚逐渐地丧失了知觉。一场突如其来的暴风雪把他给淋了个透湿，雨水使得他的外套上面结了一道一道的冰块，每走一步就会噼啪作响。

他正想着返回到飞机这里，然后划着那条充气船逃生，这时候他突然看见了那栋建筑物的轮廓。随着他走得越来越近，那个物体的具体模样也逐渐地从黑暗里一一呈现了出来。他开始发起抖来，但并不是因为寒冷，而是他发现，它压根就不是一栋房屋。

凯斯勒停在了一艘大船的船首下面。这艘高高耸立在他面前的船只，包裹着一层铜制的外壳，由厚木建造而成，船身已经陷在了冰里面。由于他知道冰川移动得是多么的缓慢，所以他能够根据这艘船掩埋的深度估计出它一定在这儿数万年之久了。它同他曾经见到过的其他东西都不太一样，不过这个念头只在他的脑子里冒了一会儿，因为他知道这是错误的看法。他以前见到过这艘船的图片，在祖父过去常常念给他听的那本《圣经》里头，有过这艘船的图画。相比《新约》的布道来说，凯斯勒更喜欢《旧约》里的故事一些，所以他甚至能够回想起这艘船的尺寸——长 100 肘[①]，宽 50 肘，高 30 肘。

“……凡有血肉、有气息的活物，都一对一对地到了诺亚那里，进入了方舟。”

① 肘尺：一种古代埃及或以色列的长度测量单位，以前等于从中指指尖到肘的前臂长度，或约等于 17 至 22 英寸（43 至 56 厘米）。——译者注

第1章

班达·阿巴斯港，伊朗

今天

这艘看上去疲惫不堪的货船在繁忙的阿巴斯港停泊的时间实在是太长了，以至于引起了伊朗军方的怀疑。由附近的海军基地派出的一条武装巡逻艇，在蓝色的海面上急驰而过，朝着这艘距离自己大约500英尺的货船驶来。

这艘货船名叫“诺尔克号”，假如它的首旗杆上悬挂的那面旗子能够提供某种指示的话，那么可以知道它的注册国籍是巴拿马。从外观看去，似乎它在将毕生贡献为了一艘普通载货船之后，已经转为担负起了货柜船的功能。甲板上有五个吊货杆，前面三个，后面两个，看起来像极了几株没有枝桠的树木。吊货杆的周围是好几堆浅颜色的集装箱,就堆放在桥楼窗户的下面。尽管集装箱的数量可观,但船却高高地漂浮在水面上，露出了最高负载线下面涂着的一道至少有15英尺长的红色防污油漆。船体是海军蓝，但干舷则是暗绿色，显得极不搭调。它的两个通风井被煤烟熏得太黑了，以至于已经无法辨认出最初的颜色。一圈烟雾从排气管里盘绕而出，笼罩在了船的上方。

金属脚手架的压杆已经降到了船的鸭尾艄上方，几个船员正在货船的方向舵旁工作着，身上的连体工作服油迹斑斑。

当巡逻艇靠近的时候，负责的军官把扩音器拿到了嘴巴旁。“喂，‘诺尔克号’，”他用波斯语喊道，“请注意，我们要到你们的船上进行检查。”穆罕默德·卡哈米又用作为海运国际语言的英语把刚才的话给重复了一遍。

过了一会儿，一个男人出现在了舷门的前面，他胖得很离谱，身上那件船长服溅满了油污。他冲着这名少尉点了点头，然后把登船梯给放了下来。

当他们移得更近一些的时候，卡哈米看到了这个男人肩膀上的船长肩章，心里想知道一个这样级别的男人是怎么让自己看起来如此糟糕的。这位“诺尔克号”的一把手，挺着一个沉甸甸的大肚子，腰上松垮垮地围着一圈肥肉，脸上布满了由于没有刮胡子而产生的须茬。卡哈米很难想象这艘如此老旧的货船的主人是从哪儿找到这样一个家伙来做船长的。

卡哈米在巡逻艇上留了一个手持机关枪的士兵做后盾，然后冲另一个水兵点头示意，让他将玻璃钢底充气艇系到了舷梯上。另一名水兵站在近旁，肩膀上绕着一圈 AK–47 钩悬带。卡哈米检查了一下手枪皮套上的机匣盖是否扣好了，然后便带着他的副指挥官一前一后跳上了登船梯。当他在梯子上攀爬的时候，他观察到船长努力想把自己的头发捋顺，还想将他那件脏兮兮的衬衫给拉直，只可惜这两个动作收效甚微。

卡哈米来到了甲板上，注意到板面已经裂成了一片一片，看起来似乎几十年都没有油漆过了。几乎每一处表面都结有铁锈，除了集装箱的外观上没有以外，或许是因为这些集装箱运载到船上来的时间还不太久，所以尚未因船员的懒散而受到影响。围栏上有一些裂口，甲板的上部结构所受的腐蚀是如此的严重，以至于看起来似乎随时都有可能坍塌。

卡哈米努力掩饰着自己的厌恶之情，冲船长行了一个干净利落的军礼。男人把手在他那个肥硕无比的肚皮上擦了两下，然后抬到了帽舌边缘，算是一个含糊的回礼。

“船长，我是伊朗海军少尉穆罕默德·卡哈米。这位是水兵卡哈塔汉尼。”

“欢迎登上‘诺尔克号’，少尉，”男人回答道，“我是船长欧内斯托·埃斯特本。”

他的西班牙语口音如此地重，以至于卡哈米不得不在脑袋里把每一个词都给重新过一遍，以便确保自己能够理解。埃斯特本比这位伊朗海军要高几英寸，但由于身型肥硕，所以他不得不弯腰驼背，因此看起来他和卡哈米几乎差不多高。他的眼睛是黑色的，很湿润，当他微笑着同卡哈米握手时，露出了一口又黄又参差不齐的牙齿，而他的气息闻起来则像是凝乳。

“你们的舵机是不是出了什么问题？”

埃斯特本用西班牙语骂骂咧咧起来：“方向舵不听使唤，这是一个月里的第四次了。那些小气的船主，”他继续抱怨道，“不让我在船坞修理它，所以我的人不得不自己动手。我们今晚应该就可以启程了，也可能是明天早上。”

“您的货物是什么，目的地是哪？”

船长拍了拍一个集装箱的外壳，回答说：“空箱子。”

“我不明白，”卡哈米说道。

“我们正要把空的集装箱从迪拜运去香港。满的集装箱装上船、卸货，然后堆放在码头。我们把它们运回香港，在那里重新装货。”

这便解释了为什么货船在水面上会浮得这么高了，卡哈米心想，因为空的集装箱每一个只有几吨重。“那么您回程的时候为何不运送些什么呢？”

“是啊，刚刚够成本，”埃斯特本悲痛万分地说道，“没人可以保证我们能运送比空箱子值钱的东西啊。”

“我需要看看您的船员名单、货物清单以及船的注册文件。”

“出了什么问题吗？”埃斯特本马上问道。

“在我看完了您的文件以后我才可以确定有没有问题，”卡哈米用带有明显威胁的口吻说道，以确保这个令人厌恶的家伙能够照办。“您的船处在伊朗的海域内，所以我有充分的权力去检查这艘船的每一个角落，假如我认为这么做是必要和恰当的话。”

“没问题，先生，”埃斯特本油腔滑调地说道，他的咧嘴笑看起来更像是在扮鬼脸，“我们为什么不离开这个又热又脏的地方，去我的办公室里坐坐呢？”

班达·阿巴斯港位于波斯湾那狭窄的入口——霍尔木兹海峡最弯曲的地带。夏季的温度，白天很少会低于华氏120度，基本上也没有什么风。男人脚底下踩着的这片金属甲板，温度烫得都可以煮熟鸡蛋了。

“请带路吧，”卡哈米说道。

“诺尔克号”内部空间的损毁程度同外部一样惨不忍睹。铺在地板上的漆布破成了一片一片，墙壁上的油漆大都已剥落，裸露出了金属的表面。挂在天花板上的荧光灯嗡嗡作响，其中的几盏时不时地还忽亮忽灭，给狭窄的通道投上了冷冷的阴影。

埃斯特本领着卡哈米和卡哈塔汉尼上了升降扶梯，扶梯很窄，扶手也松晃晃的。然后他们便来到了另一个很短的通道上，埃斯特本打开了办公室的门，冲着两位伊朗海军做了一个“请进”的手势。透过办公室敞开着的门，可以看到对面的船长舱。床没有铺，滑落到地板上的床单污迹斑斑。墙壁旁立着一个单人衣柜，上面的镜子有一条锯齿状的裂缝，从镜子的一角一直伸到了另一角上。

办公室是一个矩形的房间，有一个舷窗，窗户的边缘镶了一层盐，所以只能透进来昏暗的光线。墙壁上装饰着几幅画，画上是一些以黑色天鹅绒为背景、衣着艳丽的小丑。另一个门则通向一间狭小的浴室，这间浴室居然比德黑兰贫民窟里的公共厕所还要脏。他们一定在办公室里抽过很多烟，以至于难闻的味道似乎把一切都覆盖掉了，包括卡哈米的嘴巴。尽管这位伊朗海军军官本人也是名老烟枪，但就连他都觉得难以忍受了。

埃斯特本把台灯的金属线头塞进了书桌旁的插座里，灯一闪一闪地，他嘴里骂骂咧咧起来，不过似乎还是挺高兴台灯能够亮起来。他坐进了自己的椅子里，发出了一声呻吟，然后示意两位检察官在对面的椅子上就座。在坐下来之前，卡哈米掏出了衬衣口袋里的钢笔，把一只已经干掉的蟑螂尸体从椅子上给弹走了。

船长在书桌上翻寻了一通，找出了一个酒瓶。他朝这两个穆斯林看了看，然后把瓶子给放回到了抽屉里。他用西班牙语咕哝道：“好吧，这就是清单，”他递过来一捆纸，“正如我说的那样，我们只是把些空箱子运回香港，没别的。”然后又拿出了另一捆纸放到了桌子上。“我的船员名单。如果您问我他们怎么样，我只能回答说，他们是一群忘恩负义的懒骨头。所以假如您想要把他们中的哪个家伙给拘留起来的话，那可正合我意。这些是‘诺尔克号’的注册文件。”

卡哈米用拇指翻阅着船员名单，留意着他们的国籍，仔细检查着他们的身份文件。这艘船的定员混杂有中国人、墨西哥人以及加

速驶离了这艘疲惫破败的货船，它那干净的白色尾流与这片布满了盐分的漆黑水面形成了鲜明的对比。

埃斯特本站立在围栏旁，朝着那艘渐渐驶远的伊朗巡逻艇挥着手，本以为艇上会有某个海军士兵朝‘诺尔克号’回头看看，哪知道他们似乎生怕自己离开这艘肮脏、破败的货船不够快速，居然头也不回地飞奔而去了。船长在自己肥硕的肚皮上挠了挠，目送着巡逻艇消失在了远方。当它变成了一个小黑点时，从甲板的上部结构里出来了一个男人。他比埃斯特本年纪大，近乎秃掉的脑门上围着一圈稀疏的褐色头发。一对灰色的眼睛透着警惕而狡黠的目光，但行为举止却显得十分懒散随意。他显然勤于健身，所以体型保持得很好，腰间的肚子很扁平。

“你办公室里的麦克风需要更换了，”他开门见山地说道，“你的声音听起来就像是吸吮着氦气球的卡通人物。”

船长费了好半天才将一团纱布从自己的臼齿后面给扯了出来，于是他面颊周围的肥肉立即就消失不见了。然后他从眼睛里取出了褐色的隐形眼镜，露出了一对蓝色的眼珠子。当他摘了帽子，把油油的假发从头上给扯下来时，他便从一个运气不佳、邋遢肥胖的老水手，摇身一变为一个神情严峻的英俊男子。他把自己的一头金发梳成了平头样式。他脸上的须茬倒是真的，他迫不及待地想把这些胡茬给刮干净，可是除非他们离开了伊朗海域，否则他不能这么干，因为万一又遇到了什么情况，那么他还得再扮演成“诺尔克号”的船长欧内斯托·埃斯特本。“阿尔文、西蒙和西奥多，就我们这几个人，”胡安·罗得里格斯·卡布里咧嘴笑着说道。

“我听见你按了报警钮。”

办公室的书桌下面有两个隐藏着的控制器，在卡布里遇到紧急情况时便可以派上用场。报警钮响了以后，他们中的一个人便冲埃迪·盛打了个手势。埃迪一直都在旁边随时待命，好在关键时刻扮演那个倒霉的水管工。他操作着那个根本没在使用的盥洗室下面的管道里的抽水泵，水泵让水像火山爆发一般喷涌而出，他还把化学药剂添加在了水里面，通过制造出一股有毒的气味而令这幕假象显得更加逼真了。

“卡哈米少尉想要当一回福尔摩斯侦探，来一番彻底的巡视。我不得不阻止他这么做，”卡布里对公司的副主管马克斯·汉利说道，而胡安自己则是这家公司的董事长。

“你认为他们会回来吗？”

“如果我们早上还在这儿的话，我看他们就会来再度拜访的。”

“那么我猜想我们应当确保早上的时候不会还待在这儿，”汉利回答说，眼里闪现出一丝邪邪的神情。

两人走进了甲板的上部结构里。胡安领着他们来到了一个公共盥洗室，里面堆放着一些看上去从未使用过的拖把、扫帚以及清洁用品。他握着污水盆的把手，就仿佛正在拨一个保险箱的号码一样。随后传来了一声清晰的“喀哒”声，后墙“砰”的一声开了，墙后面出现了一个铺着地毯的走道。走道两边砌着实用的金属墙壁，地上则是一条廉价的油布毡。走道里有一些暗红色的桃木家具，天花板上悬着的树枝形吊灯发着暖暖的黄色光线。

就像卡布里伪装成埃斯特本来欺骗伊朗海军一样，“诺尔克号”也绝非是看上去的样子，实际上，这甚至都不是它的真名。船员们将用磁铁吸附在船首和船尾的金属字母来了一番调换，于是便把船的名字由原来的“俄勒冈号”变成了“诺尔克号”。

这艘船最初是作为运送木材的货船来建造的，在太平洋上往返了将近二十四个年头，把加拿大和美国的木材拖运到日本和其他的亚洲市场去。这艘11000吨级的货船一直为船主尽心尽力地服务着，然而却依然难逃岁月的侵蚀。就像其他任何一艘老迈的船只一样，它也正在一步步走向生命的终点。船体已经开始腐蚀，引擎也无法再像新的时候那样有效运作了。于是船主便在海运杂志上登了广告，打算把它当做废铁给卖了，因为知道这艘曾经令他们无比骄傲的王牌货船，每吨可以换上几个美元。

就在这个时候，胡安·卡布里创办了他的公司，而他需要一艘船。他曾走访了世界各地的港口，只为寻找到合适的船只。当他看到这艘残破货船的照片时，他知道这便是他一直在寻找的船了。他对船的运货能力毫无兴趣，之所以会购买，只是因为看中了它的无名身份。

接下来，“俄勒冈号”在海参崴的一家干船坞[①]里待了六个月的时间，经历了一番历史上最根本的改装。外观并没有改变，但内部却是彻底地改头换面了。原来的柴油机被换成了最先进的动力装置。通过使用一种名为“磁流体动力”的方法，发动机让过度冷却的磁体去把出现的自由电子从海水中自然地清除掉，从而产生近乎无限量的电流。尔后这种动能被输入到了浅绿色的脉动式喷气发动机里，发动机再通过一对矢量推力驱动管以巨大的力量将水给推开。该技术曾经在几艘船只上尝试过，然而自从那艘名为“翡翠海豚号”，采用磁流体推进器的巡航船起火以后，此技术便被赶回了实验室里。

根据船只现在能够达到的速度，它的船体必须要变得更硬以及被加固。添加了舷侧可操纵鳍，船首也被改装了，以便获得适当的破冰能力。船里布了长达几百英里的电线，以便为它那从军事级别

① 干船坞：盆状大船坞，其中的水可排空，用于建造或修理船的吃水线以下部分。——译者注

的雷达探测器和声波定位仪、到数十台闭路电视摄像机这一系列复杂的电子设施供电。监视系统则是一部太阳微系统超级电脑。

接下来则是武器方面。两个鱼雷发射管，一门属于 M1A1 艾布拉姆斯主战坦克的配置、用于精准定位、口径为 120 毫米的加农炮，三把原美国通用电气公司制造的口径为 20 毫米的“格林”机关枪，数枚用于地对地反舰导弹的垂直运载火箭，以及多把自卫用的、口径为 30 毫米的机关枪。所有的武器都藏在了可伸缩的船身板下面，就跟一战时期德国 K 艇所采用的方法一样。而口径为 30 毫米的机关枪则藏在了那些被永久性固定在甲板上的生了锈的油桶里。只要轻拍一下控制中心里的某个按钮，这些油桶的盖子就会“砰”的一声打开，武器显现而出，于是射手们便可以安全地在船内进行远距离地开火了。

卡布里还给这艘船添加了其他的惊喜。船尾最末处的货舱被转换成了一个飞机棚，用来存放一架可以搭载四人的“鲁宾逊 R-44”直升机，直升机能够通过水压的方法升到甲板上来。在船的吃水线高度设有一些隐蔽的门，用以释放各种小艇，包括几条充气艇以及一艘“海豹”突击艇。沿着船的龙骨处则有两块巨大的镶板，打开以后便是一个貌似洞穴的空间，被唤作“月池”，里面有两艘可以隐秘出动的小型潜艇。

至于船员住舱则是极尽奢华。通道和船舱的豪华程度堪比任何一家五星级酒店。“俄勒冈号”骄傲于自己或许拥有世界上最好的海上厨房，聘用的都是一群高级厨师。船的侧腹处设有一个压载水舱，目的是为了让船看起来装满了货物，里面铺满了意大利北部城市卡拉拉出产的大理石瓷砖，数量是奥林匹克运动会游泳池内所铺设的瓷砖的两倍。

琳达是公司新近提升的副主管，她那棕黄色的长发、绿色的眼珠子以及面颊周围和鼻子上的几颗雀斑，使她看起来像是个精灵。她那声调尖锐、近乎少女般的嗓音没有起到任何的帮助。然而当她开口说话时,船上的每一个人都知道要去聆听。她曾是一艘“宙斯盾”级巡洋舰的情报官员，在当了一段时间的参谋长联席会议的主席以后，她便离开了军队。

在他们对面坐着的是埃里克·斯通以及他的犯罪同伙马克·墨菲，其职责是负责看管那些藏在“俄勒冈号”各处、数量众多的军械。

坐在桌子末尾的长者是通讯官哈里·卡西姆以及那位虎背熊腰的前“海豹”突击队队员富兰克林·林肯，林肯负责为“俄勒冈号”招揽特种部队的退伍军人，所以被马克斯起了个绰号叫“猎犬”。

“董事长，你回来了？”从扩音器里传来了一个声音，这是兰斯顿·奥弗霍尔特从兰利通过一个安全波道在发问。

作为公司的创始人，胡安一直使用着“董事长”这一头衔，船上只有一个人，也就是那位年长的总干事莫里斯才管他叫“船长”。

“刚刚把伊朗海军给打发走了，”卡布里回答道。

“并没有任何迹象表明他们已经有所怀疑了，对吗？”

“是的，兰。尽管我们距离班达·阿巴斯海军基地只有几英里远，但是伊朗人已经习惯了有许多船只在这儿进进出出。他们只是稍微察看了一下轮船和我，认为我们并不是威胁。”

“假如你认为我们应当推迟的话,我会理解的，”奥弗霍尔特说道。

“兰，我们已经在这儿了，火箭鱼雷也在这儿了，同俄罗斯关于武器出口限制的会谈将在两周后举行。千万勿失良机啊。”

核材料的激增是全球安全所面临的一个最为严峻的问题，而武器被出口给了那些与美国有着敌对关系的政府则同样是华盛顿方面头等关注的大事。俄罗斯和中国耗费了成百上千亿美元的巨资来发展导弹系统、战斗机和坦克，然后通过向他国出售武器赚得盆满钵满，而德黑兰近来甚至还购买到了五艘“基洛”级潜艇。

“假如您想要证据，”胡安继续说道，“俄罗斯正要把他们的VA–111‘暴风’鱼雷出售给伊朗，我们今晚就会行动。”

“暴风”或许是目前所制造的最为尖端的鱼雷了，由于采用了神奇的“超空泡”技术，因此它的时速可以高达200节[①]。鱼雷头部设有平盘状空泡发生器，后面则是几个环状通气管。当鱼雷在水下航行时，首先由空泡发生器产生局部空穴，然后再由通气管向局部空穴注入气体，使之膨胀为超空泡。整个鱼雷只有头部的导流板与尾部的空泡消失点这两处同水有接触，其他部分均在筒状的空泡中。这种超空泡现象使得鱼雷所受阻力急骤下降，所以才会航速惊人。据报道说，由于这种鱼雷所能达到的那令人不可思议的超速，所以操作起来颇为困难，因此基本上只是一种到了万不得已的时候才会诉诸的武器手段，由某艘已经深陷危机之中的潜艇发射出去，以摧毁进攻者。

“伊朗人声称已经研发出了他们自己版本的‘暴风’，而并没有依靠俄罗斯方面的帮助，”马克斯·汉利说道，“假如能够证明俄罗斯向他们提供了技术支持，那将会有助于我们去对克里姆林宫施加压力，要求其在未来减少武器方面的出口。”

“但如果你们被抓住了的话，那么这不是让我们自打耳光吗，”奥弗霍尔特的语气里流露出了一丝暴躁，“我并不十分确定这究竟是不是一个好主意。”

---

① 节：一种速度单位，每小时1海里，大约合每小时1.85公里(1.5法定海里)。——译者注

极为讽刺的是，届时飘扬在船头的将会是一面伊朗国旗，因为这艘船实际注册的便是伊朗国籍。

在回答马克斯的提问之前，胡安想了一会儿，努力平衡着风险与收益的关系。“埃里克，今晚的月亮如何？”

“只有四分之一大小，”船的领航员以及事实上的天气预报员说道，“而且气象预报说午夜过后会有云层。”

“那我们就先什么也不要动，午夜的时候再说，”卡布里告诉他的船员们说，“我们应该会在凌晨两点回到船上来，这之前可以有两个小时的时间用来进行船的改造，但如果出了什么情况的话，我们也能有足够的时间再把一切给调换回来。还有其他事情吗？”

大家站起身来准备离开，传出了一片纸张沙沙作响的声音，其中有几个人摇了摇头。

“我们十一点在月池碰头，做最后的设备检查。最晚不能超过十一点四十五就得上小型潜艇了，因为假如我们再迟一些的话，就会遇到涨潮的麻烦，”卡布里站起身来，以便能够引起大家的注意，“我希望各部门的头头都能清楚这一点，尤其是负责岸上作业的主管，”他将目光投向了埃迪·盛和富兰克林·林肯，“不能出一点儿差错，我们有一个很不错的计划，所以只要严格按照计划来执行，一切都将会十分顺利的。要知道，即使没有几个试图窃取火箭鱼雷的雇佣兵被抓，这一地区的形势也已经够糟了。”

林肯温和地咕哝道：“你们都知道我刚从底特律出来，逃离了我那些以行窃为生的朋友们。”

“才逃狼窝……”埃迪咧嘴笑道。

“……又入虎口。”

第2章

多年就职于中央情报局，使胡安训练出了一种本领，那便是可以长时间不眠不休地工作。直到他创办了公司，购买下“俄勒冈号”以后，他才渐渐培养起了水手所具有的那种根据指挥而入睡的能力。在会议室开完会以后，他便返回到了自己的船舱里，相较于一艘漂泊在海上的船只来讲，这个套房似乎更适合于某间曼哈顿的公寓。他脱下了在扮演船长埃斯特本时所穿的装束，躺到了床上。尽管他担心着一旦队伍到了岸上以后他们将会面临的危险，但这种思虑仅仅维持了不到一分钟的时间，尔后他便呼呼大睡起来了。

无需闹钟的提醒，他提前一个钟头便起床了，原本规定是十一点在月池集合的，现在还不到十点。

这一觉睡得很沉，没有做梦。

他走进了浴室里，坐在了一张桃木凳子上，把自己的假肢给卸了下来，然后单脚跳着冲了个澡。由于电力过剩，所以“俄勒冈号”的热水系统使得打开水龙头与冒出热气腾腾的淋浴水之间仅数秒之隔。卡布里低着脑袋，站在这股几乎会让人烫伤的热水流的下面，水流重重地击打在他的身上。这些年来，他身上累积了无数的伤疤，他可以清晰地回忆起这每一个伤疤背后的故事。而他腿上这块已经失去了知觉的肉垫却是他最少会去想到的。

对于大多数人来说，失去一条腿将会是他们一生中最难忘记的

“准备好一旦我们都安全登上了‘牧民’，就要进行一次通检。”

“收到，”哈里回答说。

林肯和埃迪把里面装有他们的武器以及个人物品的防水袋给收好了，然后爬到了小型潜艇的顶部。通过一个小型的舱门，他们消失进了船体里。马克斯和卡布里则紧随其后，在下到潜艇里去之前，胡安迷信地拍了拍潜艇厚钢质地的外壳。驶到岸上需要一个钟头的时间，所以他们沿着潜艇的侧腹就座，而不是让一半人挤进那个仅能容纳两个人的潜水舱里。在航行期间，他们四个人全都将戴上水下呼吸器。

琳达·罗斯一摇一摆地从胡安和马克斯身旁走过，然后坐到了驾驶员的位置上。她的椅子周围是一组开关、标度盘以及电脑显示器，这些仪器的光线投射到了她的脸上，使她的脸泛着一层可怕的绿光。

她把耳机戴到了自己那乱蓬蓬的头发上，然后问道:“听得见吗，‘俄勒冈号’？”

“一切都好。”他们的通讯系统使用的是132位编码术，所以被阻截和解密的可能性几乎为零。

潜艇尾部的人也报到了。他们所要戴上的潜水头盔已经连接了超声波收发器，因此“俄勒冈号”与“牧民”之间可以进行十分便利的交流。

“好的，你可以开始了。”琳达命令道。

为了不在水下显现出自己，所以当龙骨门缓慢开启的时候，月池里的灯都变暗了下来。把潜艇降下来的机械装置开始运作起来，小型潜艇突然倾斜了一下，然后开始了它那庄严的下降过程。船只下沉到了它的浮点，不久温暖的波斯湾海水便在舷窗外拍打着。夹钳松开了，“牧民”上下摆动了一会儿，落到了地上。

琳达启动压载水泵，慢慢地将水引入槽里，然后轻轻地把潜艇从“俄勒冈号”的船体底部放出来。尽管她这么做已经有数十次了，但她的动作依然十分小心谨慎。她观察着安装在潜艇顶部的深度计和激光测距仪，以便确保龙骨已被移走。

当他们下到了船体以下二十英尺的时候，她说道：“可以把门关上了，‘俄勒冈号’。”

琳达又下降了四十英尺，直到小型潜艇距离海底仅一两码，然后便开始朝着班达·阿巴斯海军基地驶去。她让潜艇在水下缓慢航行着，以便螺旋推进器搅动海水的声音不会引起该海域任何一位声纳操作员的警惕，虽然霍尔木兹海峡里的交通量使得几乎没有可能在一片混乱的声波里去识别出一艘如耳语般安静的“牧民”。

他们有被看见的风险，因为海水很浅，所以她没有启用潜艇的外灯。她将不得不借助激光雷达系统或者光波探测系统和测距系统，这些系统能够通过一系列反射的激光来立即勘察出潜艇前面的地形。根据电脑所呈现出来的潜艇周围环境的三维画面的指引，她将会驾驶着“牧民”抵达海军基地，而激光雷达系统能够探测到像苏打罐那么小的物体。

“我是驾驶员，现正在驾驶舱内向各位讲话，”她呼喊道，“我们目前处于海拔负 48 英尺，航速为每小时 3 节，我们到达目的地的时间预计为大约 62 分钟以后。现在你们可以使用经核准的电子仪器。假如需要了解有关飞行里程计划的情况，请不吝向乘务员咨询。”

“嗨，驾驶员，我的花生变味了，”林肯朝她叫唤道。

“嗯，我想要一条毛毯以及一个枕头，”埃迪补充道。

马克斯也插话进来：“要是再来一打苏格兰威士忌那就更好了。”

听着这些在接下来的半个钟头里不断出现的善意的逗笑，你无下来，底下的人则帮忙系上了吊索。等到一切稳当以后，马克斯便冲着卡布里挥了挥手，而埃迪则去找他的水下呼吸器设备去了。

卡布里把鱼雷从推车上吊了起来，然后将起重机往后倒，重新退到了水边，确信已经远离“基洛”了。他把鱼雷降到了水里，注视着厚钢丝绳逐渐松弛开来，这表明鱼雷已经搁在海底了。埃迪沿着防波堤走着，费力地拖着他的氧气筒、潜水头盔和调节器。他穿上了潜水服，下到水里去了。胡安注视着埃迪在水中吐出的气泡，过了一会儿，从浑浊的水里冒出了埃迪的一根大拇指来。

胡安驾驶着起重机再一次回到了船坞的前部，在那儿马克斯已经把第二枚火箭鱼雷准备好了。当起重机沿着钢轨徐徐移动时，胡安能够看见林肯正在上面的瞭望间里。他伏身站在一台电脑的旁边，琢磨着如何控制外面的门。他必定已经探明了正确的密码，因为灯开始熄灭了，只有汉利头上的那盏还亮着。卡布里朝远处望去，隐隐可以看见那些巨大的门中有一扇正在朝外转动着。琳达将会发来信号，引导潜艇进入到修理船坞。激光雷达系统可以探测到鱼雷正停放在海底，因此她知道要等待卡布里发话，看他们是否要去窃取另外一枚鱼雷。

当第二枚鱼雷吊挂在了起重机的下面以后，马克斯便加入到了林肯那边，两个人一起把他们剩下的潜水装备搬到了干船坞的边缘，包括胡安的水下呼吸器装备和干式潜水服。胡安把起重机开到了水边，将第二枚鱼雷也放入了水中，此时马克斯和林肯已经准备要离开了。

他们没有想出任何可行的办法能够让伊朗人不去发现到鱼雷的失窃，所以他们唯一可以做的，便是给干船坞的重新投入使用制造重重阻力。林肯将放置一个小型的炸弹，然后通过一个活动传感器来进行引爆，从而把控制大门和灯的计算机给报废掉。为了进一步混淆视听，他们所使用的都是中国制造的炸弹和触发器。

胡安记起了自己忽略掉的一个细节，他把手枪从皮套里拔了出来，猛地朝空中丢去。这把 QSZ-92 式半自动手枪，是中国解放军的最新武器装备。伊朗人一定会把干船坞给搜个底朝天，以便探明究竟是谁潜入到了基地里，他很肯定这把手枪一定会被他们找到的。至于他们是否真的就此把今天的窃取行动算到中国人的头上，他倒没有十足的把握，但是让伊朗人被忽悠得晕头转向已经足够有趣了。

胡安并没有浪费时间去费力地从起重机上爬下来，而是在从船坞的一头延伸到另一头的巨大横梁上一路飞奔而过。当他到达了绳轴处的时候，他小心翼翼地把手绕在了麻花形状的绳索上，然后沿着绳索缓缓地把自己给放了下来。直到距离昏暗的水面只有十英尺的时候，他才顺势快速地滑了下来。

马克斯已经带着他的装备等在了那儿，他帮助胡安背上了氧气筒，然后把潜水头盔戴在了他的头上。

“琳达，你听得见吗？”胡安一边询问，一边踏进了水中。

“收到，董事长。”

“我们已经拿到了两枚鱼雷，所以当我们回到密封舱的时候就开始恢复操作。”

“是。”

当琳达驾驶着“牧民”缓缓前行时，两个人可以感觉到海水在他们下面打着漩涡。

由于没有潜水面罩，所以卡布里是在林肯的指引下来到密封舱的，不过林肯还是十分懂礼貌地让董事长先进去，然后他再费力地把自己那相当可观的身躯挤进了狭窄的开口里，最后关上了舱口盖。

当墙上的指示灯变成了绿色的时候，他便打开了给船舱排水的阀门。

水一降到下巴以下，卡布里便将头盔给猛地扯了下来。在呼吸了一个钟头的干船坞里那染有化学制品的气味以后，此时的空气显得寒冷而清新。尽管空间十分促狭，但他仍然成功地在没有给林肯造成太多擦伤的情况下，通过慢慢地扭动身体而把氧气筒给卸了下来。所以当密封舱里的水排空以后，他便已经准备好去到驾驶员座舱，加入到琳达身旁了。

“欢迎登船，”她露出了一个顽皮的笑容，“事情办得怎么样？”

“小菜一碟，”他心不在焉地回答，穿着那身湿漉漉的叙利亚海军制服，滑进了斜躺式的座位里。两人座位之间的电脑显示器上所呈现的，则是从小型潜艇下面所拍摄到的闭路电视画面。

通过那台吊挂在“牧民”下方的弱光摄像机，琳达知道潜艇距离第一枚鱼雷的中央只有咫尺之遥了。她稍微调整了一下，以便马克斯所安装的抓机能够正好位于那个三吨重的武器上方。她按了一下控制器，钨钢质地的爪钩环住了鱼雷，将它紧紧地夹在“牧民”的腹部。

胡安则帮助她把一个沉浮箱的水给抽空了，以便让潜艇重新保持平衡。琳达紧抿着嘴唇，使用反向推进器，完成了“牧民”的转向。

潜艇突然倾斜了一下，没有停在第二枚鱼雷的正上方，而是偏离了一点儿。琳达嘴里骂骂咧咧起来，“潮来了，”她解释道，然后把潜艇往后倒，重新回到了鱼雷上方。

密封舱控制面板上的灯从红色变为了绿色，埃迪和马克斯也登上了潜艇。

潜艇又一次被潮水冲击了一下，偏离了鱼雷的位置，这让琳达几乎有点儿暴跳如雷了，她操作着仪器，与那些盘旋着冲进干船坞里来的浪潮进行着奋勇搏斗。漩涡和横流给这艘小型潜艇制造着麻烦，胡安知道，假如琳达认为她无法搞定的话，她会向他寻求帮助的，所以他尽量不去干扰她的工作。在进行第三次尝试的时候，她终于成功地让潜艇处在了第二枚鱼雷的顶部。她把环绕在管状鱼雷上的爪钩闭合，并且倾倒了更多的压舱物。

琳达脸上露出了一丝自得的笑容："俗话不是说了吗，第三次总会有好运的。"

胡安把操作臂伸开，用它那灵巧的手指把他们用来搬运鱼雷的四个吊索给收了起来，然后将它们放进了"牧民"下颚处的一个箱柜里。当一切妥当以后，琳达便立即用力地压着操纵杆，让"牧民"在干船坞里旋转了一圈。从激光雷达系统传来的信号使她知道潜艇能够勉强通过那扇开了一部分的门，开进到港口外的辽阔海域里去。

胡安检查着他们的电池状态以及航速情况。他把数据敲进了电脑里，以便获得一份有关"牧民"航程范围的大致报告。在他们身后，他的那些手下正在把身上的湿式潜水服给脱了下来，然后穿上他们之前就打包好了的干净衣裳。

由于涨潮的情况要比他们预计的凶猛，所以当这艘小型潜艇驶回"俄勒冈号"时，应该只会剩下一个小时的备用能量了。胡安有了一种不好的预感，觉得可能无法轻易地逃过伊朗人的追捕，于是他希望自己的船能够赶快驶离霍尔木兹海峡。

"'牧民'呼叫'俄勒冈号'，"他用无线电呼喊道。

"再次听到您的声音实在是太好了，董事长，"哈里·卡西姆说道，"事情办得顺利吗？"

"轻而易举，"卡布里说道，"'俄勒冈号'的改造工作如何了？"

"照计划准确进行着。船首上方的整流装置已经撤除了，通风井也回到了正常状态，而且折叠集装箱的工作比预期的要快很多。”

“很好，哈里，我希望你大约三十分钟以后开船，但是让‘俄勒冈号’的航速在大约3节左右，”“牧民”的航速则是4节，“我们要把指定的会合地点安排在距离海岸更远一些的地方。”

“但那会使我们靠近海洋航路的，”哈里说道，“我们无法停在那儿去把你们给接进来。”

“我知道,我们在行进中完成接合工作,”卡布里回答。尽管把“牧民”升回月池里去十分地危险，但如果卡布里觉得这么做是绝对必要的话，那么他会冒险去在行进中把潜艇驶进“俄勒冈号”里的。

“你确定要这么做吗？”马克斯一边发问，一边把上身探进了驾驶员座舱里。

胡安转过头，眼睛直视着自己的这位老朋友：“我的右脚踝动不了了。”这是两人间的一个暗语，表明董事长有了一种不祥的预感。当年从国家水下暨海洋机构（NUMA）那里接受过一项任务，结果让他付出了失去右腿膝盖以下部位的代价，而在接受那项任务之前，他也有过类似的预感。于是这些年里，两个男人都对胡安的直觉深信不疑。

“你是老板，”马克斯说道，然后点了点头。

他们又花了两个钟头才驶达了“俄勒冈号”，此时这艘船正缓缓地驶离伊朗海岸。“牧民”从龙骨下面四十英尺的黑暗船体下驶过。月池的门已经完全缩回，扁平地抵在船身上，船内的红色战斗照明灯在水里投射下一层猩红色的光影，所以看上去他们犹如是在驶向地狱的大门。

琳达把潜艇的速度慢下来，以便同“俄勒冈号”那迟缓的步调保持一致，然后她让潜艇处在了开口下方的正中位置。通常，进行接合的时候，潜水员会下到水中，把升力线固定在“牧民”身上，这样它便能够被吊升到船里去了。尽管航速只有3节，但此时的潮水太急，以至于无法在月池的密封舱里安全潜水。

当琳达觉得速度合适了的时候，她便缓慢地抽空沉浮箱里的水，以便“牧民”能够一点一点地往上升。

“不要增加压力或其他任何东西了，”哈里在无线电的另一头呼喊道，“我们不到四分钟就要有个转弯了。”霍尔木兹海峡里的航路十分促狭，所以不允许有些许的偏离。

“嗯，没有在增加压力，”琳达回答，并没有将视线从电脑显示器上挪开。

她释放了更多的压舱物，她的手指如羽毛般轻轻搭在操纵杆和节流杠上。当“俄勒冈号”上的开口变得越来越大时，她稍稍做了一下调整。

“你做得很好，”副驾驶员座位上的胡安对她进行着鼓励。

“牧民”与“俄勒冈号”之间的间隙逐渐缩小着，最后，潜艇升到了船身的正下方。他们可以听见引擎所发出的安静的嗡嗡声以及水从驱动管中流过的声音。

琳达将“牧民”的速度放得更慢了一些，以便它能移回到月池的尾部。潜艇的尾舵和螺旋桨距离开口不到一英尺了，“我们要进去了，”她说道，尔后卸掉了余下的压舱物、一个装有半吨重的铁球的储物箱。

“牧民”升上了月池的表面，由于“俄勒冈号”目前的航速为3节，所以月池里面的水就像锅炉里头的水那样不停搅动着，然而潜艇周围的水却是静静地一动不动。这艘小型潜艇开始加速向前，当“牧民”迅速地穿过长度是自己的两倍的月池时，琳达打开了紧急反推力装置。为了防止出现这样的意外情况，一个跨度为整个月池那么宽的充气护舷已经被降到了水边。潜艇撞在了护舷上，但因为撞击力度十分轻微，所以护舷几乎没有受到多少挤压。

当技术人员把升力线附在了潜艇上时，从“牧民”顶部传来了许多细碎的脚步声。潜艇下方的门已经关闭了。琳达如释重负地吐了一口气，她轻拍着手腕，因为长时间的驾驶都让她的手有点儿抽筋了。

胡安拍了拍她的肩膀，他可以从她的眼里看出一丝紧张。“干得很出色。”

“谢谢，”琳达疲倦地说道，她把脑袋竖了起来，仿佛是在听着远处的某个声音一样，“我觉得我听见了我的浴缸正在呼唤着我。”

“去吧，”胡安一边说，一边离开了座位，“你应得的不止这个。”

其余几个人已经在舱口下面等着了，“牧民”被放在了支船架上，外盖“砰”的一声打开了。尽管胡安的身上还有水滴在防滑地板上，但他却让其他人先于自己离开小型潜艇。一名技师把一副耳机递给了他。

“埃里克，你在吗？”

“我在这儿，董事长，”埃里克·斯通从控制中心回答道。

“只要门一关，就赶快提速到 18 节。我们还要多久才能驶离海峡？”

“两个半钟头，这里面允许有小的误差，然后还要花上十五个小时到达会合地点。”

尽管卡布里希望鱼雷以及埃迪从伊朗人的电脑里所窃取的全部技术信息能够尽可能快地离开“俄勒冈号”，但是他不得不格外仔细地调整好同美军的那艘“洛杉矶”级核动力攻击潜艇“塔拉哈西号”

会合的时间，以避免被间谍卫星侦察到，或者被附近的某艘船发现到他们之间转移证据的行为。

“好的，谢谢，告诉哈里一定要竖起耳朵去听来自班达·阿巴斯方面的军方通话。假如他有听到什么重要的内容，记得去我的船舱把我叫醒。”

“遵命，老板。”

马克斯在一旁监督，看着火箭鱼雷从“牧民”下方被移除下来，放到了机动推车上。埃迪已经把装满了信息的电脑磁盘驱动器放进了一个防水的硬箱子里。

胡安用手掌拍了拍其中的一枚鱼雷。“一枚500万，从电脑里下的那些信息则是100万，咱们这一天的卖命还是挺值的啊。”

“你现在应当给奥弗霍尔特打个电话，好让他知道我们已经成功从伊朗人手里盗走了这两枚鱼雷，并且告诉他在收到我们的昂贵账单时可不要心脏病发作哦。”

“我先去冲个澡，”胡安说道，“然后再给他打电话。你要上床睡觉吗？”

马克斯扫了一眼手表。“快要到四点半了，我不打算去睡觉了，帮忙把余下的工作做完。或许还可以一边欣赏日出、一边享受一顿美味的早餐呢。”

“随你的便了，晚安。”

“POSH”这个术语出现在英国统治印度的时期，那些预定轮船去帝国的殖民地孟买或德里的乘客们，会要求去程时入住左舷的船舱，返程时则入住右舷的船舱，如此一来他们的房间始终都会在船的阴凉一面了。购票者将“去程左舷、返程右舷”（Port Out,

Starboard Home）简化为了“POSH”，于是英文中便多了一个新的词汇。

虽然卡布里的船舱位于“俄勒冈号”的左舷，然而船航行时相对于太阳的角度却使得光线从他的舷窗照射进来，于是尽管开了空调，但他的那些家具依然被晒得灼热。胡安汗流浃背地醒了过来，一开始他脑子还有些迷糊，不知道自己是被什么给吵醒的，直到他听见电话铃第二次响了起来。

他一边把胳膊从床单里猛地抽了出来，一边瞥了一眼床对面墙上挂着的大钟。还不到八点，但太阳已经毒辣辣地炙烤着海面了。

他拿起了电话听筒。“我是卡布里。”

“董事长，我是哈里，有情况了。”

胡安在心里计算着，“俄勒冈号”这个时候应该已经驶出了霍尔木兹海峡，但不会冒险进入到阿曼海湾去的，所以他们依然处在伊朗军方的势力范围中。

“出啥事了？”他问道，然后从床上一跃而起，用手在自己的小平头上匆匆理了两下。

“大约五分钟以前，听到班达·阿巴斯那里出现一连串急促的声音，尔后就什么都没有了。”

这是在胡安的预料之中。基地指挥官需要花上一定的时间才能发现鱼雷的失窃，然后终于鼓足勇气去向德黑兰的上级长官报告。而他们反过来则会立即告诉海军基地停止使用无线电通讯以及不安全的电话线路，而是切换为专用的通讯电缆。

在第一次海湾战争期间，美国曾向全世界显示了一下自己那高超的窃听技术。美国的国家安全局利用人造卫星和地面监听站，能够监听到所有的电话、无线广播、传真以及其他各种形式的通讯，而美国军方正是以这种方式准确获知应将武器瞄准哪里才可以打击到萨达姆·侯赛因的司令部和控制设备的。为了应对这一处于压倒性优势的技术领先，那些视美国为威胁的国家——也就是伊朗、利比亚和北朝鲜——耗费了数百亿美元来建造很难被直接截取或窃听到的通讯电缆网络。

在这些被“俄勒冈号”截取到的一通疯狂的叫喊之后，伊朗军方便转换了通讯系统，因此卡布里无法再继续获得有价值的情报了。

“你都听到什么了？”胡安问道。

“他们报告说干船坞被人潜入，一枚小型炸弹摧毁了控制室，以及两条鲸鱼被偷走。”

“‘鲸鱼’是他们给火箭鱼雷起的代号，”胡安说道，“我觉得波斯语会是‘hoot’。”

“电脑上就是这么显示的。在这之后便是国防部下达命令，让他们切换为‘先知之音’。”

“那是他们的军方通讯线路，”胡安把无绳电话夹在脑袋和肩膀之间，以便能够腾出手来穿衣服，“还有其他内容吗？”

“抱歉，董事长，就这些了。”

卡布里一边把脚塞进一双伊朗人的鞋子里，一边思考着接下来会发生什么。“他们会封锁班达·阿巴斯港，重新检查港口里的每一条船。海军方面则将处于一级戒备状态，他们可能会竭力拦下阿曼湾沿岸五十英里以内的船只。”

“我们仍然还在这个范围内啊，”哈里告诉他说。

“告诉舵手赶快带我们离开这个鬼地方。我两分钟后将会到达控制中心，让高级职员在那儿集合。”虽然胡安底下的这几个首要人物几个钟头以前还在当班，但他希望他们能够继续坚守各自的岗位，直到一船人安全驶离了伊朗人的打击范围。

当胡安在设计“俄勒冈号”的时候，他花费了大量的人力、物力和财力放在了船的控制中心上。因为它是这艘船的大脑和神经中枢，船上的其他一切都是通过这个中心来控制的，从引擎、武器系统，到灭火用的洒水装置和通讯设备。与“俄勒冈号”的残破外观形成鲜明对比，这个房间里面尽是高科技设备。前面一堵墙上是一个巨大的平板屏幕，可以同时显示出由船上的摄像机、潜艇和无人潜航器（ROV）的传送设备以及安装在“鲁宾逊R−44”直升机上的摄像机所提供和发送的数十个画面。而声纳与雷达系统也能够被投射到大屏幕上。

平板下面便是操舵台、武器操控台、哈里的通讯台以及马克斯·汉利的工程控制台。而控制中心的中央则是被马克·墨菲和埃里克·斯通所戏称的“教会长老椅”，从这个总指挥的位置上，卡布里可以监控到船上及其周围正在发生的一切情况，假如有必要，他会接管其他的控制台或操作台。

由于天花板低矮，加上从数十台电脑显示器上所发出来的光线，所以控制中心里能够听到一种十分明显的“嗡嗡”声，就像是美国国家航空航天局的任务控制台一样。

当胡安踱着步子走进来时，他发现那位精疲力尽的马克斯·汉利已经在他的椅子上就座了，此外还有马克·墨菲。墨菲是这一群人当中唯一一个没有军方或情报部门背景的。他个头很高、手脚不太灵活，一头黑发经常如鸟窝状，目前他正试图蓄一个山羊胡子。他是船上智商最高的家伙，二十刚出头便拥有了麻省理工学院的博士头衔。离开大学之后他成为了一名军事承包商，并在工作中遇到了埃里克·斯通。埃里克一直效力于美国海军，不过他已经计划提出辞呈，然后加入到公司里来。他们曾经花费了两个月的时间来为“阿利·伯克”级驱逐舰弄到一台远程加农炮，而在这期间，埃里克则说服了卡布里和墨菲也一起加入进来。

墨菲对于“俄勒冈号”上的各种武器之精通，让胡安感到无可挑剔。他只是希望有一天这位年轻的墨菲先生能够不再从头到脚一身黑以及玩那种足以把附在船体上的藤壶给震下来的庞克摇滚乐了。这天早上，他发现墨菲穿着一件上面绘有两个鲜红唇印的T恤，衣服背后还印着几个字——“摇滚万岁”。墨菲的工作站一片狼藉，空的饮料罐扔得到处都是。从墨菲那呆滞的眼神，胡安可以知道他一定是注射过了咖啡因。

卡布里坐在了自己的椅子上，然后调整了一下手边的电脑显示。一杯热腾腾的咖啡突然出现在了他的身旁，原来是莫里斯，他的步子实在是太轻了，以至于胡安压根就没有听见他走过来。“看来我以后得在你的身上安一个铃铛了，谢了。”

“愿意为您效劳，先生。”

胡安抿了一口咖啡，然后研究着面前的电脑所显示的画面，尤其留意雷达系统探测到的有关周围海域的画面。伊朗的海岸依然显示在屏幕的最顶部，尽管画面所呈现的已经是船上的雷达系统所能探测到的最大范围了，然而在他们周围却正有无数船只在波斯湾里驶进驶出着。从这些船的尺寸来看，他知道大多数都是油轮。这片海域里的交通是如此的繁忙，就跟高峰时段亚特兰大市那拥挤的车流一样。在远远的南边，有一艘巨大的舰船，被许多船只簇拥着，他猜测那应该是一艘美国的航空母舰。

他检查着他们的航速、航向以及船下方水的深度。底部已经降到了400英尺，足够让一艘潜伏的伊朗潜艇偷袭了。但由于美国海军的航母就在附近，所以他更加关心的是他们会否遭到直升机或者战斗机的袭击。他匆匆瞥了一眼船上的摄像机所拍到的画面，知道“俄勒冈号”的外观改造工程完成得不错，两个通风井被换成了单独的一个，甲板上的集装箱也已经移除干净了，船名也由“诺尔克号”变回了“俄勒冈号”。然而他注意到首旗杆上飘扬着的依然是那面巴拿马国旗，而不是按计划应当挂上去的伊朗国旗。他知道，小心方能驶得万年船，因为伊朗人没必要上到一艘飘着自己国家旗帜的船上大肆搜查一番。设在起重机顶端的摄像机所拍到的画面则显示，他们刚刚从一艘油轮身旁经过，船尾距离那艘油轮还不到一英里。同时有一条货柜船正沿着他们的航迹向北行驶着，两船的距离不到半英里。

“哈里，声纳有什么发现吗？”

“除了探测范围内的八艘船的噪音以外，没别的了。”他停顿了一下，仿佛还要再补充些什么。

胡安注意到他皱了皱眉头，于是说道：“告诉我，哪怕是细枝末节。”

“在班达·阿巴斯方面的通讯沉寂以后大约一分钟，海军基地出现了一阵大量的信息传输。”

“你一直都有听到吗？”

哈里摇了摇头，“就只有一次。”

胡安不知道对于这条信息该作何处理，所以他便将其暂时地搁到了一边。“有战斗机或直升机出现吗？”

“一架从我们南面的航母上起飞的反潜直升机，一个钟头前经过了这里，但我们北面的朋友则没有任何动静。”

卡布里稍微放轻松了一点儿，然后开始思考他们究竟怎么做才能够成功脱险。

就在这时，哈里突然叫喊了起来：“声纳有发现！方位95度，距离7000码。水里有鱼雷。该死的！它正等着伏击我们呢！”

“俄勒冈号”与那枚即将到来的鱼雷之间的距离大于五英里，因此胡安知道自己有足够的时间来让船摆脱危险。他的声音依旧平静从容：“对它进行追踪，哈里！务必确保在我们做出反应以前能够知道它要去哪儿。”

“声纳又有发现了！”卡西姆再一次叫喊了起来，“水里还有第二枚鱼雷，方位相同、距离相同。第一枚鱼雷正朝那艘货柜船驶去，该船名叫‘萨迦号’，比我们早二十分钟离开的班达·阿巴斯。”

真是祸不单行，情况变得更加糟糕了。

“我们从航母战斗群那里得到了一个警报，”哈里喊叫声的分贝更高了，“他们听见了枪击声，并且已经有飞机发射了。”

“怎么倒霉事都给我们碰上了？”马克斯抱怨说。

他的话音还未落，只听哈里又一次叫喊了起来：“又有发现！他们发射了第三枚鱼雷。我们、‘萨迦号’以及后头的那艘名叫‘艾吉·约翰斯顿号’的超级油轮全都在它的瞄准范围内。”

假如只有一枚鱼雷在追踪着“俄勒冈号”，卡布里还能够搞定。又或者即使有两枚鱼雷，但只要他可以让他的船驶在第二枚鱼雷与其所瞄准的船只之间，那么也能化险为夷。但现在水里同时有三枚鱼雷，他必须要立即做出选择。“萨迦号”或者“艾吉·约翰斯顿号”都将被直接击中。卡布里知道，他绝对不能让二十万吨级、满载着油料的超级油轮出事。

“他们刚刚又发射了另一枚鱼雷，”哈里的声音里透着一丝难以置信，“现在水里有四枚了。‘萨迦号’同第一枚鱼雷之间的距离已经减少为了 6000 码。这最后一枚鱼雷的速度则要比其他几个缓慢得多。”

“它是在潜伏，看看其他鱼雷有否漏掉哪条船，”马克斯说道，“然后再把它给干掉。”

如果前面三枚鱼雷中有一枚没有引爆，那么这第四枚作为备用的鱼雷便会将预定目标给摧毁掉。卡布里很熟悉这种战略，他对此也没有任何抵御之法。现在他所思考的重点则是他们是否能够幸运地活着离开阿曼海域。

第 4 章

马尔代夫，“黄金黎明号”

印度洋

一只陌生人的手，仿佛一把老虎钳，紧紧扣在了詹妮·达尔的鼻嘴上方。她没法呼吸，任何反抗的努力都只会使情况变得更加糟糕。她不停地扭动着身体，努力想要吸一口空气，以躲避那正在将自己给吞没的死亡的威胁。她一会儿把身体朝这边扭动，一会儿又扭向另一边，但却依然无法摆脱掉那只无情的手。

很快她便将失去知觉，然而她却什么也做不了。这很像是溺水，溺水是她所能够想象到的最为恐怖的死法，但此时要夺去她性命的，并不是那冰冷的海水，而是一个陌生人的双手。

詹妮做了最后一次反抗，她拼死朝前扑去，想要挣脱开来。

她气喘吁吁地醒了过来，她想把头和肩膀从床上抬起来，无奈那盖在身上的被单和毛毯太沉了，于是她只好作罢。往她鼻子里输纯氧的那根透明的塑料插管绕在了她的喉咙上，使她呼吸困难，就像现在所患的哮喘一样。

詹妮自从患了哮喘以后，经常会在睡觉的时候做噩梦，而噩梦的后续影响便是一阵阵的发冷。她在床边的桌子上摸索着，想要找到呼吸器，并且朦朦胧胧地意识到了自己仍然待在船上的医务室里。她把呼吸器的吹口放在了上下唇之间，猛吸了好几大口喘乐宁。

随着药物使她那受阻的呼吸慢慢变得顺畅起来，詹妮能够吸入更多的药物，终于让自患哮喘以来所出现的最为严重的症状得到了缓解。但是这并未有助于她那颗因为噩梦而跳得厉害的心放慢下来，也没能帮助她将插管的一部分给移开，以便只有一个鼻孔吸氧。她重新调整了一下塑料管，立马感觉到了效果。她扫了一眼床铺上方的监视器，看到她的血氧饱和度开始迅速上升。她把被单抹平，然后更深地缩进倾斜床里去了。

这是她在医务室的第三天了，一连几个钟头独自一人的第三天，她无聊透了，同时恨自己长了一个这么弱不禁风的肺。她的朋友们时常会来看望她，但是她知道他们中没有一个人愿意在这儿久留。倒不是因为她责备他们，而是看着她这副费力地吸吮着呼吸器的模样绝对不会是什么赏心悦目的事儿。她甚至没有力气让唯一的一名护士来给她换一下床单被套，而且还可以想象出她的身体闻上去会有一股怎样的味道。

床周围的布帘突然被拉了开来。帕斯曼医生的步子很轻，以至于詹妮压根不知道他已经走进恢复室里来了。帕斯曼年逾六十，来自英国，是位已经退休的心脏外科大夫。离婚以后他便结束了自己的诊所，然后同一家名为“黄金海上巡游线”的公司签下了合约，当了一名船上医生，从此享受着一种更为平静的生活，并且拒绝向其前妻支付自己所挣到的一半薪水。

“我听见你叫喊了，”他说道，目光投向了监视器，而不是他的病人，“你没事吧？”

“只是哮喘又发作了，”詹妮努力地挤出了一个笑容，然后用她那轻快活泼的斯堪的纳维亚口音补充道，“不像以前那么糟糕了，我觉得最不好的状况已经过去了。”

“不要忘了，病情有否好转是由我来判断的，”他说道，终于把目光放到了她的身上。他的眼里满是关切，“你的脸色蓝得像个浆果，我女儿也患有慢性哮喘，但不像你这样。”

“我已经习惯了，”詹妮耸了耸肩，“我在五岁的时候便发作过哮喘，所以我一生的四分之三都是在同此病作斗争。”

“我是想问，你家里有其他成员患这个病吗？”

“我没有兄弟姐妹，我的父母并没有哮喘，不过我母亲告诉我说，她的妈妈在年幼的时候曾经得过这个病。”

帕斯曼点了点头。“这个病很容易家族遗传的，我原本以为在海上、远离污染能够减轻你的症状。”

“我也曾有过这样的希望，”詹妮说道，“这也是我应聘在游船上当女招待的原因之一。嗯，还有就是，我不愿意在小镇上就这样无事可做地待着，整天只是看着那些渔船在港口进进出出。”

“你一定很想念你的父母吧。”

“我的父母在两年前都过世了，”她的眼神黯淡了下来，“是车祸。”

“我很遗憾。你的气色正在好转，”帕斯曼转换了一下话题，“呼吸看起来也变得轻松了一些。”

“这是否意味着说我可以离开这儿了呢？”詹妮问道。

“恐怕不行，亲爱的，你的血氧饱和度仍然低于我的期望。”

“我认为，您不会在乎今天是船员社交日的，”她带着失望的口吻说道。根据远处墙上挂着的那面钟，她知道距离派对开始只有一两个小时了。

这场舞会是船上那些年轻的员工们自“黄金黎明号”两周前离开菲律宾以来第一次得以放松的机会。对于男侍应、女侍应、女仆以及不当班的船员来说，今晚的派对是此次巡游中的重头戏，而且碰巧船上的员工当中有几个异常英俊的挪威人，詹妮知道有些年轻乘客也会参加。一周以来，这场舞会成为了船上所有人的谈论焦点。

“是的，待会儿的派对对我而言无关紧要，”医生说道。

这间狭小的病房的门开了，不一会儿，詹妮在“黄金黎明号”上两个最要好的朋友——埃尔莎和凯芸快步走了进来，身上还散发着浓浓的香水味道。她们两个来自于慕尼黑，比詹妮大几岁，已经在“黄金海上巡游线”工作三年了。埃尔莎是船上的糕点师，而凯芸则跟詹妮一样也是名餐厅的女侍应。她们穿得十分性感迷人，凯芸身着一条黑裙，腰间还束着一根很细的皮带，如此一来她那丰满的胸部就显得更加突出了，而埃尔莎则穿着一件紧身吊带裙。两个人都是浓妆艳抹，还吃吃地傻笑个不停。

“你感觉怎么样了？”埃尔莎问道，在詹妮病床的边上坐了下来，完全无视帕斯曼的存在。

“你们两个真是让我嫉妒死了。”

“你的身体情况还不能参加派对吗？”凯芸对医生怒目而视，就仿佛詹妮的哮喘迟迟不愈完全都要怪到他的头上。

詹妮把一缕搭在额上的湿漉漉的头发撩到了一边。“即使我可以参加，你们两个穿成这样，我哪里还有一点儿机会啊！”

“你觉得迈克尔会喜欢我这身打扮吗？”凯芸踮起脚尖旋转了一圈，向詹妮展示着自己的裙子。

“他一定会被迷死的，”埃尔莎告诉她的朋友说。

“你确定他会来吗？”詹妮问道，一心沉浸在对这些八卦的好奇中，甚至都忘记了胸口的疼痛。迈克尔是船上的一名乘客，曾到她们工作的餐厅吃过饭。这个年轻的小伙子来自美国加州，一头金发，眼睛如海水般湛蓝，身材也健硕无比。船上的女员工们几乎一致同意他是全船最英俊的男人。她还知道凯芸与迈克尔约会过不止一次。

凯芸把她的裙子抚平，“他跟我说过他会来的。”

帕斯曼打断了她们的谈话:“他是‘负责主义者’这一团体的成员，你对此难道不会介意吗？”

她朝医生投来恶狠狠的一瞥，“我有四个兄弟、三个姐妹，所以我并不认为不要孩子是个多么糟糕的想法。”

“负责主义者可不单单只是不要孩子，”他说道。

凯芸觉得他说这话简直是对自己的侮辱，好像以为她不知道这个租下了该船的团体所信仰的是什么。“是的，不单单只是如此，它还帮助那些为生育所累的第三世界的妇女们解放出来，从而缓解地球上的人口过剩问题。当利德尔·库珀博士在19世纪70年代发起该运动的时候，世界上有三十亿人口。而今天，数字整整翻了一倍——已经多达六十亿了！”

“我看见了他们在船上四处张贴的海报了，”帕斯曼带点讽刺意味地说道，“可是难道你不认为负责主义已经不是一种单纯的社会意识了吗？对于一个加入该组织的女性来说，她必须要把自己的输卵管给结扎掉。这在我听来，简直就跟邪教的行径没有多大差别。”

“迈克尔早就跟我说过，人们时常在他耳边念叨着您刚才的这番话，”凯芸带着年轻人特有的固执，感觉必须要捍卫自己的这位热恋对象所信仰的理念，“虽然您不了解所有的事实，但这并不意味着说您就可以驳斥他的信仰。”

“是的，不过很显然，你知道……”帕斯曼压低了自己的声音，因为他明白，在一个正被体内的荷尔蒙所支配的年轻姑娘面前，再有道理的争论也都会是苍白无力的，“实际上，你并不一定非得按照他们主张的来做。我觉得你们两个应该让詹妮休息一下了，你们可以待会儿再来告诉她派对的具体情况。”

“你可以吗，亲爱的？”埃尔莎问道，把手放在了詹妮那瘦弱的肩膀上。

“我会没事的，你们两个玩得开心些。我希望明天可以听到轰动性的细节。”

“好女孩是不会接吻和泄密的，”凯芸咧嘴笑着说道。

“在这个问题上，我可不期待你们做好女孩哦。”

两个德国姑娘一起离开了，可是没过一会儿凯芸又折返了回来。她把脑袋凑到了病床边：“我想让你知道我已经打算去做那个了。”

詹妮明白她所指的是什么。她知道，对于自己的这位朋友来说，迈克尔绝不只是一时的热恋对象，除了几次接吻以外，他还花了几个钟头的时间来跟她谈论自己的信仰。

“凯芸，你一定要想好啊，这可不是小事儿。而且你对他的了解也还不太深。”

“反正我也从来没有想过要生小孩，所以，假如我现在或者几年以后把输卵管给结扎了，我想也不会是什么大事的。”

“千万不要是因为他说服你去这么做的，”詹妮不顾自己身体的虚弱，十分激动地说道。

“他没有说服我去这么做，”她赶快否认道，“其实我想这事已经很久了，我不希望像我妈妈那样，在三十岁的时候就把自己给熬干了。她今年四十五，可看上去都像是七十岁的老太婆了。而且，”她的脸上浮现出了明亮的笑容，“在游船停靠在希腊以前，什么都不会发生的。”

詹妮抓起了凯芸的手，语重心长地说道：“这个决定将会影响你的下半辈子，所以，一定要想清楚，好吗？”

“好的，”凯芸回答。

詹妮给了她一个拥抱，“太好了！现在，代我去派对好好开心开心吧。”

“没问题。”

尽管姑娘们已经离开了，但她们身上的香水味在病房里久久未散去。

詹妮陷入到了专注的思考之中。这艘船下周应该不会在比雷埃夫斯[1]靠岸，这给了她一线希望，觉得自己和埃尔莎能够利用这段时间来说服凯芸打消那个念头。加入“负责主义者”这一团体的必备条件便是要施行绝育手术，对男人而言是接受输精管切除术，对女性来说则是将输卵管给结扎掉，这代表着说他们同意不再给这个已经人口过剩的星球添加更多的孩子了。凯芸还太年轻，所以会为了想要跟一个相貌英俊的男人睡觉而做出这样草率的决定。

然后詹妮便迷迷糊糊地睡着了，几个钟头以后她才醒来。她可

① 希腊南部港市。——译者注

以听见船的引擎所发出的低沉的隆隆声。詹妮很想知道埃尔莎和凯芸在派对上玩得怎么样了……

一个小时以后，詹妮再度醒了过来。她讨厌待在医疗室里头，她感到十分孤独和无聊，有那么一瞬间，她想要一把抓起床底下的旧衣服，然后偷偷溜到舞厅里去瞅上一眼。可惜她那虚弱无比的身体不允许她这么做，于是她再一次把眼睛给合上了。

她又开始做起了那个噩梦，面目狰狞的陌生人用手扼住了她的喉咙，越来越使劲……突然间，她听见了一个撞击声。

詹妮猛地醒了过来，伸手去抓自己的呼吸器。就在这时，房间的门开了，一道光束从办公室里投射了进来。由于刚刚又发作了哮喘，所以她无法十分清楚地看清眼前所发生的景象。帕斯曼医生摇摇晃晃地进了屋，他穿着一件浴衣，光着脚丫子，脸上全是血。詹妮紧抓呼吸器，贪婪地吸着氧气，她眨巴着眼睛，努力想要把睡眼睁大一些。

帕斯曼发出了一声可怕的、沙哑的喊叫，更多的血从他嘴里淌了出来。詹妮剧烈地喘着气。他又蹒跚地多走了两步，膝盖剧烈地抖动着，就仿佛那里的骨头已经碎掉了一样，然后便重重地倒在了铺着油毯的地板上。詹妮看见一股波浪状的涌动在他的身体里起伏着，穿过了他的全身。不一会儿，他的身体便被一摊鲜血包围了起来。

她一边紧紧地抓着自己的被单，一边费力地吸着气。然后，另一个人走进了她的房间里。原来是凯芸，她依旧穿着那条性感的黑裙子。她猛烈地咳嗽着，身体抽搐得厉害，尔后一股鲜血从她的口中喷涌而出。詹妮被眼前所看到的景象吓得大声尖叫起来。

凯芸试图说话，然而口里发出来的却是漱口般含糊不清的声音。她张开双臂，做了一个求助的姿势，她那苍白的手指朝詹妮伸过来。

詹妮畏缩着退到了病床的后沿，她恨自己这么做，但她实在没有勇气把身体向前探去。一滴深红色的眼泪顺着凯芸的眼角滑落了下来，在她的脸颊上划下了一道长长的血印，然后在下巴处滴落了下来，溅在了她的胸前，红得那么刺目，仿佛一朵绽放的玫瑰。

就跟几分钟以前的帕斯曼一样，凯芸也无法再继续支撑自己的身体了，她直直地往后倒了下去。当她撞在了地板上时，她的皮肤仿佛不存在了。她的身体裂开了，鲜血从体内喷涌而出，流得满地都是。詹妮·达尔觉得自己一定会疯掉的，然后便晕厥了过去。

第5章

胡安·卡布里研究着在控制中心舱壁上所呈现出来的战术演示分析图。伊朗人的“基洛”级潜艇所发射的四枚鱼雷，有三枚正在追踪着它们的攻击目标，而声纳显示出第四枚鱼雷的速度很慢，因此电脑只能给出它的大致位置。

第一枚鱼雷同货柜船“萨迦号”之间的距离已经不到两英里了，而第二枚鱼雷与那艘二十万吨级的超级油轮“艾吉·约翰斯顿号”也只有三点五英里之遥了。第三枚鱼雷则以超过40节的航速径直地朝“俄勒冈号”飞驰而来。

卡布里知道“俄勒冈号”能够应对一次直接命中，这得多亏设在船体周围的反作用装甲，当船被鱼雷击中时，反作用装甲便会在外部爆炸，从而让鱼雷的爆炸威力大为削弱，虽然这么做很可能会损坏一些重要的系统。他还可以通过“俄勒冈号”的惊人航速与机动性来避开那枚即将到来的鱼雷，但是尔后这枚越过了目标的鱼雷则会将“萨迦号”锁定为它的第二追踪目标。所以胡安似乎没有任何办法可以同时保全这两艘商船与“俄勒冈号”，尤其是当还有第四枚备用鱼雷潜伏在一侧的时候。

他蒙胧地意识到哈里·卡西姆正在向那两艘商船发送着无线电警报，告诉他们将会遭受鱼雷的袭击。像“艾吉·约翰斯顿号”那样身型庞大的船只，就其目前的航速来看，假如要转向的话，起码需要有五英里的半径范围。

“我侦察到有两架飞机从航母上起飞了，”武器操控台上的马克·墨菲说道，“我怀疑它们是S–3B‘维京’舰载反潜机，配备有Mark46型或50型鱼雷，看来十分钟以后就有‘基洛’好受的了！”

“可对我们来说，五分钟都嫌太迟了，”埃里克说道。

“哈里，追踪我们的鱼雷距离还有多远？”卡布里问道。

“6000码。”

“距离‘萨迦号’呢？”

“3200码。”

卡布里在椅子里坐直了身体，他已做出了决定。现在已经到了掷出骰子，看看会发生什么的时候了。“舵手，把航速提到40节，让我们驶到‘萨迦号’和那枚冲着它去的鱼雷之间。”

“是。”

“武器操控台，打开左舷，让‘格林’机关枪准备好，对准那枚鱼雷，你的电脑要用于主声纳图像，你可能需要从瞭望塔的摄像机来瞄准标线。”

“稍等一下，”马克说道。

"墨菲先生，"胡安的语调变得尖锐起来，"我们可没有等待的时间了！"

墨菲并没有在听，他正全神贯注地在应对一台笔记本电脑所出现的问题。"拜托，宝贝，"他焦急地说道。

"你在干嘛？"卡布里问道。

"教'庞然大物'一个新招。"

"庞然大物"是他和埃里克·斯通给"俄勒冈号"的超型电脑起的名字，灵感则来自于马太·布洛德里克拍摄的一部老电影，讲的是一个年轻的电脑黑客侵入了北美空防联合司令部的系统，结果几乎引发了一场核战。

"我们不需要什么新招，墨菲。我所需要的是那架'格林'机关枪已经准备就绪。"

墨菲转动了一下身体，看着房间对面的马克斯·汉利，他也正在自己的电脑上忙碌着。"我认为它无法工作了。"

"坚持住，伙计，"马克斯说道。

"你们两个得告诉我到底出了什么事？"胡安问道,他看了看墨菲，又瞅了瞅马克斯。

"是的！是的！"马克欢呼雀跃着，从椅子上跳了起来，拳头高高举过头顶。他没有重新坐回椅子上去，他的手指在键盘上飞快地敲打着，灵巧得就像是一位演奏古典乐的钢琴家。"搞定了！舰载电脑现在与我们的电脑同步了，一切都在我的掌控之中！"

"什么？"

马克瞥了他一眼，嘴边挂着一抹邪邪的笑，"现在轮到我们来做捕鲸者了。"

卡布里转过身来，看了一眼马克斯，汉利看上去就像是一尊佛像般神妙莫测。“你可千万不能掉以轻心，”胡安说道，尽管他很了解自己的这位副指挥官，“你难道不记得上次俄国人的‘库尔斯克号’核潜艇试图发射一枚鱼雷，结果发生爆炸，在自己身上打出了一个大洞，艇上118名船员全部丧生吗？”

“‘萨迦号’距离那枚鱼雷有1000码，”琳达·罗斯说道。由于货船同美国战斗群以及那架正在快速驶来的反潜机之间有大量的通讯往来，所以她已经接管了声纳操作台，这样哈里·卡西姆便可以专心去负责无线电通讯了。

胡安再次研究起了战术演示分析图，似乎“俄勒冈号”无论如何也很难在那枚即将到来的鱼雷与其预定目标之间侥幸逃脱。由于水流密度的缘故，所以，假如他们有任何击中它的机会的话，那么他们就需要径直处在鱼雷的正前方。然而等他们到达了位置时，他们距离那枚仅位于水下10英尺深度的鱼雷将会不到500码了。

通过设在起重机上的摄像机所拍到的图片，卡布里可以看到那枚正在逼近的鱼雷所留下的尾迹。原本平静的海水被搅起了一阵微微的涟漪，鱼雷的航速大约在40节以上。

“武器操控台，我们需要在鱼雷潜到龙骨处以前就把它给解决掉。”

“收到，”墨菲回答。

埃里克·斯通操作船的横向推进器，于是“俄勒冈号”便径直地处在了鱼雷的航道上。由于磁流体动力的缘故，所以在船完全倒转时产生了一股巨大的气流。

“准许开火，”胡安发出了命令。

马克轻轻敲打了几个键。

在“俄勒冈号”的外侧，“格林”机关枪多面堡上方的装甲金属板“砰”的一声打开了。六个枪管的机枪发出了尖利的射击声，无数滚烫的空弹壳从枪身飞了出来，形成了一列密密麻麻的连续的黑点。20毫米口径的机关炮吐出了一团火舌，炮弹箭一般地穿过了水面，尔后一缕浓烟和火焰从船身喷发了出来。就在那枚猛冲而来的鱼雷的正前方，海水剧烈涌动起来，成千上万个落入水中的贫铀子弹壳将海面切碎，并在水中划下了一道道白色的波纹。当子弹在海里钻出了一个小洞时，一团团海水飞溅到了空中。

在格林机枪的猛烈火力之下，那枚载有超过400磅炸药的俄制TEST-71型鱼雷被击中了死点。弹头爆炸开来，发出了一连串的冲击波，在海里急速推散开去。而在爆炸的中心点，一个水柱从海面上腾空而起，足有80英尺高，尔后由于重力战胜了惯性，于是整个水柱又落回到了海里，落下时在海面上撞出了一个深坑。

尽管待在船的中心，与外部很好地隔离开来了，但船员们依然可以清楚地听见爆炸声，就仿佛头顶上方传来隆隆的雷鸣。

胡安立即转向马克斯：“这让我们多了大约30秒的时间。”

“他们的鱼雷全都是线导鱼雷，所以假如我们能够切断鱼雷的导线，那么它们就丧失自动力了。即使是伊朗人也不会让鱼雷在不受控制的情形下在这些海域里横冲直撞的。”

“你有何建议？”

“这难道还不明显吗？把那艘该死的‘基洛’给击沉。”

胡安再一次看着大屏幕上的战术演示分析图，他看到代表两架归航的美国S-3B“维京”反潜机的红色闪光灯以及另外三枚鱼雷的轨迹线。那枚备用鱼雷开始朝着“俄勒冈号”加速飞驰而来，而瞄准它的主要武器已经改变了作战方针，转而执行拦截任务去了。

“你肯定它能起作用吗？”他问道，并没有回过头来。

“当然不，”马克斯告诉他说，“它只是伊朗人对已经存有瑕疵的俄制武器所做的一个仿制品罢了。但是我们的人工作了整晚上来对一个发射管重新编数据，以便我们可以发射它，而墨菲似乎把软件搞定了。如果它真的能像广告上说的那样起作用的话，它就会在那三枚鱼雷到达瞄准目标前将它们给一网打尽的。”

“墨菲？”

“‘庞然大物’已经把鱼雷锁定好了，董事长。我能够尽可能地控制好它，航速会是200节。”

卡布里不知道几秒钟以后自己是会亲吻马克斯和墨菲，还是会诅咒他们下地狱。“舵手，调转船头，对准‘基洛’。武器操控台，打开外门，准备好鱼雷发射管，调整好发射方向。”

埃里克·斯通让船转向，船体下方深深地嵌进了海水里，船首处泛起了白色的泡沫。

“斯通，再往右舷方向多两个点，”马克斯说道。埃里克握着推进器，调整着船的方向，以便它能够径直地朝向“基洛”发射鱼雷的位置。“琳达，它没有动，对吗？”

“是的，它只是待在那儿，放出导线来引导它那几枚鱼雷。”罗斯回答道，然后把她一直戴着的被动声纳耳机给摘了下来。

这是马克所需要的最后一条信息，他按动了发射控制钮。伴随着一股威力大到足以让货船上下颤抖的压缩气体，一枚火箭鱼雷从发射管一跃而出。将近50节的惊人航速，使得它那设计独特的鼻锥体在整个武器周围产生出了一圈高压气泡。正像舰载电脑所探测到的那样，鱼雷正在减速。伴随着一声震耳欲聋的吼叫，它的火箭发动机打开了，减摇鳍也“啪”的一声轻弹开来。

在超空泡的包裹下，火箭鱼雷如一把飞驰的冰刀在海里一切而过，这种超空泡技术使得它几乎不受任何阻力，因此才会航速惊人。实际上，它几乎就是在飞行，很快速度便增加到了 230 节，它的尾迹犹如一个沸腾的锅炉里的水汽。

“距离目标还有多远？”胡安叫喊道。

“3000 码，”琳达回答，“现在是 2600 码、2200 码、2000 码。”

“墨菲先生，准备自毁，”胡安命令道。

“您不想把那艘‘基洛’给击沉吗？”

“导致一场比我们已经目睹的这一切更大的国际性事件吗？不，谢谢。我只想把从潜艇船首处盘绕而出的导线给切断。”

“要多近？”

胡安检查了一下战术演示分析图，估算着以“艾吉·约翰斯顿号”和“俄勒冈号”为目标的鱼雷同他们这两艘船之间还有多远距离。不到 30 秒，“艾吉·约翰斯顿号”的船体就会被一次直接命中而劈成两半。他观察着平板屏幕上火箭鱼雷的运行轨迹，它移动得是如此之快，以至于电脑需要每秒钟都更新一遍图像。他必须要确保鱼雷对“基洛”的损坏能够到达一定的程度，以便它无法再发射另外的鱼雷，然而损坏程度又不能大到令其沉没的地步。

“1000 码，董事长，”琳达喊道，尽管胡安可以看到屏幕上所显示的数字。

现在“艾吉·约翰斯顿号”与那枚追捕它的鱼雷之间已经不到 200 码的距离了。这里面所牵涉到的向量和速度极为复杂，但一切都在胡安的运筹帷幄之中。

“等等，”他说道。假如他过早引爆了那枚火箭鱼雷，那么它就没有机会去切断所有的导线了。然而太晚的话，“基洛”上的 53 名船员则又会命丧黄泉。

“等等，”他又说了一遍，然后观察着那枚火箭鱼雷如离弦之箭在海中飞驰而过。随着它的逐渐接近，那艘超级油轮侧面下方的海水被微微地搅动了起来。

一枚鱼雷距离它的目标有 50 码，另一枚则有 300 码，但它们的相对速度差别是如此之大，以至于两枚鱼雷几乎会在同一时刻到达攻击目标。

“可以了！”

马克按了一下按钮，给鱼雷的舰载电脑发出了自毁信号。鱼雷的弹头以及固态的火箭燃料立即炸成了碎片，一股巨浪喷涌而出，直冲到空中，并在海里切开了一个深度和宽度均为 50 英尺的洞。一股令人晕眩的冲击波从爆炸中心点向外辐射开去。爆炸对“俄勒冈号”造成了一定的冲击，但对“艾吉·约翰斯顿号”的冲击则并不太大，因此这艘巨轮只是轻微地朝左舷倾斜了一下。

爆炸在海里造成的巨大回响，使得被动声纳几乎无法探测到其他任何声音了。卡布里全神贯注地看着设在干舷处的摄像机所拍到的那艘超级油轮的图像，只见它那沉重的身躯向后摇晃着。他继续观察了一会儿，尔后唇边浮现出了一抹笑意，因为并没有出现撞进油轮船体内的鱼雷发生爆炸的情况，看来马克斯的计划成功了。从“基洛”船首盘绕而出、用以指挥鱼雷的导线已经被切断了，于是鱼雷立即失去了自动力。

“琳达，一旦你听到了什么，立即向我汇报！”他命令道。

“电脑正在做分析，给我几秒钟时间。”

哈里在椅子上转过头来：“董事长，一架 S-3B‘维京’的飞行员想要知道刚刚出了什么事。”

“先拖延住他，”胡安说道，他的注意力依然在琳达这边。此刻琳达正如一尊雕像般一动不动地坐着，右手按着声纳耳机，让其贴紧自己的头部。

她终于抬起了头，看着胡安说道:“没有听到高速运行的螺旋桨的声音,所以那三枚鱼雷已经死翘翘了,现在很可能正朝海底坠去呢!我听见从‘基洛’传出的机器噪音,还有船体内部的警报声。等等……是水泵，以及……他们在倾倒压舱物,”她那如顽童般调皮的脸上绽放出了一丝明亮的笑容，“我们成功了！他们正在浮出水面。”

控制中心里爆发出了一阵欢呼和掌声，在房间里久久回响，甚至就连马克斯那张貌似喇叭狗的脸也做出了一个咧嘴笑的表情。

“每个人都干得漂亮，尤其是你，墨菲先生，还有你，马克斯。告诉负责安装火箭鱼雷和发射管的小组，他们的下一张付薪水的支票上会有额外部分的。”

尽管船上的每一个人都会从公司的收益中得到属于自己的那一份，但是卡布里乐于去对那些有优异表现的员工发放额外的奖金，这也是员工们对他忠心耿耿的原因之一，虽然更为主要的原因则在于他是这些人曾经效力过的最好的老板。

“快看！”埃里克·斯通气喘吁吁地说道。

主显示屏上显示着在“基洛”发射鱼雷的海域所拍到的照片。海水剧烈地沸腾着，犹如一个巨大的漩涡，在漩涡的中心，一个钝钝的物体正在升出海面。随着这艘伊朗潜艇的船首部分浮现了出来，他们可以看到它的船身板已经弯曲了，就仿佛它刚刚以全速撞上了一座海底山。它那凸起的前端，中间位置已经凹陷了下去，这是火箭鱼雷在它前面 60 码的地方发生爆炸所引起的。

潜艇继续升出海面，在它自己制造出来的波浪上一上一下地浮动着。当它逐渐平稳下来、不再摇晃的时候，斯通便把摄像机的镜头推进，对准了坏掉的船身板。“俄勒冈号”的电脑能够自动修补船的运动线路，以便图像能够保持稳定。撕裂的金属周围冒着气泡——尽管不多，但足以显示出“基洛”已经浮出了海面。瞭望塔上的舱口盖以及前后甲板都打开了，一群人从这艘被毁坏的潜艇里如潮水般涌了出来。

“你有听到什么吗，哈里？”胡安问道。

“一些悲痛的叫喊声，先生。他们的抽水机都快赶上洪灾了。他们要求恰赫巴哈尔海军基地的援助。它的艇长没有命令他们弃艇逃命，但是他希望所有不必要的人员都到甲板上去，以防潜艇沉没。”

“他们有向这片海域里的其他船只寻求援助吗？”

“没有，但我怀疑他们不久便会如此的。”

“十分同意。事先没有提出警告就向民用货船开火，触犯了起码五十条国际公约。”

“那么你觉得我们在班达·阿巴斯的行为又该叫做什么呢？”马克斯逗趣地问道。

“基本上会被判为盗窃罪，”卡布里回答，“处以一定的罚款以及几个小时的社区服务。”

就在这时，两架从美国航母上起飞的S-3B“维京”反潜机在“俄勒冈号”上方飞驰而过。当它们慢慢靠近“基洛”时，距离海面只有不到100英尺的距离，飞机的喷气流使得水兵们的制服上泛起了一道道波纹，以至于他们不得不匍匐在了甲板上。

“董事长，前面那架‘维京’的飞行员仍然想跟您说话，”哈里说道，“我还收到一份来自航母方面的官方要求，让我们待在位置上别动，是“乔治·华盛顿号”的指挥官查尔斯·马丁提出的。”

“接过来，”胡安说道，然后把耳机戴到了头上，并且调整了一下麦克风，“我是胡安·卡布里，‘俄勒冈号’的船长。有什么可以为您效劳的吗，指挥官？”

“卡布里船长，我们希望派一个分遣队向您的船员打听一下刚刚发生的情况。‘萨迦号’和‘艾吉·约翰斯顿号’的船长都已经同意了。一架直升机在20分钟以后会到达您那里。假如您没有供直升机着陆的设备，导弹巡洋舰‘皇港号’会在两个小时后驶达。”

“马丁指挥官，我的船员没有一个人看到发生了什么事情。我自己刚才则在睡觉，而值班的瞭望员一只眼是瞎的，所以也看不太清楚究竟出了啥情况。”

马丁的声音顿时高了好几个分贝：“船长，恐怕我不需要提醒您在这些海域里值勤的联合部队有权检查所有进出波斯湾的船只吧。我出于礼貌才会打电话跟您提出这个请求，然而实际上这是命令。您就待在现在的位置不要动，准备我们的人登船。”

胡安理解海军方面所承受的巨大压力，因为他们必须要防止潜在的恐怖分子利用波斯湾作为运送武器和士兵的通道，然而他无论如何也不能让他们来检查“俄勒冈号”。要劝阻那些外国港口的腐败官员来检查这艘破败的货船倒是十分容易，只要用钱就能搞定，但美国军方可不会这么容易就能被打发掉了。

“您能稍等一会吗？”胡安问道，然后用手遮住了麦克风，冲着埃里克喊道，“埃里克，方位105度，航速18节。”然后他把手从麦克风上移开了，说道：“很抱歉让您久等了，指挥官。我们无法让一架直升机在‘俄勒冈号’上着陆，所以看来您必须要从‘皇港号’派一支登船的队伍来了。”

“非常好，船长。我们大约会在11点抵达。”

“我们会恭候你们的到来，”胡安拉长调子说道，然后结束了通话。

他环顾了一下控制中心:“有人想打赌吗？猜对的人奖励二十美元。”

船员们立即明白他所指的是什么了。

“他们十分钟以后会再来电的，”哈里发表着意见。

“照我看是五分钟，”琳达说道。

“至少半个钟头以内他是不会注意到我们的行动的，”这次轮到马克·墨菲发话了。

“我同意琳达的看法，”埃里克说道，“五分钟。”

胡安抬起头来看着马克斯·汉利:“没有兴趣赌一把吗？”

马克斯仰起脑袋，研究了一会儿吸声瓦天花板，然后把视线放回到了董事长身上:“就是现在。”

“我的上帝，”哈里叫喊起来，“他是对的，马丁又来向我们打招呼了。”

“接过来，”卡布里命令道。

“卡布里船长，请注意这是给您的最后警告，”马丁指挥官说道。胡安可以感觉到电话那头的军官正在恨得咬牙切齿。“假如您不马上停下来的话，那么我就要命令‘维京’向您的船开火！。”

卡布里丝毫不怀疑马丁这话的真实性，然而他实在是太疲累了，没有多余的精力去对付这个男人。“指挥官，一艘伊朗潜艇刚刚对一个满载油料的超级油轮无故开火。我可不想等着他们之后再来拿我们当靶子，所以在您抵达之前，我将会驶离这片被封锁的海域的，恐怕您对此也会无能为力。”

“您要……”马丁的声音突然断掉了。三十秒以后，他又回到了线上。胡安不知道这次该在声音里添加进何种新的语调:敬畏？恐惧？尊敬？还是把这三者 糅合起来？“船长，您可以自由地离开这个地区，哪个方向也随您。”

卡布里想知道兰斯顿是通过哪个大人物让指挥官打了刚才那通电话的。一定是负责印度洋的海军总司令或者某位参谋长。管他是谁呢，在华盛顿方面有人照应的感觉真是棒极了。

“谢谢，祝您好运。另外，伊朗的‘基洛’正在浮出海面，所以，假如您想要进到它里面看看的话，我建议您得快点了。‘俄勒冈号’通话完毕。”

马克斯把一只肉乎乎的手伸到了胡安的下巴下面。他把钱包从裤子口袋里掏了出来，抽出了一张二十美金的票子，然后把它重重地放在了马克斯的手掌里。

马克斯把鼻子凑到钞票上使劲地嗅了嗅，就仿佛手上拿着的是一支上等雪茄。“简直是轻而易举啊！”

“你打赌赢了，我对此一点儿也不感到吃惊，”卡布里说道，“没有什么会比一场小型海战更让早餐前的你感到饥肠辘辘的了。领航员，我们到达会合地点的时间预计会是几点？”

“得到午夜了，”埃里克回答。

“好的，我希望各位高级职员都要值好班，所以有必要的话就把你们的日程安排往后挪一挪。我得给兰斯顿打个电话，感谢他的帮忙，然后再向他解释一下为什么我们只能交付一枚火箭鱼雷了。”他抬起脚，准备离开控制中心，突然，他趁马克斯不备把他手里那张二十美金的钞票给抢了回来。“由于损失了一枚鱼雷，所以你还欠公司四百九十九万九千九百八十美金。”

第6章

朱莉娅·赫胥黎医生一打开那个面积有两个游泳池大的压载水舱的门，她的鼻子立即就被海水那浓烈的咸咸气味给刺激得快要不行了。由于“俄勒冈号”的设计方式，所以这个压载水舱要比一个奥林匹克运动会的游泳池都要大，足有 164 英尺长，不过它只有两条单向行车道那么宽，侧面则是一条铺有白色大理石瓷砖的狭窄过道。照明设备用的是荧光灯和白炽灯泡，白晃晃一片，让人感觉很像是日光。墙壁上镶嵌的也是白色大理石瓷砖，这使得负责清洁工作的船员不得不投以更多的关注，因为当压载水舱里装满了压舱物时，光滑的大理石就不可避免会被海藻给弄脏了。

尽管水性不是很好，但赫胥黎知道四种基本的泳姿。自由泳速度最快，蛙泳侧重于耐力方面，仰泳更多的是利用身体的浮力，而蝶泳则是最费力气的。对于一个游泳者来说，运动胳膊和上身破水前行一定需要非常大的力气。她停在了水池的前面，看着池子里唯一一位游泳者以蝶泳姿势在里面飞快地游着。他仿佛生来就是一块游泳的料，动作流畅，没有丝毫的能量的浪费。他的身体像海豚般一上一下地起伏着，两只长长伸展的手臂在水里奋力划动着，每向前一步，身旁便会溅起白色的水花。

当她凑近一点观看时，她注意到他手上戴着防水重力护腕，这会大大增加运动难度。按照她的思维逻辑，这已经超过了锻炼身体的范畴，而更像是一种自虐行为。她已经有一阵子没有用过船上的健身中心了，而是改为了瑜伽，目的是要把多余的几磅肉从她那曲线玲珑的身上给去除掉。

她知道胡安在失去了一条腿以后很快便调整好了心态，他从来没有中断过游泳这项运动，甚至也不让速度比自己残疾前慢。就跟他生活里的其他所有事情一样，他将这视为了一个要去征服的挑战。

卡布里在水池的尽头做了一个干净利落的空翻，然后朝着她的方向奋力游了过来。他的蓝眼睛因为戴着一副护目镜而有点模糊了，他嘴巴张得大大的，这样便于呼吸。他一定已经看到她了，知道自己的独处时间即将结束，因为他突然加速起来，使出了全身力气来完成这最后的一段，就仿佛是在冲刺一般。

作为船上的医生，赫胥黎对于每个船员的身体状况都了如指掌。从胡安游泳的方式来看，她可以断言，他的身体棒得就跟年轻小伙一样。

他游到了她的身边，水花溅到了池子外头，以至于她不得不赶忙往后退了几步，以免脚上穿着的那双古奇路夫鞋以及身上那条牛津裙给弄湿了。至于上身部分，朱莉娅依然穿着她那件实验室的白大褂。他拍了拍池子的边缘，抬眼看着在她身后的那面墙上挂着的大钟。

"该死，看来我已经老了，"他说道，摘下了护目镜，把重力护腕也给解了下来。

当他麻利地从水中一跃而起时，朱莉娅扔给了他一条毛巾："别跟我开玩笑了。"

"我在这儿足有半个钟头了，"胡安一边说，一边用厚厚的毛巾擦拭着全身。假如他意识到自己在她面前就只穿着一条三角泳裤的话，他应该会感到十分尴尬的，不过幸好他的体型十分健美。"换了五年前，我至少可以游七个来回。”

“五年前，我还没有眼角纹呢。所以，别介意啦！”她笑着说道，这一笑，果然眼角周围出现了一些细细的皱纹，不过这些只是笑纹罢了，并不是那正在迫近的衰老的表现。

“那句话是怎么说来着？‘岁月催人老啊’。”

“可依我看您还年轻得很呢，胡安·卡布里。”

他吃吃地笑了起来，没有予以否认。“你没有穿泳衣，所以很显然你并不是到这儿来准备消耗掉我们晚饭时吃的惠灵顿牛肉的。找我有什么事？”

赫胥黎的脸色黯了下来，笼罩上了一层关切的深情。“我们出了点小麻烦，嗯，实际上是马克斯出了点事儿，但是我认为应当会影响到我们大家。”

朱莉娅并不是一位受过专门训练的心理学家，不过她的医学背景以及冷静的作风使她成为了“俄勒冈号”事实上的心理顾问。

卡布里把湿漉漉的毛巾搭在了自己的肩膀上，专注地看着赫胥黎，说道：“告诉我。”

“今天晚上他接到了前妻打来的一个电话。”

胡安插嘴进来：“要知道他可有三个前妻，所以你得说清楚究竟是哪一个。”

“利萨，他的第二任妻子，就是带着孩子住在洛杉矶的那位。他并没有把所有的细节都告诉给我，总的来讲就是他的前妻认为他们的儿子被人绑架了。”

胡安有几秒钟并没有任何反应。马克斯的任何一任妻子都不知道他究竟是干什么的，跟大部分船员一样，汉利告诉他的家人说自己是为一家小型船务公司跑船的，所以卡布里不认为这起绑架同他在公司的工作有关系，但也不能就此掉以轻心。毕竟这些年来他们树敌无数，其中不乏有权有势者。他终于开口问道：“绑匪有要求赎金吗？”

“不，还没有。她觉得她知道谁是这起绑架的幕后黑手，但是她并不打算通知洛杉矶警局或是联邦调查局，而是希望他能帮忙把孩子给弄回来。”

胡安推算了一下，马克斯的儿子现在应该有22或者23岁了。而他的女儿则要大几岁，刚刚当上了环境法方面的律师。凯尔·汉利在大学里还没待满一年，尔后便退了学，从此混迹在了洛杉矶反主流文化的群体之中，还曾经因为未成年人持有毒品罪被逮捕过好几次。但是胡安认为他应该在两年前就洗心革面了，一直没有再碰过毒品。尽管他们在胡安创建公司之前便离婚了，但是他记得曾经见过马克斯这位第二任妻子几次。马克斯向卡布里保证说，她曾经是一个可爱、美妙的女人，但不知何故后来却变成了一个脾气暴躁、患有妄想症的泼妇，总是疑心他对她不忠，实际上她自己才是风流韵事不断。

马克斯尽自己的最大可能来做好孩子的抚养工作，他所支付的赡养费以及孩子的抚养费，要比离婚协议上所要求的多出许多。他们的女儿已经出落成了一个聪慧、富有理想的女性，可他们的儿子凯尔却变成了一个总认为生活亏欠了自己的人，无论提供给他怎样的指引和帮助，他都一概拒绝。

胡安知道马克斯会做任何事情来救这个孩子的，他不理解为什么自己的这位副主管没有直接来找他商量此事。假如他这么做的话，那么胡安会提供公司的所有人马和设备用以解救凯尔的，不过马克斯永远都不会提出这类请求的。“我的上帝，他可真是够固执的。”

“他也是这么说您的，”赫胥黎回答道，“他甚至压根就没想过要为了这件事来找您，因为他能肯定您一定会要求他接受您的帮助的。虽然他并没有直说，但他已经表明了自己的意思，即这是他自己的事情，与公司无关，所以他应该自己解决。”

卡布里也料到会如此，然而这并不意味着他会屈从于汉利的顽固。“他有什么计划？”

“我们一移交鱼雷，他就会请求您让‘俄勒冈号’驶向卡拉奇[①]，那是有国际机场的最近的城市，他在那儿可以搭乘飞机返回洛杉矶去。至于这之后该怎么办，他还没有想好。”

胡安查看了一下手表，距离到达会合地点的时间还有两个小时。一旦完成了鱼雷的移交，他们便可以在二十个钟头后驶抵卡拉奇。公司的那架“湾流”公务机目前则在摩纳哥，为他们的下一个任务做准备。尽管他能够弄到某架飞机及时飞抵巴基斯坦的最大城市，但他相信商务飞行会更快一些。不过这意味着说得留下那些无法通过机场安检的武器以及其他的违禁品，好在他已经同洛杉矶方面有过充分的接触，以获得他们可能会需要的一切，所以他对此并没有太过担心。

虽然他心里存有一大堆的疑问，但是他会耐心等待去同马克斯直接谈谈的。

船上的舰载电脑让水池附近的灯一明一灭了好几次，这是胡安设置好的程序，目的是提醒自己会合的时间快要到了，游泳活动得赶快结束。他把一件毛绒长袍披在了身上，然后穿上一双扣拇指胶底凉鞋。赫胥黎同他一道步出了压载水舱。他关上了舱口盖，并用

① 卡拉奇：巴基斯坦南部一城市，濒临阿拉伯海。——译者注

抓具固定了一下，以确保船舱滴水不进。“我今晚会跟他谈谈的，保证会让他明白自己这么做是错的，”他说道。

“这便是为什么我会把这件事告诉给您的原因，马克斯一个人可搞不定。”朱莉娅一副如释重负的样子，尽管她也知道胡安无疑会对自己的这位最要好的朋友伸出援手的。

“谢谢，赫胥黎。总有一天马克斯的牛脾气会给他带来麻烦的，不过不是这一次。”

一个半小时以后，刚刚冲了个舒服澡的胡安·卡布里，迈步走进了控制中心里。斯通和墨菲分别坐在操舵台和武器操控台前的椅子上，哈里待在通讯台前，而琳达·罗斯则尽职恪守在声纳设备前。与逃离班达·阿巴斯的时候不一样，此时房间里的气氛是松弛的。因为把剩下的这枚火箭鱼雷从“俄勒冈号”上移交出去，相对而言是件比较简单的工作。几分钟以后，马克斯走了进来，屋子里的气氛顿时开始变得有点儿冷了起来。他径直走到了工程控制台前，没有同他们任何一个人打招呼。

胡安从椅子上站起身来，走到了他的身边。

“我什么也不想听，”汉利说道，并没有将视线从电脑显示器上离开。

“我们一完成移交，就马上驶向巴基斯坦，我会安排某个人买好我们的机票。到了早上，你和我将一起坐下来商量一下下一步的行动。”马克斯抬起眼看了一下卡布里，打算提出抗议。胡安把手举了起来：“我们的下一个任务是份简单的窃听的活儿，琳达和埃迪就可以搞定了，不需要我俩督阵。”

“这事跟你没关系，”马克斯说道。

“怎么没关系？有人绑架了你的儿子，对我来说，这就跟他们绑架了我的家人一样。假如我遇到了这种事，我最需要的便是你的帮助，所以你可别指望我会对此袖手旁观。”

马克斯内心挣扎了一番，终于开口说道：“谢了，胡安。”

“甭跟我客气，”他坐回到了自己的指挥椅上，“琳达，有何发现吗？”

“没有，不过还要二十分钟才会到会合地点。”

“好的。马克斯，你那边情况如何？”

“正用吊索将鱼雷升到甲板上去，技师也已经在起重机操作台边就位了。”

“哈里，雷达有没有什么发现？”

“没有，先生。您会发现我们正处在印度洋上最人迹罕至的海域，我已经有八个小时没有听到或看到其他船只了。”

之所以要将会合地点定在远离传统航道的海域，是为了避免被其他货船和油轮发现，这里没有多少海洋生物，所以也不会吸引商业渔船前来。而他们进行鱼雷交接的时间则选在了人造卫星覆盖的间隙，如此一来也就躲过了被卫星侦测到的可能。

十五分钟过去了，琳达突然叫喊道：“我听见机器噪音，似乎就是从我们正下方400英尺处传来的。正在对压载水舱进行净化。”她操作着电脑，用被动声纳把噪音给洗掉了，反复核对着声音，“已确定，是美国潜艇‘塔拉哈西号’，它正在升至海面。”

“很好，”胡安说道，“舵手，务必小心，要是你把那艘潜艇给压扁了的话，可得由你自己来埋单。”

几分钟以后，那艘“洛杉矶”级突击潜艇开始从海洋深处向海面慢慢爬升，它的升速是如此之慢，以至于从距离几英里远的地方听上去，它几乎是悄无声息的。埃里克·斯通把他的电脑屏幕所显示的画面一分为二，这样一来他就能够同时观察到声纳的返回和“俄勒冈号”的GPS坐标了，以确保潜艇不会撞到船身的下腹处。让潜艇与货船保持相对稳定的距离是“塔拉哈西号”上船员的责任，而埃里克只负责进行稍微的校正工作。

“150英尺，”琳达说道，“它的上升慢了下来，稳定在100英尺。”

“它距离左舷船梁大约有200码，”埃里克说道。

“斯通先生，请让船滑过去一点儿，这样它就可以在50码内升到海面上来了。”

埃里克用力地压着船首和船尾的推进器，迫使这艘11000吨级的货船横着穿过了海面，船身就刚好压在了吃水线上。动力定位系统也重新启动了，这样电脑便能够保持他们的平稳性。

“它又开始上升了，每分钟10英尺。”

“很好。”

胡安站起身来，走向了控制中心后面的电梯，马克斯则尾随其后。他们一起升到了“俄勒冈号”的桥楼上。舱口盖一打开，一股夜晚的闷热空气便扑鼻而来。

这个摇摇欲坠的桥楼一片漆黑，不过两个人对船上的每一处地方都可谓了如指掌，所以他们不需要有灯光照明。他们下了几级楼梯，来到了主甲板上。外面，星光格外地灿烂，因为一轮明月已经悬在了夜幕之上。

在左舷栏的外面，像墨一般漆黑的海水开始剧烈地搅动起来，因为那艘350英尺长的潜艇即将浮出海面。它的瞭望塔最先露了出来，然后整艘潜艇从海中一跃而起，前甲板、长长的后甲板以及它那状如短剑的方向舵逐一显现。之后则是平滑的龙骨部分，升得很慢，以至于几乎没有激起一丝波浪。这艘原本静静待在海洋深处的潜艇，如今浮出了水面，就仿佛是一头到海面上来晒太阳的海怪。

胡安将手上拿着的无线步话机凑到了嘴唇边上："斯通先生，加一些压舱物，下降大约15英尺。我希望我们的甲板能够再平齐一点儿。"

埃里克告知收到，不一会儿，"俄勒冈号"便开始下到水中更深一些的位置了。

"甲板上的船员，在船侧布置好护舷。"胡安一声令下，大家立即忙乱开来，船员们把厚厚的橡胶护舷降到了吃水线附近。他们所用的并不是老式的货车轮胎，而是现代的弹力垫，能够承受起巨大压力。

"塔拉哈西号"上部结构前面的一部分甲板开始向上连接，战斗照明灯发出了微弱的红光。这是潜艇能够携带的24枚MK-48 ADCAP重型鱼雷的装货舱口。为了这次任务，它所携带的这种极为先进的武器数量不到24枚，以便有空间接受从伊朗人那里窃来的火箭鱼雷，而此刻那枚鱼雷正端坐在"俄勒冈号"甲板上的有轮推车里。

卡布里再次举起了步话机："好的，舵手，使用推进器把我们往前推一点，四分之一马力。"

"四分之一，是。"

"俄勒冈号"开始朝着这艘正在等待它的潜艇移了过去，它移动得非常缓慢，以便它所激起的海水不会让"塔拉哈西号"摇晃得太厉害。几名军官用夜视镜从潜艇的瞭望塔里进行着观察。

"放松点，斯通先生，"胡安命令道，用自己那副专家的眼睛判断着距离和速度。两艘船的距离不到20英尺。"很好，现在，反方向，用十分之一马力。”

埃里克操作着左舷推进器，在距离潜艇不到十英尺的地方把船给停了下来。

“假如您同意的话，我们就停在这儿了，”胡安用加密频道说道。

“驾船技术一流，”从“塔拉哈西号”的瞭望塔里传来了一个低沉而有回响的声音。

“多谢夸奖，”胡安回复道，“你们准备好收包裹了吗？”

“我原本以为应该有两个包裹的，”潜艇的艇长不满地叫喊道。

“由于今天早上在阿曼海湾出了点情况，所以计划临时有变。”

“鱼雷怎么样？”

“信不信由您，没有一点儿瑕疵。”

“很好，我们已经准备好了。我们的卫星窗口将在四分四十秒后关闭。”

胡安转向等候在起重机操作台旁的技师。尽管那部起重机看上去似乎随时都有可能倾倒，但实际上它却能够吊升起 70 吨重的货物。吊索将火箭鱼雷从甲板上抬升了起来，其他的人则站在导绳旁边，以防止武器脱离扶手时发生旋转。长长的吊杆绕轴旋转着，在那艘等候着的潜艇上方来回摆荡，而潜艇上的水兵们则正站在那儿准备接受鱼雷。

其中一名水兵比划着通用的手势来对起重机进行着引导，他把手指朝下，意思是需要多放一些缆绳，不久，武器终于被那些翘首以盼的手给稳稳地接住了。他们把鱼雷固定在了自动装货车上，然后解开了绕在它身上的绳索。那名水兵把手绕到了头顶上，意思是鱼雷的绳索已经解开了，他们可以把起重机收回去了。

“把起重机收好，”胡安命令道，然后冲着埃里克·斯通叫喊起来：

“舵手，把我们缓缓移开，马力百分之二十。另外把水抽空。让船准备好高速行驶，选择一条最快的航线朝卡拉奇进发。”

“我还以为我们是要去摩纳哥呢！”马克·墨菲不满地叫喊起来。从他的声音里可以十分明显地感受到他是多么期待在那个毗邻里维埃拉[①]的富裕公国过上几个礼拜的快活日子。莫里斯曾经告诉过胡安，墨菲甚至都向演艺用品专卖店订了一套男士无尾晚礼服，这样一来他就可以在摩纳哥的赌场里穿戴得跟詹姆士·邦德一样潇洒倜傥了。

“别担心，”胡安向他保证说，“你还是会去摩纳哥的，就只是我跟马克斯另有计划。”

线上突然传来了哈里·卡西姆的声音：“雷达有发现，董事长。就在距离这儿100英里远的地方，方位是东边。”

“继续追踪，随时向我汇报。”胡安把两只手做成半月状，拢在嘴巴周围，冲着正在驶远的“塔拉哈西号”的船长大声叫喊道：“我们刚刚捕捉到雷达上的一个光点，就在我们东边，距离大约100英里，不过你们的人最好还是赶快演一出‘金蝉脱壳’为妙。”

“收到，谢谢您，”船长一边挥着手，一边大声喊道，“我们在驶往这里的时候便已经注意到了。根据被动声纳的声音数据来判断，似乎是一艘被废弃的船只，我们在传感器、雷达和无线电上都没有捕捉到任何东西，甚至连一个自动的遇难信号也没有。很显然我们不可能为此去调查一番，不过你们或许会想要去调查看看的。如果它是一艘被弃的船只，那么这可能意味着要耗费一笔相当可观的救援费用了。”

“我们可能会去调查一下的，”胡安说道，“知道它有多大吗？”

---

① 里维埃拉：一个狭窄的沿海地区，位于阿尔卑斯山脉与地中海之间。——译者注

“根据击打在它船身上的波浪声，我的声纳操作员估计它的大小跟你们的船差不多，550 英尺左右。”

“多谢您给的提示，船长。我们可能要去看看的。”

“祝好运，‘俄勒冈号’。”说完以后，船长便下到了瞭望塔的舱口盖下面，消失不见了。

不一会儿，海水冲进了潜艇沉浮箱的入口里，将堵在里面的空气给驱赶了出来，于是入口周围便喷溅出了一些水花。当潜艇的反应堆将能量导向螺旋桨时，一团泡沫在船尾处跳跃沸腾起来。水平尾翼沉到了平静的海面下，一股波浪开始在船首涌动起来。它迅速地潜入海中，消失得无影无踪，留下一阵波纹在海面上荡漾、消散开去，就仿佛这艘身躯庞大的潜艇从来没有在这里出现过一样。

“他们也真不容易啊，天晓得整天闷在那个铁壳子里头该有多难受！”马克斯皱着眉头感叹道。尽管并没有患幽闭恐惧症，但汉利还是不太喜欢待在封闭的空间里头。

“林肯在‘海豹’突击队服役时，也曾在突击潜艇里待过一阵子，他说那里要比他住过的酒店好多了。”

“那是因为林肯这家伙小气得要命。我见过他去的那些地方，按钟点收费的小旅社，就连要张干净床单也要另加钱。”

“俄勒冈号”开始朝东面方向加速行驶起来，这时候风也越来越大。几分钟以后，磁流体动力将会使得他们以极快的速度航行，以至于站在甲板上会感觉仿佛正要被一阵飓风席卷而去。甲板水手已经把起重机的起重臂给固定好了，推车也放回到了鱼雷室里。

“你怎么看，马克斯？”

“什么我怎么看？”

“那艘被废弃的船就在这儿。我们是停下来快速地看一眼呢，还是赶快驶往卡拉奇？”

马克斯领着卡布里来到了楼梯间，因为他在这儿可以抽他那个宝贝烟斗了。“凯尔自前天起就失踪了。我的前妻认为自己知道他是跟谁在一起——一些凯尔的狐朋狗友们——所以我觉得这件事并非像她想得那么严重。我们一抵达巴基斯坦，起码还得要花上二十四个钟头才能飞到洛杉矶，所以损失个把小时在某艘神秘的幽灵船里探险一下不会有多大关系的。”

“你确定吗？”胡安问道，眼睛不断眨巴着，因为马克斯的烟斗里散发出来的热热的烟灰铺了他一脸。

“抱歉，”马克斯赶紧把烟斗给拿开了，“是的，没事的。”

“埃里克，你听得见我吗？”胡安对着步话机问道。

“是的。”

“航线改一下，我们要驶向那艘被废弃的船，速度尽可能快点。通知一下戈麦斯，让他准备好‘鲁宾逊 R-44’直升机。”乔治·“戈麦斯”·亚当斯是位直升机飞行员，相貌英俊，堪称“师奶杀手”。之所以会被人起了“戈麦斯”这个绰号，是因为他曾向一个南美洲大毒枭的老婆施展魅力，而那女人长得酷似《亚当斯一家》这部美剧里头的女演员卡罗琳·琼斯。“告诉他，我希望一到达地点，发射轨上便停有一架无人飞机了。假如有需要的话，你可以来驾驶它。”

假如让埃里克驾驶一架真正的飞机，估计他会小命难保。不过他玩过不少模拟飞行游戏，所以应该可以轻松操作好“俄勒冈号”的这架遥控无人飞机的。

卡布里问道：“预计到达时间是多少？”

“两小时多一点。”

“假如你能在两个钟头内到那儿，我就给你包个大红包。”

第 7 章

在夜幕上点点星光的照耀下，这艘被废弃的船只看起来就像是一块多层婚礼蛋糕。然而对于在控制中心里研究着无人飞机传送回的图像的人们来说，它依然看上去像是一艘神秘恐怖的幽灵船。

没有一扇舷窗是亮着的，甲板上也没有人的走动，就连雷达发射机的金属块也是静止不动的。

浪头击打在它那长长的白色船身上，就仿佛是在击打着一座岿然不动的冰山。由无人飞机的红外摄像机所拍摄到的热能图像显示，船的引擎和通风井都已经冷却了，然而在印度洋的这片海域周围的气温高达八十度左右，因此设备敏感到足以探测到人体热度，可是他们却没有看见一个人。

“这儿究竟发生了什么事？”琳达问道，尽管她也知道自己的这番询问不太可能会有答案。

“戈麦斯，低飞过甲板，”胡安命令道。

乔治·亚当斯坐在控制中心后面的一个工作台前，他那梳得十分齐整、抹了发油的头发，在电脑显示器所发出的昏暗氖光下闪着微光。他轻松地把操纵杆向前推去。无人飞机其实只不过是一架商用的由无线电操纵的飞机，配备有功能强大的摄像机和可延伸的无线电收发机。飞机遵照着他的命令，朝着那艘死寂一般停在距离“俄勒冈号”以东三十英里远的海面上的游轮俯冲过去。

当这架小飞机箭一般地划过天际而去时，大家全都满怀期待地注视着。它沿着那艘船的右舷围栏飞行着，摄像机捕捉着甲板上的画面。房间里顿时鸦雀无声，因为每个人都被他们所看到的景象给吓得目瞪口呆。最后还是卡布里打破了这一沉默。

他按了一下通讯键："医务人员赶快到控制中心来。赫胥黎，我们需要你，就现在！"

"我是不是老眼昏花了，我没看错吧？"埃里克·斯通低声问道。

"你没看错，伙计，"马克斯回答说，他也被眼前的这番景象给震慑住了，"甲板上尸横遍地。"

甲板上大约躺着一百具死尸，他们的四肢扭成十分痛苦的形状，衣服则在微风的吹拂下鼓鼓地飘动着。亚当斯把镜头推进，对准了船的游泳池周围一块开阔的甲板。看上去就仿佛参加派对的所有客人都只是醉倒了一般，地上满是跌落的盘子和玻璃杯。他遥控着无人飞机缓缓地降到了一位乘客的旁边，然后便把摄像机的焦距拉近。这是一个穿着晚礼服的年轻女人，躺在地上，身下围了一摊血。其他人似乎也都是如此。

"有人注意到这艘船叫什么名字吗？"马克·墨菲问道。

"'黄金黎明号'，"胡安告诉他说，脑子里再也没有什么救援和奖金之类的想法了。

当其他人都目瞪口呆地看着眼前这番令人毛骨悚然的画面时，马克却全神贯注地盯着自己的电脑，尽量收集着所能获得的关于这艘船的一切信息。

朱莉娅·赫胥黎冲进了控制中心，穿着睡裤，上身罩了一件松垮垮的T恤，脚上没来得及穿鞋子，头发也犹如鸟窝一般乱蓬蓬的。她手上拎着存放在特等客舱里的医药箱。"出了什么紧急情况？"她上气不接下气地问道。

没有一个人回答她的提问。她抬起眼，看着那个吸引住了所有人注意力的大屏幕。即使身为职业的医疗工作者，但横陈在游轮甲板上的这上百具尸体，还是令她感到惊恐无比。她脸色有些发白，身体也不由地微微晃动了一下。她慢慢地向大屏幕走了过去，目光里满是愤怒。由于光线很弱，加上无人飞机不太稳定，所以很难看清楚细节。

“看起来不像是外伤，”她说道，“我认为他们是感染上了某种起效迅速的出血性病毒。”

“是天然病毒吗？”马克斯问道。

“天然病毒不可能会发作得这么迅速的。”

“他们甚至都没来得及发出遇难信号，”胡安评论道，对赫胥黎的看法予以了支持。

朱莉娅把头转向他：“我需要去那儿查看一下，采集一些样本。医务室里有防化设备，我们可以在甲板上建一个净化站。”

“想都不要想，”胡安说道，“我绝对不会让你靠近那艘船感染上病毒的。”朱莉娅正打算据理力争一番，哪知道卡布里并没有说完：“我们要把一艘充气艇放下水去。埃里克，你去接替乔治操作无人飞机。戈麦斯，下到飞机棚去，完成直升机的准备工作。马克，把埃迪从床上给弄醒，再从军械库里拿几把手枪来，然后在飞机棚跟我们会合。朱莉娅，你需要一个帮手吗？”

“我需要一个勤杂工给我帮一下忙，”她说道。

“好的。多带几套防化服，以备有幸存者。”卡布里已经开始抬步走了，“我希望二十分钟以后就能乘上直升机。”

十九分钟以后，亚当斯便完成了直升机的准备工作。由于“鲁宾逊R－44”的载重限制，因此需要分两批才能将所有人和设备载到那艘游轮上去。埃里克操作着无人飞机侦查了一番，认为他们的最佳着陆点应该是在桥楼的顶部，因为那里是船上最大一块没有死尸的地方。尽管直升机不会直接着陆在“黄金黎明号”上，但是乔治·亚当斯还是跟其他人一样穿戴起了一身橙色的防化服。朱莉娅和勤杂工则在甲板上准备好了一条软管，以便在直升机着陆前用漂白剂对其进行消毒。

胡安力求万全。那些将要用船上的“海豹”突击艇拖曳着充气艇前行的船员们会事先稍微演练一番。由于“黄金黎明号”上的乘客和船员们是遭到了某种病毒的袭击而死亡的，所以他知道他们将要目睹的是一次国际性的恐怖事件，是一场大规模的血腥屠杀。他不仅关心病毒本身，而且还要为手下人的安全负起责任。

他把双手伸向朱莉娅，这样她便能够在防化服的长手套和袖子啮合的地方缠上银色宽胶布，然后她又用胶布把后拉链也防护好了。氧气筒里的气流输出稳定，碳化净气器也已开启，所携的氧气大约可以维持三个钟头。

“要慢慢地、小心地移动，”朱莉娅一边工作，一边通过综合通讯网告诉大家说，“避免跑动。这些防化服就是你们的生命。假如病菌是通过空气传播的，那么轻微的撕破也会让你被感染的。”

“如果我不小心把防化服给弄破了会怎样？”马克问道，声音里透着一丝颤抖。

墨菲曾经有过几次岸上作业，但很显然他并不愿意去“黄金黎明号”上检查。卡布里希望他能随行，查看一下那艘游轮的电脑，从而了解到在过去的几周里这艘船去过哪些地方。

“我要把多的胶布放在你们的防化服上。假如你们有人不小心让衣服撕破了，立即用胶布给封起来，并且跟我联系。防化服有正气压，所以，倘若你行动迅速的话，是不会有事的。现在站着别动，因为我需要检查一下。”

她走到埃迪身旁，在用胶布将接口处封好以前，她仔仔细细地查看着胶布的每一寸地方。他、马克和卡布里的腰间都吊着枪带。戴着防护手套使得扣动扳机变得十分困难，不过胡安也不可能让他们手无寸铁地去检查游轮的。

“随时可以出发了，董事长，”乔治从“鲁宾逊 R-44”敞开的驾驶员门里说道。在这架灵敏的小型直升机的一个后座上，放着一堆设备。

胡安试图去喊附近的一个技师，然而由于防化服的阻挡，所以他的声音十分微弱。他迈步走了过去，按了一下启动飞机棚升降机的按钮。当升降机在四个液压油缸上轻松地向上升去时，后甲板的舱口盖打开来。朱莉娅一进到飞机里面，他便把直升机的后门给关上了，然后摇摇晃晃地走到了驾驶员座位上。

埃迪和墨菲往后退了退，以便给乔治腾出一些空间来发动引擎。在让直升机预热了几分钟以后，他便操作着变速箱，开动了主旋翼。当螺旋桨加速转动起来时，“鲁宾逊”猛地向上一跃，然后摇晃着飞了起来。

他驾驶着飞机稳稳地垂直升空，离开了“俄勒冈号”。两艘船之间约有半英里的宽敞海域，胡安看见了下面“海豹”突击艇的尾迹，以及那艘跟在它后头、不停上下摆动着的小型充气艇。在“黄金黎明号”的吃水线上方有一个很大的装料门，是在游轮需要补充供应品的时候用的。他们将会把充气艇系在了那儿，然后返回来洗一个漂白浴。

当一行人抵达时，卡布里发觉“黄金黎明号”的船型十分优美。这艘游轮比他自己的船要稍微短一点儿，但由于有七层客舱，所以它要更高一些。船首的曲线很漂亮，船尾则有一个香槟色的鸭尾艄。唯一一个通风井往后倾斜着，让人感觉它似乎正在乘风破浪地前行。当“鲁宾逊”在“黄金黎明号”的船尾上方飞过时，胡安可以看到在主烟囱上面刻着的一连串金色标志——“黄金海上巡游线”。

亚当斯驾驶着“鲁宾逊”在舵手室上方盘旋了一会儿，以确保他能够有足够的空间供飞机逗留，远离那许多的天线以及雷达抛物面天线反射镜。防化服并没有减弱他作为一名飞行员的过硬技术，他把直升机降到了距离甲板只有两英尺的地方，然后保持在了这一高度，就仿佛飞机被绳索牵制着固定在了这个位置上一样。

胡安打开门，本能地蹲下身，跳了下去。亚当斯说道：“祝好运。”

朱莉娅也把自己的门给打开了，把几箱医疗设备递了出去。旋翼气流在她的防化服上吹起了一道道波纹。胡安把箱子一个个放在了甲板上，然后一把接住了跳下飞机的朱莉娅。他关上了门，拍了拍直升机的侧面。亚当斯立即把飞机升了起来，准备飞回“俄勒冈号”去接墨菲和埃迪。

当“鲁宾逊”的“嗡嗡”声逐渐褪去，能够开始使用无线电的时候，朱莉娅便说道：“我想马上下到船上的医务室去。”

“不，我们要待在这儿，等着乔治把他们载过来。我希望当你在船上四处察看时，埃迪能够一直同你待在一起。”

朱莉娅知道胡安的决定是正确的。他之所以要对她进行保护，并不是因为她是一个女人，而是因为她是这方圆一千英里以内唯一一名医生，假如他们在这儿出了啥状况的话，还得需要她来进行治疗。

不到十分钟，直升机便返回来了。由于用软管浇过漂白剂，所以飞机的底部还是湿的。胡安和朱莉娅站到了浮桥的楼梯井下面，以便给乔治腾出地方来。当埃迪和马克同时从直升机里跳下来后，戈麦斯便再次飞走了。这一次，“鲁宾逊”将会被彻底地冲洗一遍。

“你感觉怎么样，马克？”胡安问道。

“糟透了，我开始后悔玩了那些实验室发生事故、结果导致怪物肆意横行的电脑游戏。”

“需要我和你一起在桥楼上待一会儿吗？”

“我没事。”尽管从他的语气可以清楚地知道他其实十分希望接受董事长的这份提议，但他身上的那份骄傲终于还是占了上风。埃里克·斯通和控制中心里的其他人正在听着他们的谈话，所以他不能够流露出一丝软弱。

“好样的。你说‘黄金黎明号’是从哪儿始发的？”

“菲律宾，”墨菲回答，“根据巡游线的数据库，我了解到它被某个自助游团体租了下来，线路是从马尼拉到雅典。”

“查一下它的航行日志以及电脑记录，看看它是否有在哪些地方停泊过。还有，查查有否提到在航行期间发生过什么不寻常的事情。朱莉娅，你知道该去哪儿以及寻找些什么。埃迪，和她待在一起，假如她要采集样本的话，务必给她帮下忙。”

“您要去哪儿呢？”埃迪·盛询问说。

“我们有三个小时的氧气，所以我希望尽可能多在船上查看一下。”他打开了所带来的其中一个手电筒，并且确保背上的袋子里头装有几个备用电池。

卡布里带领着他们下了楼梯，来到了翼桥上面。翼桥悬在距离海面 80 英尺的地方，十分狭窄，尽头处是一组控制器，供导航员在进入港口时调整航线用的。通往桥楼入口的门关闭着。胡安把门往外拉了拉，然后走进了这个高科技的房间里。由于没有电，加上紧急灯的电池也明显耗尽了，所以桥楼几乎是一片漆黑。只有星光和月色透过大窗户照射进来，给一切都投上了昏暗的影子。

胡安用手电筒把房间环照了一遍，结果立即就发现了第一具尸体。朱莉娅也把手电筒给打开了，然后从他身边走了过去。马克把一台摄影机举到了面罩前面。这具尸体穿着高级船员的制服，白裤子、白衬衣，上面有黑色肩章。在手电筒那微弱光线的照射下，他们能够看到在他的颈部皮肤上有一块病态的白色痕迹。朱莉娅在他的身旁跪了下来，轻轻地将尸体翻了个身。这个人的脸上布满了血迹，而四肢则完全浸在了一摊血当中。赫胥黎医生快速地检查了一下，每当有了一处发现，她的嘴里就会自顾自地咕哝一声。

当她工作的时候，马克·墨菲开始寻找起备用的电气系统，不一会儿便亮了几盏灯，几台电脑的屏幕也开始闪烁起来。桥楼上还有另外三具尸体，两个穿着水手服的男人，一个身着短裙的女人。卡布里猜测她应该是那位官员的客人，当某种神秘的病毒如野火一般横扫过整艘船时，她可能正在桥楼上展示着自己的性感着装。而另外两名船员则应该是负责守望的。

尽管朱莉娅还没有结束她那项令人发毛的工作，但胡安已经迫不及待地叫喊了起来："嗯，赫胥黎？"

"有可能是通过散布有毒气体来进行袭击的，甲板上有这么多的受害者，都伴有出血性发热症状，这可比我所听过的任何一种病毒都要厉害！"

"就像是某种超级的埃博拉病毒？"埃迪问道。

"比埃博拉更快、也更加致命，死亡率是百分之百，要知道就连扎伊尔的埃博拉病毒也只有百分之九十。血不是黑色的，这让我相信它没有进入到他的胃肠道里面。根据雾化状态来判断，我差不多可以肯定这些血都是被他给咳出来的。那女人也是一样。不过，这儿还有其他一些工作需要做一下。”她轻轻地抬起了官员的胳膊，那人的手臂就像触手一般弹动起来。“骨头已经完全脱钙，所以我觉得我可以把指头压进他的头盖骨里面去。”

她正要示范一下，胡安赶紧说道：“好的，我相信。你还有何结论？”

她站起身来，用一块消毒抹布把手套给清洁了一遍。“无论这种病毒是什么，起码我可以肯定它是某种工程病毒。”

“你确定吗？”

“百分之百确定。就像任何其他的有机生物一样，病毒也会尽可能频繁地繁殖自身的。由于几分钟之内便将自己的寄主给毁掉了，所以它并没有太多的时间去从一个人身上传播到下一个人身上。因此在真实世界里头，这种病毒在爆发后不久也就会逐渐灭绝的。即使埃博拉病毒需要几周时间才会致其寄主于死地，但死者的家人和邻居也有了足够多的时间来发现病毒并采取防治手段。所以物竞天择这一法则会消灭掉这种病菌的。”她直视着他的眼睛，以便他不会对她接下来的话产生任何歧义：“有人在实验室里制造出了这种病毒，然后在登上这艘船时把病毒给释放了出来。”

看着“黄金黎明号”上这些悲惨死去的男男女女们，胡安的心底升起了一股巨大的悲痛之情，同时也对释放病毒、犯下如此滔天罪行的家伙们恨得咬牙切齿。“赫胥黎，仔细检查，务必抓到凶手！”他的声音燃烧着一股怒火。

“是，先生！”他这番语气令朱莉娅不由自主地在心里默默地对他敬了一个礼，尽管“俄勒冈号”上的其他船员们不会听到她的这声敬礼。

胡安抬起脚，穿过一个门口，进到了船里面。

过道上没有人，他朝一个个船舱里望去，里面也空无一人。由桥楼上那个年轻女人身上穿的裙子以及他们通过无人飞机和直升机所观察到的其他乘客们的着装来看，他推测当时船上估计正在举行一个大派对，所以大部分客舱才会没有人。他扫视完了船上官员们的舱室，然后打开了另一扇门，这个门是通向游轮的旅馆区域的。虽然没有像一些现代游轮那样奢华，但“黄金黎明号”也有擦得铮亮的铜器，也铺设着粉红色的长毛绒地毯。当他来到了一个俯瞰中庭的阳台上时，他所能够听到的只有自己的呼吸声。由于没有灯，所以这个中庭看起来就仿佛是一个黑暗的洞穴。当他举着手电筒照向下面那些特色店的窗户时，手电筒突然没电了。

胡安有点儿紧张，他做了一个深呼吸，好让自己平静下来。他装上了新电池，重新打开了手电。只见中庭里堆满了尸体，每一个的表情都痛苦万分。有一些人躺在楼梯上，仿佛曾坐在那儿等待着死神的拥抱，而其他人则是就在原地倒了下来。当卡布里顺着中庭的环形楼梯拾级而下时，他看到了一个六人的管弦乐队。五个身穿无尾晚礼服的乐师就这样倒在了他们的乐器旁，只有一个试图拔腿而逃。只可惜他只跑出了六步远的距离，依然未能逃出病毒的魔掌。

从这些死者的身上，可以读出无数个故事：一对男女在死亡之时紧紧相拥；一个女侍者在倒下来以前还没忘了把手中的饮料盘放到吧台外面的桌子上去；一群年轻女子围拢在一起，卡布里知道她们当时应该是在照合影，虽然给她们拍照的那位摄像师踪影全无，但他那部价值不菲的相机却支离破碎地落在地板上。他实在不忍心去看那部升往各层的透明电梯，因为窗格玻璃上布满了血迹。

胡安继续往前走去。尽管防化服和循环空气能够使他不受有毒气体的侵害，然而却没有东西可以让他不被眼前的恐怖景象给震慑住。他从来没有见过规模如此骇人的大屠杀，他知道，要不是一只手抓着电筒，另一只手紧握着手枪，自己的这双手肯定会失控地抖个不停的。

“大家都还好吗？”他冲着通讯网喊道，这时候能够听到某个人的声音便是最好的心理支撑了。

“埃迪和我正在去游轮医务室的路上，”朱莉娅回复道。由于轮船的钢铁构造，因此声音的传送受到了一定的干扰，有点儿模糊不清。

“我正要进到机房里面去，假如你半小时后还没有听到我回复，让埃迪到这儿来找我。”

“收到。”

“墨菲？”

“由于只有备用能量，所以电脑比我第一部计算机还要慢吞吞，”马克说道，“所以我得花上一阵子才能找到我们想要的信息。”

“你继续干吧。‘俄勒冈号’，听得见我吗？”

“是的，”一个声音回复道。噪音使得很难辨认出说话的人是谁，但卡布里却可以确定对方是马克斯·汉利。胡安从没想过要对防化服的无线电通讯设备进行改良换代，他并不知道自己马上就会为这份少有的疏忽付上代价。

“有没有什么发现？”

“没有，胡安。”

“假如有人出现，立马告诉我。”

“知道。”

胡安面前的这扇门上贴着“船员专用”的标签，还配有一把电子锁。由于没电了，所以那把锁也就自动解开了。胡安把门往里一推，步了进去，来到了一个走廊上。与乘客区不同，这个走廊的墙壁镶着木板，地上铺着乳白色的乙烯基瓷砖，天花板上则吊着几盏盒式荧光灯。他路过了几间很小的、供乘务员和出纳员使用的办公室以及一个很大的船员餐厅。这儿也有六七具尸体，不是横在桌旁，就是倒在地上。胡安注意到，这些人同他已经看到的那些死者一样，也是咯血而亡，而且咯血量惊人，所以他们的最后时刻一定是像遭受着酷刑一样痛苦万分。

他路过其中一间闪着微弱光线的厨房，那里如今已经俨然成为了一个屠宰场。接着他又经过了一间洗衣房，里面有二十部洗衣机，看起来就跟水泥搅拌车一般大小。他意识到游船上从事服务业的员工混杂着许多个种族，所以一点都不吃惊在洗衣房干活的这帮人是中国面孔。

他继续往前走，一路寻找，最后看见了一扇厚重的门，上面写着“机房／未经许可禁止入内”。门后面是一个很小的前厅以及一个隔音舱。他蹲下身通过了这个前厅，接着下了三段楼梯，来到了主机房的备用间里。在手电筒的照耀下，他看见有两台并排的发电机以及一堆电脑控制器。房间后面有一扇巨大的滑门，通往主机房。这个洞穴一般的机房里有两台巨大的发动机，每一台都有一部商用卡车那么大。他把一只手放到了内燃机引擎铸模上，发觉它如石头般冰冷。“黄金黎明号”的发动机组至少已经停了有十二个钟头，不然不会冷却到跟周围气温一样的温度。他朝上望去，看见发动机的排气管合并在了一个会升到主烟囱去的通风井里。

与胡安曾经待过的那无数个机房不同，他在这里丝毫没有感觉到这些发动机应该具有的动能、力量感和持久性。他所感到的，只有如地穴一般的寒冷彻骨。他知道假如马克斯这时候与他在一起，那么他的那份工程师的骄傲会驱使他去重新点燃这些柴油机，使其焕发出生命力的。

他试图用无线电去呼叫赫胥黎、马克和“俄勒冈号”，但是由于干扰，所以返回的只有噪音。胡安加快了步伐，他横向摇晃着手电筒，光束从设备上扫过，看看有没有任何无序之处。他穿过了另一扇水密门，发觉自己来到了轮船的污水处理车间，于是他赶紧离开了。车间下面是一组闲置的发电机以及“黄金黎明号”的海水淡化器。通过使用一种名为“反渗透”的技术，水处理系统吸入海水，然后抽取出百分之百的盐分，如此一来海水便达到了可以饮用的安全状态。这部机器是负责为船上的厨房、洗衣间以及每个浴室供水的。胡安只能想到有两处地方可以产生致命病毒，并且保证它会影响到船上的每个人，其中一个地方便是这里了。而他稍后将会去寻找另一处地方——轮船的空调系统。

卡布里花了十分钟检查了一下海水淡化器。他从附近的工作台上找来了一个工具箱，撬开了检验窗孔，然后眯缝着眼睛朝里面瞅了瞅。他可以肯定这台机器最近没有被进行过维修或改动，因为即使戴着那副防护手套，他也依然能够感觉到螺栓非常紧，润滑油摸上去也是硬硬的。所以没有任何迹象表明曾经有过外来的物体，比如几瓶毒素曾被注射进这个设备里头。

爆炸突然而至，没有任何警告。机房后面的某个地方发出了低沉的“隆隆”声，听起来似乎是从轮船的深处传来的。当声音变得越来越小时，又一次爆炸袭来，震得“黄金黎明号”左右摇晃了起来。当第三声爆炸传来时，卡布里站起身来，然后马上试图在无线电网络上把自己的人马召集起来。

胡安斜靠在海水淡化器旁，接下来，他大步流星穿过了房间。由于撞到了船舱壁上，所以他的背部感到一阵灼热般的疼痛。当又一声“隆隆”的爆炸在游船里发生时，他掉到了甲板上。这次爆炸刚好就发生在他所处的位置的前方，他可以感到爆炸引发的冲击波如同一股泄闸而出的水从机房里涌出来，将他压倒在了地上。他蹒跚着站了起来，找到了滚落在十码外的手电筒。就在他的指头握紧了手电的一刹那，他突然有了某种第六感，于是拔腿便跑。他身后有某种移动的能量。即使没有电，游船上那些由重力作为动能的水密门也能够运作正常。厚厚的金属盘开始从舱顶向下滑落，从而将把敞开的舱口给关上。

一个新的声音向卡布里袭来，他急忙转过身来，看见一股白色的水流如一面墙般从甲板下面喷涌而出，尔后流进了通往舱底区的壁炉里。

第四声爆炸震得“黄金黎明号”左摇右摆，“嘎嘎”作响起来。

胡安朝那扇正在下落的水密门跑了过去。他知道给乘客和船员们施毒的人安放了炸药，好将罪行给隐藏起来。机房里面一定有重要线索可寻，不过现在已经不是考虑这个的时候了。

当他蹲下身从即将合上的第一扇门下面穿过时，从下方涌出的水已经到达了他的脚踝处。那身防化服让他的行动受到了很大的牵绊，不过他还是尽最快的速度、目不斜视地跑过了污水处理车间。他的两脚在不断上涨的水中跋涉而行，“呼哧呼哧”的喘气声在耳朵里作响，也增加了防化服过滤器的负担。

第二扇门距离“砰”的一声关上只有两英尺之遥了。胡安飞奔而去，然后做了一个俯冲，他的整个身体躺倒在了水中，结果弄得面罩上水花四溅。他的头盔撞到了门的底部边缘。他在门下蠕动着，尽可能使身体保持扁平状，终于穿了过去，没有将防护服给弄破。他可以感到门的重量正在向下压来，他使劲地扯着胸部和大腿从门底通过。他试图滚动，但这扇固体门继续往下落。他孤注一掷地耸起一条腿，把脚插进了门和门槛之间。

门起码有一吨重，结果卡布里的那条假肢没来得及抽离出来，不过这给了他足够的时间来把另一条腿成功地移动开去。

那条已经被压成了粉末的假肢依然被压在门的下面，结果使得一些水涌进了那间还未被检查的主机房里。这也让胡安就这样无望地被卡在了原地，无论他怎么努力，都无法把那条假肢从门下面给拔出来。

卡布里被困在了这艘惨遭灭顶之灾的游船的机房里，无论他怎么摆弄自己的无线电通讯设备，他所能听见的，只有噪音而已。

第 8 章

无需哈里那疯狂的叫喊声，马克斯·汉利也知道“黄金黎明号”上发生了一系列爆炸。通过“俄勒冈号”的主显示屏，他可以看见喷涌而出的水顺次击打在游船的一侧。看起来就仿佛“黄金黎明号”被鱼雷给击中了，不过他知道这是不可能的。雷达显示器上什么都没有，假如真有鱼雷发射，声纳也会探测到的。

随着烟雾逐渐消散开去，埃里克把弱光摄像机的镜头放大，对准了其中一个被毁坏的区域。这个洞大到足够让一个人通过了，海水以令人惊愕的速度从这个裂口涌了进去。由于吃水线附近有四个同样的裂口，所以许多船舱都进了水，尤其是在没有电能来启动舱底抽水泵的情况之下。他估计游轮不到一个钟头便会完全沉没的。

马克斯在他的通讯控制台上呼喊道："乔治，重新驾驶你的直升机飞到'黄金黎明号'上去。刚刚发生了一系列爆炸，我们的人有麻烦了。"

"收到，"戈麦斯·亚当斯立即回答道，"您 希望我在哪儿着陆？"

"不着陆，盘旋待命，等待进一步指示。"马克斯更换了一下频道，"'俄勒冈号'呼叫卡布里。胡安，听得见我吗？"控制中心里满是噪音。哈里调整着无线电收发机，搜寻着卡布里的信号，结果只是徒劳。"朱莉娅，你在吗？埃迪？"

"我在这儿，"扩音器里突然传来了一个声音，是马克·墨菲。他还待在"黄金黎明号"的舵手室里，所以收发效果会比较好。"刚刚出了什么事？听起来像是爆炸。"

"没错，是爆炸，"马克斯回复道，"有人试图把船给炸沉，从我们在这儿所能看到的景象，他们的阴谋似乎就要得逞了。"

"我才刚刚开始下载数据呢。"

"别干了。戈麦斯正朝你们飞去，尽快从那儿离开！"

"胡安和其他人怎么样了？"墨菲问道。

"你可以通过无线电联系到他们吗？"

"不能。胡安在二十分钟以前就失去了联络，那时候他正要下到机房里去。"

汉利想要骂脏话，不过按捺住了。机房正是爆炸发生时最糟糕的地方。"埃迪和赫胥黎怎么样了？"

"他们几分钟后也掉线了。我要告诉您一件事，马克斯。我们一回来，就要把这些防化服里的无线电设备给更新换代一下。”

“待会儿再去操心这个问题吧，”马克斯说道，尽管他也一直在考虑着同样的问题。他研究着被传输到显示屏上的图像，发现“黄金黎明号”正在迅速下沉，它的最低一排舷窗已经距离海面只有不到三英尺了。如果他派墨菲去寻找其他几个人，那么这位武器专家很有可能也会被困在这艘即将沉没的游船上的。尽管“黄金黎明号”现在是平着在下沉，但他知道这艘船随时都有可能向下倾斜。他只能相信其他人会自谋生路了。

“马克，”他喊道，“你要尽可能快地到直升机上去。等其他人上到甲板上时，我们再来搜索全船。”

“收到，不过我不喜欢这样。”

“不喜欢也得做。伙计，要知道我也不喜欢这么干。”

在匆匆瞥了一眼游船的示意图后，埃迪·盛便准确无误地领着朱莉娅来到了“黄金黎明号”的医务室。这间小小的医务室位于船的第四层，就在主甲板的下面。在他的帮助之下，朱莉娅从路上遇到的几位受害者身上收集好了血液和组织样本。

“作为一个并非医师的人来说，你的承受力还真强，”赫胥黎一边在第一位受害者身上采集着样本，一边告诉埃迪说。

“我曾经见过那些D国警察是怎么从犯人嘴里榨出他们想要的信息的，”埃迪的声音里没有透出任何感情，“打那以后，没有什么能够把我吓倒了。”

朱莉娅知道盛曾经被中央情报局派到D国潜伏了很长一段时间，所以丝毫不怀疑他见过许多超乎她想象之外的恐怖情景。

在通往医务室的走廊上也横着好几具尸体，她可以猜想出这些男人和女人在倒地而亡以前曾经试图来到医务室寻求援助。她在这儿也采集了一些血样，因为觉得他们的身体里应该有某种比较特别的物质，所以才使得他们比那些被病毒直接击倒的受害者多支撑了几分钟。这可能是查明病毒爆发之因的一个重要线索，因为她对于找到幸存者已经不抱多少希望了。

当他们到达时，医务室的门是开着的。她从一个躺在门槛上、身穿无尾晚礼服的男人身上跨了过去，进到了没有窗户的接待室里。在手电筒光束的照耀下，她看见了两张桌子和几个储物柜。墙上则挂着几张旅行海报，还有一幅标牌，提醒大家说勤洗手是减少船上疾病传播的一个重要途径，上面还写着某个在霍华德·帕斯曼医生从利兹大学获得医学学位的时候开始传播的瘟疫的名字。

朱莉娅用手电筒扫视了一下隔壁的检查室，发现里面并没有一个人。办公室尽头的那扇门则通往病房，这些病房充其量只是一些合上了窗帘的小卧室，每间病房里面都有一张床和一个简陋的床头柜。地板上躺着两个死者，一个身穿黑色紧身裙的年轻女人以及一个穿着浴袍的中年男子。跟其他受害者一样，他们也是倒在一片血泊之中。

“你认为这位就是医生吗？”埃迪问道。

“这只是我的猜测而已。他可能是在自己的船舱里被感染了病毒，然后尽可能快地冲到了这里。”

“可惜还不够快。”

“因为这种病菌的起效速度要更快，”朱莉娅突然伸长了脑袋，“你有听到什么声音吗？”

“穿着这身衣服，我除了自己的呼吸声外，啥也听不到。”

“听上去好像是抽水泵或是其他什么，”她拉开了一张病床周围的帘子。毯子和被单崭新而平整。

她走到了第二间病房。床旁边的地板上有一个像是给呼吸困难的人所使用的电池式氧气机，透明的塑料管在面罩下面蜿蜒着。朱莉娅把手电筒朝病床上照去，发现床上有个人用毯子把头脚裹得严严实实。

她激动地大声叫喊起来："我们找到了一个活着的！"

赫胥黎把毯子拉开了。一个年轻的女人似乎正在熟睡，鼻孔里插着输氧管。她的黑发成扇状散开在枕头上，围在头发中间的是一张五官精致但却毫无血色的脸。她骨瘦如柴，胳膊细长，肩膀瘦削。朱莉娅可以看到她身上那件T恤下面的锁骨的轮廓。即使处在睡眠之中，但也能明显看出她经历过一场痛苦的折磨。

她的眼睛慢慢地睁开了，当看见床边站着两个身穿防化服的人时，她吓得尖叫起来。

"没事，"朱莉娅安慰她道，"我是名医生，我们是来这儿救你的。"

朱莉娅的这番话并没有让年轻女人平静下来，她那双蓝色的眼睛因为恐惧睁得大大的。然后她往后缩去，身子抵在床头板上，手里紧紧地抓着毛毯。

"我叫朱莉娅，这位是埃迪。我们要带你离开这儿。你叫什么名字？"

"谁……你是谁？"年轻女人结结巴巴地问道。

"我是另一艘船上的医生。你知道发生什么事情了吗？"

"昨天夜里，这里有一场派对。"

年轻女人没有继续说下去，朱莉娅认为她马上就要休克过去了。她转向盛："把另一套防化服拿出来，我们不能取掉她的输氧管，直到她穿上防化服为止。"

“为什么？”埃迪一边问，一边撕开了防化服的塑料外套。

“我认为这便是为什么其他人全都死了而她却能幸免遇难的原因。病毒一定是通过空气传播的，她没有呼吸周围的空气，而是从医务室的呼吸器吸入氧气的。”朱莉娅回头看着这个女孩，她估计她二十出头，要么是随家人一起来旅行的乘客，要么是船上的员工。“亲爱的，你能告诉我你叫什么吗？”

“詹妮，詹妮·达尔。”

“那我就叫你詹妮好吗？”朱莉娅问道，扶着她从床上坐了起来。她高举着手电筒，这样一来詹妮便能够透过防化服的面罩看到她的脸了。詹妮点了点头。“好的，我叫朱莉娅。”

“你是美国人？”

就在朱莉娅准备开口回答她的问话时，房间里突然充满了一声低沉的声音。“是什么？”

埃迪还没来得及告诉她这是爆炸，第二声爆炸便在整艘船内震耳欲聋起来。詹妮再一次尖叫起来，一把猛拉过毛毯，把头给蒙住了。

“我们得走了，”埃迪说道，“马上！”

“黄金黎明号”又响了两声爆炸。其中一个爆炸就发生在距离病房不远的地方，盛被击倒在了地上，朱莉娅则扑到了詹妮身上试图保护她。一盏灯从天花板上“砰”的一声掉了下来，荧光灯泡砸得粉碎。

埃迪站了起来：“和那女孩待在一起。”话音刚落，他便从房间里跑了出去。

“詹妮，没事了，我们会带你离开这儿的。”朱莉娅说道，再一次把毯子拉了下来。眼泪顺着詹妮的脸颊滑落了下来，她的下唇微微颤抖着。

“出了什么事？”

“我的朋友去查看了，我需要你把这个穿上，”朱莉娅拿出了那件防化服，“穿的时候我们必须要非常小心，好吗？”

“我生病了吗？”

“我并不这么认为。”其实朱莉娅并不知道她是否生病了，除非她对她的身体进行一番检查，但此刻她也只能跟惊恐万分的詹妮这么说了。

“我有哮喘，”詹妮告诉她说，“这便是为什么我会在医务室里。这次哮喘发作得很厉害，连帕斯曼医生也控制不了。”

“哮喘过去了吗？”

“我觉得是的。我已经没有使用呼吸器了，自从……”她的声音变小了。

“但是你还在吸氧啊。”

“我看见发生在帕斯曼医生和我的朋友凯芸身上的事情了。我认为他们或许是吸入了什么东西，所以我就继续使用这个来呼吸。”

“你真是一个勇敢而机敏的女孩，我觉得你这么做救了你的命。”

得知这么做起到了自救的作用，詹妮有了一点自信，她希望自己能够活着离开这艘游轮。

埃迪一路慢跑着回到了病房里。“爆炸把距离这儿大约二十码的走廊给毁了，我们不能够从来时的那条路回去了。”

“还有其他路可以出去吗？”

“但愿有。我可以听见船的下面已经进水了。”

海水不断从被堵住的门下面涌了进来，就跟涨潮一样。假如不是穿着防化服以及配有输氧设备，卡布里恐怕早就溺水而亡了。他再一次努力着想把自己那条被压得粉碎的假肢给拔出来，可惜只是徒劳。几分钟后，他无望地倒在了地上，任由海水在自己身上怒号，看着主机房被海水迅速地充满了。水已经有一英尺半的深度了，而且以秒为速度急速上升着。

胡安唯一的安慰，便是其他人没有像他一样深入到了“黄金黎明号”的内部，所以逃生应该会相对容易一些。

在检查工程区的时候，他没有见到一个病毒的受害者，于是他知道这艘船采用的是自动模式，除了桥楼上的那两个人以外，没有人下到这里来监控发电装置。他想知道，没有人可传播，那么病原体在空气中会存留多久时间呢？赫胥黎可能已经有答案了，然而即使对她来说这也是一种新型的病毒，所以她至多也只能够进行适当的猜测。

空调已经关掉好一会儿了，灰尘和细菌沉淀了下来。时间还够吗？卡布里只有希望时间能够流逝得慢一点儿，因为他知道，像现在这样躺在这片洪流之中不过是在等死罢了。

他把右胳膊从袖子里抽了出来，然后一路往下探去，经过胸部，到了右腿，最后是脚踝。他抓着裤底的布料一直往上拉，把裤子拉到了假肢以上，这样他就可以触到固定假肢的绑带了。他解开了绑带，把连接假肢和被截部位的真空密封物给取了下来。卸下假肢后，他顿时感到自在了许多，尽管他的防化服依然被卡在了门下面。

现在轮到进行最困难的部分了。胡安将手伸到了肩膀上，把氧气筒的供气调节钮给关上了。他一直都会随身携带三样东西：一样是打火机，虽然他偶尔只会抽上一根雪茄；另一样是一个比纽扣还小的指南针；第三样则是一把折叠刀。他把刀从口袋里拿了出来，然后亮出了刀刃。他必须躺成胎儿在母体内的姿势，这样才可以尽可能远地摸到裤腿处，同时还得承受住依然从门下不断涌进来的水的重力。

那把刀十分锋利，很容易就把防化服给切破了。空气开始从裂缝处涌了出来，能够暂时抵挡住试图涌进切口的水压，然而防化服很快就开始涨满了水。于是胡安加快了手脚，用刀快速地割着防化服，因为他得赶在被水淹没之前解脱出来。海水撞击在他的脸上，于是他不得不把头扭到一边，然后他努力把身体抬起来一点儿，这样才不会离开正在切割防化服的地方。

他的这种新姿势实在是太不顺手了，他完全无法有效率地工作，于是他做了一个深呼吸，然后再次躺平，围绕着小腿转动着刀刃，继续把被卡住的防化服部分给切割掉。他的肺部已经开始缺氧，难受得很，然而此时他已不顾上生理的需要，在这危急关头，他以超常的冷静继续工作着。他努力想要解脱出来，但韧性十足的塑料布就是无法被彻底地割破。他又试了一次，依然无果。现在他不得不重新吸气了，于是他坐直了身体，想把头盔里的水给倒出来，然而压力太大，因此无法把水给排干。

卡布里的肺有些抽搐，所以他的嘴巴里头冒出了一个气泡，这就好像是在强忍住咳嗽，而胸部的相应疼痛则提醒着他脑部也开始缺氧了，他的头已经有些晕乎乎的了。他野蛮地扯着防化服，感觉它被撕开了一点儿，然而撕得还不够彻底。胡安试图强迫自己平静下来，但求生的本能战胜了任何理性。他再一次弯曲下了身体，继续用小刀割着防化服，不过这一次他是对着防化服一阵疯狂地乱砍，并始终在用自己的最后一丝力气扯着衣服。

突然，他往后摔倒了。要么就是他已经用刀把防化服小腿以下的部分给彻底地割断了，要么就是他通过自己的手将那部分完全扯了下来。他踉踉跄跄地站起身来，感觉水通过衣服上的裂口排了出去。由于害怕暴露在有毒气体之中,所以他只是轻微地吸了一口空气，刚刚能够让他那晕乎乎的脑袋稍稍清醒了一点儿。

他站立着，让积在衣服里的余下的水如泄洪般流出来。由于海水还在不断从门下边涌进来，因此仅靠一条腿站立的胡安无法保持身体的平衡，于是他单脚跳到了几步远外的一个工作台那里。他斜靠在工作台旁边，麻利地把衣服裂开处的碎布打了个死结。当衣服变硬挺以后，他把供气调节钮给重新打开了。他相信会有一点氧气从裂口处漏出去，不过，由于衣服里面有正气压，所以他觉得房间里的气体应该不会进到防化服里来的。总之，他的暴露在外只是名义上的，因此他确信自己不会有事。

这时候他才猛然想到自己正被困在一艘即将沉没的船上，没有出路，也无法联络到同在船上的其他几个人或者“俄勒冈号”。

他伸开双手，在黑暗里盲目地摸索着，用触觉来确定出自己在这间洞穴般的机房中的位置。由于没了那条假肢，所以他行动起来笨拙而困难，不过他终于找到了此前曾经见过的那个工作台。他拉开抽屉，在里面四处探寻，凭感觉辨识出各种工具，终于找到了他想要的东西——手电筒。

这个手电筒并不像他刚刚丢失的那个电量充足，然而这光束令他的精神状态为之一振，至少此刻他不用再盲人摸象了。他想要穿过机房，但不断上涨的海水已经到达了膝盖处，所以步履维艰。他走过了那两台柴油机，来到了房间尽头的水密门前。门已经完全放下了，他上下左右地找寻了一番，看门上边有没有手动的开门设备，然而却没有发现。

他强迫着按捺住了内心的巨大惊恐。由于不清楚爆炸给船造成的损失程度究竟有多大，因此他不知道“黄金黎明号”距离沉入大海还有多长时间。假如它能像现在这样保持平稳状态，那么还要几个钟头机房才会完全被海水充满，如此一来他就有了足够的时间去想出某个逃生的办法，抑或埃迪和其他人能够前来救他于危难之中。

正在这时，一声长长的呜咽突然在船体里回响了起来，他感觉游轮正朝着船首方向倾斜。机房里的水剧烈搅动起来，一个大浪打在了远处的水密门上，然后这股浪又反弹回来。于是胡安不得不跳上了一张桌子，这样才不至于被巨浪给掀翻在地。他把手电在房间里环照了一番，发现水量几乎增加了一倍。海水气势凶猛地由门下面喷涌进来，就仿佛大海更加急切地想要将这艘船吞没一般。

卡布里剩下的时间已经不多了。

他把手电四处照着，希望能够在这间密封的机房里寻到某条出路。一个疯狂的念头突然闪现在了他的脑子里，他把手电光对向了那些巨大的发动机以及上面的管道，他的目光尾随着手电光缓缓地向上移动着。“啊哈，有了！”

朱莉娅转向了詹妮·达尔，她尽量让自己的声音听起来温柔一些：“詹妮，甜心，我们必须要带你离开这儿了。但是你需要穿上防化服，就像埃迪和我一样。”

“船是在下沉吗？”詹妮惊慌失措地问道。

“是的，所以我们得赶快走了。”

朱莉娅打开了防化服的电池式风扇和净气器，然后把背部的拉链拉开。她并没有告诉詹妮说，万一她已经感染了病毒的话，那么这件防化服是无法保证其安全的。詹妮查看了一下呼吸器，确保氧气正通过管子流进了自己的鼻子，然后便将两条腿滑进了防化服里，接着又耸起了肩膀，把胳膊也套了进去。朱莉娅则帮忙把她那长长的头发塞进了头盔里，赫胥黎可以闻出詹妮的头发已经好几天没有洗过了，因为哮喘的发作使她数日被困在了医务室中。

“用鼻子做一个深呼吸，保持得尽可能长一些。”

当詹妮把纯氧吸入到肺里时，她的胸部涨大起来。朱莉娅取下了绕在詹妮耳朵旁的插管，将它们扔到了一边。她把敞开的防化服合拢起来，拉上了拉链，接着又花了一分钟用胶布把接口处给密封了起来。

赫胥黎不得不给予埃迪高度的赞赏。尽管身处紧急关头，但他却并没有流露出丝毫的不耐烦。他知道这个年轻的女人随时都有可能因为紧张而休克过去，所以需要把她当成一个婴儿来温柔而耐心地对待。考虑到詹妮曾经经历过的一切，朱莉娅觉得她一定可以挺过去的。

在进行了一番简单的检查之后，埃迪返了回来，他把被单盖在了詹妮病房中的两具尸体的身上。当朱莉娅领着詹妮从死尸旁边走过时，女孩依然不停地盯着这两具被布裹着的尸体看。三个人来到了走廊上，那里横着更多的死者。朱莉娅感觉詹妮的手变得僵硬起来，她一只手牵着詹妮，另一只手则提着采集到的样本。

“这条路被堵死了，”埃迪一边说，一边用手指着他们来时的方向。“詹妮，从这儿还有其他路可以去到主甲板上吗？”

“走廊是过不去了，”她直视着他的脸说道，这样一来就可以不用去看着那些死者了，“不过我听说尽头处有一扇铁门，是船员们用来把东西运到舱底去的，或许那是个出口。”

“好极了，”埃迪说道，“一定是一个备用入口。”

在手电光线的指引下，他们穿过了走廊。正如詹妮所说的那样，

他认为詹妮并没有此力气。如果不是穿着防化服，或许他可以背着她攀爬，这下子可真有点儿麻烦了。

埃迪差一点就漏掉了右边的那扇门，他赶紧停下来，用手电照着门上的字：“船只储藏间”。

“嘿！”他兴奋地大叫起来

“是什么？”

“我们能从这儿出去了！”埃迪一边说，一边把门给推开了。

在手电的照射下，他可以看见一排水上摩托艇和两人轻便汽艇，它们都安放在特殊设计的支船架上。天花板上有一个供这些船只进出的大洞，还有一个能够升至上一层甲板的环形楼梯。他领着两个女伴沿着楼梯爬了上去。

当游轮停泊在了某个港口时，乘客们可以在这个储藏间里租借到船只来供个人使用。房间的墙壁上贴满了关于安全提醒的告示，在一堵墙的前面还设有一个登记柜台，地板上铺着防滑的室内及户外地毯。船舱壁的外面有一扇门，尺寸足有一个郊外车库那么大。门旁还设有一个可折叠的、由液压控制的斜坡，当门开启时，斜坡就会展开，作用相当于一个小型码头。

埃迪用手电筒较粗大的一端轻轻拍打了一下那扇铁门，他听到的并不是尖锐的回响，而是一声沉闷的“砰”。他又在更高一些的地方击打，终于得到了他所希望的结果。“船已经下沉到了距离门顶部只有两英尺的地方了，”他说道，“我把门打开的话，这间屋子就会被水淹没的。”

“那我们还出得去吗？”詹妮气喘吁吁地问道。

“没问题，”埃迪展现了一个笑容，试图让她安心，“一旦里面和外面的水压均等，我们就可以游出去了。幸运的是，这身防化服可以让我们浮起来。”

“我要下楼去把我们来时经过的门给关上。”朱莉娅说道，她明白，为了能够让埃迪的计划成功，船库必须与游轮的其他部分隔绝开来，不然水会继续涌进来的。

“谢了，”埃迪说道。他把詹妮安排在了远离铁门的地方，并让她靠在扶手旁，这样一来，当屋子被水淹没时，她就有东西可以支撑住身体了。

铁门是由一个很小的电动曲柄来操作的，不过上面还设有一个可以将曲柄摇上或摇下的机械把手，以防出现电力不充足的情形。赫胥黎返了回来，她站到了詹妮身旁，帮忙搀扶好她。这时候，门缓缓地向上移动了四分之一英寸的距离，水开始进到了舱室里来。埃迪继续摇动把手将门慢慢开启，尽管他站在离门较远的地方，但他仍然能够感觉到海水正在自己的小腿处涌动着。

随着门开启得越来越大，海水如隆隆作响的瀑布一般涌了进来。

埃迪把门打开了四分之一，这时候把手却突然给卡住了。他使了更大的劲，但把手却丝毫不动。他看着铁门，想弄明白究竟出了啥故障。撞击而来的海水将底部的金属给压弯了，把导轮从导轨上撞飞了出去。甚至就在他查看的时候，铁门又被压弯了一些，中间发生了弯曲，就仿佛有一只巨人的手正在推挤着它一样。

当门被彻底压坏时，他冲着詹妮和朱莉娅大声叫喊着，要她们务必当心，然而他的喊叫声却被淹没在了海水的怒号之中。门被撞裂了，如一片薄纸被海水冲到了房间的另一头。由于没有了约束，海水像一堵绿色的墙壁朝着房间里压了过来。

朱莉娅和詹妮距离门足够远，所以没有被凶猛的海水直接冲击到。然而，随着房间迅速被海水充满，她们也被撞击到了。要不是有赫胥黎守在一侧，詹妮·达尔早就被海水给冲跑了。

爆炸引发的冲击波继续通过海水发出着回响，水里满是碎片和残骸，一艘摩托艇也漂浮在了水里，万一撞上就危险了。当海水渐渐平稳下来以后，埃迪才敢放开了一直紧紧抓着的支撑物。他立即开始漂浮到了天花板附近，当他向上游动时，他就像一只翻转身体的猫一样，手和膝盖触着房顶轻快地移动着。手电筒仍然被紧抓在他的手里。他把供气调节钮放进了防化服里，以减少压力和浮力。否则他就会一直紧贴着天花板，动弹不得。

他用手电光去寻找朱莉娅以及他们那位年轻的被照管人，发现她俩正脚朝上勾着扶手，防化服里的空气使她们腿周围的衣服膨胀着。他爬到了她们上方，轻轻地触摸到赫胥黎的腿，推着她离开了扶手。她重获自由，向上升去，来到了他身旁。他又帮助詹妮解脱开来，然后调低了氧气筒里的气流量。他缓缓地穿过了敞开着的铁门，但是感觉朱莉娅在抵抗着他的帮助。她轻轻拍了拍他的肩膀，两人的头盔相互抵着。

“我把样本给弄丢了，”她大声喊道，声音的振动通过头盔的塑料外壳传递过来，所以他便能够听见这些话语，“我们必须要把装样本的箱子给找回来。”

埃迪看着一片混乱的船库，水中漂浮着毛巾、救生衣、笔记本、遮光剂的瓶子、冷饮的瓶子和水瓶。起码要花上几个钟头才能找到装血样的箱子，如果它被卷到了门外面，那么它就早已掉落到距离游轮十万英尺的海底去了。

“没时间了，”他告诉她说。

“埃迪，我们需要那些组织样本。”

他的回答便是拉着她的手，开始朝着那扇诱人的门游去。

由于将船库淹没的海水突然流入，因此“黄金黎明号”的重力中心被改变了，于是这艘游轮开始倾斜得更加厉害了。船体上的压力增加到了极点，龙骨沿边的铁开始裂开来。船的丧钟在海洋上空敲响，犹如一首挽歌久久萦绕不去。

朱莉娅和埃迪拖着詹妮穿过了铁门，他们一离开游轮，埃迪就朝着海面游去。

“俄勒冈号”就在附近，灯光闪耀。探照灯刺破了黑暗，在“黄金黎明号”的甲板和吃水线周围来回搜寻着。系在装料门附近的充气艇上下摆动着，系艇索拉得很紧。由于正在下沉的游轮的拉力，充气艇的船首没入了水中。埃迪通过一个焊接在船体上的有眼螺栓拉住了绳索，正在这时，一盏由“俄勒冈号”射出的探照灯从他们身上扫过，三个人立即被笼罩在了炽热的白光之下。朱莉娅和詹妮激动地挥着手臂，探照灯一闪一闪，表明已经发现了他们。

“鲁宾逊”直升机突然出现在了游轮的另一边，乔治·亚当斯先让飞机稳定地盘旋在他们上方，等到看清他们全都安然无恙之后，才再次飞离而去。旋翼的下降气流给他们带来了一阵狂风。

埃迪移动到了充气艇的一侧，他举起朱莉娅和詹妮，把她们送到了小艇上。然后他自己也飞身上了船，发动起马达，小艇在海面上跳跃着，朝着“俄勒冈号”飞奔而去。位于货船中部的船库门已经打开了，一队穿着防护装置的人马正守候在一旁，手里拿着装有浓缩漂白液的喷雾瓶，以便对他们的防化服进行消毒。

埃迪让充气艇的发动机空转。由于长期浸泡在水里，导致无线电通讯装置已经短路了，所以他无法同勤杂工交流，但是每一个人都知道自己的职责所在。他们把一对板刷扔到了充气艇上，然后打开了漂白液喷雾瓶的喷头。埃迪和朱莉娅先把詹妮给洗擦干净，然后再相互擦洗了一番，以确保防化服的每一个角落都被彻底消毒了。充气艇的地上则被泼溅了高达六英寸的漂白液。

当朱莉娅觉得他们已经杀死了可能附在防化服上的任何病菌时，她便把拉链上的胶布给撕了下来，然后脱下了这身密不透风的衣服。她贪婪地吮吸了一口温暖而潮湿的空气，无比感叹地说道："上帝，这空气闻起来真是棒极了！"

"阿门，"埃迪一边说，一边把衣服剥落下来，将它留在了充气艇上。

他领着仍然穿着防化服的詹妮来到了他们用来登上"海豹"突击艇、涂有特氟纶的斜坡。朱莉娅负责照看詹妮，她将把她带到医务室里去，然后在隔离病房中对她进行一整套的检测，从而确定出这个年轻的女子究竟是否有被病毒感染。只有在那时，詹妮才可以与船员接触。

正当埃迪准备让充气艇下沉时，马克斯·汉利出现了。一看他脸上的神情，埃迪就知道并非一切安好。"出啥事了？"他问道。

"马克安全地上到了'鲁宾逊'，但是我们没能同董事长联系上。"

"该死！我要回去一趟，他应该就在机房的某个地方。"

"照管好你自己吧！"马克指着那艘正在沉没的游轮说道。当船的龙骨裂开时，淹没船体的水声一下子仿佛大了四倍。"没有时间了。"

"马克斯，看在上帝的份上，那可是咱们的董事长！"

"你认为我不明白这一点吗？"汉利努力按捺住激动的情绪。

"黄金黎明号"所剩的时间已经不多了。主甲板下面的一排排舷窗全部都淹没在了海水之中，随着船的后部的断开，船的中间开始下陷得比船首或船尾更厉害。两个人默默地注视着这艘游轮继续一点一点地从海面上消失着。

被堵在船体内的空气开始剧烈地排放出来。在巨大的压力之下，窗户被击得粉碎，门从铰链处裂开来。海水冲刷着船的围栏，并且开始爬到了它的上层甲板。从他们站立的位置望过去，“黄金黎明号”就仿佛被沸腾的水包围着。

当海水到达了游轮的桥楼时，钢化玻璃也被击得粉碎。碎片和残骸开始在海上四处漂浮——大多是轻便折叠躺椅，一艘救生艇也从吊艇柱上垮落下来，正面朝下地漂走了。

桥楼的顶部也消失不见了，依然露在水面上的只剩下船的桅杆和通风井了，这番景象让颇感震惊的马克斯不由得擦了擦自己的眼睛。当海水吞没掉游轮越来越多的部分时，空气的喷涌而出将海面搅得一派浑浊。

埃里克·斯通待在控制中心里，在武器台前操控着探照灯，他让货船的最强光束聚焦在了“黄金黎明号”那刻有金色标志的主烟囱上。“鲁宾逊”直升机在游轮上方盘旋着，大海犹如温泉一样泛着白色的泡沫。

当烟囱的顶端距离从海面上彻底消失仅有一英尺之遥时，马克斯低低地唤着胡安的名字，并在胸前划着十字。突然，一股空气从烟囱里喷涌而出，一个黄色的物体犹如炮弹一般被弹射了出来。那个物体升到了二十英尺的空中，摆动着双臂，就像是一只鸟儿努力振翅飞翔一样。

“我的上帝——”马克斯无法相信自己所看的景象。

这个黄色的物体身着他们的防化服，之所以在鼓翼而飞，那是因为卡布里的两只胳膊在像风车般旋转着，而他的两腿则像蹬脚踏车那样上下运动着。胡安从主烟囱里弹了出来，又从船的围栏上方一跃而过，最后坠落到了大海里面。这番撞击一定让他晕厥了过去，因为他先是一动不动地躺在了海面上，过了一会儿方才开始从这艘正在沉没的游轮旁游离开去。当胡安游向那条被翻转过来的救生艇时，埃里克用探照灯一路尾随着他的踪影。他爬上了救生艇的船尾，屈膝面对着“俄勒冈号”，然后戏剧性的深深鞠了一躬。

埃里克则按响了船上的汽笛，作为对他的致敬。

第9章

赫胥黎医生是如此的专心致志，以至于没有听到马克·墨菲和埃里克·斯通如一阵风般冲进了紧挨着医务室的实验室里来。她正埋头于研究着她那部功能强大的显微镜所展现出来的微观世界，直到墨菲清了清嗓子，她才将视线从电脑显示器上移开了。她皱着眉头，因为感觉被打扰了，不过看到这两个家伙正在冲自己咧嘴笑，于是她的生气也就烟消云散了。

在他们身后，她的那位病人正躺在隔离病房里。这个病房四周围着一圈无菌玻璃，从而与船的其他部分隔绝开来，里面的空气先是通过尖端的清洁器来进行抽取，然后再被输入到一台温度高达千度的熔炉里，最后才被排出货船外。胡安正无精打采地坐在詹妮病床旁边的一张椅子里头，身上依然穿着他那身黄色的防化服。在朱莉娅检测出他在机房时短暂的暴露在海水里的行为是否有让他感染到将“黄金黎明号”上的男男女女一网打尽的病毒之前，她不得不将他当做一个病毒携带者来对待。她的那部显微镜，由于有潜在感染的样本，所以也放在隔离病房内，因此她只能通过身穿笨重的防化服或者借助专用的电脑传送来对他们进行观察。

“有事吗？”她问道。

“我们对数据进行了分析，”墨菲气喘吁吁地说道。和朱莉娅一样，他也直接投入到了工作之中，身上还穿着那件满是汗水的衣服，这件衣服是他一直穿在防化服里面的。他那略长的头发看起来油腻腻的，软软地耷拉在头皮上面。“董事长或者那个女孩不可能感染到病毒。”

这一次朱莉娅没有再压制住自己的恼怒之情了：“你到底在说什么呀？”

他和埃里克头一次注意到了詹妮·达尔。斯通注视着这个在隔离病房里沉睡的年轻女子，她那一头黑发如一面扇子散开着，中间则是她那张苍白的鹅蛋脸。他不禁感叹道：“哇！好正点的美眉啊！”

“想都不要想，斯通，”墨菲赶快说道，“是我把她给营救出来的，所以在约她出去这事儿上，我是拥有优先权的。”

“你甚至都没有离开过桥楼，”斯通反驳道，“我和你拥有同样的权力。”

“先生们，”朱莉娅毫不客气地说道，“请克制一下你们的力比多[①]！现在告诉我你们究竟到这儿干嘛来了？”

“哦，抱歉，医生，”墨菲羞怯地说道，不过还是趁机偷偷瞥了一眼詹妮，“埃里克和我认为他们两个人都不可能感染上病毒。我们二十分钟以前便知道了董事长的结果，不过那女孩的数据刚刚才传过来。”

---

① 力比多(libido)即性力，精神分析术语，指一种与性本能有联系的潜在能量。——译者注

“我是否需要提醒你们一下这是关于科学——具体来说是生物学——而不是电脑程序设计出一些数学语言呢？”

两个男人看起来颇受伤。

埃里克说道：“但是你应当知道，所有的科学其实都是数学。生物学不过是有机化学的应用罢了，而化学其实就是应有物理学，运用或强或弱的相互作用来产生出原子。物理学是真实世界里的书面形式的数学。”

他的态度认真极了。埃里克长得并不难看，但他是个古怪的家伙，所以她很难想象出他能鼓足勇气来与詹妮交谈。而墨菲的庞克打扮以及凌乱的胡须则为这个电脑狂人平添了几分男性的魅力。

“你在采集的样本里有发现到任何病菌或是毒素的踪迹吗？”墨菲问道。

“没有。”赫胥黎承认道。

“你也不会有所发现的，因为他们两人都没有被感染。杀死全船人而又没有引发大规模恐慌的唯一方法，便是给食物下毒。通过空气传播的病原体在被释放出来时是不会袭击到那些待在外面甲板上的人的。给供水系统下毒甚至更不可能，因为并不是所有人都会在同一时间饮水，除非你在早上人们刷牙的时候就去下毒。”

埃里克插嘴进来：“免疫系统差的人会在白天就死掉了，然而正如我们所看到的那样，大家都身着盛装在参加派对。”

“同样的，假如是某种毒药被涂到了船的表面，比如扶手或是门把手上，”墨菲做着结论，“那么杀手将无法保证每个人都会接触到这些表面。”

“所以你认为是食物吗？”朱莉娅问道，她无法在他们的逻辑里头发现任何漏洞。

“只能是如此。胡安在船上时没有吃任何东西，我打赌她当晚也没有吃东西。”墨菲的头猛地扭向了将实验室和隔离病房分隔开来的玻璃区域。

“为了安全起见，”埃里克说道，“我们还分析了一些数据，以防某种通过空气传播的病原体被堵在了机房里头。即使空气是饱和的，当胡安切开防护服时，涌入的水量也将会把毒性的程度或是病菌的负载量从百万分之几降低到十亿分之几的。”

墨菲双臂交叉，补充道：“此外，董事长的暴露到现在已经有五个钟头的时间了。根据埃迪对你向病人所做的简单询问进行的叙述来看，她的朋友们在看望过她一两个小时以后便倒毙而亡了。所以胡安和那个女孩一定没事。”

对于胡安有否感染到病毒，朱莉娅已经得出了跟他们相同的结论，但他们对詹妮的判断却依然没有说服她。诊断需要进行万分谨慎的调查，一遍又一遍地检查实验结果，直到你清楚地了解了你所面对的。尽管她还没有在詹妮的血液、脊椎液、唾液或是尿液里头发现到病毒，但这并不意味着说病菌就没有潜伏在她的肾脏、肝脏或是其他朱莉娅还未进行检测的组织里头。说不定病菌正静静地潜伏在詹妮的体内，等待着爆发，破坏掉她的免疫系统，然后移到下一个潜在的受害者即“俄勒冈号”的船员身上。

她摇了摇头：“对不起，伙计们，可对我来说这些数据还不够充分。我认为你们对胡安的结论是正确的，但詹妮必须要继续待在隔离病房里，直到我能够百分之百地确定她没有被感染为止。”

“你是医生。不过，医生，这其实只是在浪费时间罢了。她没有被感染。”

“即便真的是在浪费时间，那也只是在浪费我的时间而已，马克。”

烟囱里。由于机房被淹，里面的空气都被压到了烟囱里，所以我就被弹了出来。”

“看起来就像是一匹野马腾空而起啊。”

“我弹得有多高？”

“至少有二十英尺呢，你比船的围栏高出十五英尺。”尔后马克斯似乎突然记起了自己最初的那个问题：“你刚才是在说‘负责主义者’这个组织对不对？”

“没错，达尔小姐提到游轮被租给了该团体。航线是从菲律宾到雅典。”

“实际上应该是比雷埃夫斯，”埃里克纠正道，“雅典在内陆，它的港口城市应为比雷埃夫斯。”

墨菲拍了拍他的肩膀：“你难道真的以为我们不知道这个吗？”

朱莉娅实在是忍俊不禁了，她看得出来，墨菲和埃里克这两个家伙正在为了詹妮展开着明争暗斗呢。

“我又跟我的前妻谈了一次话，”马克斯说道，“这真的完全不像是绑架。她所说的都快要把我给急死了。凯尔一直都是一个对他人亦步亦趋的家伙——你知道，有些人很容易就因同伴施加的压力而改变自己的想法。他在高中的时候和一帮坏小子混在了一起，这也是为什么他会吸毒的原因。他的康复顾问告诉我说，凯尔并没有毒瘾，他的问题其实在于过于自负。总之，他在某次游行活动中遇到了这个团体，几天以后他便宣称自己也是负责主义的信徒了。他甚至还去见了一位泌尿科的医生，现在人在希腊。很显然，他们在伯罗奔尼撒半岛上有某种类似于围地的区域。”

“他把输精管给切除了？”朱莉娅问道，“他才只有21、22岁。没有几个医生会给一个男人施行该手术的，除非他年满30并且已经成家了。”

“凯尔今年23了,这个‘负责主义者’的团体有他们自己的医生,这些医生整天只负责施行输精管切除手术和输卵管结扎手术。”

“在詹妮跟我提到这个团体以前,我从未听说过他们,”胡安说道。

“我自己也知道得不多,”马克斯承认道,“这些还是利萨告诉我的。”

“你们这些家伙需要多读一点好莱坞的八卦才行,”朱莉娅说道,“难道没有听说过堂娜·斯基吗?”

“你是说那个女演员吗?”马克问道。

“确切来说是历史上片酬最高的女演员，她就是‘负责主义者’这一团体的成员，影视圈里还有许多人也跟她一样，这是好莱坞的最新事件。”

“这是一个教派或者邪教组织吗?”

“没有人弄得明白,至少在那个团体之外没有人清楚,”她回答说,“这个运动兴起于70年代，是由一个名叫利德尔·库珀的遗传学家发起的。库珀的主要成就，在于研发出了对抗疟疾和天花的较为便宜的药物，从而挽救了数百万人的生命。然而他却并不这么看，至少一开始是如此，因为他目睹了全球范围内的人口大爆炸。通过消除疾病，他实际上是帮助移除掉了人类人口控制中的某种自然的调控与平衡。所以他开始主张说，倘若彻底消除了疾病，那么人类注定会因为日益膨胀的人口数字而走向灭绝的。他还就此问题撰写了一部著作，并且开始投身到了全世界范围内的计划生育工作之中。他与一群有着相同理念的人创建起了一个名为‘负责主义者’的组织，该名称源于‘有责任感的人’。不久以后便在社会上掀起了一股‘负责主义’的思潮,并且开始吸引到各行各业的知名人士,比如政治家、运动明星和演员等。库珀大约在10年前过世，不过该组织依然还在蓬勃发展着，现在负责的是一对夫妇，我一时间突然想不起他们的名字来了。”

“这个组织如今在做些什么呢？”胡安问道。

“他们在全世界建立计划生育中心，向人们免费提供避孕套、堕胎药以及给男人女人施行绝育手术。就像您所能猜想到的那样，他们长期以来都同天主教会以及政界的右翼人士们展开着斗争。”

胡安环顾了一下房间，然后说道：“接下来的问题是，这些‘负责主义者’的成员们究竟做了什么会使得某个人将游轮上的所有人都给杀死了呢？”

对于他的这一疑问，没有人可以回答。

第10章

在比弗利山外头那片修剪齐整的草坪上支着一个雪白的大帐篷，结果盘旋在空中的两架帕帕奇直升机便被帐篷给挡住了。这个帐篷差不多有两个奥林匹克运动会的游泳馆那么大。当一架洛杉矶郡治安官的贝尔直升机出现时，这两架雇来的直升机便赶忙飞走了，以免尾部的数字被认了出来，从而会因侵占了禁飞区域而遭到法院的起诉。飞行员并不打算冒着被捕的危险，无论那些八卦摄影师们是多么努力地想要对其进行贿赂，就连嘴皮子都差点儿给磨破了。

大帐篷下面那些饮食奢侈的宾客们早已习惯了自己的隐私被这

些帕帕奇们干扰，所以并没有十分留意到这一幕。飞机的声音渐行渐远，于是帐篷里的谈话声又恢复到了正常的分贝。帐篷的尽头处有一个凸起的木制平台，乐队在上面重新开始演奏起来，而一些身穿比基尼的年轻女明星们则在游泳池边肆意嬉闹着。这是好莱坞派对上十分常见的景象。

赫然耸立在这片价值不菲的后院上的房子，是一栋有着地中海风格的别墅。居住面积约有四千平方英尺，还设有一个单独的客房，大小为一般的美国家庭的客房的两倍，地下车库则可以容纳 20 部汽车。房子里的各种陈设价值达两百万美元之巨，工人们整整忙活了三年才达成了这栋别墅的新主人的要求。在一个惯于炫耀财富的镇子上，这栋房子自建成以后便成为了众人议论纷纷的对象。

房子的主人是托马斯·塞弗伦斯和海蒂·塞弗伦斯。他们两人并不是演员，也非电影产业里的权贵人物，尽管托马斯·塞弗伦斯曾经在某个摄影场里当过几年的执行官。夫妇二人是“负责主义”这一理念的发起人利德尔·库珀博士的遗产监护人，如今这个正在蓬勃发展的组织便是由二人来领导的。修建这栋房子所花费的钱，是该组织位于加利福尼亚的总部的两倍，捐款来自于全世界的信奉者们，不过大部分款项都是由那些皈依“负责主义”的好莱坞精英分子们所提供的，目前该组织所吸引到的影视界人士的数字正在呈几何倍增长着。

对于库珀博士的那本惊世骇俗之作——《繁殖是一条通往死亡之路》，托马斯·塞弗伦斯是最早意识到其不朽意义的人之一。他特意寻到作者本人，并且帮助推广其理念。很自然的，托马斯发现同库珀的女儿海蒂志同道合，于是在两个月的求爱期之后二人便喜结连理了。在他们的共同努力之下，“负责主义者”这一组织正在世界范围内逐渐发展壮大着，并成为了今时今日的规模。正如库珀所希望的那样，在他过世以后，夫妇二人接过了他的旗帜，继续推广这一事业。他们所具有的超凡感召力，在娱乐产业里头吸引到了大批的追随者，当奥斯卡得主——女演员堂娜·斯基向世人宣布说自己已经加入“负责主义者”这一团体多年的时候，该组织的知名度一下子得到了极大提高，也开始为越来越多的人所接受。

托马斯·塞弗伦斯站立着，他身高六英尺，五官棱角分明，如刀刻一般，这使得他具有了一种指点江山的气势。他今年 53 岁，一头稀疏的浅棕色短发，眼睛的神情少了几分年轻时候的咄咄逼人。他身上穿的那件亚麻质地的米色夹克似乎有些大了，显得松垮垮的。由于常年保持着健身的习惯,所以他看上去依然肌肉健硕。他很爱笑，每当这时候，他那一口洁白的牙齿便会同他那身因为勤于运动而被晒成褐色的皮肤形成鲜明的对比。

海蒂站在他的身旁。尽管她只比托马斯小几岁，但她看上去似乎只有三十七、八的样子。她是一个典型的加州女孩，一头金发颇有光泽，蓝色的眼睛明亮动人，还有一副职业运动员般的好身材。她的脖子是全身最美的部位，细长、优雅，她的领口开得很低，还佩戴着一条熠熠闪光的钻石项链，如此打扮无疑充分凸显出了其颈部线条的优美。

托马斯和海蒂是一对非常具有吸引力的夫妇，所以他们所到之处往往能够成为人们目光的焦点，更别说在此刻所举办的这场“负责主义者”的大型聚会上了。这次活动是为了庆祝他们新总部的隆重揭幕。

“托马斯，恭喜了，”某位知名导演侧着身子走了过来，然后亲吻了一下海蒂那容光焕发的面颊，“也祝贺你，海蒂。你们两人都应当感到自豪，我想库珀博士也会为你们感到骄傲的。”他在称呼库珀博士的名字时显得十分虔诚，“以后的人们在回顾这个中心时，会知道正是它阻挡住了人口过剩这一汹涌的浪潮。”

“对于世界来说，这个中心将会是一盏希望的灯塔，”海蒂·塞弗伦斯回答道，“正如父亲曾经告诉我们的那样，斗争之初是最为困难的。不过随着我们理念的逐步推广，人们已经开始了解到目前的形势是何等的严峻了，从而去选择我们所提倡的这种负责任的生活方式。”

“我在《世代》上读到过一篇文章，说的是在我们于塞拉利昂[①]新开办的诊所周围，那些村子里的出生率大大降低了。”导演继续说道。《世代》是由该组织所创办的杂志，一年推出两期。

塞弗伦斯点了点头：“这间诊所距离基督教和伊斯兰教的传教士们的活动基地比较远，那些人用谎言蛊惑当地居民多生养。我们在那儿所开展的工作比预期的要好，我们正在帮助村民们逐步意识到，节育要比从教堂里领取施舍物或者听牧师们的陈词滥调更加有助于提高他们的生活水平。”

导演举了举手中的高杯酒，向二人表达敬意，尔后他便移入到了人群之中，这样一来，围绕在塞弗伦斯夫妇周围的那些人才有机会向他们表达自己的祝贺之意。

“他人不错，”海蒂对丈夫耳语道。

“他的上一部电影票房超过了两亿，但是他在过去一年里的捐款数目居然还减少了百分之五。”

“我会跟塔玛拉谈谈的。”塔玛拉是那位导演的新任妻子，也是

① 塞拉利昂：非洲西部国家。——译者注

海蒂的一名女门徒。

托马斯看上去似乎并没有在听妻子说话，他正把手探进自己的上衣口袋里，因为他感觉到手机在里面振动。他把翻盖手机打开，报了自己的名字，然后听了一分钟，面目表情始终没有任何变化。“谢谢你，”他最后说道，又把手机给折叠起来了。他看了看海蒂。她那闪亮的双眼和笑容，比脖子上的那条11克拉的钻石项链还要耀眼。“是科瓦克打来的，”托马斯小声地说道，以防止被其他人听见，“一艘货船刚刚报告说在印度洋上发现了遇难船只。”

“我的上帝！”

“根据一条救生筏上的标志，已经明确了遇难的船只是‘黄金黎明号’。”

海蒂·塞弗伦斯将手放到了脖子上，因为她的皮肤有些发红了。

“无一人幸存。”

她绽放出了一个迷人的笑容，她难掩激动的情绪，无比开心地说道：“这真是太好了，太好了！”

托马斯看起来一副如释重负的模样。“亲爱的，再过几个礼拜，我们和你父亲为之努力的一切便都将成为过去。世界将获得重生，而这一次我们不用再发出号召了。”

“它将按照我们所规划的图景予以重生，”海蒂补充说，然后握住了丈夫的手。她没有去想在游轮上丧失的那783名男人、女人和儿童，这些人大多都是她的组织里的成员。这还只是即将到来的死亡的一小部分而已。

第11章

距离报告“黄金黎明号”沉没的消息已经过了差不多12个钟头了，然而卡布里和他的人却还没能想出一个可行的计划出来。不过他们的总方向是明确的，那便是，他们将会对游轮上发生的惨案一探究竟，这一点是毋庸置疑的。

尽管公司是作为一家赢利性企业来严格运作的，但是员工们同时也受到胡安·卡布里的道德罗盘的指引，有些工作他们是不接的，无论佣金多么优厚。有时候他们会去做一些十分有意义的事情，丝毫不去考虑是否有钱可赚。过去在做无利可图的事情时，胡安会给船员们离开“俄勒冈号”的机会，直到当前任务完成为止，这一次也是一样。为了正义，他会毫不疑虑地将自己置身于危险之中，但他从来不会也这样来要求自己的员工。

跟前几次一样，船上的男女员工们没有一个人接受胡安的提议，他们全都愿意跟随卡布里赴汤蹈火。让胡安骄傲的事情有二，一是“俄勒冈号”上的各种设备之先进，一是员工们对自己是如此的忠心耿耿。

他们或许是唯利是图的雇佣兵，但他们同样也是他曾经与其共事过的最棒的一群人。尽管这些年来他们聚敛了不少财富，但他们当中有一个从未挑明过的事实——他们一次又一次基于同样的原因而置自己的生死于不顾，这个原因便是他们都曾经为政府效力过，所以社会责任感与正义的种子已经深深地根植在了他们的血液和灵魂当中。他们之所以会明知山有虎而偏向虎山行，是因为世界已经是危机四伏，假如没有其他人挺身而出的话，那么他们愿意站出来尽一己之力。

货船朝着北边全速行驶着，抄近路穿过了位于也门与非洲国家吉布提之间、有“眼泪之门”之称的曼德海峡的咽喉要塞。他们现在来到了红海，卡布里已经同一家以苏伊士运河为作业领域、名叫“亚特拉斯海运服务”的埃及公司打过了招呼，希望他的船能够成为第二天早上唯一受到护航的北行船队的一部分。

从苏伊士到赛得港[①]有101英里的距离，需要花费11个钟头，但是他们清楚距离自己的最后目的地仅有一天之遥了。

由于有无数船只在苏伊士运河内进出，所以红海里的航路拥挤不堪。为了不引起过往船只的过度怀疑，胡安在桥楼上布置了一个看守，即使“俄勒冈号”是由船舱内部的控制中心来进行领航的。

此刻他便站在桥楼上，视察着为早上安排一个运河导航员所进行的准备工作。在西边的天空上，沙暴滚滚而来。太阳穿梭在赭褐色的云层之中，给桥楼投下了一层红色的光辉。气温保持在80华氏左右，所以当太阳最后沉到地平线下方时，天气也不会过冷的。

“真是奇观啊！”赫胥黎医生站在位于驾驶舱后面的图表室的门口，发出了一声感叹。她凝望着远处的沙暴，在微红的天空的映衬下，她的脸也泛红起来，看上去就像是一个地道的印度人，她的筋疲力尽被脸上的红光很好地掩藏了起来。

“我们的病人怎么样了？”卡布里一边询问，一边把一张有摺角的航海图在划痕斑斑的破桌子上摊开来。

① 塞得港：埃及东北部城市，临地中海，位于苏伊士运河的北部入口处。——译者注

“她应该没事，”朱莉娅回答说，“假如她到了白天还没有出现任何感染的症状，那么我就会让她离开隔离病房的。您感觉怎么样？”

“对我而言，洗上一个热水澡，然后再睡个舒服觉，就是最好的灵丹妙药了。”胡安用一把木工的夹钳来固定那张皱巴巴的海图，因为嵌在海图桌上的扣钩已经被故意折断了，目的是要令“俄勒冈号”看起来尽可能地破败老旧。对于心细如发、眼光敏锐的卡布里来说，在对货船进行伪装的时候，任何细节都不能放过。“你对于她的经历还知道些什么吗？”

“琳达将会起草一份详细的报告，里面会记录下我、马克以及埃里克目前所获知的一切。在我跟她谈的时候，她说她半小时后会准备好。”

胡安瞥了一眼自己的手表，但他并没有真的在看时间。“我看起码要花上几个钟头才会有确切结果的。”

“墨菲和斯通要比往常积极许多。”

“让我猜猜：他们两个都对达尔小姐动了心思？”

朱莉娅点点头：“没错，这两个家伙现在为了追求詹妮正在暗自斗劲呢！”

胡安吃吃地笑了起来：“我看他们是棋逢对手啦。”

朱莉娅也笑了，像小姑娘一样皱起了鼻子：“我也这么想。”

设在舱壁上的一部老式内部对讲机发出了刺耳的叫声，就仿佛是一个哮喘患者。“董事长，我是琳达。”

胡安赶快按了按“对话”键：“琳达，什么事？”

“我现在正在会议室里面，埃里克和墨菲也已经在这儿了。我们在等您、马克斯和朱莉娅过来。”

“赫胥黎和我在一起，”卡布里说道，“上一次我见到马克斯的时候，是在他的船舱里面，他又同前妻起争执了。”

“我会让埃里克去找他的。我已经准备好了。”

“我们一会儿就下来，”胡安转向朱莉娅·赫胥黎，“你先走，我随后就到。”

朱莉娅把手放进了白大褂的口袋里，踱着步子进了电梯，下到了控制中心，然后径直去了会议室。

胡安步上了驾驶室的翼台，他那身质地轻薄的棉衬衣被风吹得泛起了阵阵波纹。当他深吸一口气的时候，他甚至可以闻到远处沙漠的味道。尽管自孩提时起他便与海洋为伴了，但沙漠对他而言同样也具有一种非凡的魔力。跟海洋一样，沙漠也兼具荒凉与冷漠这两种特性，然而自远古时代开始，人们便为了利益或是探险而穿行于沙漠之中了。

倘若卡布里生在别的年代，生在其他的地方，那么他能够想象自己将会率领一支骆驼商队行走在渺无人烟的撒哈拉或是世界上最大的沙海、有“空域”之称的阿拉伯半岛的鲁布哈利。下一道海浪或是沙丘后面埋藏着怎样的秘密，令他着迷不已。

他至今还不知道应当从哪儿着手去探究“黄金黎明号”上人们离奇的死因，然而这场大规模的屠杀是如此的滔天罪行，他绝对不会坐视不管而让凶手逍遥法外的。他的船员们正在不知疲倦地工作着，旨在搜集相关的背景资料，他们几分钟以后便会制定出具体计划来。一旦他们定好了策略，就会以军事行动的精准度来执行的，这也是他们最为擅长的事情。胡安站立在围栏旁，双手紧握着被太阳烤得滚烫的铁栏杆。当简报开始时，他将会克制自己的感情，然而此刻他想利用这难得的机会宣泄一下内心难以抑制的情感——他的心头燃烧着一股怒火，因为那上百条惨死的生命。

游轮上那些无辜的人们所遭遇的灭顶之灾，犹如癌细胞一样咬啮着他的五脏六腑，而唯一能够让他平复下来的方法，便是将凶手绳之以法。尽管目前他尚不知道惨案究竟是何人所为，不过公司将会展开缜密的调查，终会将真相大白于天下的。

想到这里，胡安不由得握紧了拳头。过了一会儿他才松开了铁栏杆，由于先前握得太紧，所以掌心里留下了金属的印痕。他甩了甩手，让手部的血液循环重新活跃起来，然后做了一个深呼吸，口里轻轻念道："追捕活动就要开始了。"

一股辛辣食物的气味飘荡在会议室里。由于非洲近在咫尺，所以莫里斯特意准备了一顿埃塞俄比亚的食物——一碟未经发酵的面包，以及许多调味料，有些调味料是冷的，有些则是热气腾腾。此外还有鸡肉、牛肉、炖羊肉、小扁豆、鹰嘴豆以及一盘酸乳酪。一位用餐者撕下了一片面包，然后用长柄勺子舀了些炖羊肉，再把它像雪茄那样给卷了起来，最后放进嘴里快速地咀嚼。用餐场面可能会比较混乱，胡安怀疑莫里斯是故意准备这样的食物的，目的是要看琳达·罗斯的热闹，因为她是出了名的贪吃鬼，一有美食当前，她就会丝毫不顾淑女应有的形象狼吞虎咽起来。

作为英国皇家海军的一名退役军人，莫里斯在船上坚决推行稀释的朗姆酒这一英国传统。不过今天他所准备的则是几瓶埃塞俄比亚的蜜酒，因为甜甜的味道可以冲淡食物的辣味。

卡布里的智囊团——马克斯·汉利、琳达·罗斯、埃迪·盛、赫胥黎医生、斯通和墨菲——全都围坐在桌子旁。胡安知道，在下面的军械库里，富兰克林·林肯正在同他的那些手下召开着会议。胡安没有什么胃口，所以他只是倒了杯酒，稍稍品了一口。他让大伙先尽情享用这顿美食，等他们吃得差不多了，他便在椅子上稍微将身体前倾，示意会议要召开了。

“你们大家应该都已经知道了，我们正面临着两个看似不同、实则很可能相互有关联的难题。第一个难题便是要把马克斯的儿子从希腊的‘负责主义者’的围地里给营救出来。通过马克和埃里克所整理出来的卫星图像以及其他信息，林肯正在同他的手下制定一份作战攻击计划。他们一完成，我们就分别检查一下。一旦我们救出了凯尔，我们还需要做些什么呢？”

“他需要接受反思想侵蚀的治疗吗？”赫胥黎问道，她想知道是否应当对凯尔辅以特别的精神治疗，以帮助打破负责主义对他所施加的思想灌输。

“假如有必要的话，我想应该对他进行精神治疗。”马克回答说。

“这么说他们是一个邪教组织了？”马克斯的声音里透着一股沉重，他对自己这个迷失了方向的儿子竟然会落在了这样一个组织的手里感到悲痛万分。

“他们符合一个邪教所具有的全部典型特征，”埃里克说道，“他们拥有具超凡魅力的领袖人物；成员们被鼓励去与那些并不信奉该理念的亲友们切断一切联系；他们被期待着遵循组织创立者在其教义里所提倡的某种法则来生活；当某个人想要脱离组织的时候，其他的成员便会试图加以阻止。”

“怎么阻止呢？”胡安问道，“通过身体上的禁锢吗？”

埃里克点了点头：“有报道说那些脱离组织的成员从家里被绑架，然后被运到某个地方，接受组织的再教育。”

“我们知道他们在希腊有围地，”胡安一边说，一边环顾了桌子一周，“他们在加利福尼亚的老总部已经被一栋新楼取代了，墨菲今天下午把那栋房子的照片给我看了。他们还做了些什么？”

“他们在一些最为贫穷的第三世界国家建立了超过五十家健康诊所——比如塞拉利昂、多哥、阿尔巴尼亚、海地、孟加拉、柬埔寨、印尼、菲律宾——他们在那儿得到了政府方面的大力支持，这一点您可以想象得到。”

胡安问道：“我们是否有同某位从事反思想侵蚀的专业人士取得联系呢？”

“是的，”琳达·罗斯回答说，“从技术上来说，我们实际上是要去绑架凯尔，所以需要尽可能快地带他离开希腊，以避免当地警方找麻烦。我们会在罗马跟心理顾问见面。泰利将安排‘湾流’公务机从里维埃拉飞到雅典的机场，然后把凯尔载往意大利。我们在罗马圆形大剧场附近的一家酒店已经预定好了房间。那个心理顾问名叫亚当·詹纳，他专门帮助那些前负责主义者们重新过上正常的生活。根据我们所能搜集到的资料，此人是全世界这方面最优秀的精神治疗师。”

“他本人是否也曾是该组织的成员呢？”胡安问道，因为他知道，有些从事反思想侵蚀的专业人士一度也受到过他们如今所反抗的某个组织的蛊惑，就像许多改过自新的昔日酗酒者会去帮助其他嗜酒如命的人克服酒瘾一样。

“不是的，不过他宣称自己毕生的使命便是要击垮该组织。在过去十年里，他帮助过两百多人成功地脱离了‘负责主义者’这个团体。”

“在那之前呢？”

“此前他是洛杉矶的一名临床医学家，开设有自己的私人诊所。此外，他开出的治疗费用是五千美金，挺贵的，不过他保证说，当疗程结束时，凯尔就会恢复正常了。”

“他最好能够兑现这一保证，否则……”马克斯嘟嘟囔囔地抱怨道。

“既然有人专门从事反负责主义思想侵蚀的工作，可见这个组织一定规模庞大，”埃迪说道，“他们现在有多少成员？”

“根据他们在官方网站上公布的数字，全球范围内大约有十万多名信徒，”琳达回答说，“不过詹纳在他自己的网页上则说应该只有十万的一半。不管怎样，即便五万也是一个不容小觑的数字了。由于一些好莱坞的知名人士也公开标榜自己信奉“负责主义”这一理念，因此这一组织肯定会招募到不少新兵的，毕竟人们喜欢效仿明星的行为嘛。”

“当我们同詹纳接触时，该编个怎样的故事来作为掩饰呢？”

“我把这些都写在报告里了，”琳达举起了一个活页封面，“马克斯是一名来自洛杉矶的房产开发商，他希望能够让自己的儿子恢复正常的生活。我们则是他雇来的私人保安。当我将这些虚假的身份背景告诉给詹纳的助手时，他并没有多问，所以我感觉他们对这种情形应该见怪不怪了。”

“好的，一旦我们找到了凯尔，我们就带他去机场，泰利·冈德森将驾驶‘湾流’公务机把他送到罗马去，然后我们再把他交到詹纳的手上。”卡布里突然想到了什么：“他们应该会把他的护照给扣押起来的，所以我们还需要造一份新的。”

“好的，董事长，”琳达说道。胡安的思考缜密反衬出了她的疏忽，所以她看起来颇受伤。“马克斯的前妻已经通过电邮发了一张凯尔的照片过来，我们会对照片进行修改，以便它看起来跟官方护照上的照片差不多，然后再打印出来，制作一张假护照。”

胡安示意琳达应当把粘在下颚处的奶油给擦掉。“以上便是我们需要处理的第一个难题。现在，我们要讨论第二个难题了。那便是，

‘黄金黎明号’上究竟发生了什么，又为何会发生这一惨案呢？到目前为止我们所知道的情况有哪些？”

琳达在她那台笔记本电脑的键盘上轻敲了一番，以调出相关信息。“‘黄金黎明号’与它的两艘姊妹船——‘黄金天空号’和‘黄金太阳号’，均是一家名为‘黄金海上巡游线’的公司旗下的游轮。该公司位于丹麦，经营时间始于八十年代中叶。和该领域的其他公司一样，他们的巡游线路主要也是集中在加勒比海、地中海以及南太平洋等海域，此外还会将游轮出租给某些团体。大约在四个月前，该公司接了一笔订单，要求将四百七十名负责主义者从菲律宾运送到希腊。而‘黄金黎明号’是唯一一艘在此期间有空档的游轮，于是公司便安排这艘船来承接此业务了。‘负责主义者’的网站上对于这次行程或者如此一大帮人究竟在菲律宾干了些什么只字未提。”

“好的，继续说下去。”

“他们是17号离开马尼拉的，根据墨菲从航行日志上获得的资料，里面没有记录任何不寻常的事件，似乎一路走来船上都是平静无事的。”

“全船人最后都死光光了，这也叫平静无事吗？”马克斯的话语里满含了挖苦之意。

埃里克瞥了一眼坐在桌子对面的这位公司的二号人物：“并不是全都死光了。我重新查看了一遍无人飞机的电脑磁盘。‘黄金黎明号’上的一条救生艇不见了，”他看着卡布里，“很抱歉，昨晚我没注意到这个。”

胡安没说什么。

“游轮的电脑日志记录说，在我们出现的八个钟头以前，有条救生艇被放下了水。”马克补充道。

“这么说整条巡游线路上杀手都在‘黎明号’上啰？”

“看起来似乎是这样。斯通和我进入到了游轮的电脑里，找到了乘客名单和船员名单，但由于没办法去查证游轮沉没时船上到底有哪些人，所以也就无法缩小我们的怀疑范围。”在胡安还没开口询问下一个问题时，马克便抢先予以了回答：“我们已经检查过了。在该团体提出租船计划以后，船员的名单就没有变更过，乘客名单也是一样。所以登上船的应该就是这些人了。”

“那么究竟是哪个该死的家伙把他们全都给杀掉的呢？”马克斯问道。

“假如让我猜的话，我觉得或许是负责主义者自己干的，虽然他们并不是一个推崇自杀行为的邪教，比如像吉姆·琼斯的‘人民圣殿’或者日本的‘奥姆真理教’那样。要知道，‘负责主义者’这一组织本身并不倡导自杀行为，他们的观点是，既然你已经出生了，那么你的使命便是去尽可能广泛地宣扬‘负责主义’这一理念，而不是结束自己的生命。还有一种可能，那便是某人渗透到了该组织里头。”

“有任何可疑之人吗？”

琳达回答道：“由于他们在节育和堕胎问题上所持的立场，所以他们多年来一直都同梵蒂冈教廷方面以及许多偏于保守的基督教组织展开着持续的斗争。”

卡布里摇了摇头：“我可以想象某个基督教的狂热分子会举枪对准一个施行堕胎手术的医生，但把整船人给谋杀掉则是一种有组织的行为，并且需要有充裕的资金做后盾。我不会雇佣几个牧师或修女打入到这个邪教里头，就为了杀死其一百多名成员。”

“要是我的话，就会出钱雇一群狂热分子，”马克说道，“一群反对‘负责主义者’的家伙们，比如该组织的前成员或是其他什么人。

你知道，除了不生育孩子这事以外，这个团体还做了一些极为怪异的事情。”

胡安并没有对他的话十分在意。“让我们想一想他们为何要杀死自己人。有谁能想到什么吗？”

“没有，”马克继续说道，“一旦你涉足其中，比如在某个第三世界的诊所里去宣传节育的诸多好处，那么他们就会开始让你参与到一些更为秘密性的事件中去的。”

“继续说下去，”胡安鼓励道。尽管墨非平常的言行或许有些古怪，不过他的脑袋瓜子可是灵光之极。

“有人听说过‘膜理论’吗？”他已经跟埃里克谈过这个，结果却换来了斯通的白眼。“这个膜理论以及弦理论，是一个将宇宙间的所有四种矢量统一起来的方法，这一点是连爱因斯坦都未能解决的。简单来说，该理论认为我们的宇宙是十维时空里一个四维超曲面，就像薄薄的一层膜，而其他的膜则存在于更高秩序的空间里。”

“你的这些话太过深奥了，听得我是一头雾水，”卡布里说道。

“总之，膜理论于90年代中期开始对理论物理学家们产生了重大的影响。利德尔·库珀也对这一理论怀有浓厚的兴趣并予以了认同，只不过他走得更远一些罢了。他相信进出我们宇宙的并非只有量子粒子，某种来自于另一层膜的智能对我们这一维度的人们产生了影响。他主张，这一智能以各种我们未能察觉到的方式塑造着我们日常的生活，这便是我们各种痛苦的缘由。就在去世之前，库珀开始教授一些技巧试图来限制该影响，从而使我们不受外来能量的侵扰。”

“难道人们真会相信他的这些胡言乱语吗？”马克斯问道，他对自己儿子的处境更加忧心忡忡了。

“哦，是的。站在他们的立场来想一想吧。一个信奉者不太走运，或者情绪极度沮丧，或者脑子有点蠢，于是他就会信这一套理论的，这并不是他的错。他的生命在穿过空间里的维度膜时被搅乱了。是一种外来的势力妨碍了你去约自己心仪已久的姑娘外出，是某种宇宙的力量阻止了你去行动，而不是你自己的无能。假如你相信这个，那么你就不必为自己的人生负起责任了。而负责主义则为你所做的可怜的人生选择提供了一个现成的借口。"

"就像有些人会因为超重而去控告快餐公司一样，我能够明白这一理论所具有的吸引力，"胡安说道，"可这与某个家伙在一艘载满了负责主义者的游轮上下毒有什么关系呢？"

马克看起来有点儿怯生生的："我也没有搞明白这整个事情，不过假如这是真的，你知道，"——他的声音透着一丝狂热——"是否来自另一层膜的某种外来势力正在同我们所生活的这层膜里的力量展开着斗争，而我们也正身陷其中呢？就像象棋里的卒子一样？"

卡布里闭上了眼睛，发出了一声无可奈何的叹息，心想马克实在是太古怪了，可惜了他那个一等的头脑。"我会仔细考虑你所提出的这一点的，但是现在请让我们把讨论的焦点放在那些恐怖分子的身上好吗？"

马克对埃里克低声说道："你看这比我们昨晚的讨论情形要好一点，不是吗？"

"那是因为我们已经二十个钟头没有合过眼了，而且一个人喝了大约三十罐'红牛'。"

埃迪·盛突然把一片面包塞进了嘴里。"这群人会不会因为他们试图离开邪教而被选中，于是领导者决定杀一儆百呢？埃里克先前曾经提到说该组织有对试图脱离的成员采取绑架手段，所以说不定他们的下一步就会用谋杀呢？"

马克斯·汉利震惊地看着他，脸上写满了对凯尔的担忧。

“这是有可能的，”琳达说道，然后她看出了汉利那显而易见的痛苦之情，“很抱歉，马克斯，但是我们不得不考虑这一点。另外，您的儿子是一名新的皈依者，所以他压根就不会想要脱离组织的。”

“你确定你现在想继续待在这里吗？”胡安询问着自己的这位最亲密的朋友。

“是的，该死的！”马克斯咬牙切齿地说道，“我也不知道，我既感到痛苦，又觉得尴尬。我们所谈论的是我的儿子，我无法帮上忙，但是我觉得是我让他失望了，假如我是一个称职的父亲，那么他就不会陷入到如此危险的境地之中了。”

大家一时都不知道该说些什么才好，全都静了下来。谁也没有料到最后居然是埃里克·斯通打破了沉默，由于埃里克在技术事务上太过精通了，所以人们很容易就忽略掉了他身上所具有的富于同情心的那一面。“马克斯，我是在一个充满了污言秽语和暴力的家庭中长大的。我爸是个酒鬼，每天晚上，只要口袋里有钱，他就会去买瓶伏特加，喝完后就要发酒疯，对我妈和我拳打脚踢。可以说，我的成长环境糟糕到您无法想象的地步，但是您看我后来不也没有变坏吗？一个人的家庭生活只会对他产生部分的影响，不会完全左右他的人生的。您对您儿子的所作所为，可能会改变一些事情，但也可能不会。这是没办法弄清楚的，假如您不能够确定，那么就没有必要去做无用的猜测了。凯尔之所以会变成今天的样子，那是因为他自己选择了那条路。您也经常不在您女儿的身边，但她不就当了名成功的会计师吗？”

“是律师，”马克斯心不在焉地说道，“她完全是凭借自己的力量办到的，我没帮上一点忙。”

“如果您觉得她的成功与您无关，那么您对凯尔的一时失足也同样不担负任何责任啊。”

马克斯半响没说话，最后终于开了口：“你多大了？”

斯通似乎被这一问题弄得有些尴尬。“二十七，”他回答说。

“孩子，你的心智超出了你的年龄啊。多谢你的这番安慰。”

埃里克咧着嘴笑了。

胡安用唇语对斯通说了声“干得好”，然后继续主持会议。“有办法检验一下埃迪刚才提出的看法吗？”

“我们可以进入到‘负责主义者’的电脑系统里去，”马克提议道，“估计应该会有所发现的，因为我怀疑他们会列出听话的成员和不听话的成员。”

“尽一切办法搞定这个，”胡安命令说，“把乘客名单和他们有的数据进行对照。肯定有某个因素将这些人给筛选了出来，如果他们没打算脱离这个邪教组织，那么就一定有其他什么不同之处。”他转向琳达，说道：“我希望知道为什么有这么多人的会同时出现在菲律宾。这个问题的答案或许是我们唯一可以依靠的线索了。”

胡安从椅子上站了起来，示意休会。“我们明天早上会到达苏伊士运河。提醒你们的人，我们在船上会有一名导航员，直到我们完全驶离了塞得港，所以我们得进入彻底伪装的模式。马克斯，甲板部分要加倍检查，不能有任何地方泄露了我们的真实身份。一旦进入到了地中海，我们就只有二十四个小时来同林肯一道把计划给最后敲定下来了。另外十二个钟头则用来把一切准备就绪，然后我们就去营救凯尔·汉利。从现在开始的四十八小时以后，他应该在罗马跟反思想侵蚀的心理顾问待在一起，而我们则将去往里维埃拉接下一个窃听任务了。”

其实卡布里自己也不知道这桩营救计划所面临的将会是坦途还是险境。

第12章

胡安把无线收发设备的耳塞往耳朵里塞得更紧了一点儿，然后敲了敲设在喉部、凭借震动而扩音的麦克风，以便让其他人知道他已经到达地点了。“负责主义者”的围地就在他的视线之下，那是一大片建筑物，四周围着白色涂料的水泥砖墙。围地的后面是一片布满了岩石的海滩，上面还有一个长达一百英尺的木质防波堤，一直延伸到了科林斯湾里。由于刚刚涨潮，所以他可以在轻柔的微风中嗅出海水的味道。

围地里的房子建得很低，就仿佛紧紧附在地面上一样，这让卡布里想到了建筑大师弗兰克·劳埃德·赖特的设计风格。低矮的房顶上覆盖着桶状的瓦片，卡布里透过自己所佩戴的第三代夜视镜望下去，这些瓦片看起来黑乎乎的，不过由行动前的简报他知道这些瓦片应该是红粘土质地的。围地内的草坪因为长期缺水而变成了褐色，寥寥几株多节瘤的橄榄树上的叶子也都已经干枯了。此刻是凌晨三点半，只有几盏路灯亮着。

卡布里把注意力转移到了那堵白墙上。墙高十英尺左右，由双层的厚水泥砖砌成，绵延了八百英尺长。按照世上通行的惯例，墙的顶部竖着许多玻璃碎片，以防止被人擅闯。早些时候，他和琳达

命之危。

时间一分一秒地过去了。这时候，云层从月亮上漂移而过，于是天空如墨般漆黑，就犹如是一个来自上天的信号。当戈麦斯·亚当斯到来时，胡安可以听到“鲁宾逊 R-44”所发出的振动声。

“你准备好了吗？”他向和自己一道蹲在路旁沟渠里的马克·墨菲询问说。

“三天时间里执行两项任务，这简直是要人命啊！”马克气喘吁吁地说道。他的脸上划着几道迷彩颜料，一头长发被黑色的手帕给拢了起来。

“谁叫你是我们的常驻战斗黑客呢。”

卡布里瞥了一眼他的袖子，嵌在织物里面的是一个可折叠的微型电脑显示屏。这种电子纸显示屏的分辨率十分清楚，上面所显示的图像是从一千英尺的海拔高度所拍摄到的“负责主义者”的围地。琳达·罗斯正待在路旁的一辆货车内，在里面操控着他们的那架无人飞机。由于将摄像机的镜头推进了，所以胡安对整片围地可谓是一目了然，但更为重要的是他将能够知道任何在地上走动的人员的位置。液晶投影板发出的光线太亮了，于是他将倍率调低了一些，直到光线弱了下来，而与其配套的电池和电脑则被缝在他的作战衣的背面。

“我们走吧。”胡安听见埃迪说道。他拍了拍墨菲的肩膀，于是两人一起跑着穿过了马路。由于穿着软鞋底的靴子，所以他们的跑动在碎石路上几乎没有发出任何声响。

他们来到了水泥砖墙前，卡布里转过身来，背对着墙壁，然后把两只手正面朝上，紧贴在一起。马克踩在胡安的手掌上，尔后轻轻跳到了他的肩头。

马克差一点犯下大错，因为他打算去抓墙的顶部，以便稳住身体。幸好他没这么做，要不然他的两只手就会被竖在墙上的玻璃片给割得鲜血淋漓。他在胡安的肩头停了一会儿，好让董事长找到平衡的中心。要不是马克事先便知道墙上还设有绊网，否则在这种黑灯瞎火的情况下几乎很难察觉到这些细如发丝的铁丝网的存在。绊网几乎围了墙整整一周，只有距离末端大约半英寸的地方没有。要是由他来猜的话，他会说不到十磅重的压力便会将铁丝给压断，从而触动报警器。他从髋部的口袋里掏出了一个伏特计，以测试在这些纤细的铁丝里通过的电流。他挑出了两个合适的鳄鱼夹，将其固定在了铁丝上，让线距离墙壁大约三英尺之遥。设好了分流的支路以后，他便剪断了铁丝。他下意识地往后退缩了一下，以防出现任何差错。并没有响起尖利的警报声和高音电喇叭，或是某栋房子里突然“啪”的一声亮起灯光来。

他从另一个口袋里掏出了一块碳纤维质地的布料，然后将其铺展开来，放在了墙的顶部。马克跃上了墙头，尽管他的整个重量都压在了锋利的玻璃上，然而玻璃是无法刺穿这块高科技的布料的。他跳到了地上，向身体左侧轻轻移动。过了一会儿，他听见胡安也爬到了墙上，尔后轻声地落到了他的身旁。

“等我们回到船上以后，你就该减肥啦!”胡安说道。不过他并没有因为把马克托举在手掌和肩头而显出多少疲态。他按了一下喉部的麦克风，低声说道:“我们进来了。”

在围地的对面也有一片摄像机无法覆盖的盲区，埃迪和富兰克林·林肯便将从那儿偷偷潜进来。尽管林肯是公司在入侵防御方面的高手，但剪断铁丝网的任务却是由埃迪来执行的，原因很简单，那便是世界上没有哪种武术训练可以给予他足够的力气，使其能够支撑起林肯那重达两百五十磅的庞大身躯。

“我们也进来了，可以行动了。”林肯对着麦克风说道。

卡布里领着墨菲离开了水泥砖墙，两人匍匐在地上，迂回地穿过了空地。他们行进的路线看似十分随意，其实是被仔细制定出来的，以便能够避开那无数部摄像机。主楼的屋顶上竖着几个圆盘式卫星电视天线以及一个细长的无线电广播塔。那儿便是他们的目的地，爬过去需要花七分钟的时间。

胡安把夜视镜摘了下来，两只手做成圈状，扣在眼睛周围，朝主楼的一个窗口望去。墙的后面有一片昏暗的光线，那是电脑处于待机状态时所发出的微光。根据突袭前所做的侦查，这个窗口后面便是围地主管的办公室。

他注意到窗框上附着一个报警器，只要窗户一打开，警报就会拉响。他从作战衣里掏出了一个仪器，当他将仪器对准报警器时，指示器发出了红光。接着，他将仪器沿着窗玻璃扫了一遍，以检查是否有铁丝嵌在两扇窗格之间，但仪器始终没有亮光。假如这便是由那家号称科林斯最好的保安公司所提供的防入侵水平，那么他觉得自己不妨改行来希腊当梁上君子好了，可以大捞一票。

他把两个很小的吸盘附在了玻璃上，然后用切割机在窗户上进行着切划。他的动作很缓慢，以便窗格被划开的声音不会比低低的“嘶嘶”声更响。当两片隔热玻璃之间的空气被释放出来时，他听到了极其轻微的气息声。他把切割机递给了马克，然后小心翼翼地用吸盘将窗格从窗框上卸了下来。他又对里层的玻璃重复了一遍刚才的步骤，干完以后，他把玻璃放到了办公室里面的地板上。

胡安踩上了窗台的底框梁，潜进了大楼里面。当马克也从窗户爬进来时，卡布里便在窗帘旁边蹲了下来。“我们进到办公室里头了，”

他对着麦克风说道。

“收到，”埃迪回答。

胡安指着电脑对马克说道：“你负责把那个搞定。”

墨菲活动了一下指关节，然后坐到了书桌后面的椅子上。他启动了系统，然后从自己携带的背包里头拿出了一个磁盘，上面粘着贴花纸以及一块嚼干了的口香糖。他把磁盘塞进了电脑驱动器的入口里。不一会儿，一个面带微笑的骷髅头便出现在了屏幕上。当骷髅头消失后，马克便开始用一只无比灵巧的手敲打着键盘，而另一只手则移动着鼠标，就像一个孩童在操作玩具卡车一样。

胡安让墨菲干他自己的活儿，而他则用一个很小的笔形电筒对办公室进行着检查。同时他还得确保自己距离窗户足够远，以防被人发现。他们已经从“负责主义者”的网站上获知围地的主管是一个名叫基尔·马泰尔的加州人。根据他们所挖掘出的资料，马泰尔在加入该组织以前曾在比弗利山卖过豪华汽车，他的名字多次出现在了有关一桩连环偷车案的调查中。尽管他遭到了指控，然而几位关键证人却在开审前神秘地消失在了墨西哥，于是指控也就不得不被撤销了。

房间里的家具陈设就像卡布里所料想到的那样——书桌、书柜、几把椅子、一面墙的前面摆着一张长沙发以及一个咖啡桌。他发现这些家具全都价格不菲，咖啡桌下面铺着的那张东方式地毯是古老的基里姆地毯，假如拿去拍卖的话，应该可以标到一个相当高的价格。墙上还挂着许多相框，看来马泰尔十分热衷于展示自己。那些同马泰尔一起对着镜头微笑的家伙们，其中一些胡安不知道他们是何许人也，但有一些则很容易就可以辨认出来。他发现好几张里面都有堂娜·斯基，虽然只是一些快照，但这位电影明星的美貌却是无可否认的。一头浓密的黑发、杏仁色的双眼、高耸的颧骨，如此容貌使得她俨然便是好莱坞艺人的范例。

卡布里想知道她的生活里究竟遭遇了怎样的悲惨，以至于她居然会去皈依一个邪教组织。

另一张照片吸引了他的注意。这是一张老照片，照片上马泰尔和一位老人一起站在帆船的甲板上。照片下面标记着一行字："坚持信仰。利德尔·库珀。"这张快照一定是在库珀驾驶一条双桅纵帆船消失于海上之前所拍摄的。他曾经看过海岸警卫队的报告，说是这条船在一场不知从何处而来的风暴中倾覆了，一起在风暴中消失的还有其他五条小船，溺水而亡的除了库珀外还有另外三个人。

假如要胡安用一个词语来描绘这位遗传学专家兼负责主义运动发起人的话，那么他会用"平淡无奇"这个词。库珀身上没有任何突出之处。照片上的他六十开外，大腹便便，颈上顶着一个鸡蛋形状的脑袋，戴副眼镜，发际线退得老高，眼睛是淡褐色的，灰色的胡须和胡髭既没有给他的外表增色，也没有减分。就像人们料想一位退休的研究员脸上应当出现这类面部毛发一样，所以他似乎是出于义务而蓄了这些胡须。胡安没有从他的身上看出一丝能够激发数以万计的信徒加入其运动中来的特质——没有领袖气质、没有个人魅力、完全没有任何可以吸引追随者的地方。假如他不知道库珀长啥模样，他或许会以为墙上挂着的这张照片是马泰尔和自己的会计师的合影呢。

"搞定！"墨菲喊道，然后他赶紧环顾了一下周围，为自己喊得这么大声感到十分愧疚。"很抱歉。我进入到他们的系统里了，真是小菜一碟。"

胡安迈步穿过了房间。"你能够找到凯尔住在哪个屋吗？"

“能，他住在C栋，也就是埃迪和林肯爬进来的那堵墙右手边上最新的那座大楼。凯尔·汉利的房间号是17，不过他并不是一个人住。他还有个室友，让我看看叫啥名字，哦，杰夫·彭塞托。”

“干得好！”卡布里赞扬道，然后将这一信息发给了埃迪和林肯他们。“把他们电脑里头凡是你能够弄到的信息都给下载下来。”

无线电那头传来了琳达·罗斯的声音：“董事长，快看一看您的液晶投影板，有人过来了。”

胡安朝袖子处瞥了一眼。只见两个身穿维修工人连体服的家伙正在围地里穿行而过，他们手上提着工具箱，看起来似乎是朝着他和墨菲所在的这栋主楼而来的。难道是发生了什么紧急故障，所以深更半夜的还会有技术人员现身吗？抑或是因为他们已经听见这儿有声音了？不论出现了何种状况，卡布里都不乐意见到。

“墨菲，别下载啦。我们得赶快离开了！”

当胡安朝门走去的时候，他把一个电子窃听器藏在了桌灯下面。他知道，一旦被侦查到有人侵入了围地里，那么这个窃听器很快就会被发现的，但起码它可以把最先发生在基尔·马泰尔办公室里的情形发送给他们。他在窗口停了下来，再一次查看起了液晶投影板。那两个维修工人马上就要走到主楼的前门了，这给了他和马克短暂的时间来对现场进行清理。

他慢慢地撩开了窗帘，跃到了窗扇上。手里紧紧握着他那把“格洛克”，尽管他不记得自己是什么时候把手枪从皮套里给拔出来的，也许是下意识的行为吧。

他们低着身子，然后按照此前便已经精心测算出来的线路离开大楼，以避免被摄像机的镜头给捕捉到。他们朝着C栋缓缓移去。黏在他们鞋底的草已经干了，所以每走一步都会窸窣作响。和“负

了八英里路呢，所以这个年轻人根本就不算啥，感觉他还没有一头二十磅的雄鹿重呢！”

卡布里查看了一下袖子处的电子纸显示屏。看起来外面没有任何动静，不过他还是通过无线电联系了琳达以作确认。

“看守还在主楼。你们所在的地方有灯亮过，不过一分零八秒钟以后又熄掉了。”

“估计是维修站的灯光。”

“我猜也是。你们可以撤离了。”

“收到，”他转向另外三人，“我们可以离开了。”

就在他们开始沿着走廊离去的时候，突然铃声大作，听起来像是火警，尖利的声音犹如匕首般撞击着他们的耳膜。尽管在一片喧嚣嘈杂中无法进行交流，不过几个人全都是经验丰富的老手了，所以彼此之间都能心领神会。

埃迪打头，后面紧跟着林肯和马克。三个人疾步穿过了走廊。此刻已经不再是一次“劫持”行动了，而是要赶快跑到围墙那儿去。假如林肯和埃迪已经遵照指令做了的话，那么在围墙那里应该已经布好了一枚炸弹，以炸开石砖。琳达·罗斯距离这儿很近，所以可以听到高音喇叭声，然后会通过无线电指引乔治·亚当斯把“鲁宾逊”开过来。他应该会直接在路上着陆，尔后一行人便能在守卫们弄明白发生何事之前迅速乘上飞机扬长而去。

胡安身旁的一扇门开了，一个睡眼惺忪、穿着睡裤的男人来到了走廊上。卡布里用肘部向那人的下巴扫了过去，于是那人旋转了一圈，倒在了地毯上。他们的前方，又有一个人将头从寝室里探了出来。即使肩头压着凯尔·汉利，但林肯依然健步如飞般地在走廊上一路奔了过去，而且还腾出一只手来把那个从房间里探出脑袋的负责主义者给推开。那人的头撞到了铁门框上，当胡安从他身旁跑过时，那人已经被撞得眼冒金星了，只见他犹如一株被砍伐的树木般向后倒去，栽倒在了地毯上。

当他们来到了外门时，埃迪本能地停了下来。胡安再次查看起了视频传播，然而琳达一定是在同亚当斯联系，因为在由那架盘旋着的无人飞机的摄像机所传来的画面上，除了他们北边的那片海洋以外就什么都没有了。他可以在自己的无线电耳塞里听到琳达那少女般的声音，然而警报声实在是太响了，以至于无法辨认出她具体都在说些什么，他所能够捕捉到的就只有她那尖利的声调而已。

他打开了门，那把“格洛克”则举在胸前。除了围地上空有警报声响起以外，一切看上去似乎都跟刚才一样平静。没看到有警卫冲出来，完全没发现有任何行动，甚至也没有更多的灯亮起。

由于宿舍楼里面的铃声实在是震耳欲聋，所以胡安不得不将手堵在耳朵上，以便试图去听见无线电那头的琳达究竟在叫喊些什么。

“——远侧有警卫。戈麦斯就要过来了。赶快！”

他伸手去摸自己的夜视镜，突然，三个身穿灰色制服的人出现在了附近大楼的拐角处。胡安赶紧朝他们瞅了瞅，想知道他们是否持有武器。其中一个人举起了一把小型冲锋枪开了火，子弹射在了宿舍楼的墙上，于是空气里立即飞溅起了许多石灰粉尘。卡布里赶紧扑倒在地，朝他们回击。他的瞄准堪称完美，一枪正好打在了那名警卫的身体正中。不过那人并没有倒下身去，而只是往后摇晃了一下身体。

“进到里面去！”他冲手下喊道，然后再一次爬进了走廊里，并用脚把门给带上了。他尖声叫喊着，以便自己的声音能够不被警报声给淹没掉。“他们用的是自动枪械，还穿了纤维B[①]背心。我们的塑料子弹压根对付不了！”

“早就说过要真枪实弹，我们这不等于枪战中却拿把刀吗？！”埃迪忿忿地嚷嚷道。

警卫们冲着宿舍楼的正面发起了一轮新的扫射，弄得整个大楼似乎都在抖动起来。

林肯把一张椅子堵在了门把手下面，这样一来就无法从外面把门给打开了。然后他把手往墙上探去，将警报器从支架上给扯了下来，终于让刺耳的声音停止了。“这简直就像是古时候作战前吹响的号角，我的朋友。”

第13章

机智多谋的卡布里不一会儿便想出了对策。“凯尔的寝室里有扇窗户，这栋楼的背面距离围墙很近。”

他领着一行人再一次步上了走廊。每当遇见有人将头从房间里探出来，他就会用手枪指向对方，以起到恫吓作用。尽管外面是一片骚乱，但凯尔的那名室友却因为被注射了麻醉剂而依然在床上不省人事。胡安大步流星地穿过了房间，朝着远处那面墙上的大型落地窗开了几枪。比起用脚去把玻璃给踢松开来，塑料子弹的威力应

① 纤维B：一种质地牢固、重量轻的合成纤维。——译者注

该会更大一些。尔后他便用身体奋力地朝着玻璃窗撞了过去，玻璃碎片泻落了他一身，他滚落在了干枯的草坪上，感觉双手以及脖子后面有些被划伤了。

由于有好几间寝室都亮起了灯，因此他可以清楚地看见十五码开外的那堵水泥砖墙。警卫的火力继续集中在入口处，并且开始对大楼进行包抄。当墨菲、林肯和埃迪从那扇破毁的玻璃窗跃出时，他的身后传来了一阵“嘎吱嘎吱”的玻璃声。

胡安的行动为他们争取到了极为宝贵的几秒钟时间。

埃迪设置的炸弹就位于整面围墙的中间，之所以会选择把炸弹布在那儿，并非由于那里是战略上的最佳位置，而只是因为只有那儿不会被摄像机捕捉到。他们必须要穿过一百码的空旷场地才能跑到那儿去，而这意味着“负责主义者”的警卫们可以非常方便地将他们当做靶子来击中。

“琳达，给我报告一下状况。”卡布里需要一个更加清楚而全面的视野，因为设在腕处的电子纸显示屏所能呈现的画面实在是太小了。

“刚刚您是不是撞破玻璃冲出来了？”

“没错。现在是什么情况？”

“宿舍楼的入口附近有三名警卫，另外还有大约十二三名警卫散布在围地里。他们都是全副武装，其中有两名警卫开着车。乔治已经在路上了，您应当能够听到直升机的声音。”

胡安的确可以听见“鲁宾逊”的旋翼在夜空中转动所发出的声响。“告诉马克斯准备行动，我们或许不得不采用 C 计划。”

“胡安，我在线上，”无线电的那头传来了马克斯·汉利的声音，“我们立即上路。你们找到凯尔了吗？”

“是的。他现在很好，不过我们需要赶快离开这个鬼地方。”

“别着急，骑兵马上就要到啦。”

“在小比恩霍河一战[①]中，卡斯特率领着他的骑兵队伍出现时也是这么说的，而你也知道后来的结果是如何了。”

正在驶近的直升机的声音令他们感到一阵狂喜。当“鲁宾逊”隆隆作响地出现在了围墙上空时，胡安冲着埃迪点了点头。此刻已经不需要彼此说些什么了。由于A计划泡了汤，所以他们很自然地就要转为执行B计划。埃迪手里拿着炸弹的引爆器，他等待了一会儿，当一名警卫驾驶着一辆四轮全地形车驶近了安放炸弹的地方时，他便将炸弹给引爆了。

墙的一部分被炸开了，浓烟滚滚，空中布满了白色的粉尘。那名警卫从车子上炸飞下来，被抛出了二十尺远，然后四肢摊开地摔倒在了地上。他的那辆全地形车翻转到了一侧车身上面，四个低压轮胎无用地空转着。水泥砖的碎片像冰雹一般落得整个围地都是，不断增多的粉尘和火焰升到了半空中。

一行人以百米冲刺的速度迅速朝那堵墙的方向撤离。虽然肩上压着沉沉的凯尔·汉利，但林肯的步子丝毫没有比他人慢半拍。当他们来到了大楼的拐角时，胡安朝周围探了探。那名最先开火的警卫已经倒在了地上，他的头被一块水泥砖给击中了，头皮上出现了一道裂口，脸上布满了血痕。另一名警卫负责照看他，而第三名警卫则正试图把门给撞开。

仔细瞄准以后，胡安连发了四枪。由于知道塑料子弹不会真正

---

① 小比恩霍河战役：1876年，印第安苏族和夏安族联盟与卡斯特领导的美国第七骑兵团在小比恩霍河一带爆发激战，后者全军覆没。——译者注

伤及这几名警卫，加上不愿意真的把他们给杀死，所以他只对第二和第三名警卫各开了两枪。尽管这种子弹不会令他们有生命之危，但他们的腹股沟将会肿上几个礼拜。两个警卫惨叫着倒了下来，极度痛苦地紧紧抓着彼此。

“对不住了，小伙子们。”胡安充满歉意地说道，然后把他们手里的军械给收缴了。他们所配的是迷你型“乌兹”（Uzi）冲锋枪，假如是近距离火拼，这种枪可谓是威力十足，然而远距离的作战则基本派不上用场。他将一把“乌兹”扔给了埃迪，另一把则丢给了林肯，因为即便肩膀上扛着一个人，林肯的枪法也要比墨菲强上许多。

黑色的“鲁宾逊 R–44”在头顶上隆隆作响着，飞机飞得很低，以至于起落撬几乎都要把屋顶上的瓦片给掀翻了。乔治·亚当斯驾驶着直升机在围地上空旋转着，旋翼产生的下降气流卷起了一股沙暴。砂砾的漩涡刚好可以掩护胡安他们，因为铺面而来的风沙困住了警卫们的手脚。

螺旋桨在空中的转动声震耳欲聋，加上周围一片混乱，所以没有人知道一轮新的开火是从何处而来的。突然之间，蛛网状的白色小点如一阵急落的雨点打在了直升机的挡风玻璃和驾驶员座位旁的窗户上。当子弹在整个机身上扫射时，飞机的外壳上立即泛起了滚烫的红印，尔后又慢慢地褪去了。乔治赶紧蹲下身来，于是直升机开始在空中摇摇晃晃起来，就仿佛是拳击比赛里步履蹒跚的选手。曳光弹不断涌现而出，最后引擎罩上冒出了一股浓烟。

胡安疯狂地调动着无线电的频率，大声叫喊道：“快离开这儿，乔治。快走！走！走！我命令你离开！”

“抱歉，我要撤离了。”亚当斯拉长调子说道。尔后，直升机像只蜻蜓般振翅而去，在围墙上方调转了方向，机身后面拖着的那股浓烟比夜色更加深重。

“现在该怎么办？”墨菲向董事长发问。

负责主义者们已经都集结在了一起。胡安四人躲在一条浅浅的排水沟里，不过他们不可能在这里躲藏得太久。警卫们已经分成了几个小分队展开了大搜寻，他们的手电光束在夜色里四处照射着。

“琳达，你在哪儿？”卡布里问道。

“就在墙外面，离你们把墙炸开的地方不远。你们可以到我这儿来吗？”

“很难。太多警卫了，掩护物又不够。我敢说，这个地方更像是一个军营，而不是一群怪人的静修所。”

“那么我猜现在是时候声东击西了。”

“没错。”

他可以听见无线电那头传来的引擎加速的声音，但是琳达并没有回复。

三十秒钟以后，围地大门上的铰链松开了，他们租来的那辆货车倒驶着破门而入，车的保险杆歪斜地横在一边。围地里的十来名警卫不久就会闻风而来的。有几个已经开始朝这边跑来了，他们并未注意到有几个黑影正从一个涵洞里冲了出来，然后朝着围墙的裂口处飞奔而去。

警卫们冲琳达的货车开火了，车的金属挡板上立刻出现了四十多个洞。琳达用力把货车的变速箱往后倒去，轮胎的转动使得砂砾四溅，随后车子重获牵引力，她驾车驶离了这股猛烈火力的包围。

当他们朝着围墙跑去的时候，胡安对林肯和埃迪喊道：“转为 C 计划。你们去吧。”

“那您要去哪儿？”马克上气不接下气地问道。

卡布里心想，看来他们真的需要把墨菲送到船上的健身房里去好好锻炼一番了，才跑了这么短距离，他就气喘如牛了。“他们把琳达车子的一个轮胎给打瘪了，主楼前面停着好几辆吉普，所以我们还没跑出半英里路就会被他们给追上的。我要去拖住他们，这样一来你们就可以跑到桥那儿去了。”

“这应该是我的工作！”埃迪说道。

“不行。你的责任是看好马克斯的儿子。祝你们好远。”

那面原本完整的墙壁被炸开了一个裂口，四周笼罩着一层布满了碎石的烟雾。胡安改变了行进的方向，从队伍中脱离开去。那辆被炸翻的全地形车依然斜倒着，废气从排气管里盘旋而出。他转过头来，注视着自己的那几个手下从裂口处爬了出去。然后他便握住了手把，开动节流阀，让轮子运转起来，借助四个轮子的力量把这部重达六百磅的车子给翻转了过来。当四个轮胎重新着地时，车身不由得弹了两下。他一腿跨进了驾驶座里，猛踩油门，随后才在驾驶位上坐好。

当他开着车子穿过草坪时，汽车的750cc的引擎发出了阵阵低吼。一队警卫朝着那几辆停着的吉普跑去，而那些距离围墙最近的警卫则掉转头来，加入到了对埃迪他们几个人的追捕行动之中。

卡布里依然戴着夜视镜，所以能够在黑暗里拥有清楚的视线。然而围地里亮起了越来越多的灯光，所以不一会儿他们就将发现并不是自己人在驾驶着这部全地形车，因此他得争分夺秒了。他让车东奔西突了一番，貌似正在搜寻着入侵者，实际上则是试图找到某个距离灯光最远的警卫。他发现围墙附近有个人正躲在一株干枯的大树后面。他加速驶过去，并把夜视镜给摘了下来。然后他将车停在了暗处，以便遮蔽起自己的脸。由于不知道这名警卫说的是哪国语言，因此卡布里冲他挥了挥手，示意他应该跳到这辆全地形车的后座上来。

警卫没有丝毫的犹豫，他向胡安跑了过来，跳到了后座上。他一只手搭在卡布里的肩膀上，另一只手则紧紧握着一把自动冲锋枪。

“妈的，今天可真是倒了霉运！”胡安一边不满地咕哝道，一边转动着节流阀。

“我把他们都接到了，”琳达·罗斯叫喊道，“我们现在正在主道上。”

胡安瞥了一眼那些吉普车，看见第一辆正准备发动前去展开追捕。除了驾驶员和坐在乘客位上的警卫，后座上还坐着两个全副武装的家伙，那两人正倚靠在翻车保护杆上。他知道自己的手下个个经验丰富，但他们实际上并没有武装，而且还是坐在一辆轮胎漏气、时速不到五十英里的货车上。结果是显而易见的，尤其是当他看到又有一辆吉普车扬尘而去的时候。

现在已经到了刻不容缓的时候了。

坐在卡布里身后的那名警卫轻拍着他的肩膀，告诉他说他们应当朝宿舍楼的后面开过去。胡安表面上顺从了他的提议，均匀地给车加速，穿过了一片平坦的地带。他可以感到其他警卫的眼睛正在注视着自己，所以他一直等到最后一秒钟才猛力地将手把向右转去。低压轮胎在地上轧出了道道沟痕，假如胡安没有把整个身体朝相反方向倾斜的话，估计这部全地形车一定会翻的。车子重新获得了平衡，然后径直朝着墙上的裂口开了过去。胡安加大了油门，他将警卫手里的那把迷你型“乌兹”给夺了过来，插进了自己的皮带里。警卫一开始还有点丈二和尚摸不着头脑，但不久后便立即明白了过来。他把胳膊绕到了胡安的脖子上，他不知道哪里来的一股蛮力，卡布里的喉部和气管被他的手臂扼得生疼生疼。

胡安喘着粗气，感觉自己就快要窒息了。他一边使劲地用肺部吸着空气，一边驾驶着全地形车朝着裂口加速而去。墙上炸出的洞直径约有六英尺，洞下面则是一堆水泥砖的碎片。车子目前的时速是四十英里，所以他们还有不到十五码的距离了。正在这时，一排子弹朝着围墙方向扫射过来。“负责主义者”的警卫们已经发现了这辆试图逃走的汽车，并且推测车上的两人应该就是潜入他们围地里来的不明入侵者。当他们朝着全地形车猛烈开火时，围墙上迸裂出了无数水泥碎片和粉尘。

胡安能够感觉到在身边嗖嗖飞过的子弹的灼热，他甚至觉得有一发子弹从他的那条假肢一擦而过。然而他告诉自己绝对不可以分心，他得继续把注意力集中在那个裂洞身上。那名警卫似乎把吃奶的劲都给使了出来，将他的脖子勒得更紧了，感觉仿佛要置他于死地似的，于是他的肺因为缺氧而不自觉地抽搐着。

“你这个狗娘养的！”当胡安在心里这样咒骂的时候，眼前的景物突然一黑，就仿佛他掉落到了一个没有尽头的隧道之中。

尔后他感觉一阵猛烈的颠簸，似乎车子正撞上了一个隆起物。警卫那一直紧紧勒在他脖颈周围的手臂松开了，只听他发出了一声惨叫，在胡安身后倒了下去。他的肺应当是破裂了，鲜血从口里涌了出来，原来他被那些警卫误当做了入侵者，结果让自己人的子弹给击中了。胡安向那堆水泥碎片的底部射击，又朝斜面猛开了几枪，然后从裂口穿了出去。他蹲下了身体，以免脑袋被墙给撞到。当车子从洞里飞驰而过时，他从座位上弹了起来，随后臀部又重新落回到了驾驶位上。

震颤的车子接着又让卡布里猛地一颠，差一点就被甩出了车外。

他的无线电耳塞从耳朵里掉落了出来，垂在了胸前。他保持着镇定，大口大口地吸着气。当全地形车恢复了平稳状态，他便立即将把手推了上来，尽可能地把车子转到了沿岸公路上去。他的目标是十二英里以外的科林斯。

就在他开到公路上的时候，第一辆吉普冲出了那扇被琳达驾车撞毁的大门，沿着公路飞驰而来。琳达和其他人或许只领先了半英里的路程，甚至很可能还没有这个距离。想到这里，胡安便猛地将把手一转，驾车沿着围墙外面的公路全速前行。

第二辆吉普向着距离自己二十码以外的大门急冲而去。车的轮胎摩擦着地面，扬起了一片尘土，随后车子便驶到了柏油路上。这部车上只坐着三名警卫，一个驾驶着汽车，一个坐在乘客席上，第三个则站在后座上，手里紧握着一把 AK-47。

胡安的车子速度更快，紧紧追赶着那辆吉普。不一会儿他们便发现了有部全地形车正尾随其后。胡安在车座上站了起来，身旁的风呼啸而过，刺得他几乎睁不开眼。他略微放慢了速度，以便车子的时速只比那辆吉普多出几英里。他让全地形车的前部撞上了吉普的后保险杠。

这番撞击令卡布里感到一阵猛烈的颠簸，他的肩膀撞在了站立于吉普车后座的那名警卫的身上。那人的脸打在了翻车保护杆上，牙齿碎掉了好几颗。他往后弯下了身体，脚后跟差不多都要触到头部了。卡布里相信，即便这次两车相撞没有让那名警卫丢了小命，起码也会使他丧失掉战斗力。胡安扬起那条假肢，朝着坐在乘客席上的警卫的脑袋扫了过去。由于吉普车的车门松开了，所以那人就这样毫无遮挡地翻出了车外，滚落到了公路上。

还没等坐在驾驶位上的警卫弄明白究竟发生了什么事，卡布里便已经用那把缴械得来的“乌兹”的枪管抵在了他的脑门上。

“要么跳车，要么挨子弹，你自己选吧。”

警卫两者都没有选。他将刹车踏板一踩到底，吉普车的尾部差一点都翻了起来。胡安撞在了挡风玻璃上，然后从引擎罩上面翻了出去。他跌落得如此之快，以至于都没有来得及去抓住车子前端的护栅。

当卡布里从视野里消失不见的时候，这名警卫便立即松开了刹车踏板，重新踩动了油门。他知道，这个入侵围地的男人将会无助地躺在公路上。

第14章

“俄勒冈号”的船首在爱奥尼亚海域里乘风破浪地前行着。它那具有革命性的、运用了磁流体动力学的引擎，可以使其毫不费力地在四英尺的浮冰中破冰而行。他们目前位于环绕着伯罗奔尼撒半岛的科林斯湾的西边，正在向东行驶。货船周围没有多少其他的船只，根据雷达显示器，附近有几条沿岸的渔船，或许他们是在夜里用拖网来捕乌贼。

此刻，埃里克·斯通正在担负着双份的职责。他坐在自己的驾驶台前，一边操控着货船的行驶，一边把马克·墨菲的电脑显示器对向了自己，如此一来他便可以代为操控那架仍盘旋在“负责主义者”的围地上空的无人飞机了。当他们距离海岸越来越近的时候，他需要将全部精力都集中在对货船的驾驶上，那时候他则会把无人飞机的操控任务转交给戈麦斯·亚当斯的。而此时的亚当斯正驾驶着他那架受损严重的“鲁宾逊”朝着货船飞过来。

“‘俄勒冈号’，我是戈麦斯，”哈里已经将直升机的通讯频道放到了扬声器上，“我看到你们了。”

“收到，戈麦斯。开始减速，”坐在船长椅子上的马克斯说道，“斯通先生，请把船的时速调为 5 节。”

埃里克按了几个键，把从“俄勒冈号”发动管里涌出的水量给调低了下来，直到他可以将抽水机倒转过来，把货船减到了所需要的速度。为了让船不至于在汹涌的波涛中左右摇晃，从而影响到亚当斯的着陆，所以他们必须要保持一定的前进速度。

当这位负责损失控制的高级职员站在了位于房间后面的马克斯的工作台旁时，马克斯转动了一下椅子，以便能够看见他。

“先生，”他赶忙说道，“已经准备好水炮的引爆了。”

“很好，哈里，告诉乔治我们已经准备就绪了。”马克斯在内部对讲机上按了一下键，想要联络飞机棚，赫胥黎医生正守候在那儿。“朱莉娅，乔治几分钟以后就到了。”

尽管这位飞行员的小腿只是被一颗子弹给擦破了一点儿，但马克斯·汉利却充满了强烈的负疚感，就仿佛整个队伍都惨遭消灭了似的。无论大家如何试图安慰他说此次行动是多么的必要，他都觉得胡安以及其他人置身于险境之中全都是因为自己。如今，这一原本应当极为简单的任务却已经遭遇到了重大的挫折。虽然到目前为止只有乔治身上受了些伤，然而胡安则已经彻底失去了联络。琳达驾驶货车接到了林肯、埃迪和凯尔，但他们报告说正被一辆全副武装的吉普车紧紧追赶着。

这已经不知道是董事长第几次遭到伏击了，所以马克斯对于他们决定只使用非致命性的武器感到分外地不满。然而没有人会料想到围地里头居然会有一群与军队相似的警卫队伍。对于一个邪教组织的围地里为何竟会有如此多的武器装备，汉利尚没有头绪，但他知道这绝对不会是一个好兆头。自从与前妻通话以后，他所听到和读到的所有资料都表明，这个名为“负责主义者”的组织并不崇尚暴力，事实上他们还以各种形式反对暴力。

这一切与“黄金黎明号”上所发生的大屠杀有何关联呢？他尚无答案。难道是“负责主义者”与其他组织发生了冲突吗？假如真是这样的话，那么与其发生武装械斗的又会是什么人呢？是另一个没有人听说过的邪教组织、一个仅仅因为负责主义者信奉人口控制就对其大开杀戒的组织吗？

让马克斯深感痛心的是，自己唯一的儿子竟然跟这样一个组织扯上了关系。他非常希望去相信这一切并不是他的过错，然而没有几个人可以说服他去这么认为。

不过马克斯知道自己的职责所在，此时此刻，他应该把负疚感抛到一边，将注意力放在大屏幕上。屏幕上开了一个窗口，显示着由摄像机所拍摄到的直升机停机坪的画面。当乔治驾驶着直升机飞到了船尾围栏的上方时，在月光的照耀下，他们那架“鲁宾逊 R–44”所遭受的损伤看起来更是触目惊心。浓烟从引擎罩上喷涌而出，尔后则被卷进了旋转着的螺旋桨里。

这便是为什么没有一个人会去质疑亚当斯的勇敢了。他驾驶着这架受损惨重的直升机穿越过二十英里的无人海域，而没有为了自身的安全选择将飞机降落在某个农夫的田地里头。当然，假如他真这么做的话，势必会引起希腊政府的怀疑。董事长的 C 计划要求所有人都上到船上，然后尽可能快地驶进公海里去。

乔治让直升机在距离甲板几英尺的上方盘旋，然后再徐徐下降。就在起落撬即将触到甲板前的那一瞬，一股浓烟从直升机的排气管里涌了出来。引擎已经停了，“鲁宾逊”猛地撞在了起降台上，力量如此之大，足以把支柱给压碎掉。马克斯能够看见乔治镇定自若地逐一关掉了直升机的系统，然后解开了皮带。当飞机棚的升降机开始降下来时，乔治直视着摄像机的镜头，骄傲地露齿而笑。

终于有一个安全回家了，马克斯心想，还有六个正在路上呢。

由于一个轮胎瘪掉了，所以这辆租来的货车只能一瘸一跛地往前驶去。琳达使出浑身解数带着一车人朝着伯罗奔尼撒半岛的主干线——“新国道”驶去。幸好她的后视镜上还没有吉普车的影子，不过她知道好景不长了。当林肯准备绳子的时候，埃迪便在货车里面四处搜寻起来，看有没有什么可以用来绊住后面的追捕者的东西。琳达使用一个微型电脑来操控无人飞机，她已经在车上放了一把摇椅和一张小桌子，埃迪可以把这些东西从车的后门给扔出去，虽然这么做可能用处并不太大。他将他们全部的武器和弹药都给集中了起来，一共是三把手枪以及六盒塑料子弹。这种子弹或许能够打破挡风玻璃，但假如想要射穿吉普车的轮胎，估计效果就跟投掷湿纸团差不多。

他们风驰电掣地穿过了公路旁的几个小村子、一些涂着灰泥的房舍、一间椅子摆在葡萄架下面的小餐馆以及一只系在木桩上的山羊。尽管有外国人在沿岸修建了一些度假屋，然而世界这一角落的生活看上去仿佛一百年都未曾改变过似的。

某个东西引起了琳达的注意，镜子里出现了一道闪光。深更半夜，这里不会有其他的车辆，所以她知道一定是某辆正在追捕他们的吉普车的前灯。

“我们马上就要有伴了，”她说道，然后稍稍更加用力地踩着油门，因为必须要在车速与轮胎裂开之间进行平衡。

“就让他们放马过来好了！”埃迪从货车的后面喊道。他一只手放在门把上，另一只手则紧握手枪。

那辆吉普车的时速一定达到了80英里，所以不一会儿便赶了上来。埃迪从后窗望出去，看着他们步步逼近，并且意识到他们不打算撞向货车的尾部，而是会驶到旁边与货车并驾齐驱。

“埃迪！”琳达喊道。

“我明白。”

当那辆吉普距离他们大约十码之遥时，他一把撞开了车门，以掩耳不及迅雷之势扣动了扳机。他的最初几发子弹打在了吉普车的引擎罩和护栅上，后面几发则打在了挡风玻璃上。子弹在玻璃上留下了一排整齐的小洞，迫使驾驶员不得不转向，并把车速放慢下来。一开始看上去这辆吉普车会驶出公路，哪知道驾驶员很快便将方向盘给打了回来，于是车子的两个左轮胎又重新回到了公路上。

尔后这辆吉普又开始紧紧追随前面那部正驶在逃亡之路上的货车而来了。

坐在吉普车乘客席上的警卫站起身来，探出挡风玻璃，然后支起了一架攻击步枪。于是埃迪赶忙大声叫喊道：“林肯，快趴下！琳达，坚持住！”

步枪卡塔作响起来，子弹从枪管里嗖嗖飞出。货车后门上的玻璃被打爆了，玻璃碎片如瀑布一般落了埃迪·盛一身。子弹打在了车身上，发出了一阵噼里啪拉的声响。有一颗子弹飞进了货车里面，然后嵌进了琳达所坐的椅子的背面。

埃迪将他的第二把手枪支在了窗框上，然后本着打哪是哪的精神来了一阵盲目而疯狂的开火，而林肯则用他的身体去护住仍处于无意识状态的凯尔·汉利。

“我不知道你是怎么办到的！”琳达从驾驶员座位上喊道。她把身体蜷成了拱形，目光则投向后视镜。“你打中了那个开枪的警卫的胸部。”

“我把他给打死了吗？”埃迪一边问，一边打开了一盒新的子弹。

“不知道，后面的那个警卫正把他的枪给接了过去。坐稳了！”

琳达猛地踩了一下刹车，把车转到了吉普所在的车道上。两部车子撞在了一起，货车撞上了吉普的保险杠，然后又往后弹了回去。那名被埃迪射中、瘫倒在乘客席上的警卫被甩出了吉普，而后座上的警卫则撞到了翻车保护杆上。

琳达重新踩动了油门，很快便领先了那辆吉普车 100 码的距离。

“‘俄勒冈号’，我们还有多远？”

埃里克·斯通立即给了回复：“我通过无人飞机看到你们了。你们还有 6 英里的路程。”

琳达嘴里骂骂咧咧起来。

“情况更加不妙了，”斯通继续说道，“第一辆吉普的后面还跟着另外两辆呢。一辆可能距离你们大约 0.25 英里，另外一辆则稍微远一些。”

那辆被撞的吉普车重新在他们身后展开了追逐，不过距离靠的不是太近，一名全副武装的警卫开始朝着货车的轮胎射击。琳达驾驶着车子去撞击那人的胳膊，不过她知道这仅仅是在拖延时间罢了。“还有没有什么好点子？”

“我恐怕已经是黔驴技穷了，”埃迪闷闷地说道，然而不久他的脸上便出现了一丝神采，他敲了敲自己无线电的麦克风：“埃里克，让无人飞机去撞那辆吉普。”

“什么？”

“无人飞机。把它当巡航导弹来使，撞向乘客席。撞击的时候，机上的燃料应该足够引发一场爆炸了。”

“可要是没有无人飞机的话，我们就没办法去寻找董事长了！”斯通表示着反对。

“现在顾不上那么多了，”埃迪喊道，“快按我的办法做！”

“是，先生。”

看见卡布里栽倒在了吉普车前面的公路上，坐在驾驶座上的警卫便踩动了油门。当吉普车的保险杆朝着自己逼近而来时，胡安赶忙躺平了身体。他一把抓住了车子的底部，吉普加速起来，把他在公路上一路拖着跑。他把身子抬高了一点儿，以便背部不会摩擦着道路，但他的靴子却被轮胎不停地打着。

他吊挂在了车子的底部，他将这种姿势保持了一会儿，以便可以喘上几口气。虽然他缴获的那把迷你型“乌兹”早已经掉落了，但髋部处的手枪皮套里还有一把“格洛克”。他只留左手去抓着车底，右手则腾出来去拿他的耳塞，然后将耳塞放进了耳朵里，十分及时地听到了埃迪和埃里克之间最后的那番对话。

“不行，”他说道，然而设在喉部的麦克风却极易因为距离他的脸部仅几寸之遥的引擎所发出的轰鸣而失效。

“胡安，”马克斯无比兴奋地叫喊道，“你怎么样？”

“哦，我正挂在车下面呢。”他把脑袋朝后仰去，这样他才可以看到前面的道路。虽然看到的景物全都是颠倒的，但他看见了两个车尾灯，并且从一个尾灯里头发现了步枪开火时的闪光。“给我三十秒的时间，我可以为货车扫清道路。”

“我们也就只剩下这点时间了！”琳达提醒道。

“相信我。”说完，卡布里紧绷起肩膀，然后把身体抬得更高了一些，以便可以躺到处于驾驶员视线之外的保险杆上。他紧紧抓着护栅，然后用左手把“格洛克”从皮套里拔了出来，将枪支在了引擎罩上面。

他冲着驾驶员的胸前连开了两枪。假如驾驶员不是因为穿着纤维 B 背心的话，那么在这样的近距离下塑料子弹原本是可以致命的，不过两粒子弹还是让他的肺部受到了重创。

卡布里从引擎罩上爬了过去，当那名受了伤的驾驶员松开了方向盘时,他赶忙将方向盘给抓在了手中。驾驶员的脸如死人一般苍白，嘴巴无声地动了动，想要吸气。不过他的脚仍然抵在油门的踏板上。

卡布里别无选择，只能拔出手枪，朝着那人的腿射击，鲜血立即如泉水般喷涌而出。不过这一枪达到了预想的效果，驾驶员的脚从油门上松开了，吉普车的速度开始慢了下来。当他们减到时速 20 英里的时候，卡布里把手枪抵在了驾驶员痛苦万分的眼睛上，大喝一声道：“跳车！”

驾驶员笨手笨脚地跳下了吉普，滚落到了碎石路上，双手紧紧护着他那流血不止的大腿股，然后终于停止了翻滚，但皮肤被碎石头划破了，四肢也都撞伤了。

胡安把降下来的挡风玻璃重新给摇了上去，然后一屁股坐在了驾驶席上，开始去追第一辆吉普。从后视镜里头他可以看见一排桶状的前灯正照着路面，于是他猜想这一定是又一个“负责主义者”

的警卫小分队赶来了。为何他们会如此锲而不舍地追捕，胡安心里充满了疑惑，然而此时此刻他不能就这个问题去多想了，现在所要考虑的唯一一件事情，便是尽快逃离这里。

当胡安驾车驶在第一辆吉普的后面时，那名朝货车射击的警卫并没有生出丝毫的怀疑，全然不知驾车的早已不是自己人了。此时第三辆吉普与他们之间的距离也在不断缩小着。他们从一块上面写着希腊文和英文的标牌下面飞驰而过，距离“新国道”的入口以及科林斯运河上的那座大桥越来越近了。所以现在让他焦虑的是时间问题，而不是与敌人火拼。入口就在他们的右手边。第三辆吉普在他后面 50 码的地方，子弹继续咻咻地射向前面的货车。

“琳达，”胡安说道，眼睛则留意着前面的第一辆吉普以及尾随身后的第三辆吉普，“能开多快就开多快，不要担心轮胎裂开的问题。”

货车开始同后面的吉普拉大了距离，然而第一辆吉普的驾驶员很快又赶了上去。卡布里朝那辆吉普的保险杆驶近，然后撞了上去。这一撞并不是太用力，也不需要如此。这只是一个小小的伎俩，目的是让吉普车的方向发生偏转。

卡布里感觉自己就仿佛是个猛踩油门想要一马当先的赛车手，就当吉普车的驾驶员刚刚调整好方向时，他便朝着这辆车发动了第二次撞击。这一次，胡安可不会像第一次那样手下留情了，他撞得很猛，以至于吉普车因为完全失控而发生了倾侧。车子在公路上旋转起来，划了一个大大的弧线。然后吉普车翻转了过来，警卫被甩出了车外，身体则被滚转的车子给碾了过去。

不停翻转的吉普车终于底朝天地停了下来，横在了高速公路单行道的入口处，整个车身差不多把入口给挡住了。现在琳达的后面已经没有了追兵，她可以不受阻拦地朝着大桥一路奔去。胡安继续注视着后视镜。第三辆吉普车也渐渐驶近了入口处，不久他们便意识到自己的猎物早已经逃之夭夭了，因为他们开始在卡布里后面加速起来，而卡布里则继续朝着科林斯的中心地带驶去。

无人飞机的摄像镜头所拍摄到的景象让控制中心里面的每一个人都惊讶得目瞪口呆。尔后缓过神来的埃里克开始用无线电呼叫起了卡布里："董事长，第二辆吉普车里头的是您吧？"

"没错。"

"干得真是太漂亮了。"

"多谢夸奖。现在的情况怎么样了？"

"琳达他们已经彻底安全了，再没有其他车辆从'负责主义者'的大本营里驶出来了。而且，到目前为止，您的开火还没有引起当地政府的注意。我们大约还有两分钟驶入运河。乔治刚刚从飞机棚下来，他将接管对无人飞机进行操控。"

"我去往城里的路线呢？"

"刚刚搜索了一遍，畅通无阻。琳达已经快要到达大桥了。"

"好的，一会见。"

乔治·亚当斯穿着飞行服，裤腿已经被剪掉了，大腿股上绑着绷带。他坐在了一台电脑前面，那条受伤的腿则直挺挺地伸在一边。

"你感觉怎么样？"马克斯问道，他尽量让声音听上去比平常更加生硬一些，好把自己的负疚感给掩藏起来。

"我可不像女人那样，受一点伤就两眼泪汪汪。其实赫胥黎只需要给我缝上八针就可以了。我更担心的是那架'鲁宾逊'，单是驾驶舱盖上就有 11 个洞。斯通，我准备好了。"

埃里克把无人飞机的控制器丢给了亚当斯，这样一来他便可以专心致志地来驾驶货船通过科林斯运河了。

这条位于狭窄的科林斯地峡之间的运河，最初是由罗马人提议开凿的，不过这一工程超出了他们的能力所及。作为伟大的工程师，罗马人修建了一条石造陆上斜坡，希腊人将其叫做“迪奥克斯”(Diolkos)。货物在这一头从船上卸下来，货品和船只都被放在设有轮子的雪橇上，由奴隶拖到另一头的终点，然后船只重新浮在水上，并被装上货物。直到十九世纪末，技术的发展才使工程得以竣工，挖掘出了一条合适的运河，从而使得货船可以节省绕伯罗奔尼撒半岛的 160 英里的路程。1893 年，一家希腊公司从惨遭失败的法国人手里接过了运河的修建工作并最终予以了完成。

在一个不足 4 英里长、仅有 82 英里宽的海面上，这条运河只有一个特别之处能够值得人们的注意。那便是它仿佛一把利刃将一块比从运河中穿行的船只高出 250 英尺的坚硬岩石给一劈为二，从而制造出了一条狭窄的水道。一项最受欢迎的旅游活动，便是站立在横跨运河的大桥的一头，俯瞰着下面那些远洋航行的船只。

要不是佩西多利亚[①]这座小城里的灯火，那么在“俄勒冈号”的主屏幕上所显示的景象看上去就会仿佛货船正在朝着一座悬崖驶过去。科林斯运河十分狭窄，以至于很难被发现，就像是一块黑石上的极小的裂口一样。

“斯通先生，你有把握吗？”马克斯问道。

“因为涨潮了，所以我们的翼桥两边距离岩石只有 4 英尺之遥。我没法保证船身的油漆不会被刮掉，但是我会带领大家驶过运河去的。”

① 佩西多利亚：希腊港口城市。——译者注

“好的。假如可以看到实况的话，我就不会从电视上来观看了，我要站到桥楼上去。”

“还是不要到外面去吧，”埃里克警告道，声音里透着一丝不确定，“您知道，为了以防万一啊。”

“没事的，小伙子。”

马克斯乘坐升降机来到了顶层，然后进到了昏暗的驾驶舱里。他向后瞥了一眼，以检查船员们是否正在林肯最棒的两个手下——迈克·特鲁洛和杰里·普瓦斯基的指挥下做着准备。船首处也站着一些船员。

货船以将近20节的航速行驶着，距离科林斯运河越来越近了。虽然这条运河在今天主要是用来供观光船穿行的，而大型的船只则需要由拖船牵引着穿过运河，因为这条水道实在是太狭窄了，航速必须要被限制在几节左右。尽管马克斯对于埃里克·斯通的驾船能力十分有信心，然而他的肩膀还是出于紧张而绷了起来。他跟董事长一样深爱着“俄勒冈号”，所以不愿看到在它那有意弄成粗糙状的船身上出现一丝刮痕。

他们通过了右舷旁一道长长的防波堤，撞船警报的声音回响在了每一间船舱里。船员们知道即将面临的是怎样的状况，所以都做了适当的预防措施。

沿岸公路旁的一些小桥横跨在了运河的两边。与那些高悬在水面上方的桁架桥不同，这些两车道的桥梁只比海面高出一点儿。为了给从运河中穿行的船只留出空间，这些桥可以被机械性拉低，直到搁在海底，以便船只能够从它们上面通过，等船过去以后，桥又会回到原来的高度，而车辆便可以重新在上面穿行了。

由于船首被设计为可以破冰而行的形状，所以“俄勒冈号”撞在了桥上，发出了震耳欲聋的刺耳声响。船体的巨大重量并没有将桥梁给压碎，而是“噼啪”一声把固定它的锁给折断了。“俄勒冈号”涉水前行着，被它激起的海水飞溅到了运河的两边。

马克斯往上看去，只见被运河劈开的岩壁直直地刺向天空。这高耸入云的岩石使得货船看起来如此的矮小，而上方的公路桥、铁路桥看起来是那般的轻巧和精致，就如同他在孩提时代所玩的模型建筑里的桥梁一样。

这艘笨重的货船继续在运河里跋涉前行。埃里克的驾船技术确实值得信任，他始终让船保持在运河的正中间，熟练而审慎地操作着船的横向推进器，因此浮桥从没有一次触到过船身。马克斯从平台的这头步到了那头，他这么做其实是十分愚蠢和危险的。假如埃里克出了一点差错，让船撞到了岩壁上，那么平台就会从甲板的上部结构给扯断的。但是马克斯想要伸出手来摸一摸岩石。石头寒冷而粗糙，由于所处的深度，所以运河在白天的大部分时间里都处在阴影之中，因此太阳压根就没有机会来给予它温暖。

心满意足之后，马克斯便急匆匆地回到了桥楼上。这时候，“俄勒冈号”些微上升了一点儿，围栏碰撞到了运河两边的岩壁上。埃里克改变了一下前行的方向，他调整的幅度十分微小，以便不会矫枉过正，然后再一次让船驶到了运河的中央。

“琳达的货车即将驶到‘新国道’大桥上来了，”戈麦斯通过内部对讲机喊道，“我还能够看到董事长，他仍然遥遥领先于那辆在后面追赶着他的吉普车。”

“我这就下来。”马克斯一边说，一边朝着升降机走去。

那个被射瘪的轮胎终于在距离大桥 0.25 英里的地方彻底地报废

了。他们在这个惨不忍睹的轮胎上行驶了如此长的距离，一路上，火星在货车的尾部四溅，就仿佛轮转烟火一般。这声音就像是用手指甲划过黑板一样，这是琳达在世界上最厌恶的噪音了。当他们来到桥的中间时，她不知道自己的开心，究竟是因为他们差不多马上就要返回到“俄勒冈号”了，还是因为这可怕的尖叫声终于停止了。

车子刚一停下来，富兰克林·林肯就把车门给撞开了。他可以看见正在驶近的“俄勒冈号”，然后他将三根粗尼龙爬绳从桥上放了下去，绳子的一端则被固定在了货车的座位上。绳子落到了空中，垂在了距离海面10英尺的高度上。

琳达迅速从座位上跳了下来，佩戴上了下降的装置——安全吊带、头盔以及手套——在他们下面200英尺的地方，当埃里克使用反向推进器让船速放缓下来时，海水在“俄勒冈号”的船尾处泛着白色的泡沫。由于引擎的威力十分强大,所以船立即没有了前进速度。

林肯已经系好了安全吊带，尔后在埃迪的帮助下将依然不省人事的凯尔·汉利和自己扣在了一起。三个人都在尼龙绳上固定好了，然后等待着桥下面的一声令下。

在“俄勒冈号”上，船员们立在船首，抓住了垂吊下来的绳子，当货船继续向前缓缓行驶的时候，他们便将绳子牵引到了船尾，以确保绳子不会同甲板的上部结构、通讯天线或是任何其他的突出物缠在一起。等他们把绳子牵到了后甲板时，马克斯便下令桥上的人可以开始沿绳子降落了。

琳达从来都不是一个惧高的人，她一脚踏上了桥的护栏，然后开始从桥上徐徐下降。埃迪和林肯分别位于她的两侧。他们从桥的支撑护栏往下降，悬在了货船上方200英尺的空中。

琳达大叫了一声，尔后从绳子上迅速地往下滑去，感觉就像是一部升降机。埃迪和林肯也紧随其后，他们差不多如自由落体一般在空中飞速下降着，之后则使用下降安全吊带来使降落的速度减缓了下来。三人几乎同时触到了甲板上，然后一动不动地停在了那儿，以便船员们可以将他们从绳子上给解下来。尼龙绳的尾端很快便被环绕在了甲板上的系船柱上，并且打上了结。

这一番从天而降让琳达感到兴奋不已，她气喘吁吁地说道："现在轮到最有趣的部分了。"

通过闭路电视注视着甲板上活动的埃里克·斯通已经等不及马克斯给他下达命令了。他把节流阀的手柄轻轻地往前推去，驾驶着货船在运河里向前缓缓而行。在船的推力的拉扯下，系着绳子另一端的货车就像块石头般垂直落了下来，一头栽进了"俄勒冈号"鸭尾艄身后的海水中。坠入海中让货车的车顶变得扁平，车窗也爆裂开了。引擎的重量使得货车在水面上倒立了过来，犹如一只潜水觅食的鸭子。货车在船的尾流中上下浮动了一会儿，然后被海水灌满，接着便没入到了海中。他们拖着这辆被毁的货车驶进了爱琴海，之后便切断了绳子，让货船沉到海底去了。

这辆货车是一名乔装的船员用伪造的身份证件租来的，所以即便希腊政府从海底将车子给打捞上来了，也绝对不会牵扯到公司的。现在就只差一个人还没有回到船上跟大伙儿重聚了，等卡布里安全返回时，此次任务便可以圆满地画上句话了，尽管此行多次遭遇到突发状况，以至于不得不最后都用到了C计划。

卡布里朝着科林斯运河急速驶来，风驰电掣般地穿过了沿路那些村庄和小农场。在月光的照射之下，那些矗立的柏树看起来像极了守卫领地的岗哨。

无论转弯的时候是怎样地横冲直撞，又或者是怎样粗野地虐待着吉普车的变速箱，他都没办法把后面的警卫给甩掉。那些警卫之所以穷追不舍，估计并不是因为想要把被绑架的成员给讨回去，而是因为他们的人死的死、伤的伤，所以想要卡布里血债血偿。他们飞速地驾驶着吉普车，把公路的两个车道都给占了，经常会在追逐中于某堆砂砾前突然来个急刹车。他们冲着卡布里一顿乱射，然而由于车速过快，所以不太有可能做到精准开火，到后来他们则停止了射击，估计是为了节省弹药。

胡安很后悔没有把挡风玻璃给摇上去，结果在每小时 80 英里的风速之下不得不将眼睛半眯缝着。即便遇到微风也于事无补，因为烟雾一般模糊的砂砾在公路上四处漂浮，把他的眼睛打得生疼。他飞一般地驶过了科林斯地峡的旧址。与散布在希腊半岛上的其他遗迹不同，这片小丘上没有任何可看的东西，既没有庙宇，也没有圆柱，有的只是一个标牌以及一间很小的博物馆。最让他注意的则是一个上面写着“地峡新城位于前方 200 公里处”的标牌。假如“俄勒冈号”待会儿还没有驶达预定位置，那么他就会有大麻烦了。他唯一能够寄望的，便是吉普车的油表不会指向“没油”一档。

他从耳塞里听到有人在叫自己的名字，于是不得不把无线电的音量给调大了一些。“我是胡安。”

“董事长，我是戈麦斯。琳达他们已经安全回到船上了。我通过无人飞机的摄像镜头看到你了。埃里克正在计算您应该行驶的车速，依我看您或许需要稍微慢下来一点儿。”

“你难道没有看见我后面的那辆吉普车吗？”

“是的，我看见了，”这位直升机的飞行员拉长声调说道，“但如果不这么办的话，估计您最后的结局就会像一只被苍蝇拍击中的蚊蝇了。您应该知道我的意思吧。”

胡安的嘴角浮上了一抹笑容。“你的比喻很生动。”

公路开始往下倾斜，一直延伸到了海岸。为了节约汽油，胡安猛踩离合器，让势能和引力暂时带领车子向下行驶。他不时斜眼去看后视镜，当发现后面那辆吉普车的前灯出现在了镜子里头时，他便赶紧松开了离合器，重新依靠引擎来行驶。

引擎噼啪作响起来，立即点着了，但是发出了一声轻微的咳嗽声。卡布里使用起跑车司机会用到的一个窍门，让吉普迂回行进，从而使得汽油在邮箱里头飞溅。这一招似乎真起了作用，因为引擎发出了“咕噜咕噜”的声响。

“胡安，埃里克刚刚在电脑里头捣弄完数字了，”亚当斯说道，“您距离大桥还有 870 米远，这意味着您靠得太近了。如果想要计划成功的话，您就需要把车速降到每小时 50 英里。”

后面那辆吉普距离胡安只有 80 码之遥，而且靠得越来越近了。公路太笔直了，以至于胡安无法多玩些驾驶上的花招。他试图再一次转向，这样一来他们就无法射中自己了。正在这时候，引擎发出了“呼哧呼哧”的声响。他嘴里骂骂咧咧起来。

“告诉埃里克加快航速，然后与我会合。”

他驶进了地峡的新城区，这是一座典型的希腊村镇。他可以嗅到海水以及晒干的渔网的气味。镇上的房子大多用石灰水粉刷成了白色，屋顶则清一色地铺设着红瓦片，许多房顶上都架有卫星电视天线。主道在一个很小的广场上铺展开来，卡布里可以看见那些把狭窄的大桥在运河上撑起和降下的支柱。

“好的，董事长，”这一次，耳塞里头传来的是埃里克的声音，“您现在需要放缓车速了。精确到每小时 52 公里，不然您就会撞上我们的。”

“你确定吗？”

“这是简单的向量问题，高中物理课上都有学过，”埃里克不快地回答道，感觉自己受到了侮辱，“相信我。”

卡布里身后传来了一阵步枪的射击声。他不知道子弹会射到哪儿，然而此时他已经别无选择了，只能对其视而不见，尽量去符合埃里克的指导。当他放慢车速时，AK–47 又是一阵“咔嚓咔嚓”的射击。有一粒子弹从他的肩头飞了过去，由于距离太近，所以他那件制服衬衣的布料上都泛起了波纹。

他距离大桥还有 50 码，而身后的“负责主义者”的警卫离他也差不多是 50 码。卡布里需要调动全部的自控力才能将车子保持在埃里克所要求的时速上，因为他大脑中最本能的想法是尽可能快地驶离这里。

“俄勒冈号”的船首从一栋挡在胡安和运河之间的四层楼建筑物后头突然冒了出来。它看起来仿佛巨人一般，胡安感觉货船从来没有像现在这样看上去如此美丽过。

然后货船猛然耸立而起，船板刮擦着大桥，就跟它一开始驶进运河里的时候一样。船升得越来越高，朝着大桥攀升而去，就仿佛正在破冰前行一样。伴随着一声切割的铿锵声，控制大桥的机械系统在货船巨大的重量之下报废了。货船撞回到了运河里，几乎失去了前行的速度。

胡安继续朝着大桥驶来，然后突然转向，朝桥的侧翼撞去。而那些在他身后追赶的警卫们则一定会以为他这番举动是要自杀呢。

还有 15 码的距离，他开始感到了恐惧，担心他们或许把时间给计算错了。他的身后出现了更为猛烈的火力，有人从“俄勒冈号”

的围栏处在开火射击，他看见漆黑的船体上有枪口的闪光。

现在需要的是速度、向量和时机的掌握这三者完美的结合。等他看见沐浴在红色战斗照明灯中的船库的开口时，他将会赌上一把，驾车朝开口撞去。“俄勒冈号”通过压舱物降到了充气艇下水的坡路旁，而他们的突击艇则刚好只比公路低那么一点儿。

胡安让车保持在 52 公里的时速上，驶到了公路的尽头。在那架被撞毁的大桥和“俄勒冈号”之间仅一英尺宽的缝隙处纵身而跳，落到了货船里。他猛踩刹车，撞进了用来在高速行驶时让船停下来的加固网中。吉普车的气囊打开了，进一步保护胡安不会因突然减速而受伤。

他听见外面传来长而尖的刹车声，那辆追赶他的吉普车撞上了船体。当船驶过时，车子摇摇摆摆地坠落了下来。“俄勒冈号”把吉普车抵在运河的一侧，将其碾得粉碎，把车子和上面的警卫都给压扁了。尔后埃里克·斯通稍稍操作了一下横向推进器，于是吉普车便落进海里去了。

马克斯突然出现在了卡布里的身旁，然后把他从气囊下面给拉扯了出来。“啊哈，这就是你所谓的 C 计划？”

“不管怎样，这个计划还是起了作用，不是吗？”尔后两人在船库里头高呼起来。兴奋过后，胡安问道：“凯尔怎么样了？”

“他正在医务室里，赫胥黎给他注射了镇静剂。”

“我们会让他摆脱掉负责主义的思想侵蚀的。”

“我知道，”马克斯直视着胡安的眼睛，“谢谢你。”

“没必要跟我客气。”

二人开始向医务室走去。

“假如 C 计划也泡了汤，那么你是不是还得告诉我D计划呀？”

“哦，那是当然啰，”胡安咧着嘴笑道，“唯一的麻烦在于，我们没法子找到足够多的斯巴达人来重演一遍当年的舍茅普利[1]之战。”

第15章

拂晓时分，当朝阳从地平线上冉冉升起时，一艘来自希腊海岸警卫队的巡逻艇正朝着“俄勒冈号”驶近过来。

在离开科林斯运河以后，货船展开了一段长达60英里的疯狂急驰，而此刻的航速则减为了14节左右，对于一艘看上去破败不堪的船只来说，这个速度再合适不过了。黑熏熏的煤烟从通风井里喷涌而出，使得货船看上去就仿佛引擎正在把所有的燃料油都给烧着了似的。根据无线电通话来看，这艘铁桶状的货船并没有引起巡逻艇船长的多少怀疑，因为这名逃之夭夭的“罪犯”距离案发现场已是如此之远了。

“不，船长，”胡安用十分平静的声调欺骗道，“我们从来没有靠近过科林斯。当代理商用无线电通知我们说托运橄榄油到埃及的合同已经取消了的时候，我们正在去比雷埃夫斯的路上呢。我们将继续驶往伊斯坦布尔。此外，我压根就没想过我这个‘老太婆’能够通过科林斯运河，因为它的髋部太宽了。”卡布里有些下流地咯咯笑了起来。“如果我们撞上了一架桥的话，那么船首应该已经被压碎了

① 舍茅普利：希腊中东部狭窄通道，它是公元前480年斯巴达与波斯人奋战失败之处。——译者注

才是。然而正如您所看到的那样,船首还好好的呢。假如您愿意的话,我们倒是十分欢迎您到船上来检查检查。”

“我认为没有必要这么做,”巡逻艇的船长回答道,“事故发生在距离这儿 100 公里的地方。而从你们这艘船的外观来看,跑这么远的路程起码需要花上 8 个钟头。”

“而且还是得在顺风的情况之下,”胡安自嘲地说道。

“假如您发现有任何船只行踪诡秘或是船首坏掉了的话,请您务必立即联络当局。”

“没问题,祝您能够早日找到那艘把桥给撞坏的船。‘亚特兰蒂斯号’,出发了。”胡安站在翼桥上,朝着这艘轻装甲小艇挥了挥手,然后缓步走回到了驾驶舱里面。他长长地吐了一口气,把无线电的手麦放回到了挂钩上,绳子的尾端垂到了地板上。

“您难道非得说欢迎他们上船来检查吗?”站在舵盘前面的埃迪·盛问道。

“他们不会接受我的这番邀请的。希腊人只是想要查出撞坏科林斯运河上的大桥的罪犯,所以他们是不会浪费时间跟精力到一艘看起来不可能与此有关联的船上来搜查的。”

“假如当他们把所有目击者的证词都联系在一块儿,然后得出结论说我们就是唯一一艘与证人的描述相符的船,那么我们该怎么办呢?”

胡安轻轻地拍了拍他的肩膀。“真要是到了那个时候,我们早已经驶进了公海里头了,而他们所要找的是一艘名叫‘亚特兰蒂斯号’的船。等我们旁边没有了其他船只时,我就想把鸭尾艄和导索器上的名牌重新换成‘俄勒冈号’。”他停了一会儿,然后补充道:“为防止有人看到了当时的情形同时记忆力又不错,所以我们得暂时避开一下希腊了。”

“您考虑得可真周到啊。”

“除了胆大，还得心细嘛。你为什么不到下面去好好休息休息呢？我希望今天下午四点以前能够在我的书桌上看到你的行动后报告。”

“我宁可把睡觉的时间用来阅读某本有趣的小说，”埃迪说道，“我做过的最糟糕的噩梦，也比不上我们今天所捅的这个马蜂窝。”

“我也一样，”胡安承认道，“这个‘负责主义者’的组织可不像我们从他们的网站上所看到的那么简单啊。他们如此偏执和疯狂，说明有事隐瞒着。”

“可问题是他们究竟藏着什么秘密呢？”

“或许我们能够比较走运，我设下的那个窃听器没有被他们发现。”

埃迪朝他投来了可疑的一瞥。“他们的警卫头头将要做的第一件事情，便是把那个地方给搜个底朝天，查出是否有安装窃听设备。”

“你说的没错。我知道。所以假如窃听器被发现了的话，我们就得派个卧底去侦察一番了。”

“我去。”

“你看起来一点都不像是个一心想要探寻生命意义的迷途羔羊，一个因为听了某个疯子极富煽动性的演讲便愿意去盲目追随的人。”

“您是说马克·墨菲会比较胜任这个角色啰？”

“他的确看起来会很像，可他的身手还不足以去干这种潜伏的活儿。还有一个候选人，那便是埃里克·斯通，但也存在着相同的问题。不。我在考虑琳达。由于她是个女的，所以应该不太会引起对方的怀疑。她曾经干过情报工作，而且，根据这些年我们所接手的任务来看，她很懂得如何做到镇定自若。”

“您的具体计划是怎样的呢？”

胡安露出了一个疲惫的笑容。“你总得先让我休息一会儿呀。我会想出法子来的。我们三个人在晚饭之前碰个头，然后集思广益想出一条策略来。”

“只要不会又变成什么C计划就行。”埃迪揶揄道。

卡布里朝着这个取笑自己的家伙打了一拳。“为什么每个人都不让我好过呢？不管怎么说，C计划奏效了呀。”

“杀鸡用牛刀当然奏效啰。”

“呸！”胡安朝他挥了挥手，然后离开了。

在去到自己的船舱，美美地睡上10个钟头以前，胡安乘坐升降机下到了控制中心里。哈里·卡西姆正屈身伏在他的工作台前，纸张散了一桌子，就仿佛刚刚有飓风刮过一般。一对耳机将他那原本卷曲的头发给压平了。其他人陷入深思的时候，脸部表情往往都会显得有些凝重，而哈里则不同，他身上具有闪族人所特有的那种安详宁和的个性。每当他的脸上流露出这种平静的神情时，大伙儿就会知道他的脑子里准是在琢磨事情了。

当他感觉到卡布里就站在自己的身前时，他吃了一惊。他把耳机从头上摘了下来，按摩了一下耳朵。

“情况如何了？”胡安问道。返回到“俄勒冈号”以后，他便去医务室看望了一下赫胥黎医生以及凯尔·汉利，这之后他吩咐哈里去仔细监听他放置在基尔·马泰尔办公室里的窃听器。

“让我想起当把电视转到某个接收不到讯号的频道时会听到的那种噪音。”说完以后，他便把耳机递给了胡安。

胡安戴上了耳机，他可以感觉到耳机热乎乎的，而且还有一点儿湿。卡西姆在电脑键盘上按了按。尽管胡安的耳朵里满是无线电的噪音，但他还是可以听到些什么。不过并不是人的话语，倒更像是电子仪器所发出的低低的劈啪作响声。

他把耳机给摘了下来。“你有试过把磁带洗洗吗？”

“都洗过两次了。”

“把它接到扬声器上去，然后从头开始播放。”胡安告诉他说。

哈里按了几下键，开始了录音。由于窃听器是由声音来进行激活的，所以它一直处于停止状态，直到有人走进到了办公室里。

“哦，不，哦，不，不。不可能会发生这样的事情。”这声音是基尔·马泰尔的，里面满是惊慌失措，不过他尽力保持着充满魅力的加州语调。尔后传来了拉开和关上抽屉的声音，可以猜想马泰尔正在检查自己是否有被打劫。当他坐下来的时候，椅子发出了“咯吱”声。“好的，基尔，千万要保持镇定。现在加州是几点？管他是几点！”尔后听见他“咔嗒”一声把电话听筒给拿了起来。马泰尔等了很久才接通了对方，只听他说道：“托马斯，我是基尔·马泰尔。”

胡安知道他口里的这个托马斯应该就是托马斯·塞弗伦斯、“负责主义者”的领导人之一，另一个领导人则是他的妻子海蒂。

“大约在15分钟以前，有人闯入到了我们的围地里头，感觉像是一次营救行动。我们的一名成员被人从寝室里绑架走了……什么？啊，凯尔·汉利…… 不，不，还没有。他才来这儿没多久……警卫们告诉我说绑匪有好几个人，都是全副武装。他们现在正驾驶着吉普车追赶呢，所以我们或许有机会把那孩子给抢回来。不过我希望您能够知道发生的事情。”然后马泰尔很长时间没有再说话，估计是在听电话那头的上司讲话。“我还会打电话过来的。我们给了当地政府不少钱，这样他们才会尽心尽力去抓人。他们可以宣称当地警方阻截了有武装的不法分子或是基地组织成员……您能够再说一遍吗？信号不是很好……哦，是的。他们一开始潜进了我的办公室里，然后去了……等等！”马泰尔的声音陡然升高了好几个分贝。“您没有必要派泽里米尔·科瓦奇来，我们可以照顾好自己的……虫子？这个国家里头到处都爬着虫子啊。哦，您说的是电子窃听器。该死！哦，真对不起，我不是说您。”

卡布里听到抽屉再一次打开和关上的声音，看来马泰尔正在里面东翻西找。然后则是一阵巨大的噪音，原来马泰尔打开了一台电子干扰发射机，想要去干扰某个藏在哪里的窃听设备。

哈里关掉了录音。“我可以继续监听，可是我不知道这么做能起到多少作用。”

“你在噪音里头也能够发现到有价值的信息的。”卡布里擦了擦倦怠的双眼。

“您应该去睡一会儿了！”哈里无用地建议道。胡安的兢兢业业可是出了名的。

“你有派人去查一下这个泽里米尔·科瓦奇吗？”

“我在谷歌里搜索过他，但是什么也没有查到。等埃里克回来当班的时候，他会努力去找到关于这个人的资料的。”

“埃里克现在人在哪儿呢？”

“正在医务室里头跟我们营救的那个姑娘求爱呢。他给她带去了早餐，这可比正在船舱里呼呼大睡的马克抢先了一步啊。”

胡安几乎都把詹妮·达尔给忘记了。他知道她已经没有任何直系亲属了，不过她家里头总还会有一些亲人，他们将会以为她已经跟“黄金黎明号”上的其他那些人一起失踪了。不幸的是，他不得不让他们继续担忧一阵子。他不知道为什么自己迟迟不愿意去发布有关她已被营救的消息，然而这些年来他的第六感几乎每次都会应验，而此时此刻他的第六感则告诉他说不应该将她的幸存向外透露。

那些在游轮上释放病毒的家伙们会以为自己已经把所有的人都

给干掉了。掌握一些他们尚不知道的信息总会有好处的，即使胡安还并不太清楚这好处究竟是什么。就目前来讲，詹妮跟他们一起待在“俄勒冈号”上将会是安全的。

他从卡西姆身旁走开了。“舵手，我们到达伊拉克里翁[1]的时间预计是几点？”

“我们大约会在今天下午的5点左右到达那儿。”

他们正转向克里特岛的首府，查克·冈德森将会和他们那架“湾流”公务机一起等候在那儿，然后把马克斯、埃迪和凯尔三人载往位于罗马的会面地点。只有等到了那个时候，胡安才会重新思考是否要将这个年轻女孩继续留在船上。他走向了自己的工作台，将具体的指示说明给打印了出来，交给了在下面演艺用品商店里的凯文·尼克松，让他给琳达准备好一份护照，以防万一。

10分钟以后，卡布里四肢摊开地卧倒在了自己的床上。这一觉睡得是如此香甜，以至于这么长时间以来，这是他头一次不需要戴上护牙器来防止自己把牙齿给磨碎掉。

第16章

泽里米尔·科瓦奇十分享受杀戮的行为。

他原本并没有发现自己有这种极为特别的兴趣爱好，直到他的

① 伊拉克里翁：克里特岛的首府，也是其最大的城市。——译者注

祖国南斯拉夫爆发了内战，而他则应征入了伍。在参军之前，科瓦奇是名建筑工人以及业余的重量级拳击手，然而到了军队里头他才寻找到了自己的真正职业。在那极为辉煌的五年里，他和那些与自己“志同道合”的战友们在国境内杀人无数，消灭了成百上千的克罗地亚人、波斯尼亚人和科索沃人。

到了 1999 年北约插手南斯拉夫的内战时，科瓦奇感觉到民怨沸腾，人们要求严惩那些犯下了反人道罪行的战犯。他确信自己的名字将会列在当局通缉令的名单之首，于是他便立即展开了逃亡，最开始是逃到了保加利亚，最后则来到了希腊。

科瓦奇身高 6 英尺 8 英寸，加上拥有一副属于摔跤选手的强壮体格，所以没多久他便在雅典的黑社会里头立足了下来，当了名杀手。他的狡诈以及冷酷无情很快便在那个充满了暴力的世界里获得了赏识，地位节节高升，而消灭掉了一个阿尔巴尼亚的贩毒帮派则使得他声名鹊起。

待在雅典的头几年里，他开始阅读英文书籍以学习语言。书籍本身对他而言并不重要，他阅读那些自己从来没有听说过的人物的传记，阅读那些他丝毫不感兴趣的地方的历史，阅读那些他并不关心其情节为何的小说，只要这些书籍是英文的就行，这才是真正重要的。

然而直到他在一家二手书店里发现了一本破旧的图书时，这一情况才发生了改变。书名激起了他的浓厚兴趣：《繁殖是一条通往死亡之路：人口过剩如何会使文明毁灭》，作者是利德尔·库珀博士。他误将此书当成了一本描写性的书籍，于是便买了下来。

书里面所讲的内容，对他自战争以来便信仰的一切做了一番理性的解释。我们这个星球实在是人满为患了，除非对这种情况做些什么，否则世界难逃厄运，迟早毁灭掉。库珀博士在他的论著里面并没有说挑出某个具体的人种，然而科瓦奇带着自己的种族立场来阅读此书，于是便坚信库珀所指的是某些低等种族，比如科瓦奇曾经屠杀的那些族群。

由于没有了来自自然界的掠夺者，所以我们的人口增长完全不受控制了。挡在人口繁衍路上的只有那些普通的病毒，而医学的进步则使得我们每一天都距离根除这些病毒又近了一步。

他认为这段话指的是人类需要有掠夺者来剔除掉那些老弱病残之辈，如此一来康健的人才能够更好地生存下去。这压根就不是库珀的观点，他并不赞成任何形式的暴力行为，但这对科瓦奇来说无关紧要。他已经寻找到了一项自己可以真正信仰的事业，人类需要有掠夺者，于是科瓦奇渴望担负起这一使命。

当他发现负责主义运动在科林斯外面创办了一个静修所时，他感觉到发现那本书原来是上天冥冥之中的特意安排。

当科瓦奇毛遂自荐时，托马斯·塞弗伦斯正好就在围地里头。两个人交谈了好几个小时，讨论着库珀博士著作里的观点以及“负责主义者”这一组织。塞弗伦斯循循善诱地帮助科瓦奇理解了蕴藏在负责主义背后的真正哲学，但从未试图想要去把这个塞尔维亚人的嗜杀特性给消除掉。

“我们其实并不崇尚暴力，泽里米尔，”塞弗伦斯曾经告诉他说，“然而有一些人并不理解我们，他们希望我们那位伟大的创立者的思想不被得到传播。尽管目前还没有人试图来伤害我们——我是指身体上的伤害——但是我知道这种情况迟早还是会到来的，因为人们不希望被告知说他们自己便是世界所面临的问题的一部分。所以他们将会对我们展开迫害，而我们则需要得到你的保护，这便是你的作用所在。”

因此泽里米尔·科瓦奇继续扮演起了杀手的角色，只是这一次他的下手对象是负责主义者以及他自己，而不是那些毒贩子和独裁者。

坐在书桌后面的基尔·马泰尔头发梳得油光可鉴，他那古铜色的头发平滑而服帖地覆盖在脑门上头。当科瓦奇踱步进来时，他脸上立即堆起了笑容，露出了一口漂白到闪光的牙齿。马泰尔的笑容只保持了一会儿，然后便隐去了。

唯托马斯·塞弗伦斯马首是瞻对他来说是有好处的。当被警察逼迫着结束了自己的偷车勾当以后，他便离开了洛杉矶来到了这儿。他在围地附近的公路旁有一栋面海的房子，他经常会把某个来希腊的静修所的女性负责主义者弄到自己的床上去。某种程度上他也认为地球上的人口实在是太多了，不过他并不相信什么外来膜的理论，然而他是个优秀的推销员，所以可以装得比那些最虔诚的负责主义者都要笃信该理念。

至于托马斯和海蒂的计划，他才懒得去上心呢，那些游轮上的富人跟自己有何相干呢？

因为科瓦奇出现在了身旁，所以他脸上的表情才会如此的不自然。这个身材魁梧的塞尔维亚人似乎精神上有点问题，直率而简单。尽管基尔并不太清楚这家伙的背景，不过可以猜想出他与自己在报纸上所读到的 90 年代末期南斯拉夫的种族大清洗有关系。凯尔·汉利被人给救走了，这已经是场灾难了，但是马泰尔觉得自己能够应付这件事情所带来的一系列后果，他不需要科瓦奇像座山一样地耸立在自己的面前，并且将每一个细节都报告给托马斯和海蒂听。他承认自己本应该想到办公室里被人安装了窃听器，但是他在打开干扰设备以前并没有泄露什么机密事件。这只是一个小小的失误罢了，根本不值得托马斯把自己的这条鹰犬给派来的。

在马泰尔开口说话前，科瓦奇将一只手指竖在了嘴巴前，轻轻地“嘘”了一声，示意他不要出声。当科瓦奇步到了书桌前的时候，他便把干扰机给关掉了，然后从自己的黑色皮夹克的口袋里掏出了一个很小的电子仪器。他拿着仪器扫了一遍房间,当他将仪器在书架、家具以及地毯上方移动时，他那双小眼睛目不转睛地盯着电子读出器。感到满意以后，他便将仪器塞回到了口袋里。

“所以，这儿并没有任何……”

科瓦奇朝他投来了凶狠的一瞥，这让马泰尔感到有些害怕，于是身体不由自主地往椅背挪去。

科瓦奇把桌灯倒了过来，然后将那个小小的窃听器从底座上一把扯了下来。虽然他对这个窃听器的牌子并不太熟悉，但是他看得出这个仪器十分精密和先进。因为窃听器很小，所以他知道在方圆一英里以内的某个地方或者说就在围地里头有一台放大频率的无线电收发机正将窃听器所收听到的内容发送给卫星。

“结束传送，”他冲着麦克风说道，尽力把口音掩盖起来。然后他用自己那厚厚的指甲把窃听器给压得粉碎，然后他转过头来看着马泰尔说道：“现在你可以说话了。”

“只有这一个窃听器吗？”

科瓦奇不愿意耗费功夫去回答这样一个白痴问题。“我将需要把入侵者到过的所有地方都检查一遍。”尽管这么做费时费力，但却是必要的。“警卫们有把他们可能到过的地方拟出一张地图来吗？”

“当然。不过我可以十分有把握地告诉你他们只到过我的办公室和宿舍楼。”

科瓦奇觉得马泰尔的愚蠢简直让自己有点儿火冒三丈了，不过他努力克制着自己不发作。当他说话的时候，他的英语有着很重的口音，不过还算清楚。“他们必须要先越过围墙进来，接着穿过围地来到这栋大楼，之后再前往宿舍楼去。他们可能沿路都设了窃听器，比如把它们扔进灌木丛里头或是黏在树上，甚至还可能放一些在墙顶上。”

“哦，我不明白。”

科瓦奇狠狠地看了他一眼，那表情似乎在说：你说得没错，你当然不会明白了。“你电脑里头是否有同预定任务相关的资料？”

“没有，绝对没有。所有东西都在我的保险箱里头呢。和托马斯一通完电话，我头一件事儿便是去查看了一下保险箱。”

“把东西给我，”科瓦奇命令道。

马泰尔不愿去服从这个塞尔维亚人的指示，他想跟塞弗伦斯打电话说说，但是他知道托马斯在跟保安相关的所有事情上都对科瓦奇信任无比，所以会对他的抗议置若罔闻的。关于他们的计划，他牵涉得越少越好。事实上，这或许正是从这儿离开的好时机呢。这次围地被人擅闯进来像是某种预兆，让他意识到必须赶快去兑换现款。他从希腊的静修所里挪用了将近一百万美金，尽管这笔钱还不足以让他安度余生，但起码也能够让他舒舒服服地过上好一阵子了，然后他再去看看有什么其他的发财门路。

他从书桌后面站起了身，朝着办公室的会议区走去。他把家具从那张东方地毯上挪开，然后将毯子卷了起来，只见地板上露出了一个活板门。而科瓦奇则在一旁袖手旁观，没有帮一下忙。在活板门的下面，有一个中等型号的保险箱嵌在地板里头。

“当我进来的时候，这些椅子和桌子都在原位，并没有被人挪动过的迹象，”他解释道，“看吧，锁眼上的蜡封印章完好无损。”

科瓦奇不想浪费唇舌去告诉马泰尔说，像闯入静修所里来的这种职业化队伍，将知道如何让家具看上去原封未动，而蜡封印章更是小菜一碟了，假如他们时间充裕的话，完全可以复制一个。不过他并不太担心这个保险箱是他们的目标。他已经看过了凯尔·汉利的档案，他怀疑这个年轻人在加州的家人雇佣了一支专业的解救人质的队伍，把他们的儿子给夺了回去。毋庸置疑，他们还将雇佣一名反思想侵蚀的专家，而最大的可能便是亚当·詹纳。

一想到这个家伙的名字，科瓦奇的双手便握成了拳头。

马泰尔从保险箱里面取出了另一个体积稍小一些的保险箱。箱盖上有一个电子键盘。这位静修所的主管在键盘上敲了一组数字，然后冲着科瓦奇得意地笑了笑。“根据保险箱的记忆系统所显示的情况来看，最近四天它都没有被打开过。而在四天前，我从托马斯那里得到了最近更新的密码。”

即便是一个孩子也会懂得用一个通用串行总线以及一台微型电脑来对保险箱进行重新编码的，马泰尔已经无知到了可笑的地步。然而科瓦奇嘴上依然没有说什么，只是将对他的嘲弄和不满继续埋在了心里，然后他说道：“把它打开。”

马泰尔把密码输了进去，保险箱发出了“嘟嘟”声，箱盖轻轻地往上升了起来。箱子里面是一个3英寸厚的文件夹。科瓦奇把手伸向马泰尔，示意他把档案递给自己，然后迅速浏览起来。档案里列着人员名单、船只名单、沿途停靠的港口的名字、日程表以及船员的个人简历。而上面所提到的日期就快要到了。

“把保险箱关上。”科瓦奇用拇指翻阅着档案，心不在焉地说道。

马泰尔照办了，将箱子重新放了回去，然后关上了箱门。“等一会儿我会把蜡封印章放上去的。”

科瓦奇瞪眼看着他。

“哦，我现在就做。”马泰尔赶忙说道。他书桌上有蜡，而印章则是他所戴的那枚预备学校的戒指。几分钟以后，那张基里姆地毯被重新展开，铺回到了地板上，而沙发、椅子和咖啡桌也都被放回到了原位。

“凯尔·汉利知道这个吗？”科瓦奇把档案高高举起，就仿佛是名举着《圣经》的坚贞信徒[①]。

“不知道。我会向托马斯解释的。汉利来这儿的时间不长，他看过那些机器，但对整个计划并不知情。”

马泰尔这种随随便便的回答，使得科瓦奇的脸上浮现出了一丝怀疑的神情。于是基尔暗暗下定了决心，等科瓦奇一离开，他便会前往自己的住所，收拾收拾东西，然后搭乘下一班前往苏黎世的飞机，他的钱都存在了那儿的银行里了。

“他也有可能听到过一些传闻，”他纠正道。

“什么样的传闻，马泰尔？”

虽然基尔不喜欢科瓦奇直呼自己的姓氏，但他忍着没有发作。“啊，这儿有几个年轻人谈到了海上静修计划，就像那些登上了‘黄金黎明号’的人一样，他们把这个说得就跟一个大派对似的。”

一直保持着冷静的科瓦奇终于神情大变了。“你知道那艘船上所发生的事情？”

“不知道。我没有让这儿任何人观看新闻或是使用因特网，我自

① 坚贞信徒：公元1世纪，在巴勒斯坦反抗罗马统治运动的犹太教派成员。——译者注

己也没有。为什么你要这么问，难道出什么事了吗？”

科瓦奇回想起了早上塞弗伦斯先生从加州打电话过来时所说的话：做你认为对的事情。现在他终于明白了这位“负责主义者”的领导人所指的是什么了。“塞弗伦斯先生对你还没那么信任。”

“你怎么敢这么说？！他让我来管理这间静修所以及负责对我们的人进行培训，”马泰尔愤怒地咆哮道，“他对我的信任丝毫也不低于对你的。”

“不，马泰尔先生，事情并不是这样子的。你知道，两天前我待在‘黄金黎明号’上，参与了一项实验。这是一次十分光荣的实验。船上的每一个人都死了，死法恐怖到就连我在最可怕的噩梦里头都难以想象得到。”

“他们怎么了？”马泰尔叫喊了起来，他觉得两腿有点儿发软，脑袋也有些晕乎乎的，因为科瓦奇说此事时的表情虔诚无比，就仿佛他是在谈论某件伟大的艺术品。

“他们死了，所有人。游轮也沉没了。释放病毒之前我先把桥楼里的人给摆平了，如此一来才不会有人把发生的情形向外报告。病毒犹如野火一般横扫了整艘船，不到一个小时就把所有人都给解决掉了。年轻的、年老的，全都死了，他们的身体压根就无法与病毒对抗。”

基尔·马泰尔退到了书桌后面，他似乎将桌子当成了一道栅栏，想要把他所听到的这件恐怖的事情挡在外面。他伸手去抓电话。“我必须给托马斯打电话，这么做是不对的。”

“随你的便，给他打电话吧。”

马泰尔的手停在了听筒上方。他明白，如果自己打了电话，那么托马斯一定会证明这个暴徒所言属实。他的脑子里头突然想到了一件事情，那便是他知道，科瓦奇是绝对不会让他活着离开这间办公室的。

“关于这件事情，塞弗伦斯先生是怎么告诉你的？”科瓦奇问道。

让他继续说下去，马泰尔心里疯狂地想道。他的书桌下面有一个按钮，是用来呼叫外面办公室里的秘书的。很显然科瓦奇并不希望有任何目击者。

“啊，他告诉我说我们在菲律宾的研究队伍已经制造出了一种病毒，能够让男女的生殖管道出现严重的炎症。他告诉我说每十个感染病毒的人当中会有三个不育，从而永远不能够给地球增加人口了，即使他们尝试进行试管婴儿也无济于事。这一次的计划便是要在几艘游轮上释放这种病毒，船上的所有人都会被感染的。”

“这只是故事的一部分，”科瓦奇说道。

“那么真相究竟是怎样的呢？”马泰尔口里这么问着，心里却在暗暗骂道：那个女秘书究竟死到哪里去了？

“你所谈到的有关病毒效果的一切都是事实，只是有件事儿你不知道。”科瓦奇露出了得意的微笑，“你知道，这种病毒在使寄主感染以后的四个月里都具有高效的传染能力，即使没有显示出任何症状。通过在几艘游轮上释放该病毒，它便会传播到世界各地去，从而让成千上万的人被传染，直到地球上的每一个男人、女人和孩子无一人幸免为止，于是十分之三的不育比例便会上升到十分之五。所以这个计划的目的，并不是要使几千名乘客和船员变得不育，而是要让地球上近一半的人口全都丧失生育能力。”

基尔跌落到了自己的椅子里，他的嘴巴张得大大的，想要讲话，但却发出不任何声音。“黄金黎明号”，那艘船上的人他认识的大概有一百个，或许不止，可能是两百个。这个怪物正在告诉他说，在过去的两年里，他其实是在为一项旨在让三亿人失去生育能力的计划而工作着。

但他并不会因为几千名游轮乘客的不育而失眠的。他们或许会倍感沮丧，但生活还将会继续下去，而且说不定这样一来还能够帮助更多的孤儿被人领养呢。

他原本应该早料到事情不会这么简单的。库珀博士在那本《繁殖是一条通往死亡之路：人口过剩如何会使文明毁灭》中写道：

当俗称“黑死病”的瘟疫横扫了整个欧洲大陆并且令其三分之一的人口丧生时，也就出现了人类历史上可以得到证实的一次最为重要的财富转移。这场瘟疫给13世纪中叶欧洲的政治、经济、宗教以及社会结构等各方面造成了巨大冲击，从而引发了深刻的变革，成为了宗教改革、文艺复兴、地理大发现以及医疗革命等众多具有深远意义的历史事件的根本动因。可以说，正是这一事件帮助欧洲最终赢得了对于世界的统治权。

“我们牢牢铭记着库珀博士的话，并将它们变为了真实的行动。”科瓦奇说道，他的声音在马泰尔的灵魂深处恐怖地回响着。

马泰尔以为待在书桌后面暂时会是安全的，但他却完全低估了这个大个子的力气。科瓦奇把桌子向基尔身上推去，仿佛这张桌子就像一个纸盒子那么轻。马泰尔被牢牢地钉在了椅子上，动弹不得，身体抵到了后墙上。他张开嘴，想要叫喊秘书。看来科瓦奇的动作还不够快，这位“负责主义者”围地的主管还是成功地发出了一声嘶哑的喊叫。科瓦奇立即朝着他的喉结就是一拳，于是他再也发不出声音来了。他拼命地想要吸气，眼睛几乎都要从眼窝里头凸出来了。

科瓦奇环顾了一下房间，他没有发现任何可以让这一切看起来像是种自杀行为的东西，最后他突然看到了挂在墙上的那些相框。他迅速地把照片上的面孔扫了一遍，然后知道自己应该挑选哪一个了。他留下马泰尔自己在那儿费力地吸着气，然后走到了那张堂娜·斯基的照片前。

这位女演员太过苗条了，不太符合他的审美眼光，不过他坚信马泰尔则被她迷得神魂颠倒。他一把将相框从墙上给扯了下来，然后小心翼翼地把相片从相框里头取了出来，至于相框外面的玻璃，则被他打碎在了桌子边上。

科瓦奇用一只硕大无比的手按住了椅子上的马泰尔，然后用另一只手挑选出了一块最大的玻璃碎片，至少有5英寸长。他抓着马泰尔的一只胳膊，但抓得不是太紧，以免在他那古铜色的皮肤上留下青肿的印痕。

玻璃插进了他的肉里面，黑色的血从伤口处涌了出来，流到了桌子上，然后又滴到了地板上。基尔·马泰尔奋力挣扎着，在椅子上动来动去，然而他怎么可能是这个塞尔维亚人的对手呢。他能够做到的，便是发出了一声无法穿过墙壁，让办公室以外的人听见的嘶哑喊叫。当他的力气因为被玻璃划伤的口子而逐渐地消褪时，他的动作便开始慢了下来，并且越来越不协调了。到最后，他终于无力动弹了。

科瓦奇将桌子推回到了原来的位置上，十分小心地不去留下带血的脚印。他把马泰尔从椅子上抱了起来，然后将椅子给倒了过来，以便可以让尸体横跨在上面。他把基尔的头放低，直到他喉咙上的肿块抵在了椅子的木质靠背上。验尸官将会认为这处青肿是由于马泰尔因失血过多倒下来时脑袋撞到了椅背上所致。最后他要处理的一个细节，便是把堂娜·斯基的照片给摆好，以便看起来这张照片是基尔·马泰尔在临死前所看过的最后一样东西。

当科瓦奇把身后的办公室门给关上的时候，马泰尔的秘书刚好从主门进到了大楼里来。她手里拿着一个陶瓷咖啡杯以及一个很大的钱包。这位秘书大约五十七、八，头上的染发很糟糕，身上则多出了五十磅的赘肉。

“嗯，您好，科瓦奇先生。”她语调轻快地问候道。

他想不起她叫什么了，所以说道：“马泰尔先生已经在办公室里了。正如你能猜想到的那样，他对于昨晚所发生的事情感到十分不快。”

“是啊，真是太可怕了。”

“没错，”科瓦奇附和道，神情忧郁地点了点头。然后他感到口袋里的手机在振动。“他希望今天不要有任何人去打扰他。”

“您是打算要去查出究竟是谁袭击了静修所，然后将那个可怜的男孩子给带回来吗？”

“这正是塞弗伦斯先生吩咐我到这儿来的原因。”帕特丽夏，他心里想道，对，她的名字是帕特丽夏·奥格登博格。他看了一眼手机屏幕，是托马斯·塞弗伦斯打来的。考虑到他们早上的时候已经通过话了，所以他知道一定是发生了什么重要的事情。科瓦奇把手机重新放回到了口袋里。

帕特丽夏直视着他的眼睛。“请原谅我说话太直，但您必须知道这儿有不少人都被您给吓到了。”科瓦奇没有回答，于是她继续说道：“我认为您就跟看上去的一样强壮和不苟言笑，但我觉得您同时又是一个十分有同情心、十分体贴的人。这儿有许多无知的家伙，他们不理解我们这么做的益处。我很高兴您来这里保护我们。愿上帝保佑您，泽里米尔·科瓦奇先生。”然后她笑了起来。“您脸红了，我觉得我可能让您感到尴尬了。”

“你人真好，”科瓦奇说道，猜想她应该和自己一样在这里感觉到十分孤立。

“嗯，假如一句赞美就能让您脸红的话，那么我知道我的看法是对的。”

哦，你大错特错了。科瓦奇心里这么想着，然后头也不回地离开了大楼。

第17章

酒店坐落在距离圆形大剧场不远处一栋六层的大楼里面。他们租的那个套房差不多占了顶楼的四分之一面积，还带有一个半圆形的阳台。

当马克斯推着轮椅步入外观奢华的酒店大门时，坐在轮椅上的凯尔依然因为注射了麻醉剂而处于半昏迷的状态，不过他可以听到儿子嘴里不时发出了一些含糊不清的咕哝声，所以知道顶多再过一两个钟头凯尔就会清醒过来的。

“您好，”有人站在套房里面向外招呼道。

“您好，”马克斯回答说，“您是詹纳医生吗？”

“是的，我就是。”

詹纳从卧室里走了出来，进到了前厅里面。他身穿一件炭黑色的西服,白色丝绸衬衣上还打着领带。马克斯注意到他戴着薄皮手套,而他的手则不自然地卷曲着。

马克斯无法判断出这位精神病医师的确切年龄。他头发浓密,其中只有几缕呈现出了灰白色。脸则被晒成了古铜色,眼睛和嘴巴周围有少许的皱纹,但很明显有拉过皮的痕迹。既然詹纳从事的是反思想侵蚀的工作,所以他应该足够富有,能够支付得起世界上最好的整形手术。不过他的脸上有那种惊慌失措的神情,就像是一头突然被车灯照着的鹿,而这种表情在施行了廉价的整形手术后是极为常见的。

虽然这种不和谐无甚重要,但马克斯还是感到有些意外。他把手伸了出来,说道:"马克斯·汉利。"

詹纳也把自己那双戴了手套的手往前伸去。"我无法摘下手套跟您握手,希望您别介意。年轻的时候我出过一次车祸,手被烧伤了。"

"哦,当然不会介意。这位是埃迪·盛,是我雇来解救我儿子的那家公司的职员。这个便是凯尔。"

"很高兴认识您,医生,"埃迪说道,"很抱歉直到您抵达了罗马我们才告诉您酒店的名字,这是出于安全上的考虑。"

"我十分理解,"詹纳把他们领进了套房里三间卧室中的一间。他们把穿着病号服的凯尔放到了一张加长型的有四根帷柱的床上,然后将厚厚的床帘给合上了。马克斯用手背轻柔地摩挲着儿子的下巴,眼里流露出了浓浓的父爱,同时还夹杂着痛苦、无望以及自责的神情。

"我们会把他治好的,"亚当·詹纳说道。毫无疑问,他在自己的行医生涯中从无数父母的身上看见过此时浮现在马克斯脸上的神情。卧室后面那几扇通往阳台的法式房门正敞开着,所以罗马那声名狼藉的夜间交通便成为了他们背景深处的嘈杂和吵闹声。越过街对面公寓楼的屋顶，他们可以看见这座城市最著名的地标性建筑——罗马圆形大剧场的围墙和拱门，这个剧场的面积就跟现代运动场一般大。

“我相信整个解救的过程十分顺利，”詹纳说道。他说话带着一点儿口音，马克斯判断不出这究竟是哪儿的口音，但他可以肯定的是詹纳绝对不是由说英语的父母给抚养长大的。

“然而实际上并非如此，”马克斯告诉他说。

“是吗？出啥事了？”

还有眼睛也不大对头，马克斯心里想道。这双眼睛有点问题。在詹纳所佩戴的那副时髦的眼镜后面，他那淡褐色的眼珠显得有些奇怪。马克斯通常可以立刻从对方的眼睛里头判断出他是哪一种人，然而他的这一本领却在詹纳面前失效了。

“‘负责主义者’现在雇佣了武装警卫，”看到马克斯一副若有所思的样子，埃迪便代他回答了。

詹纳坐进了一张长毛绒沙发里，叹了一口气。“我就担心会有这一天的。托马斯·塞弗伦斯和他的妻子海蒂在过去的几年里越发变得偏执和疯狂了，我猜想他们肯定会开始囤积武器的。我真的很抱歉，我原本应当把自己的这种怀疑提前告诉给你们的，也好让你们能够事先有所准备。”

埃迪冲他摆了摆手，想要打消他的担忧。“我的人没一个受伤，所以这没啥大不了的。”

“您真是太谦虚了，盛先生。我打过仗，所以能明白你们经历了怎样的险境。”

估计是越战，马克斯心想，于是推断詹纳跟自己差不多大岁数。

有关詹纳的年纪问题终于得到了解决，这让马克斯感觉好过多了。“那么您打算怎么对他进行治疗呢？”他问道。

“通常，我们会同凯尔的家人和朋友结成统一战线，让他们参与进来，使他知道有人在支持着自己，从而萌生出同‘负责主义者’彻底断绝关系的动力。不过，基于这次的特殊情况，在最初的一段时间里我将需要跟凯尔单独谈一下话。当他醒来，知道发生了什么时一定会倍感吃惊，”詹纳露出了一个苍白的笑容，“而根据我的经验，这种震惊会很快转变成愤怒。”

“凯尔不是一个暴力分子，您不用太过担心的，”马克斯向他保证道，“他可不像我，这孩子没脾气。”

“不管怎样，我一般都会开一些药物来稳定患者的情绪，直到他不再有震惊的情绪为止。”

“医生，您到目前为止已经帮助了多少人呢？”

“叫我亚当就可以了。超过两百人了。”

“全都成功治愈了吗？”

“我多么希望我可以回答是的，但情况并非如此。有一些患者最后自杀了，还有一些甚至又回到那个邪教组织里去了。真是让人难过啊。人们一开始很容易被他们所认为的‘负责主义者’的一些善举给吸引住，然而只有当他们在那儿待了一段时间以后，那个组织才会开始施加越来越多的控制，而他们所采取的一个主要手段便是让其成员与所爱的亲友失去联系。一旦出现了这类情况，那么要让他们重新回到真实生活里来就会变得十分困难了。”

“为什么人们会允许他们这么做呢？”埃迪问道，尽管他已经知道了答案。在他还是个孩子的时候，唐人街里也有过类似的情形。一旦你加入了某个帮派，那么他们就不会让你轻易离开了。

“孤独，感觉同世界失去了联系。负责主义者让他们觉得自己是某个比自身更为强大和重要、能够赋予他们生存意义的事物的一部分，这跟导致人们沉溺于酒精或毒品的因素是相似的。所以治疗起来会困难重重。你或许会成功，但也极有可能遭遇失败。”

“据他母亲说，凯尔跟负责主义扯上关系只有几个月的时间，所以我认为他应该会没事的。”

“时间长短跟治愈与否没太大关系，”詹纳反驳道，“重要的是他所受的思想毒害究竟有多深。我曾经接过一个病例，有个女人参加‘负责主义者’的集会不过两周时间，她的丈夫倍感焦虑，于是雇我来对她进行心理辅导。结果她最后弃自己的丈夫而去，如今成了他们希腊静修所的主管的秘书，就是您儿子待的那个地方。这个女人名叫帕特丽夏·奥格登博格。有趣的是，你多半会记住的是那些没有治愈的人的名字，而不是被治愈的人的姓名。”

马克斯和埃迪一起点了点头，似乎对他的这一结论深有所感。

“我很好奇，”埃迪打破了沉默，“为什么像堂娜·斯基这样的成功人士也会同这种邪教组织扯上关系呢？”

“原因跟其他的人是一样的。她获得过奖项，赢得了人们无尽的赞誉，身边带着一大群随从，但这并不等于说她就不会像其他人那样感到孤独了。那些名人往往会比大多数普通人更加疏离于现实，所以也就更容易被影响。在真实世界中，她被粉丝们团团包围着，然而在那个组织里头，她就只是堂娜而已。而她的名声一直都在为‘负责主义者’吸引到新的成员。”

“我永远都无法弄明白这些事情，”马克斯叹了口气。

“所以您才会雇佣我呀，”詹纳语调明快地说道，想要把阴郁的气氛搞得活跃一些，“您没必要懂得这些，您所需要做的，就只是让您的儿子意识到您是多么地爱他。”

“您对于负责主义者在菲律宾的中心有了解吗？”埃迪问道，希望转换一下话题。

詹纳停下来思考了一会儿，然后回答说：“不是太了解。假如他们在那儿开设有节育诊所,我一点儿也不会感到吃惊的。不过……不，等等，没错。我听说他们要在那儿开设一间静修所，我相信他们已经买下了某处地皮，但是尚未动工。”

“那么您知道他们租下游轮的事吗？”

“您指的是‘黄金黎明号’吗？那真是一场可怕的悲剧啊。我怀疑这便是他们所谓的海上静修计划，他们在过去几年里一直都在做这个计划。他们经常会包下一整艘船，或是起码租下一半的船舱，然后召开会议，组织讨论什么的。我曾经到过其中的一艘船，目的是去看看究竟是何种景况。在我看来，这种海上静修更像是一种招募新兵的手段，可以吸引到那些仍然靠着死去丈夫的退休金过活、物质富足但却心灵孤寂的寡妇们。”

詹纳站起身来，说道：“我该去看看凯尔了。”

当他离开房间的时候，马克斯便向餐具柜走了过去。柜子里头摆放着好几瓶酒，看起来就犹如队伍中的士兵一般整齐。他往一个雕花玻璃杯里倒了一些威士忌，然后转过头来询问埃迪是否也想要来一杯，哪知道后者的头摇得就像是拨浪鼓似的。

“这不是在执行某项任务，”马克斯一边说，一边呷了一小口酒，“你没必要滴酒不沾。”

“当然是在执行任务啦。您是怎么想的？”

“我觉得我们可以把注押在他身上。你认为呢？”

“我同意您的看法。琳达做了大量工作才找到这个人，我相信凯尔会好起来的。”

“谢谢你照顾我们，”马克斯说道。

“您不也一直对我们所有人都照顾有加吗？”

马克斯的手机“咕噜咕噜”地响了起来。他把手伸进口袋里去拿手机，屏幕上所显示的号码是胡安的。

“我们已经安全抵达了，”他说道。

“很高兴听到这个消息，”卡布里回答说，“詹纳在那儿吗？”

“是的，埃迪和我正在谈论说我们能够找到此人实在是太幸运了。”

“很好。”

“‘俄勒冈号’一切都还好吗？”

“我刚刚跟兰斯顿通过电话，没想到他居然要我把船重新驶进科林斯运河去。”

“息怒息怒，他真这么说的吗？”

“哦，我的朋友，我可不止是想发火啊。他想让我们重新回到运河里去，以便让希腊人相信这不是一次恐怖分子发动的旨在破坏运河的阴谋。他们希望让北约出面，哦，我的上帝。”

马克斯回答说：“关于你那个该死的C计划，我是怎么跟你说的来着？”

胡安吃吃地笑了起来：“假如以后的任务又需要执行什么C计划的话，那么你将会收到我的辞职信的。”

“你的这话我可是记住了，还有埃迪当我的证人。”

卡布里的声音变得严肃起来：“凯尔现在怎么样了？”

“他过一会儿就会清醒过来的，然后我们便可以从他那儿打听到更多的信息了。”

“你要知道，你有一整船的人做你的后盾呢。”

“这件事情比我想象中要困难得多，”马克斯承认道。

“他是你的儿子，即使你们两个不十分亲近，而且一直以来都相距遥远，但你始终都深爱着他，没有什么能够改变这一点。”

“这也正是我为什么这么气恼的原因。”

“不，马克斯，你现在被负疚感包围着。这是两码事儿，你必须得克服这种情绪，否则你无法给予他帮助。生活里头该发生的总是会发生的，有一些事情我们可以去改变，有一些我们则无能为力。你这么聪明，应该能够认识到这其中的区别的。”

“我觉得我让他感到失望了，你知道吗？”

“这个世界上没有哪个父母跟他的孩子是毫无代沟的。”

马克斯领会着卡布里的话，然后点了点头。

“我知道这会很难。马克斯，你现在所做的，便是任何一个有责任的父母都会去做的事情。你来这儿保护凯尔。你不可以说，假如你一直守候在他的身边、参与到他的成长过程里的话这件事儿就不会发生了。你别想其他的了，在那儿尽力打理一切就好了。好吗？”

“总有一天你也将体会到为人父母有多烦恼了。”

“你不是在跟我开玩笑吧？”胡安笑了起来，“我知道这个世界是多么的腐朽。所以在一个孩子长到30岁以前，我是不会让他离开卧室半步的。而即便他到了那个年纪，我至多也只会允许他去到带围墙的院子里。”

“你们现在到哪儿了？”

“差不多要到你的南边了。我们明晚将会抵达里维埃拉，而到了第二天早上的时候，就可以对那些军火商进行全方位的监视了。”

“我应该和你们待在一起的。”

“你应该同凯尔待在一起。不要担心其他的事情了，所有时间都用来陪护在儿子身旁，好吗？”

“好的，”埃迪做了一个要和董事长通话的姿势，“等等，埃迪想要跟你讲话。”

“胡安，我刚刚同詹纳谈过话，他提到说‘负责主义者’在过去几年里都有租用游轮。”

“接着说。”

“尽管这有可能是白费力气，但让埃里克和马克去把这些航程前后比照一下也不会有什么损失的，看看其中有没有什么奇异之事。”

“这个主意不错。还有其他事情吗？”

“他说有传闻说他们将要在菲律宾建一个新的静修所。假如这跟四百名负责主义者在‘黄金黎明号’上的惨剧有关联的话，那么我认为这件事情很值得一查。”

“的确。”

詹纳从卧室里走了出来，然后把身后的门给关上了。他用一种舞台上低声旁白的方式说道：“凯尔就快要醒了，所以我认为你们两个最好暂时离开一下。”他朝着自己的医药箱走了过去，从里面拿出了一个圆柱形的物体，大小跟汤罐差不多。“这是一个套房门把的锁具，可以让门无法从里面打开来。”

“胡安，我们得走了，”埃迪对着电话说道，然后按下了“结束通话”键。

马克斯站起身来。“我们要离开多久？”

“把您的手机号码告诉我，我会电话通知您的。大约需要一两个钟头吧。凯尔和我会谈一下话，然后我再给他服用镇静剂。”

马克斯看着那扇关闭着的卧室房门，又看了看詹纳，一副犹豫不决的样子。

“相信我，汉利先生。我知道自己在做什么。”

“好吧，”马克斯把电话号码写在了酒店提供的信纸上，然后同埃迪一起步出了套房，来到了电梯门前。即便透过锃亮的铜质电梯门那有些扭曲的反射，埃迪也依然可以从汉利的脸上看出他的担忧之情，而从他们身后则传来了詹纳把锁插到门上的声音。

“走吧，我请您吃晚餐。”

“我想吃意大利菜，”马克斯回答道，假装自己没事。

“真对不起，只能吃中国菜，没得选。”

第 18 章

“俄勒冈号”在地中海那黑色的海面上破浪前行着，航速仅为 20 节左右，远低于其真实的能力，因为周围有其他数十艘船舶正在这条航线上往来着。然而谁也不会料想到在这艘外观破败不堪的货船里头居然会有一间如此高档的饭厅，要不是因为它那应用磁流体动力学的引擎所发出的“嗡嗡”声，卡布里会觉得自己正坐在巴黎香榭丽舍大道上的某个五星级饭店里头呢。

胡安身着一件十分考究的白色衬衣，领口敞开着，外面则套着粗呢夹克，衬衫的袖口上别着精致的链扣，脚上则蹬着一双意大利皮鞋。坐在他对面的是琳达·罗斯，她下身是一条工作长裤，上面则是件黑色 T 恤。虽然她未施粉黛，然而在烛光的照射之下，她的皮肤闪着柔和的光泽，就连面颊和鼻子上的雀斑也都显得颜色淡了许多。

胡安转动着葡萄酒杯的柄脚，然后十分陶醉地品了一小口。“如果莫里斯打算让他的人准备一顿特别的晚餐，那么你所能做的，便是让自己的着装与该场合相符。”

琳达将一层厚厚的新鲜黄油涂在了面包上。“我是跟几个兄弟一起长大的，所以我得学着狼吞虎咽地吃饭，要不然我就得饿肚子。”

“有那么糟糕吗？”

“假如你看过那些关于大自然的节目，就该知道当鲨鱼群处于疯狂的摄食状态或是一群野狼围捕一只可怜的鹿时会是何种景象了。我的大哥托尼，有时候甚至会冲我们咆哮不已。”她一边回想着儿时的记忆，一边笑了起来。

“我的父母一直都强调就餐礼仪，”胡安说道，“假如我不小心把肘部搁到了桌子上的话，就会招来一顿痛扁。”

“而我家吃饭时唯一需要遵循的规矩则是，器皿必须用来盛放食物，而不得用来互相投掷。”

“你对明天的事情有把握吗？”胡安问道，把谈话内容转移到了工作上。即使面对着如此豪华的一顿大餐，他们也依然必须操心着工作上的事情。

“今天一天我都在仓促备战。尽管我可能还无法做到在一场‘负责主义者’的集会上发表演说，但如果说是同某个负责主义者交谈的话，我想我还是可以应付的。我必须承认，我对他们了解得越多，就越觉得不可思议。我永远都没办法理解人们怎么会去相信说某种外来的智能能够控制你的生活呢？”

“萝卜白菜各有所爱嘛，”胡安说道。他总是认为说，只要没有妨碍和伤害到其他人，那么人们信仰什么便只是他们自己的个人选择，而他没有资格去当判官。“你知道在我们潜入到围地里并把凯尔救走以后，他们的保安措施更加严密了。”

她点了点头：“我知道。他们甚至可能都不会让我进去，不过还是值得冒险一试的。”

胡安正准备回答她的话，这时候有四个人出现在了饭厅的门口。朱莉娅·赫胥黎像往常一样穿着她那件实验室的白大褂，她的两边则分别站着马克·墨菲和埃里克·斯通。他们两人都穿着粗呢外套，打着领带，不过马克的衬衣尾巴却从外套里露了出来。埃里克的海军背景令他的举手投足流露出了一股属于军人的特有气质，然而能够明显看出他穿着那身衣服很有些局促不安。又或者他之所以显得局促，并不是因为那身衣服，而是因为他们一行中的那第四个人。

朱莉娅把围巾从詹妮·达尔的眼睛上解了下来，如此一来她便可以看到船上除了医务室以外的其他部分了。胡安此前大发慈悲，允许她暂时离开医务室出来透透气，但却坚持要求把她的双眼给蒙上。詹妮身上穿着一条从凯文·尼克松的演艺用品商店里头借来的裙子。虽然她目前仍处于虚弱的状态，但是胡安能够明白年轻的斯通和墨菲的心头会是怎样地小鹿乱撞。她是一个可爱而柔美的女人，她那原本黝黑的肤色因为生病太久而显得有些苍白。一头色泽明亮的卷发垂在了肩膀上方。

当他们走进时，胡安本能地站起身来。“达尔小姐，你看上去真是美极了。”

“谢谢您的夸奖，卡布里船长。”她回答说，努力保持着一个女孩子应有的举止和风度。

“我很抱歉将你的眼睛给蒙上，但船上有一些比较机密的区域，我不方便让你见到。”他看到埃里克和马克争抢着想要替詹妮拉椅子，于是不由得笑了起来。

“船长，您和您的船员们是我的救命恩人，所以无论您有何种要求，我都不会介意的。”她的声线十分迷人，轻快而富有节奏，一下子就把三个男人都给迷住了。“只要能够不再待在病床上，哪怕只是一会儿，我也很开心了。”

“你感觉如何？”琳达问道。

“好多了，谢谢你。赫胥黎医生能够把我的哮喘给控制住，所以我没有再犯了。”

埃里克捷足先登，一屁股坐在了詹妮的左侧。马克对他怒目而视，然后无可奈何地走到了桌子的另一头，在琳达身旁坐了下来。

“很不幸，我们在向厨房吩咐的时候出了点差错，”卡布里话音刚落，侍应便端着盘子、在莫里斯的带领之下从厨房里面走了出来。这位“俄勒冈号”的总干事让胡安出了丑。“不管怎样，”胡安眼睛看着莫里斯，继续说道，“他们不知道你来自挪威，而误把你当成了丹麦人。他们原本想要做一些你的家乡菜的，不过这样一来也好，我们可以品尝一顿传统的丹麦菜肴啦。”

“你们想得真是太周到了，”詹妮一边说，一边笑了起来，“这两个国家距离很近，所以没多大分别的。”

“听到没有，莫里斯？”

“是的。”

“我想我们应该有青鱼，”胡安说道，“这是传统的开胃菜，接下来则是鱼团，之后是配红球甘蓝和土豆泥的烤猪肉，再下来看你是想要中间放冰淇淋、巧克力还是其他口味甜点的薄煎饼？”

听到这里，詹妮的笑容显得更加灿烂了。“没想到有这么多的甜点啊，”她向其他人解释道，“我想要樱桃沙司，这是我的最爱。”

“你的家乡是奥斯陆吗？”当第一盘菜被端到了亚麻质地的桌布上时，琳达问道。

“父母过世以后我就搬到了那儿，但我是在北部一个名叫霍宁斯维德的小渔村出生的。”

这便解释了为什么她会有一身黝黑的皮肤了，胡安心里想道。她应该是个拉普兰人，他们跟阿拉斯加的土著或是格陵兰岛的原住民一样，都因为长期暴露在经冰雪反射的日光的无情照射之下而使得皮肤逐渐变成了黝黑色。所以她的身上一定流淌着原住民的血液。

他正准备询问下一个问题，这时候他发现哈里·卡西姆出现在了饭厅的门口。他的头发乱蓬蓬的，即便隔着很远的距离，胡安也能够看到他的眼睛下方有暗紫色的黑眼圈以及明显的疲态。

他向自己的这位通讯专家走去。“你看起来好多了。”

“我的确也感觉好了很多，”哈里说道，“您说希望我一干完就把结果交给您的，这儿便是我把窃听器里的噪音过滤掉以后整理出来的内容，”他把一张纸递给了董事长，“我甚至使用了马克斯的船舱里头的混音板。很抱歉，不过我已经尽了全力了。圆括号里的数字表示话语之间的实耗时间。”

我没有……（1:13）是的……（3:57）堂娜·斯基……（1:17）启动 EEL LEF……（:24）密码……（1:12）明天……（3:38）那不会……（:43）1 分钟……（6:50）再见。（1:12）

“就这些吗？”胡安努力不让自己的失望之情显露出来。

“就这些了。有些声音无法辨认，电脑就连其含义的十分之一也确定不出来。该死的，堂娜·斯基这个名字，其确定性也只有百分之四十，不过我对这个倒是比较有把握的。”

“马泰尔从打开扰频器到说再见这之间，他跟塞弗伦斯谈了多长时间？”

“22 分零 6 秒。”

卡布里又把那张纸看了一遍。“堂娜·斯基、某个东西的密码、‘eel’和‘lef’这两个词还不全。对于最后几个词的确定性，电脑的概率是多大呢？”

由于花了无数个钟头来盯着这几个数据看，所以哈里压根就不需要参考那张纸。“百分之六十一。至于‘密码’这个单词，确定性为百分之九十二。”

“‘eel’、‘lef’以及‘密码’这三者之间仅间隔了 45 秒的时间，所以我敢打赌它们是有关联的。而在提到堂娜·斯基之后又过了 1 分 17 秒，所以我们不应该就此认为她同此事有关系。”

哈里张口结舌地看着他：“我盯着这张纸足足有好几个钟头，但却没有注意到这一点。”

“那是因为你努力要从词语中推断出其含义，而不是从停顿中来切入问题。”

“我还做了一件事情，”卡西姆从裤子口袋里掏出了一个迷你型盒式录音机，然后按下了播放键。胡安听到了此前所听见过的相同的噪音声，然后噪音突然间停止了。“结束传送，”一个声音十分清楚地说道。

“见鬼，这个说话的家伙是谁？”

“我在电脑里面过了一遍。英语并不是那人的母语，他的口音应该是中欧那边的，年龄则在三十到五十之间。”

“啊哈，”胡安说道，回忆着他们在干扰发射机被打开之前所成功录下的谈话的片段，“我打赌这人是泽里米尔·科瓦奇。我们走吧。”

他们回到了桌子旁，正看见马克·墨菲在结结巴巴地讲着一个并不好笑的笑话。当胡安把他的笑话给打断时，墨菲看上去一副如释重负的神情。“埃里克，你今天下午有找到一些关于泽里米尔·科瓦奇的信息吗？”

“一无所获。”

“我觉得我知道这个家伙，”詹妮说道，“他搭乘过‘黄金黎明号’。他是‘负责主义者’里面的一个骨干分子。”

“他从来没有在他们的网站、薪水册子或是其他地方露过面，”埃里克回答说，仿佛觉得詹妮的这番话是对自己的调查能力的侮辱。

“但是他在船上，是真的，”詹妮一副与他挑战的姿态，“虽然没有人跟他说过话，但他们一直都在谈论这个人。我认为他在‘负责主义者’里面地位很高，不是一把手，就是二把手。”

对于他们没能获得有关科瓦奇的资料，卡布里并不是太关心，此刻他所思考的问题是，这位一度待在那艘惨遭灭顶之灾的游轮上的科瓦奇，如今却如何又出现在了雅典的。然后他记起来了一件事情，那便是当“俄勒冈号”找到了那艘“幽灵船”时，曾发现它的吊艇柱上不见了一条救生艇。“是他杀了他们。”

“您在说什么？”朱莉娅问道，手里拿着把刀叉正要往嘴里送，结果就这样悬在了空中。

“科瓦奇曾经搭过‘黄金黎明号’，而如今他却出现在了‘负责主义者’位于希腊的静修所里头。他乘坐船上的一条救生艇逃走了，而他这么做只会有一个原因，那便是他事先已经知道船上的所有人都将会死去。他就是凶手。”他转向詹妮：“你可以形容一下这个人吗？”

“他长得很高，差不多有两米。”这也就是说他的身高约为6英尺5英寸，是个大块头，胡安心想。“他看上去非常强壮，而且很严肃。我只见过他几次，他从来都是不苟言笑的。事实上，我有点儿怕他。”

“你待会儿可以跟埃里克和马克一起坐下来，然后绘一张他的画像出来吗？”

“我不会画画。”

“电脑可以根据你的描述绘一幅人像出来的。你只需要尽可能详细地形容出他的长相，其余的事情埃里克和马克会做的。”

“假如他真的就是凶手的话，那么我愿意做您所吩咐的任何事情。”她想起了那个可怕的夜晚，于是伤心地呜咽起来。埃里克用胳膊搂着她的肩膀，让她倚靠在自己身上。他这一招肯定会让马克·墨菲嫉妒得吐血的，胡安心想。

朱莉娅·赫胥黎把刀叉放了下来，一边站起身来，一边把餐巾扔到了桌上。她立即来到了詹妮身旁。“今晚已经够尽兴的了，让我们送你回医务室去吧。”她搀扶着这个病恹恹的年轻女子从椅子上站了起来。

马克和埃里克两人似乎也都想要去帮忙搀扶詹妮。

“先生们，”胡安用一种带有警告的语调说道，于是他们两人又都落回到了自己的椅子里头，神情万分的沮丧。“以后还有的是机会。做事情要分清缓急轻重。”

“是，先生，”他们异口同声地回答，就像是两个干了错事、深感懊悔的小孩子。

胡安把注意力转向了琳达·罗斯：“你的任务取消了。”

“什么？为啥？”

“我是不会让你就这样手无寸铁地去那个围地做卧底的，因为我已经知道科瓦奇在那儿了。”

她勃然大怒起来：“我可以照顾好自己的。”

“这件事儿就这么定了，”胡安说道，语气显得十分坚决，“如果我没猜错的话，那么科瓦奇就是那场可怕的大屠杀的刽子手，所以你绝对不可以去那儿。哈里把我们的录音又洗了一遍，在马泰尔跟托马斯·塞弗伦斯的谈话中有提到过堂娜·斯基的名字。我们知道她是个非常有名的负责主义者，因此可能会对所发生的事情略知一二的。我们可以透过她来了解到他们的计划。”

“如果她是该组织的一名坚定分子，那么她是不会把情况透露给我们的，”琳达说道。

“她只是名女演员，而非一个受过训的探员。只要同她待上5分钟，她就会将自己所知道的一切都一五一十地告诉你的。我们只需要去找到她，然后找机会接近她就可以了。”

“她最近正在德国拍摄一部电影。”

琳达对她的一切行动似乎都了如指掌，这可真让卡布里吃了一惊。他把一只眉毛抬了抬。

这位副主管那长有雀斑的脸颊顿时变得绯红。“我承认，我对好莱坞的八卦比较感兴趣。”

埃里克·斯通把身子往前倾了倾。“谈到怎样去接近她的问题，我倒有一个主意。凯文·尼克松在来我们这儿以前曾在好莱坞干过几年，我相信他在那儿一定有人脉。”

尼克松曾经在一间很大的摄影棚里头担任化妆师和特效师，而且还得过奖。然而当他的姐姐在9·11恐怖袭击中丧生以后，他便没有继续在好莱坞干了。他开始效力于中央情报局，为打击恐怖主义贡献一己之力，之后则被卡布里招入麾下。

“好点子。如果他能够接近她的话，那么我们或许便可以最终了解到‘负责主义者’究竟在策划怎样不可告人的阴谋了。”

“但假如堂娜对他们的计划一无所知呢？”

“只能祈祷她最好知情了，琳达，因为我可不希望把谁派到那个静修所里去当卧底。”

“说到派人去‘负责主义者’的大本营打探，我想问问您是否希望我跟您一块儿去趟菲律宾呢？”

“不，马克，谢谢你主动请缨，但我会带林肯去。”

“您是想把轻松的活儿留给我们，对吧，老板？”埃里克问道。

卡布里默认了他的这番判断。“马克斯可能需要在罗马待上一段时间，但是等我们一抵达摩纳哥，埃迪就要从罗马回来了。这样一来包括朱莉娅在内我们就会有四名高级主管了。琳达，你离开不得超过一到两天的时间。林肯和我则会在三天内回来。此外，那份监视的活儿大部分都比较简单，所以我对此不会太担心。现在，让我们尽情地享受这顿地道的丹麦大餐吧。”

胡安故意说得很大声，好让那位在厨房门口徘徊的莫里斯听到。

这位总干事冲着他皱了皱眉，以示抗议。

第19章

当汽车驶抵门厅时，埃迪正斜靠在电梯的后墙上。马克斯则站在他的右手边。电梯门开了，进来两个身穿西服的陌生人，于是他整个人都被抵在了墙上。

两个人的身体碰到了他，埃迪认为这种电梯礼节上的粗鲁行为十分常见，所以也就并没有太过在意。然后他感觉其中一个人一边将手探进了他的上衣口袋里，一边抬起了挂在肩套上的四角帽。他正准备做出反应，结果一支手枪便已经抵在了他的两眼之间。马克斯也被他们以迅雷不及掩耳之势给缴了械。时间总共还不到 2 秒钟。

“敢乱动的话就死定了，”两人当中块头比较大的那个威胁道。他的英语听起来口音很重。

电梯空间狭小，所以盛难以施展自己的武术功夫，但这并不意味着说他打算就此放弃与对方展开搏斗。他的身体稍稍地绷紧了一点儿，而那个持枪的男人感觉到了这个。他把手枪狠命地抵在马克斯的肚子上，痛得他只喘粗气。

“这是给你们的最后警告。”

电梯门轻声地合上了，电梯开始徐徐上升。

马克斯努力想要恢复正常的呼吸，而这个时候埃迪的脑子里却是疑窦丛生。他想知道他们怎么这么轻易和迅速地就被人给跟踪了，他怀疑面前的这个大块头便是泽里米尔·科瓦奇，也就是胡安设在静修所里的窃听器上所提到的那个男人。他还想知道为什么凯尔·汉利对于“负责主义者”来说如此的重要，以至于他们会冒这么大的风险来将他给抢回去。这实在让他想不通。

“你肯定会把我给杀了，”马克斯终于可以开口说话了，“但你不许碰我儿子一根汗毛，不许再把他带回去，科瓦奇。”

塞尔维亚人的脸上露出了十分吃惊的神情，因为他没料到马克斯居然知道自己的名字。不过吃惊之情很快便从他的脸上消失掉了，估计他已经推测出他们是从窃听器上知道自己的。尽管科瓦奇长的是一副屠夫模样，但埃迪意识到此人并不愚蠢。

“这是最有可能发生的结果，”科瓦奇说道。

“除非你知道了我们是谁，”埃迪心里默默地想到，“以及我们已经了解了你们多少内幕，否则你是不会轻易把我们给干掉的。”

他们应该还有讨价还价的余地，尽管不多，但总好过没有。换做他是科瓦奇的话，他会需要知道“负责主义者”的安全系统究竟被渗透了多少。而要花费多久时间才能从他们嘴里套出这些信息则取决于如何去审问他们。此刻他和马克斯可谓是孤立无援，因为酒店的员工们已经被通知说顶楼套房的客人不希望被打扰。

当电梯驶到六楼的时候，埃迪绝望地意识到科瓦奇已经将他们给围困在了这方狭小的空间里。

这意味着说，假如他们想要活着离开这儿的话，他和马克斯就不得不分开行动。马克斯曾经在战场上出生入死过，身手不错，但他不可能会选择逃走的，因为他的儿子还在这儿。

电梯门打开了。科瓦奇和他那位始终未发一言的同伴后退了几步。他们用手枪指着埃迪和马克斯，示意让他们先出去。这两名公司的老手相互交换了一下眼神，彼此心领神会。马克斯把眼皮稍稍往上抬了抬，头则轻微地点了点，这是在告诉埃迪说他知道他们得自己想法子逃跑，但他不会扔下儿子不管的。埃迪明白马克斯同意展开行动，也接受这么做会带来的后果。

他们沿着走廊向套房走去，在房门口停了下来。埃迪再次考虑着来一次突袭，科瓦奇的手下距离自己很近，一拳便可将他给解决掉，可是那位塞尔维亚人则有几步之遥，显然他早就提防着他们可能会来这一手了。

“用你的左手把门卡取出来，”科瓦奇命令道。

埃迪知道他为什么会这么要求，因为多数人都是右撇子，他们会把门卡或钥匙放在右边口袋里，所以改用左手来从口袋里取钥匙会让行动笨拙和不便。

埃迪转过身来，侧着脸对着科瓦奇说道："门特别上锁了，我们进不去。"

"我对这种设备很熟悉，你们还是可以进去的。要是你再废话，我就把你的膝盖骨给打开花。"

埃迪把左手塞进了右边裤子口袋里，掏出了一个电子门卡。锁上的插入灯由红色变成了绿色，他可以转动门把手了。

"往后退，"科瓦奇命令说。

埃迪和马克斯照做了。科瓦奇的同伴走进了套房里。几秒钟后，他们听见了詹纳医生的叫喊声："这是什么意思啊？"持枪的男人压根就没理睬他，于是他又喊了一遍。20 秒钟之后，那男人以十分清晰的美式英语冲着科瓦奇喊道："套房安全，只有这个反思想侵蚀的医生和那男孩。"

科瓦奇把手枪抬了抬，示意马克斯和埃迪进到房间里去。这名塞尔维亚人检查了一下詹纳套在门把手上的锁具，然后两三下便把锁给弄开了。

"爸爸吗？"凯尔·汉利从沙发上站了起来，他的样子看起来一点儿也不像是在过去的 24 个钟头里有麻醉药剂在其血管中流动。

"凯尔。"

"您怎么敢这么对我？"凯尔质问道。

"我这么做，是因为我爱你，"马克斯无助地回答说，他的话语里明显流露着矛盾和纠结的情绪。

"都给我安静点！"科瓦奇咆哮了起来。

他迈步朝詹纳走去，像座大山般耸立在了他的面前。詹纳被吓得缩成了一团，他原本还想要继续发出抗议的，这下子也只好把话咽回到了肚子里去。

当这名塞尔维亚杀手开口说话时，可以明显感觉到他已经是怒火中烧了。

“塞弗伦斯先生明确指示我不要杀了你，但他可没禁止我干这个。”话音一落，他便用枪柄冲着这名精神病医师的脑袋狠狠地来了一下。

詹纳朝地板倒去，头上的伤口鲜血直冒。就在这时，埃迪·盛则利用这个难得的空当拔腿便跑。

通向阳台的法式门距离他有十步之遥，在被其他人发觉他要试图开溜之前，他已经跑了有四分之三的路程了。马克斯本能地把脚往右边一移，挡在了第二名持枪者的面前，使他无法瞄准射击。而这时候的科瓦奇正看着倒在地上、缩成一团的医生洋洋自得着。

埃迪以全速朝法式门跑去，在他即将撞开那精致的木质窗棂以及斜边切割的古典玻璃窗格之前，他把肩膀给耸了起来。玻璃碎片把他的皮肤划开了，一枚子弹也“嗖嗖”地擦身而过，最后打在了对面大楼的墙上，激起了一股砖粉灰。

当他到达阳台栏杆旁的时候，他的速度也没有减慢下来。他两腿一蹬，从栏杆上一跃而过，然后在半空中转了个身，以便跳下去的时候人是面朝着大楼的。他抓住了其中两根铁栏杆，由于手上满是汗，所以他能够十分平顺地往下滑去。此刻的他正身处于 70 英尺的高空之上，与下面的人潮车流之间没有任何的遮挡物。

他两只手扒着混凝土的平台，脚趾尖触到了五楼阳台的栏杆上。他没有一刻迟疑，把手一放，继续朝着人行道的方向飞快地下落。

当五楼的阳台即将从他的眼前一逝而过时，他再一次敏捷地抓住了两根铁栏杆。这可真是充分展现出了他的力量、平衡性以及无所畏惧的勇气。

他摇摇晃晃地触到了四楼阳台的栏杆，正集中精神准备下一次的垂直下落。这时候科瓦奇来到了套房的阳台上，他探出头去，原以为将会看到埃迪的尸首四仰八叉地横躺在下面的柏油路上，结果却大失所望。他往后退了几步，从栏杆的间隙朝下望去，这才发现埃迪正顺着栏杆往下滑。于是这个塞尔维亚人赶忙朝他连开了数枪，子弹如雨点般落下。

埃迪顺着铁栏杆继续往下滑去，感觉到有许多子弹从自己身边“嗖嗖”飞过。他的手撑在了混凝土平台上，但无论他把身体怎么伸直，就是够不着下面的阳台。他的手腕痛得快要断掉了，所以他干脆放开手，他往下落了一英寸，这才触到了栏杆。他继续下降，心想，假如等他下到街上的时候两只手没有断掉的话，那肯定会是一个奇迹。

科瓦奇苦于没有好的射击角度，但又不能冒着被某个目瞪口呆注视着埃迪表演疯狂特技的行人发现的风险，于是他只好怏怏地把手枪重新放进了皮套中，然后走回到了套房里。

埃迪一度曾想着跳上阳台，然后进到三楼的房间里去。但他不知道科瓦奇究竟在酒店里面布下了多少人手，所以最好的法子便是尽可能利落地逃之夭夭，尔后再进行一番重新部署。

当他沿着铁栏杆下滑的时候，由于此时他的手掌已经变干，所以掌心的皮都给磨破了。二楼的阳台距离人行道有一层楼半的高度，目的是让酒店大厅的天花板足够高。埃迪距离地面还有 20 英尺的距离，他的左手边是一个淡黄色的拱形顶篷，支在酒店入口外面的人行道上方。他就犹如一个走钢索的杂技演员，踮着脚尖从栏杆上一路踩了过去，然后朝着那个顶篷来了一个俯身，接着身体一旋，以便背部落到硬硬的布料上。

他在顶篷的弧面上往下滑去，当滑到顶篷的边缘时，他翻了个筋斗落了出去，接着便用他那两只早已伤痕累累的手紧紧地攀住了顶篷边缘，在那儿悬挂了一会儿，然后才身手敏捷地落到了地面上。拥挤的人群中有几个家伙目睹了这惊心动魄的一幕，发出了惊呼声，没弄明白这究竟是出了啥状况。

埃迪开始沿着人行道一路狂奔，他尽可能不撞到其他行人身上。突然，他听见身后传来一声引擎的巨响，这声音将马路上那喧嚣嘈杂的车声人声都给盖住了。他迅速转过身来，只见一辆黑色的杜卡迪摩托车冲到了人行道上，然后便开始朝他追了上来，吓得周围的人群纷纷散开。他与后面那辆摩托车之间的距离不到 15 英尺，而且摩托车的速度越来越快。

埃迪做出一副打算跑向书店门口的假象，结果突然却往左边猛地一跃，跳到了一辆停着的汽车的引擎罩上。借着巨大的冲力，他从整个车身上滑落而过，然后掉到了路上，正好落在了一部正打算加速的沃尔沃卡车的前面。卡车的司机没有看见埃迪从汽车上跃过，所以他依然踩着油门。埃迪根本没有翻滚到一旁，躲开卡车那四个重型轮胎的时间。他徒劳地用手蒙住了脑袋，试图在卡车轮子从自己身上碾过时可以把头部给护住。引擎的热浪让他感觉仿佛有一个鼓风炉的炉口正对自己敞开着。

卡车突然刹住了，轮子猛烈地摩擦着柏油路的地面。埃迪又一次听见了摩托车的声音，于是猜想它一定是回到了两旁泊车的道路上，正好位于沃尔沃的前面。

他在卡车下面爬行着。对面道上停着一辆敞篷的双层旅游巴士，有乘客正在下车。埃迪离卡车车尾比较近，离司机则较远，所以那位司机很可能压根就没注意到自己车身底下还跑出了一个人来。

他站起身来，朝上面望去，看到科瓦奇又出现在了阳台上，正举枪朝自己瞄准。他已经没时间去提醒路上的行人们千万当心别被头顶飞来的子弹给误射中了，他拔腿便跑，朝着巴士飞奔而去。就在车子即将开走的那一刻，他一脚跃了上去。他在过道上跌跌撞撞地走着，从车上坐着的一排排日本游客的身旁穿过。他跑到了巴士的车尾，看着那部杜卡迪从沃尔沃前面掉转了车头，然后又对自己穷追不舍起来。

埃迪总算从酒店逃了出来，可惜他却依然没有完全逃脱“负责主义者”的魔掌。

身穿黑色皮衣的摩托车手紧紧尾随在巴士的右后方，看起来他丝毫没打算掩盖起自己正在追赶的意图。埃迪不知道这个人的头盔里是否安有无线电设备，假如有的话，他一定跟其他同伙保持着密切的联络，这意味着说他马上就会得到增援。既然科瓦奇肯定得到了关于解救人质队伍的详细报告，所以他一定会派出大批人马来把凯尔·汉利给抢回去的。

巴士驶上了一条四车道的公路，当距离圆形大剧场越来越近时，车速也变得稍微快了一些。身旁不断有汽车呼啸而过，发出刺耳、响亮的喇叭声。拥塞的车流中，偶尔会有司机把手从车窗伸出来，冲其他司机竖起中指。那辆杜卡迪急速前行着，机车后面喷吐着团团的白色尾气。

埃迪弯曲着手指，他认为这样子掌心的鲜血才不会流得满处都是。巴士上的游客不多，这让他感到有些如释重负。二层大约有十五名乘客，一层也只坐着几个人，所以当他穿过走道的时候，并没有引起他人的注意。埃迪弯着腰来到了司机身边。前座上坐着一名翻译，她正用一把指甲砂锉在磨着指甲，膝盖上还放着介绍沿途景点的旅游稿。看到埃迪走了过来，她便把稿子放到了一旁，然后给了他一个明亮的微笑。由于埃迪长着一副亚裔面孔，所以她误以为他是自己所带的旅行团中的一员，于是便用日文询问他有何事。

他则完全无视了这名翻译的存在。司机身穿一件白色衬衣，打着黑色领带，头上还戴着一顶帽子，俨然一副民航驾驶员的行头。不过埃迪对于司机做何打扮并不关心，他看见那人身型比较瘦小。谢天谢地，他心里默默想道。他一把抓住司机的右胳膊，将他从驾驶位上给扯了起来。然后蹲下身，将那人扛到了肩上，接着马上站直身体，把司机扔出了几步远之外。司机头朝下地撞到了车门上，尔后如烂泥般瘫倒在了地上。

埃迪一屁股坐在了驾驶座上，脚则踏在油门上。那位导游发出了尖利的叫喊，而后面的游客则开始面露惊恐之色。埃迪注视着后视镜，突然踩住了刹车。

四周立即响起了震耳欲聋的喇叭声。那辆杜卡迪从巴士身后绕开了，以避免撞上一部在巴士后面追尾的汽车。这一撞车事故令导游发出了痛苦的哀号。摩托车紧压着中心线行驶着，在两旁车辆那狭小的间距中穿梭。当他驶到了半个巴士车身的地方时，埃迪再一次踩在了油门上，突然向左一转。摩托车无处可去，因为另一条车道上是一部车紧挨着一部车，没有丝毫空隙可钻。假如他想在巴士车尾附近找到容身之地，那么他就有可能会再一次被抛在后面。他换了一档，猛扭节气门。摩托车的前轮在柏油路上一跃而起，排气量1000cc的引擎发出了刺耳的尖叫。摩托车手压低身体，伏在把手上，这样一来可以减少空气摩擦，二来能够稍稍增加一点儿车速。

但是他并没有一丝机会。巴士与摩托车挨得太近，结果杜卡迪发生了倾侧，撞上了左车道上的一部汽车。摩托车手从车子前面飞了出去，四肢在空中胡乱地摆动着，头朝前地撞到了后一辆车的车尾玻璃上，安全玻璃碎成了一片一片。埃迪唯一能够希望的，便是那顶头盔能够保全他的性命。这一撞引发了连锁反应，后面好几辆车都接连相撞，于是四条车道全都乱成了一团。

埃迪把巴士停了下来，然后按了按车门的开关。然而车门只往内开了一部分，因为门口还横着那名司机。在刚才那惊心动魄的几分钟里支撑着埃迪勇敢战斗的肾上腺素开始降了下来，他觉得这应当是董事长的作风，没料到自己也会如此，以前他还经常用这个来打趣胡安呢。

"很抱歉，"他对导游说道，然后步出了车门。

他回过头来，注视着自己所引发的这多起撞车事故。交通已经完全瘫痪了，路上满是被撞坏的汽车。司机们现在都从自己的车里走了下来，他们高声叫骂着，还比划着一些粗鲁的手势，显示出了十足的意大利作风。还有两个人则在自己的车子与其他汽车相撞后倒栽葱般地被甩出了车外。埃迪正打算拐进路旁的一条巷子里去，却看见一辆箱式小客车离开了车阵，朝自己直冲而来，就仿佛战场上一部马力十足的坦克。小客车速度没有丝毫的减慢，车子的前端已经被撞瘪了。埃迪一开始看不见车内的司机和乘客，因为他们都被气囊给挡住了。

埃迪知道这辆小客车一定是冲着自己来的。

他重新跑回到了巴士上面。那名倒在车门旁的司机正打算慢慢站起身来，结果埃迪照着他的耳朵后面就是一拳，于是那人又倒了下去。埃迪再一次跳到了驾驶座上，那位漂亮的导游小姐看到他如此阴魂不散，发出了惊恐的惨叫，然后用意大利语冲着他含含糊糊地讲了一大通。可惜语速太快，埃迪压根就没听清楚她到底在咕哝些什么。

他猛地将巴士发动起来，车子突然往前一倾，几名乘客被颠出了座位外面，四肢摊开地倒在了地上。

埃迪一只手握着方向盘，让巴士行驶在去往圆形大剧场的道路上。另一只手则抓着扩音器，大声叫喊道："所有人！全都到楼上去！马上！"

坐在一层的那几名惊恐万分的游客谨遵埃迪的命令，争先恐后地向车尾跑去，在楼梯上挤做了一团。埃迪密切注视着后视镜，心想，那部红色的小客车一定会在拥挤的车阵中左冲右撞、拼命追赶的。果不其然，那辆车朝着巴士咆哮而来，最终与其并驾齐驱了。埃迪可以看见里面一共有三个人，他发现后座上那名乘客的胳膊上支着一把攻击步枪。

坐在后座上的那人把枪管伸到了窗户外面，冲着巴士的一侧车身就是一阵扫射。车窗玻璃如碎片般散落，椅垫里填塞的羽毛犹如节日里的五彩纸屑一般在空中漫天飞舞。埃迪把方向盘猛地一转，朝小客车撞去，迫使它减慢下来，又一次被甩在了后面。坐在二层的乘客们尖叫不已，声音明显又高了一个八度。

埃迪把方向盘又打了回来，以避免陷入到那条已经完全被堵得水泄不通的车道上。离心力使得车子极有可能发生侧翻，所以他感觉巴士的内轮仿佛要从车身下松动开去一样。他轻轻握着方向盘的边缘，这部笨重的巴士左右摇摆着继续朝前驶去。他们绕着大剧场跑了一圈，一路都畅通无阻，尔后便朝着东北方向驶去，从那些古代庙宇的废墟、新式的办公大楼以及教堂旁飞驰而过。那部菲亚特小客车试图再次赶超巴士，于是埃迪又来了一个突然转向，然后便听见那辆车的金属外壳被撞得嘎吱作响，这让他感到极其心满意足。

埃迪把车速增加到了每小时50英里，他觉得那部小客车的被毁程度应该超出了自己原本的设想，因为他们没有再追赶上来了。正在这时，他听见了自动步枪所发出的噼啪声。尽管巴士体积很大，但他依然能够通过底盘感觉到射击的猛烈程度。他们正朝着车尾的引擎开火，希望让巴士无法开动，然后就可以轻而易举地把埃迪给干掉了。

埃迪看着那座圆形大剧场，唯一能够想到的描述词便是一块巨大的婚礼蛋糕。这座赫然耸立的建筑物十分宏伟，全部是由大理石建造而成。他记得不知从哪儿看到过，这个剧场是为了纪念那位将意大利诸邦统一为一个现代国家的维克多·以马利二世而修建的。体积上的过于庞大减弱了建筑本身所具有的华美，那些柱子和台阶使它看起来更像是一副巨大的假牙，而不是一位伟大领袖的纪念碑。

道路朝左边拐去，一座维克多骑在马背上的巨大青铜雕像立于眼前。此时正值夕阳西沉，但依然有不少游客在大理石台阶上流连忘返着，一些小摊贩则推着小车向他们兜售着饮料。

巴士车尾又遭到了一阵密集的火力攻击，外面的游客们开始如惊弓之鸟般四处逃窜开去。

埃迪知道他们迟早会撞上某个古迹的，又或者他会撞上警察所设置的路障。远处警车的汽笛声已经变得越来越近了。路牌上标着的道路名对他而言没有任何意义。道路很宽敞，体现了当年罗马人高超的建筑水平，然而却不符合埃迪的口味，他感觉路实在是太宽了。道路在前方靠近停车区的地方出现了分叉，停车区里泊着很多辆跟他所驾驶的旅游车一模一样的巴士。

他把车朝左一转，驶上了一条街道，道路两旁矗立着许多四、五层楼高的砖房。沿街的铺面可谓是琳琅满目，从各类皮货到电子器材再到外国的宠物猫狗。然而在埃迪看来，路面还是太宽了。当交通开始变缓起来时，巴士前面的红色车尾灯突然一闪一闪起来。埃迪猛按喇叭，然后把车驶到了路缘上。对于这部庞大的巴士来说，人行道有些过于狭窄了。他在鹅卵石铺成的人行道上驾车前行，将那些停在道上的车辆一扫而过，撞得撞、毁得毁，就像是一台收割机在割着小麦一样，于是周围立即响起了一阵汽车的报警器。

巴士在一排旅游用品商店外面艰难而行。埃迪一度以为自己撞上了一个妇人，结果发现那只是一个身穿T恤、陈列着的人体模型，让他虚惊一场。当巴士从一栋房子旁擦身而过时，右边的后视镜被撞掉了。

他冲上了一个十字路口，然后驾驶着巴士朝着一条较为狭窄的车道驶去。那条车道看起来更像是楼房之间的沟渠，而非一条道路。周围的汽车全都赶忙刹住了，于是到处响起了一片尖利的急刹车声。

科瓦奇的人换了一盒子弹，又向巴士展开了一轮新的开火。埃迪感觉脚下的油门踏板突然变得软乎乎的，通过尚未损坏的左边的后视镜，他可以看见车尾处有烟雾喷出。

“拜托，宝贝，使把劲，再开50码就行。”

引擎发出了一阵咳咳声，埃迪只能一次次重新点火，引擎劈啪作响起来，做着垂死前的挣扎。道路两边建筑物之间的空隙变得越来越窄，而不是更宽。于是埃迪一把抓起了扩音器。

“所有人都坐稳啦！”

埃迪感觉引擎就快要不行了，因此他换成了空挡，让车子滑行最后 30 英尺的距离。他听见身后的引擎在尖利的金属撕裂声中停了下来，这声音犹如一根利矛，刺戳着马克斯的这位工程师的心。

巴士进到了一条昏暗的小巷子里头，与两边楼房的间距还不到 5 英寸，所以那个仅存的左后视镜也被撕扯掉了。埃迪看见前面的路变得更加逼仄了，因为有一栋公寓楼的体积要比其他房子稍微大一些。就在巴士即将撞上公寓楼的那一瞬间，他猛踩了刹车。车子往后弹了一下，然后撞到了对面的公寓楼上，接着完全停了下来。这一撞使得二层的乘客们发出了又一阵惊恐的尖叫，不过声音很快就没了，这让埃迪知道应该没有人受伤。

在他两腿下方的位置安有一个巨大的红色灭火器，他砰的一声把灭火器给解了下来，然后向挡风玻璃掷去。玻璃上出现了许多裂痕，但并没有碎掉。他一遍又一遍地用灭火器撞击着挡风玻璃，直到撞开了一个人身大的洞。他从裂口跳了出去，落地后身体有些不稳，于是他将一只手放在了温暖的柏油路上，然后拔腿便跑。当他往回望去的时候，可以看见巴士尾部浓烟滚滚。科瓦奇的手下没法从巴士顶爬过来，所以他们将不得不由原路返回，要不然，假如有其他车辆在他们后头驶进巷子里来的话，他们就会被困在这里的。

跑到巷口，他拐了个弯，然后变跑为走，做出一副普通行人的样子，混在一群下班回家或者同家人一道外出吃完饭的人们中间。一分钟之后，他猫着腰，钻进了一辆出租车里，这时他听见有汽车轮胎紧急刹车的声音。当那辆菲亚特小客车在巷子前面刹住的时候，出租车已经开动了。他终于把他们给甩掉了。

几分钟之后，交通变得拥塞起来，于是他便扔了几张欧元给司机，然后跳出了出租车。他在一个香烟铺子前停了下来，买了一个预付费的一次性手机。之后走进了一家人头攒动的酒吧里，向柜台后面的女孩要了一杯啤酒，然后便给酒店打电话。酒店的前台员工不停跟他说着有人顺着阳台跳下来的事儿，所以他花了好几分钟来解释说有枪手闯入了他的房间里头。那名员工向他许诺说一定会去报警，而埃迪则把自己的手机号码留给了他。

15分钟以后，艾迪的啤酒喝完了，而他的手机也唧唧唧地响了起来。

“关先生吗？”这是他们在预定套房时所用的化名。

“是我。”

“我们的大堂经理带着警察去了您的房间。您的套房里有一个名叫詹纳的人，他的头部受伤了，”酒店职员满怀歉意地说道，“他们希望您能够回这儿来录一下口供。对于酒店里出现的状况以及附近所发生的一系列交通事故，他们有很多问题想要问您。”

“当然，我很乐意与警方合作。我20分钟以后到达。”

“十分感谢，关先生。”

“谢谢你，”埃迪结束了通话。之后他拨了另一个号码。当电话那头有人应答时，他说道：“泰尼，拟定一份离开意大利的飞行计划。我会尽可能快赶到的。”

还未等到飞行员答复，他便匆匆挂断了电话，然后再一次拨号。当他听着电话那头的嘟嘟声时，他知道科瓦奇不可能会继续待在罗马或者意大利，所以他没有理由等着警察来把他给带回去。

“你好。”

“董事长，我是埃迪。科瓦奇把马克斯给绑架了。”

胡安的心猛地跳了一下，然后回答说：“他的儿子凯尔呢？”

“我觉得那个叛逆的年轻人也被他们给带走了。”

第20章

“稍等一下，”卡布里说道，他需要在脑子里好好梳理一下这一突发情形。

他一个人待在自己的船舱里，书桌上满是放了很久都没看的文件。他按了按内部对讲机的键，呼叫起控制中心的通讯台。

“董事长，”值夜班的监督员立即回复道。

“马克斯·汉利的无线电身份芯片目前处于什么状态？”

公司里的每名员工都在腿部植入了一个定位芯片，这个芯片会传送一个微弱的信号给那些绕地球的通讯卫星。这种芯片会由神经系统提供能量，犹如一个起搏器，所以能够让胡安随时知道他的手下身在何方。

“我没有得到任何信号。等一会儿，让我们查看一下。电脑显示说他的应答器在 11 分钟前停止运作了，位置则是在距离他和他的儿子所待的那个酒店 2 英里的地方。埃迪的则运作正常，我看到他正位于罗马的市中心，距离圆形大剧场大约半英里。”

“谢谢你，”胡安松开了内部对讲机的按键，然后拿起了书桌上的电话：“马克斯的应答器没有信号了。”

“我早就料到会这样了，”埃迪回答道。

“他们就是通过这种仪器跟踪你们到罗马的，对吗？凯尔·汉利在希腊的时候体内也被植入了芯片。他们一定搜了马克斯的身，以防我们也来这一招。”

“他们很可能是在某辆用来逃亡的车上把他的大腿给切开了，然后将芯片取了出来。”

“然而即使是最好的芯片也只能给你一个粗略的近似值，不可能像 GPS 一样强大啊，”胡安说道。

“所以我觉得一定是凯尔暗中帮助了他们。当他们在酒店电梯里伏击我们的时候，他们把马克斯和我带回到了套房里。在我看来，凯尔一点儿也不像是被打了麻醉药的样子。我认为他一定是在从克里特岛起飞以后便清醒过来了，然后一路假装依然处于昏迷状。当我们同詹纳医生谈话的时候，他被一个人留在了一间卧房里，有好几分钟的时间。我们原以为他依然处于没有意识的状态之中，但倘若他那时候是清醒的，那么他便可以给科瓦奇或是‘负责主义者’里面的其他某个人打电话，告诉他们酒店的名字以及房间号。”

“因此科瓦奇通过定位芯片追踪他到了罗马，然后凯尔引导着他找到了确切位置。”

“这是唯一合理的解释了。”

“不是还有那个詹纳医生吗？他也可能把我们的位置泄露给了‘负责主义者’。”

“他的确有可能，”埃迪同意道，“但是我可以看出他对他们的憎恨程度丝毫也不亚于一个戒毒心理辅导师对可卡因的仇视度。还有，您没看到科瓦奇是怎么用枪柄击打他的。所以，詹纳绝对是跟我们一个阵营的。”

“这都是推测罢了。”

“胡安，你知道。他们冒这么大的风险来把一个年轻人抢回去，假如凯尔只是组织里的某个普通信仰者，犯得着如此吗？”

“那么他也牵涉到了他们的计划之中了？”

“至少他知道静修所里一些较为机密的事情，”埃迪说道。

“他们把他给夺回去，为的就是怕内部机密外泄了。”

“如果他们的偏执已经到达了这种地步的话，那么他们也不可能会让琳达进入围地里去的。”

“我已经把她的任务给取消了。我们得知科瓦奇曾经登上过‘黄金黎明号’，而且极有可能就是大屠杀的刽子手。她将会给凯文·尼克松照看孩子，直到他可以同堂娜·斯基联系上为止。”

埃迪沉思了一会儿，然后说道：“虽然逃走之前我只和科瓦奇待过很短的时间，但是我发现这个家伙外表酷似鲍里斯·卡洛夫①，尤其是那双丧心病狂的眼睛。我刚刚想到了一些事情。科瓦奇曾说塞弗伦斯明确指示他不要杀死詹纳。我不知道这背后有怎样的原因，不过他们干嘛要留着詹纳以及绑走马克斯呢？”

“因为他们不知道凯尔和我们在一起的时候是否有跟他谈到过一些关于静修所的事情。”

“不对。我的意思是，为什么不干脆将他们全都杀掉呢？这样岂不是又直接又简单吗？他们完全有机会这么做的呀。”

“不杀他们，肯定是有原因的。他们需要知道凯尔是否有泄露过一些秘密。”

“马克斯现在十分危险，对吗？”

“是的，”胡安轻声地说道，“是的，他处境危险。”

“您希望我怎么做呢？”在沉默了良久之后，埃迪问道。

“到摩纳哥与‘俄勒冈号’会合，我将派你负责指挥窃听的活儿。”

---

① 鲍里斯·卡洛夫(1887-1969)：出生于英国的美国演员，因在大量恐怖片中刻画了怪物和恶魔等人物而闻名。——译者注

“您还是要去菲律宾吗？”埃迪感到分外吃惊。

“我必须得去，”胡安回答说，声音里透着一丝无可奈何，“假如我们想要把马克斯救回来的话，手里就需要有跟塞弗伦斯讨价还价的筹码。”

“能跟您通上话真是这极其倒霉的一天里所发生的最好事情了。天知道要花多长时间才能找出真相。您真的认为马克斯能够坚持那么久吗？”

胡安决定说一些打消埃迪的顾虑并能安慰他的话：“估计你有所不知，因为马克斯从未谈起过这个。当他第二次去越南的时候，他曾经当过6个月的战俘。在被拘禁期间，他们曾对他无所不用其极，但是他挺过来了。所以，我坚信这一次他也能够坚持住的。”

“胡安，要知道那可是40年前的老黄历了，如今的马克斯早已不是当年那个身强力壮的小伙子了。”

“熬过酷刑与你的体格力量没有多大关系，考验的是你的精神意志。你认为马克斯是一个缺乏坚定意志的人吗？要说如今的他跟40年前真有不同的话，那就是他的意志力更加强悍了。而且他知道我们会想尽一切办法来把他给弄回去的。”

“他是怎么出来的呢？被营救的吗？”

“不。在一次急行军的时候，他和两名一同被俘的美军趁人不备、赤手空拳地干掉了四个越共，然后逃进了丛林里头。结果只有马克斯找到了回美军基地的路，另外两个一直都下落不明。”

第二天天刚破晓，胡安便来到了驾驶舱的翼桥上，看着朝阳升起在了摩纳哥公国的天际之上。远处的蒙特卡洛城[1]耸立在岩石丛生的山崖上，崖下便是那温暖的地中海。作为世界上仅存的几个依然保留着君主制的国家，这个小小的公国已经由格里马尔迪家族统治了7个世纪之久,唯一比该家族统治时间长的只有日本的菊花皇室了。

一直以来摩纳哥都是世界上那些有钱人的休养圣地，它的海港里满是豪华游艇，不少游艇长度超过了100英尺，有几艘甚至达到了300英尺。胡安在其中发现了“套娃号”，也就是他们要去窃听的那位俄罗斯军火商伊凡·克里科夫的游艇。多层公寓楼矗立在海港的四周，豪华别墅紧挨山坡而建，他知道这里的房地产是世界上最贵的地产之一。站在目前所处的位置上，他无法看见那家赫赫有名的蒙特卡洛大赌场，不过他在那个地方倒是留有几段十分美好的记忆。

在内港里，他看见有一条快艇正朝着在距离海岸1英里的地方抛锚停泊的“俄勒冈号”飞速驶来。港口当局已经被告知说船的引擎出了故障，船员们正等着德国方面给他们运来相应的部件。尽管船位于摩纳哥那3英里的领海限制之内，但港务部长在15分钟前用双目镜观察了“俄勒冈号”之后却拒绝让他们上岸。

快艇以接近60节的高速不断拉近着与货船之间的距离，犹如一条近海的黑蝇蛇般乘风破浪着。胡安下到了主甲板上，走到了登船梯附近。林肯正在那儿等着他，因为熬夜，他的眼睛下方有两个大大的黑眼圈，眼睛则藏在一副时髦的太阳镜后面。

“我不想这么快就走，”这个身型庞大的前“海豹”突击队队员说道，他已经不是头一次说这话了。

“这是我们把马克斯救回来的最好方法了。我已经给托马斯·塞

---

① 蒙特卡洛:摩纳哥公国一个城镇，位于地中海沿岸和法国里维埃拉，以其赌场和豪华酒店而闻名。——译者注

弗伦斯位于加州的办公室打了无数次电话，每一通都告诉他们说我是谁以及我知道些什么，而那些杂种一个电话都没回。我们需要筹码，所以必须得这么做。”

“兰斯顿·奥弗霍尔特不能帮忙吗？”

“假如没有证据，他也没办法助我们一臂之力。我昨晚跟他谈了一个钟头。问题的关键是，‘负责主义者’手里有大笔的钱，这意味着说他们在华盛顿能够呼风唤雨。倘若没有确凿证据证明塞弗伦斯正在策划某个惊天大阴谋的话，那么兰斯顿也无能为力。”

“其实还有其他法子可想的。”

“说说看。”

“我们为什么不绕开菲律宾直捣黄龙，把那个塞弗伦斯给绑架呢？”

“你认为我难道没有想到这一点吗？兰斯顿尤其警告过我不要去绑架塞弗伦斯。你和我都很清楚，假如我们在美国行动时被抓的话，就永远没有从监狱里头出来的那一天了。”

“所以我们得设法不被警方逮到。”

胡安注视着自己的这位朋友，林肯看上去一脸的严肃，绝对不像是在开玩笑。“如果事情真到了那一步，我会说服其他船员的。”他知道公司的每一个人都愿意冒一切风险去把马克斯给救回来，即使他们清楚这么一来就意味着不能再从奥弗霍尔特那里接到任何新的单子了，那位机敏的中情局老手已经威胁说假如托马斯·塞弗伦斯或是他的妻子有个什么三长两短的话，那么他就不会再为公司招揽新的业务了。

“水上出租车”在货船旁边停了下来。尽管这条快艇平滑有光泽，外观很美，但同它的驾驶员一比也立即变得黯然失色起来。驾驶员是名年轻的金发碧眼的姑娘，她上身所穿的宽松短衫和下身的裙子都是短得不能再短了。由于那架伤痕累累的直升机仍然停在飞机棚里头，所以海港的“水上出租车”便成为了最为快捷的上岸方式，而又不会引起港口当局对“俄勒冈号”的格外注意。

“卡布里船长，我是堂娜黛拉，”她的声音盖过了船的引擎空转时所发出的汩汩声。她的口音让林肯咧嘴笑了起来。

“只有在摩纳哥才会如此，”胡安冲林肯耳语道。

“你觉得那些有钱人在大赌场纸醉金迷一晚后会希望由某个长相难看的司机载着自己回到游艇上去吗？”

两个男人沿着登船梯缓缓而下，肩膀上扛着皮质背包。这名年轻女子双手扶着登船梯，好让快艇保持平稳。胡安将自己的背包扔到了后排的长椅上，然后一脚踏过了舷缘。

“谢谢你，”他说道。

当林肯跳到了快艇上时，船上下晃动起来，就仿佛被巨浪打过一般。堂娜黛拉给他们两人投来一个灿烂的笑容，当她伸手去碰铬合金的节流阀控制器的时候，她的目光停留在林肯身上的时间远远长过了在卡布里身上所逗留的时间。

“董事长！等一等！”埃里克·斯通把大半个身子从上方的围栏内探了出来，大叫一声好引起他的注意。

“怎么了？”

“我发现了一些东西！”

“难道不能等等吗？他们正为我们留着一架直升机，好载我们去尼斯的机场呢。”

“稍等一会儿。”埃里克翻过了围栏，手里紧抓着一个笔记本电脑，笨手笨脚地步下了登船梯。当他跳到快艇上时，他第一次注意到了堂娜黛拉，但他只是瞅了她一眼。看来他的整个身心全都放在了刚刚发现到的信息上头，就连这么美的一个人儿也无暇顾及了。

胡安冲着她点了点头，于是她把节流阀往上松开了。他走到了快艇的后面，好让林肯同她去聊天，并且将他们的行李扔到了一边，这样他和埃里克便有地方可坐了。他们不得不提高嗓门说话，不然呼啸的风声以及引擎的震动声会将声音给淹没掉的。

“你要给我看什么？”胡安问道。

埃里克把电脑打开了。“我一直都在查看在负责主义者们开办海上静修计划期间船上有否发生什么不寻常的事件。”

“你都发现了什么？”

“我吗？哦，是的。您记得近来关于游轮上爆发病毒的新闻吗？通常都是引起胃肠不适的‘诺如’病毒。”

“似乎在过去几年里发生过多起这类事件了，”胡安评论道。

“这并不是巧合。首先，我从游轮公司检查其乘客名单，”胡安不需要去询问埃里克是如何获得这些保密信息的，“我把这些名单同‘负责主义者’的成员名单相对照。当我开始发现某个模式时，我便把焦点转到了那些发生不寻常疾病的游轮身上，结果大有收获。我调查了过去两年里有疾病爆发的十七艘游轮，其中十六艘都有负责主义者搭乘过。第十七艘游轮上爆发过‘诺如’病毒，这种病毒需要追溯到在加州的某家农场里所长的莴苣上头发现到的大肠杆菌。佛罗里达、乔治亚以及阿拉巴马州的居民中也曾有人感染过这一病毒。”

“真该死！”

“情况也不止于此。这些游轮或是停靠口岸没有模式可循。不过我们可以发现到一个确定的模式。在第一起事件发生期间，只有少

斯通看起来颇为懊恼和尴尬。“对不起，您是对的。估计是因为喝了太多的‘红牛’以及睡眠不够，我才会如此糊涂的。”

“会不会‘黄金黎明号’上的病毒爆发只是一次非常规的事件，而并非是他们计划中的一部分呢？”

“您这话是啥意思？”

“我也不知道，只是突然这么一闪念罢了。他们两个月前在那艘游轮上的病毒试验不是已经被证明致命率高达百分之百了吗？”

“‘命运号’。”

“没错，‘命运号’。所以没有理由再去袭击另一艘船啊。”

“或许‘黄金黎明号’上的人之所以被屠杀是为了灭口呢？”

当堂娜黛拉把绳子打完结后，胡安便从长椅上站了起来。“我不知道，”他喃喃地说道，“听着，我们已经租了一架直升机，飞机正等着载我们飞往马尼拉。我会给兰斯顿打电话，让他把这一切向上面汇报汇报。假如他无法去逮捕塞弗伦斯，那么至少也可以给那些游轮发出警告，让他们知道可能会有潜在的恐怖威胁。”

奥弗霍尔特会把卡布里的信息报告给上面的，对于这一点他十分确定。然而他怀疑华盛顿方面并不会采取多少应对行动，因为自从9.11以来，这几年里经常都会收到各类关于恐怖袭击的情报，喊了太多次“狼来了”，他们自然对于多数的这类信息都不会太过在意了。

“堂娜黛拉？”

“是的，船长。”

“你介意把我的这位年轻朋友载回到我的船上去吗？多出的费用我会跟你的老板结账的。”

“当然了，先生，这是我的荣幸。”

“我相信这也会是他的荣幸，”胡安转过身来看着埃里克，“继续调查下去，假如有任何新的发现，立即电话联系我。”

“遵命，老板。”

林肯和卡布里拖着各自的背包迈出了快艇，踏上了码头。“堂娜黛拉小姐给了你什么东西？”胡安问道。

林肯从皮夹克的口袋里掏出了一张名片。“给了我什么？就这个，她家里的电话以及手机号码。”

“假如继续交往下去的话，你会想到要和她发生性关系吗？”

“董事长，我已经了解到生命的全部便是繁衍和发展，而她很快便会怀念起我林肯的。”

“哼哈！繁衍和发展！”胡安摇了摇脑袋，“你跟墨菲和斯通一样坏。”

“我可跟他们有着天壤之别呀，胡安，区别就在于我有真实的约会，而那两个小子只能性幻想而已。”

第21章

马克斯·汉利醒了过来，感觉自己被巨大的疼痛包围着。

他的大腿和脑袋痛得厉害，这股疼痛还在向四周扩散开去。疼痛犹如飓风一般一阵一阵地向他的头盖骨袭来，他的第一个本能反应便是去揉自己的太阳穴，然后思索着为什么自己的腿部会剧烈地抽动不已。尽管他处于不太清醒的状态之中，但他知道自己必须要保持不动，直到大部分体能恢复如常。时间一分一秒地流逝而过，大约过了 5 分钟，又或许是 10 分钟。腿部越发痛了，但他那剧烈跳动的心却逐渐地平静了下来。

他的意识逐渐清晰起来，发觉自己正躺在一张床上。床上没有床单或枕头，肩膀下面的褥垫硬邦邦的。他假装仍然在睡着，轻轻地翻了个身。虽然他可以感觉到膝盖和手腕周围缠着冰冷的铁链，但他们至少还让他穿着一条平腿短裤，没有让他尊严尽丧。

很多事情一齐向他的脑子里袭来，泽里米尔·科瓦奇、埃迪的逃走以及他的鼻子和嘴巴上方罩着的那块碎布所散发出来的令人作呕的气味。之所以会感到头痛，是因为被注射了药物。尔后他记起了其他恐怖的情形，他不由自主地喘着粗气，就仿佛被人打了耳光似的羞怒难当。

他记得自己曾待在一辆货车的后座上，车子正迅速地驶离他们所住的那家酒店。科瓦奇给他注射了足够多的麻醉剂，好让他老老实实地束手就擒，然后他就像一个被人从派对上拖走的酒鬼那样被他们扔进了货车里。马克斯躺在货车的后座上，他迷迷糊糊地意识到自己身边还坐着其他几个人。凯尔？亚当·詹纳？他辨认不出来。

科瓦奇手持一根棍状物在他身上扫了一遍，就像机场里的金属探测器一样。当棍子移到了马克斯的腿部时，开始“嘟嘟嘟”地响了起来，于是科瓦奇便用一把靴刀撕开了他的裤子。他很快就找到了疤痕，然后把刀刃插进了马克斯的肉里面。虽然马克斯因为被注射了麻醉剂而处于没有太多知觉的状态，但疼痛却像一条灼热的铁丝在他的体内搅动着。他尖叫起来，可惜嘴里被塞了东西，他想扭动身体，然而肩膀却被人给死命地按住了。

科瓦奇搅动着靴刀，把有伤疤的地方挖开了，这样一来当他把刀刃拿出来的时候便可以将手指插进马克斯的肉里面了。鲜血从伤口处冒了出来，马克斯努力忍受着剧痛。科瓦奇继续在伤口里摸索着，丝毫不考虑自己并没有戴手套，血把他衬衣袖子都给浸透了。

“啊，”他最后说道，然后把手抽了出来。

这种植入皮肤里的应答器，大小和形状类似于一块数字手表。科瓦奇把应答器举在手中，以便正在对他怒目而视的马克斯能够看得见那玩意儿。然后这个塞尔维亚人便将应答器扔在了车内的地面上，接着不停地用手枪的枪柄朝它打下去，直到应答器变成了一堆无用的塑料碎片为止。

之后他便将一支皮下注射针管推进了马克斯的胳膊里，并且凑到他的耳朵边低声说道：“我原本可以等到麻醉药物起作用再挖开你的腿的，可那样一来岂不是乐趣全无了吗？”

这是马克斯从清醒过来到现在所能记得的最后一件事情。

他不知道自己身在何处抑或被俘了多久。他想要移动一下身体，揉一揉太阳穴，检查一下腿上的伤势如何，但是他清楚自己正在被人监视着，所以没敢轻举妄动。屋子里应该没有其他人，他已经醒来很长时间了，倘若有人的话，他应该可以听见或者感觉到对方的存在，即使是在双眼紧闭的情形之下。但这并不意味着说墙上不会安着摄影机，附近没设有麦克风。他希望在那些俘获自己的人发现到他已经恢复意识之前尽可能久地等待下去，用这一段时间来让麻醉剂的效力进一步散去。假如他打算挺过即将到来的残酷审讯，那么他就需要尽可能地强健和清醒。

一个钟头过去了——抑或可能只是10分钟——马克斯不确定，他已经失去了所有关于时间的概念。他知道时间感的丧失，不去确立起身体内部的生物钟，是应对审讯的重要手段，所以他故意强迫自己去对时间的流逝浑然不觉。当一名囚犯努力想要去判断出此刻究竟是早上还是夜里的时候，他便会处于崩溃的边缘。马克斯用意志力消除掉这种对于时间感的本能需求，于是那些俘获他的家伙们便无法借助这个来折磨和拷问他了。

在越南的时候并不存在这个问题。越共用来囚禁他以及其他美军战俘的笼子和箱子总是摇晃得厉害，所以至少可以让一丝光线透进来。但是马克斯始终把应对审讯的技巧当做自己工作的一部分，不过他知道，只有在俘获者有意利用被俘者对于时间感的渴求来迫使其崩溃、达到审问目的的时候，丧失时间感才会是有效的。

至于他们的葫芦里究竟卖的是什么药，他只能拭目以待了。

马克斯听见不远处有锁被打开的声音，但却没有听到立刻有人走近过来，因此他知道那门一定很厚重。这间屋子极有可能被设计成了一间牢房，负责主义者居然备有这类牢房，这可不是什么好兆头。

伴着生锈的金属所发出的尖利声响，门“咯吱”一声打开了。看来要么是门上的铰链不常使用，要么牢房位于气候潮湿的地方，很有可能是在地底下。他一动不动，听见有两个人正朝自己睡着的床走过来。其中一个人的步子要比另一个人重一些，但是后者肯定是个男人。科瓦奇和他的同伙吗？

“他现在应该醒了，”泽里米尔·科瓦奇说道。

“他块头大，按理说应当醒过来了，”另一个人表示着同意，他说着一口美式英语，“不过还是可能会有个体差异的。”

科瓦奇轻轻地拍了拍马克斯的面颊。马克斯发出了一声呜咽，仿佛他模模糊糊地意识到有人在碰自己，但又并非很在意。

“已经有 24 个小时了，”这位塞尔维亚籍杀手说道，“如果他一个钟头后还没醒过来的话，我就给他打一针兴奋剂。”

“难道不怕那样做会让他心脏骤停吗？”

听到这儿，马克斯的血压微微地升高了一点儿。他相信下一次当他们进到屋子里来的时候，自己绝对不会再装作没醒了。

“塞弗伦斯先生很快就要到这儿了。我们需要知道这个人和他儿子之间究竟谈了些什么。凯尔·汉利和他们待在一起的时候被注射了镇静剂，天知道在药物的作用之下他会跟他们说些什么？”

他们急着想得到信息，马克斯心想。与通常的看法相反，真正的审讯往往需要几周时间，经常还会拖上好几个月。唯一能够迅速从被俘者口里套出话来的有效方法，便是让其感到痛苦，巨大的痛苦。在这种情形之下，受害者会将自己知道的一切都向审讯者和盘托出的。而审讯人的工作，便是不要泄露了自己的意图，这样一来，囚犯别无选择，只有乖乖招供。

马克斯还有一个钟头的时间来编造出科瓦奇想要听到的信息，因为他无论如何也不能跟那个杂种讲真话。

当凯文·尼克松步过路障，踏上电影布景台的时候，突然感觉有些反胃。来到这里，他违背了对死去妹妹许下的誓言，他唯有希望她可以原谅自己。这是堂娜·斯基正在拍摄的新电影的片场，地点设在一间东西德统一后被废弃的旧仓库里头。这间仓库让凯文想起了“俄勒冈号”，唯一不同的是，这里的铁锈并不是为了掩人耳目，而是真真切切的。六辆房车、提供给养的卡车、脚手架、拍摄用的起重机、用来推拉镜头的狭窄轨道铺设在停车场的四周。男人、女人在布景周围匆忙而紧张地跑来跑去，因为在电影工业里，时间就等于金钱。根据自己所看到景象，尼克松推测这部电影的制片商一天需要花费大约十五万美金左右。

他很熟悉这种大预算的电影在拍摄时的忙乱场面，但是现在他却感到有些陌生。

一名身穿制服但没有配枪的警卫正打算向他走过来，这时候从停车场的另一头传来了一声叫喊："我不敢相信真的是你！"

格温·拉塞尔风一般地从警卫身旁跑过，给了尼克松一个紧紧的拥抱。她亲吻了他的双颊，然后将脸深深地埋在了他那厚厚的胡须里头。很快她便松开了拥抱，开始细细地打量他起来。

"你看起来真不错，"她最后说道。

"我终于意识到世界上没有哪一种节食能起作用，所以两年前我做了胃切除手术。"他毕生都在同肥胖展开着艰苦的斗争，可惜收效甚微。在做手术之前，凯文自大学毕业以后体重就没有低过220磅了，现在则减为了185磅，体格也变得结实了许多。

为了配合他在术后所需要的饮食，"俄勒冈号"上的厨师们特别单独为他准备一日三餐。由于他从来都不热衷于运动，所以他只能虔诚地恪守自己有规律和节制的日常饮食了。

"我的朋友，这真是太棒了。"

她绕着他转了一圈，然后把胳膊拐进了他的臂弯里，之后他便领着她往后退到了沿停车场的一边泊着的一排房车旁。

格温的头发是大红色的，她穿着浅色的健身裤，上身则是一件男士的牛津衬衣。脖子上戴着一条金项链，每只耳朵上都穿了六个耳洞。在尼克松获得奥斯卡奖提名的时候，她还只是他的助手，而现在她自己也早已成为了一名十分吃香的化妆师了。

"这几年里你就像人间蒸发了一样，没人知道你在哪儿或者在干些什么，"她犹如放机关枪般噼里啪啦地说道，"所以，快把你这些年里发生的事情详详细细、原原本本地说给我听听。"

"没什么好说的，真的。"

她责怪地"呸"了一声："得了吧，你消失了足有八年了吧，居然说没啥可说的？你就没发现上帝或是其他什么的？等等，你说你想要同堂娜谈谈，难不成你也加入了她的那个什么'反动分子'的组织吗？"

"是'负责主义者'，"凯文纠正道。

"管他叫什么，"格温用比弗利山一带的女孩所特有的口音反击道，"你也加入了？"

"没有，但是我需要跟她谈谈这事儿。"

他们朝化妆房车走去。格温打开了车门，把伸缩梯滑了下来，化妆品的味道立即扑鼻而来。车内有一张化妆台，上面堆满了各种形状和尺寸的瓶瓶罐罐，还有许多眼线笔和粉刷之类的化妆工具。台子前面是一面长镜子，六张椅子在镜前排成了一排。格温从一台小冰箱里头拿出了两瓶水，递了一瓶给凯文，然后一屁股坐在了其中一张椅子上。车里的灯光很亮，照得她的头发像棉花糖般泛着白光。

"拜托快点告诉我吧，就是在奥斯卡之后——顺便说一句，你原本应当得奖的——你这些年都干嘛去了？"

"我必须得离开好莱坞，我没办法再忍受下去了。"很显然，凯文没打算真的一五一十告诉她自己在放弃电影工业以后究竟去做了些什么，但她曾是自己的一位好友，值得知道部分的真相。

"你知道我的，"他开始说道，"就跟其他人一样，我是个左翼分子。我给民主党投票，憎恨共和党的一切所为，给那些环保组织捐款，开混合动力车，是一个典型的好莱坞人。"

"可别告诉我说你变成了个保守分子！"格温装作一副颇感惊骇的样子，她对政治一直都没有丝毫的兴趣。

“没有，不是那样的，”他说道，“我只是在交代背景。一切都在 9.11 那天改变了，”当他提到这个日子的时候，格温的脸色顿时有些发白起来，就仿佛她知道他接下去会讲些什么，“我妹妹从波士顿飞来看我。”

“别说了。”

“她搭乘的飞机，撞向了世贸中心的北塔。”

她站起身来，走到他站立着的地方，握住了他的手。“哦，很抱歉，我不知道这个。”

“我没办法跟其他人倾诉。”

“所以这就是你突然离去的原因，因为你的妹妹罹难了。”

“这并不是直接原因，”凯文说道，“嗯，或许是，我也不知道。参加完她的葬礼后，我回到好莱坞继续干了三个礼拜，努力想让生活回到正轨，你知道吗？当时我在给一部舞台剧化妆，我不能告诉你主演是谁，因为今天的她要比那个时候更有名气。她坐在椅子上，跟自己的经理人谈着那场恐怖袭击。我还记得她说的话：‘你知道，我觉得发生在那些人身上的事情实在是太可怕了，不过这也是美国罪有应得。我的意思是，看看我们对其他国家的所作所为吧，所以他们仇视我们这一点儿都不奇怪。’

“这其实是一种普遍的看法，”尼克松继续说道，“无论是那时候还是现在。但是她说那些罹难者——我妹妹——也要为劫机者发动的袭击负上责任。

“当时我真不敢相信自己的耳朵。我的妹妹才 26 岁，即将在一家医院开始当实习住院医生，结果那个婊子居然说恐怖袭击是我妹妹咎由自取。格温，这完全是不相干的两码事儿呀。好莱坞的人完全脱离现实，已经到了我无法继续忍受下去的地步了。那个女演员就凭穿着三点式在荧幕上晃悠便能捞上好几百万，她这么做其实才是伤害到了穆斯林的感情与信奉的生活理念，结果她居然敢大放厥词说我妹妹是活该。

“好几个月里，我的耳边总是能够听到类似的言论，我知道其他人也是这么看的。我可以接受他们所谓的‘这是美国罪有应得’之类的言论，在好莱坞，没有人认为他们自己其实也是美国的一分子，真正让我作呕的是这个。”

凯文没有继续告诉格温说他之后径直去了中情局，在那儿贡献着自己的卓越技能，也没有跟她透露说这些年来他跟公司一道接了多少富有挑战性、收益丰厚的业务。之所以会同公司接洽上，是因为兰斯顿·奥弗霍尔特向胡安引荐了自己。

对于卡布里那个看似海盗团伙实则是一家同心协力、雄心壮志的准军事公司，尼克松很容易便适应了，并且生平头一次认识到了军事的魅力。其魅力，不在于行动和冒险，因为大多数日子都是沉闷和单调的，而是来自于那种相互之间的友爱之情和忠诚感。他们对彼此怀有责任，努力让其他人不受伤害，凯文认为这才是真正的凝聚力所在。

然而加入“俄勒冈号”的日子却并没有真的让他发生多大的改变，他依然给那些倡导自由主义的团体捐款，每当他记起要去拿一张缺席选票[①]的时候，他还是会给民主党投票，而他那辆混合动力车则停在洛杉矶的一间车库里头。他更加看重的，是做这些事情的自由。

“哇啊，我很抱歉，”格温打破了长久的沉默，“我真的没太注意这些事情。”

---

① 缺席选票：选举人不在他或她所登记的选区时用邮寄方式事先投的选票。——译者注

了一边。他花了几秒钟找到了他想要的文档。

视频的清晰度很差，因为马克·墨菲在登上“黄金黎明号”时所用的摄影机没有多少光线，但依然可以看见那几名死在桥楼上的船员脸上挂着的可怖神情以及流得甲板上到处都是的鲜血。他让视频播放了大约5分钟的时间。

“这是什么？你正在拍摄的一部电影吗？”

“这是在‘黄金黎明号’上拍摄到的。船上的所有乘客和船员全都被谋杀了，是被下了毒，这种病毒致命性高达百分百，而且发作神速，以至于没有一个人来得及去用无线电求援。”他找到了另一段保存起来的视频资料，这段视频是设在“俄勒冈号”桅杆上的那部摄影机所拍摄到的，内容是关于游轮沉没的画面。当探照灯扫过船首的时候，游轮的名字清晰可见。

堂娜·斯基脸上露出了明显的困惑之情。“这些都是谁拍的？为什么没有把这些资料透露给媒体呢？”

“我不能告诉你是谁拍了这些镜头，之所以媒体尚未报道这个，是因为这是一次恐怖袭击，而当局不希望恐怖分子们知道我们已经掌握了这些情况。”

他似乎得到了她的信任，她结结巴巴地问道：“那么你是……就像……我的意思是，你难道是为……工作吗？”

“对于这个问题，恕我无法直接回答。但是我手上能有这些视频，已经足够说明一切了。”

“你为什么要拿这些给我看呢？我对这一恐怖袭击事件一无所知啊。”

“我们在调查期间发现了你的名字，而有证据指明此次恐怖袭击是‘负责主义者’的一次内部行动。”他说这些话的时候，语气尽可能地轻柔，因为知道她要么会相信自己所说的一切，要么极有可能会高喊保安，而后者则会将他从停车场给撵出去。

镜子里头，她的那张脸一动不动地凝视着他。凯文靠给人的脸涂脂抹粉谋生，但是他却不会根据人脸上的表情读出其内心的活动，所以他并不清楚此刻的她脑子里头究竟在想些什么。他想知道假如有人告诉他说他虔诚皈依的组织，其领袖居然是名恐怖分子，他自己又将会作何反应。

“我不信你的这些话，”她终于开了口，“我认为你制作出了那些镜头，目的是要诋毁托马斯和海蒂。”

至少她没有叫保安把我给拎出去，这已经算是万幸了，凯文心想。他问道：“我为什么要那么做呢？我苦心编造出这些视频，然后绕了大半个地球到这儿来把它们拿给你看，动机何在呢？”

“我又不是你肚子里的蛔虫，怎么会知道你是怎么想的呢？”堂娜呵斥道。

“拜托，请你理性地想想这整件事情吧。假如我的目的是想去诋毁和诬陷负责主义，那么我干嘛不拿着这些视频资料直接去找美国有线新闻网或是福克斯电视台呢？”她安静了下来，一言不发，因此凯文期待着她能诚实地回答自己的这一询问。

“那倒是。”

“既然我没有这么做，就说明我的目的并非是想去诋毁你们的组织，不是吗？”

“或许是这样，”她不得不承认说。

“那么我干嘛要说谎呢？”

“可是‘负责主义者’并不崇尚暴力，我们组织里没有一个人会这么做的。这很可能是一帮反堕胎的激进分子或者其他某个团体干的。”

“斯凯小姐，我们对世界上所有知名的组织展开了调查，想知道究竟应该由谁来对这一恐怖袭击负上责任，结果所有证据全都指向了‘负责主义者’，因此请你相信我跟你说的这些吧。我并不是在说‘负责主义者’的普通信众，”凯文继续说道，“我们相信是组织里一个分裂出来的小团体犯下了这一滔天罪行，可能他们正在策划着其他类似的恐怖袭击。

“你我都很清楚，有些人在信仰某物的时候很容易便会走上极端。我们对整件事情的看法也正是如此：是你们组织里头的一些极端分子干的这事儿。如果你真的想要去帮助你的那些朋友们，你就必须得把你所知道的一切都告诉我。”

“好的，”凯文的这席话让她变得温顺了许多。

他们谈了将近有一个钟头的时间，之后格温回到了房车上。即将有几幕要开拍，还有好几名演员需要由她来化妆。最后，凯文确信堂娜对于公司偶然发现的惊天大阴谋的的确确是一无所知。他还觉出她是一个悲伤而孤独的年轻女人，她被自己的成功囚禁住了。“负责主义者”的领导阶层把她挑选出来，目的是想要通过她的影响力来招募新兵，这是一个显而易见的事实。他唯有希望有一天她能够找到某种源于内心的支撑力量，这样一来她就不必去依附某个外在的组织了。尽管他怀疑这一天是否真的会到来，但是他希望能够有奇迹发生。

“很感谢你跟我谈了这么多，”凯文一边说，一边收拾起自己的笔记本电脑。

“我并不觉得自己帮了多大的忙。”

“不，你帮了我很多。谢谢。”

她仔细端详着镜子里头自己的那张脸。她已经重获了那种可以俘获亿万电影观众的摄人魅力，昨夜宿醉的痕迹丝毫不见了。在凯文的一双巧手之下，她的脸犹如一件艺术品，既有着少女般的无辜，又透着成熟女性的性感。然而她的眼睛里却有一种源于孤独的悲伤。

第22章

卡布里和富兰克林·林肯花了14个小时飞到了菲律宾。他们要从首都马尼拉去往杜比贡市，杜比贡坐落在波荷岛上，该岛位于菲律宾所辖的七千多座岛屿的中心。从马尼拉到杜比贡，路程有300英里，一路上都有乌鸦飞过。根据经验，胡安知道这种出了名的乌鸦很少会出现在第三世界国家的。

由于波荷岛上无法保证陆路交通，因此他们被迫首先飞到邻近的宿务岛，然后租了一辆虽然使用了多年但却依然坚固的吉普车，再等待渡船载着他们渡过波荷海峡。林肯评论说，这渡船太老了，悬在渡船那生了锈的船舷上方的轮胎本该是白胎壁轮胎。他们原本打算利用渡海的时间睡上一觉，可惜这个念头很快就被跟在他们吉普车后头的那辆左摇右晃的牵引车给彻底打消掉了。牵引车上装满了猪，它们承受着晕船的痛苦，一路“嗷嗷”地叫唤个不停。猪身上那难闻的气味及其尖叫声，足够熏醒和吵醒死者了。

渡海期间，船的引擎有两次都莫名地静了下来。第一次只是安静了几分钟的时间，第二次则持续了将近一个小时。船员们在一位大声咆哮的机械师的监督之下，手脚笨拙地修补着出了故障的机器。

卡布里担心着他们能否在这次航行中幸存下来，这让他稍稍分了一下心，一度没有再去不停地为马克斯的命运焦灼万分。然而当引擎重又开始运作起来的时候，他的思绪立即又回到了自己的朋友身上。此外他还记起了一件事儿，那便是汉利的父亲在二战开始的几个月里于保卫柯雷吉多尔岛[①]的战役中阵亡。

胡安知道马克斯将会尽一切努力来保护他的儿子和公司的，这个男人具有一种如圣伯纳德救护犬[②]般的高度的忠诚感。他唯有希望他们能够找到确保马克斯重获自由所需要的筹码。他对于泽里米尔·科瓦奇将会使出什么法子来从马克斯口里套取信息不抱有任何的幻想。假如马克斯无法坚持住，那么他就会有性命之危了。

这个想法在卡布里的脑海里久久萦绕不去。

当他们终于看见了杜比贡的灯火时，胡安的卫星电话“嘟嘟嘟”地响了起来。

“我是卡布里。”

“嗨，胡安，我是琳达。”

“还没有任何回复吗？”

“塞弗伦斯那边没有任何消息，假如您问的是这个的话。”

“真该死。”

他们给“负责主义者”的这位主管打了不下十通电话，但却没

---

① 柯雷吉多尔岛：马尼拉湾入口处菲律宾群岛北部一个岛。1942年五月，尽管经过英勇保卫战，菲律宾和美国军队还是被迫将这个设防小岛放弃给了日本。1945年三月，美国伞兵收回此岛。——译者注

② 圣伯纳德救护犬：产于瑞士的一种身型大而强壮的狗，毛厚呈棕色或白色，最初为瑞士阿尔卑斯山圣伯纳德济贫院的僧侣驯养来帮助在雪地遇难的巡逻队。——译者注

有收到任何的回音。胡安假扮成马克斯雇来解救凯尔的那家保安公司的经理，他同接待员谈了很久，甚至都知道了她喜欢在午饭休息的时候看会儿爱情小说。每次他打电话过去，她都会表示道歉，声称塞弗伦斯无法接听电话，让他语音留言。胡安表示说，塞弗伦斯可以开出任何条件，只要他能够放了马克斯。然而对方却没有给出任何答复，直到这个时候他才开始有些慌了手脚。他最后一通电话是警告塞弗伦斯说，假如他不毫发未损地放了马克斯，那么他就会把他的全家都给绑架的。

可惜由于兰斯顿·奥弗霍尔特的阻挠，他的这句话只是一句空头的威胁罢了，然而塞弗伦斯并不知道这个，不过看起来他也并不太在意这个。

“其他事情进展得如何了？”卡布里问道。

“凯文刚刚结束了同堂娜·斯基的谈话。她对发生的事情丝毫也不知情。”

“他能肯定吗？”

“他们谈了有一个钟头，”琳达用她那小精灵般的声音说道，“她只是一名皈依了这个疯狂邪教的女演员罢了。她的曝光率太高了，所以不可能会直接牵涉到任何麻烦的事情中的。还有，根据那些八卦报刊的消息，她至少在未来的四个月里头将会忙于拍摄她的新电影而无暇他顾的，而她的那位新情人则正和自己的乐队在澳大利亚巡演呢。顺便说一句，马克·墨菲说那个乐队的音乐是垃圾。”

“那估计他们的音乐会对我的胃口的，”胡安说道，领会着这条最新的信息，“假如在我们闯入了基尔·马泰尔的办公室之后，他在跟塞弗伦斯谈话的时候并没有说起她的名字，那么一定就是其他什么事儿。你能够让哈里再去把磁带检查一遍吗？”

“当我告诉他说他可能出错了的时候，他立马火就上来了，好在过了一会儿他又主动请缨说要去把带子全部重新听一遍。”

“跟他讲，他将会得到额外的格洛格酒的配给。还有其他事吗？”

“埃迪已经从罗马回来了。还有，我们正在窃听那名军火商的游艇，不过到目前为止还没有听到相关的信息。”

卡布里已经把这项任务完全忘在脑后了。“好的，很好。有什么事随时向我报告。林肯和我大约还要3个钟头才能到达‘负责主义者’设在菲律宾的静修所，我们会随时同你保持联络的。”

“收到，董事长，希望你们能大有斩获。‘俄勒冈号’收线。”

胡安挂断了电话。

“堂娜·斯基那边只是白忙活了一场，对吗？”林肯坐在吉普车的阴影里问道。加上他穿着一身黑，所以在卡布里看来，他就犹如一个巨大的影子。

“是的，她丝毫不知情。”

“是啊，假如堂娜也牵涉在内的话，将会是风险过大的赌注。像她那样的女人，即便是出外遛一下狗，也会有帕帕奇们尾随其后的。”

“琳达也是这么说的，”胡安闷闷不乐地说道，“我原本应该想到这一点的。”

“董事长，我们从一开始就是在抓救命稻草。没必要愁眉苦脸啦。我们现在也没有其他的办法，只能走到哪儿算哪儿了。无论如何，我们也要把这件事情查个水落石出。”

“我知道，”胡安表示着同意，“只是——”

“——只是这一次马克斯的屁股估计要皮开肉绽了，”林肯替他讲完，“这便是你所担心的。”

卡布里挤出了一个疲倦的笑容。“你呀，干嘛就不能说得婉转些呢？”

“听着，胡安，这儿原本有四百名负责主义者，而现在他们全都死翘翘了，最大的可能是被塞弗伦斯给灭了口。我们会找到需要的东西并且将马克斯和他的儿子救回来的。”

胡安很感谢他能说这番鼓舞士气的话，但是这并未让他感到好过一些。只有当马克斯平安回到“俄勒冈号”、而托马斯·塞弗伦斯和泽里米尔·科瓦奇这两个刽子手被绳之以法的时候，他心头的石头才能落地。

渡船摇摇晃晃地驶进了港口，“砰”的一声撞在了木桩上，这真是卡布里生平见过的最蹩脚的驾船技术了。10分钟之后，船泊在了码头，斜坡降了下来。林肯发动了吉普车的引擎，车子驶上了码头。他们立即把车窗摇了下来，好让渗透进车子里来的猪的气味散开。

“总算舒服了，”胡安说道，然后把脚搁到了仪表盘上头。

他卷起了自己的裤腿。他所戴的假肢呈球根状，塑料质地，肉色，十分难看。他松开了靴子，脱掉了袜子，把假肢卸了下来。在假脚的底部有一个很小的洞。他从口袋里扯出了一个通用扳手，将它插进了洞里，然后反时针转动。扳手松开了设在假腿里的一个机械装置，这样一来他就可以把小腿部分一劈为二，就像打开一个老式的便当盒那样。隐藏在这个被他叫做“走私者之腿”里面的是两把“雄描”手枪。

尽管这种手枪尺寸很小，但它却能打出.380口径的子弹。为了这次特殊的任务，“俄勒冈号”上的军械士从每把手枪里取出了七发子弹，然后给空的部分注入了水银。当子弹射中了皮肉，速度放缓下来时，冲力将会使得水银发生爆炸，其工作原理类似于成形炸弹射穿坦克的装甲。只要击中了质心的任何一个地方，其威力都将是致命的。即使是射偏了，射到了肩膀或是臀部，也会让对方断胳膊断腿。卡布里将其中一把微型手枪递给了林肯，另外一把则别在了自己的腰间。

“走私者之腿”里面还有一小捆塑料炸弹以及两个引爆器，引爆的时间设定为了5分钟。这些年来胡安发现，当他的假肢引起机场金属探测器“嘟嘟”叫响时，他便会撩起裤子的翻边，给安检人员看看自己的假肢。而每一次对方都会向他投来一个充满歉意的笑容，然后便将他给顺利放行了。尽管他们在这类检查环节里一般不会用上一头嗅炸弹的警犬，不过万一真要遇到了不测事件，他也早有准备，他随身携带着一小瓶硝化甘油药丸，会跟他们解释说自己患有严重的心脏病。

当公路由城镇进到了山里面以后便不再是柏油路了。负责主义者的静修所位于岛的另一边，所以他们要花上一个钟头才能抵达那儿。在他们驾车期间，太阳已经从地平线上冉冉升起了，于是道路周围的原始雨林和热带丛林也变得清晰起来，这让他们感觉自己犹如是行在一条绵延不断的翠绿色的隧道中一般。他们途经了几个村落，看到那里的村民们住的还是茅草屋。除去战争期间被日本人占据的那段时间以外，在菲律宾群岛的这方土地上，人们的生活样态似乎一千年都没有改变过。

当他们距离目的地大约还有5英里的时候，林肯将车子驶离了公路，然后停在了一处很深的灌木丛里头，好把车子给隐藏起来。他们不知道负责主义者们在这一带是否布下了警卫，因此不打算做任何不必要的冒险。他和卡布里花了几分钟来对吉普车进行伪装，在车身上堆了一些绿草和树枝，又将车子陷进软土里的痕迹给擦除掉了。即使知道车子藏在什么地方，两个人从公路上也看不见车子的身影。胡安在路边上用鹅卵石堆了一个石冢，好标记位置。

两人肩膀上扛了几捆塞得满满的用具，踏进了丛林里，开始了漫长的步行。太阳似乎消失不见了，取而代之的是一道被绿色过滤的亮光，这亮光几乎无法由高耸的树冠透进来。这颜色让卡布里想到了“俄勒冈号”上的月池，晚上当船体下方的灯打开的时候，月池便会呈现出类似的颜色。

虽然身型庞大，但林肯在丛林里的穿梭却丝毫也不费力，他的步伐轻盈快捷，就像是一只正在捕鼠的猫。他寻找着这些密集植物之间的最小开口，以便不会引起太大的动静。他似乎是在这片肥沃的土地上脚不沾地地走着。他的行动谨慎而秘密，丛林里可以听得见昆虫的鸣叫以及鸟儿的啼声。

卡布里尾随在他的身后，不停地回头看看，以防止被人跟踪。林子里的空气十分湿润，他感觉自己的肺部似乎被液体充满了，呼吸格外地舒畅。汗水开始从他脖颈处一路淌下来，把他戴的那顶棒球帽的边缘给浸湿了。当汗水流到了他被截肢的部位与假腿的接合处时，他可以感觉出汗水的冰凉与光滑。

当他们静悄悄地在雨林里走了两个钟头以后，林肯举起了一只拳头，然后仆倒在了地上。卡布里也卧倒下来，匍匐在了这位身型庞大的前“海豹突击队”队员的身边。他们来到了丛林的边缘，前面是一片空旷的草地，延伸了大约有四分之一英里长，然后沿着悬崖上一道将近九十度的斜坡一直通向了下面的海里。

由于太阳位于他们身后，所以当卡布里环顾四周的时候，并不担心双目镜的反射光。负责主义者们在距离悬崖不远的地方建了一栋单独的铁屋子。这屋子的面积足有仓库那么大，屋顶上有一个缓缓的斜坡，以应对多达13.5英尺的年降雨量。还有一块不透明的面板，目的是要让扩散的太阳光透进来，因为屋子没有安窗户。仓库的四周是裸露的金属，上面涂着红色的防腐蚀油漆。屋子只设了一扇门，对着一个足以容纳四十多辆汽车的停车场。

在距离仓库大约30码的地方，有四排长方形的混凝土基座。卡布里数了数，发现每一排都有四十个空的混凝土基座。

林肯拍了拍他的肩膀，然后在地上画了一个长方形，指了指那间仓库。接着他又画了第二个长方形，指了指那几排混凝土基座。卡布里心领神会。尔后林肯又画了一个更大的正方形，将那两个长方形圈在了里面，然后指了指那片开阔的草地。

胡安举起了双目镜，研究着地形。他注意到草地里出现了一丝细微的变化，感觉有一条直线突然变成了九十度，于是他看了看林肯。这位海军老兵把手的边缘放在了他所画的线条上，意思是说他认为草地周围曾经有栅栏。然后他用手指将眼角给微微地提了起来。

卡布里点了点头，以示同意。这一带像是某种日本人的围地，很有可能是一个集中营。栅栏多年前被移除掉了，能让人联想到这片围地应该是座集中营的，便是那些混凝土基座。他想知道负责主义者们之所以会选中这块地方，是否是因为这些现存的地基能够让他们更方便地建造房屋。

他们又花了两个钟头来察看那间仓库，把双目镜前前后后地举着看，因此眼睛开始感到疲惫不堪了。一切都很清晰，除了当一阵微风从海面上吹过来，使得齐膝的绿草泛起了阵阵涟漪的时候以外。

胡安突然骂骂咧咧地站起身来："就只有这样了，不会有人回来了。"因为一直安静了好几个小时，所以他的这句话听上去显得格外大声。

"你为什么会如此肯定？"林肯声音嘶哑地低声问道。

“听！”他的语气听起来似乎正在冲自己发火。

林肯伸长了脖子。“没听到什么呀，只听到海浪撞击悬崖崖底的声音。”

“没错。你看见屋顶上的那些空托架了吗？跟这里呈九十度角，这意味着说至少那房子里头住过不下一百二十人。那些托架曾经支撑过一些很大的空调设备，当他们撤走的时候，便把空调也给抬走了。住在这地方，倘若没有安空调的话，那些负责主义者们恐怕连一个钟头也会支撑不了的。依我看，他们废弃这块地方估计已经有好几周的时间了。”

卡布里伸出一只手来，把林肯拖到了自己的脚边。这是他在“俄勒冈号”上经常会做的一个测试性动作，假如拖得动林肯这个大块头的话，就证明他背部的肌肉没有拉伤。

尽管他从逻辑上可以确定自己的推论没错，但他们还是小心翼翼地朝着那间仓库走去，他们紧靠着有铁壳的一侧，与大门保持着适当的距离。这间屋子外面的铁壳被烈日烤得滚烫，以至于当胡安用手去碰外壳的时候，感觉指尖都快被烧焦了。

他们把手枪拔了出来，慢慢朝大门靠拢过去。胡安把他的背包放在了地上，从里面捞出了一节橡胶管。他把管子绕在了门的把手上，然后把橡胶管的一端递给了林肯，自己则拿着另一端。他们分别站在大门的左右两边，胡安用力拉着橡胶管。橡胶管同铁把手产生的摩擦力旋动着把手，门“喀哒”一声开了。因为担心门内设有炸药，所以卡布里采用这种方法来把门给打开，这样一来他们便可以处于爆炸的辐射半径之外了。

“他们甚至都没有锁门，”林肯评论道。

胡安朝里面飞快地瞥了一眼。“没理由会这样的。我们得进去瞅瞅。”

尽管有光线透过天窗照射进来，但仓库里依旧是一片黑暗，不过照明度已经足够让他们发现这间巨大的屋子里头完全是空无一物。支撑屋顶的三角形桁架下面甚至连跟支柱都没有。要不是有那扇小小的门，胡安会以为这是一间飞机棚呢。地上被漆成了灰色，洁净无瑕。当胡安朝里面走去的时候，他闻到了一丝漂白剂的味道。

卡布里心里知道，他们将会一无所获，找不到任何可以控告塞弗伦斯的证据，所以也就没有了把马克斯救回来的筹码。负责主义者们已经把这间屋子清洗一空，擦去了任何的蛛丝马迹。空调管道也不见了，所有的线路、管道设备，一切的一切，统统都没有了。

“该死的，我们算是白忙活了一场！”他忿忿地说道。

林肯弓着背，细心地检查着地板。他直起了身体，说道：“石灰风化得很厉害。据我猜测，这间屋子是日本人在建造监狱余下部分的时候设置的。”

“他们干嘛需要这么大一间屋子呢？”胡安大声地质询道，“对于飞机跑道而言，这地面太不平整了，所以这屋子应该不是飞机棚。”

“我不知道。用来储藏东西的？”

“是间工厂，”胡安说道，“我敢打赌，他们在这儿把战俘当苦役来使。天知道，他们在每一处占领地都是这么干的。”

林肯用手指摸了摸自己那个硕大的鼻头。“我同意你的看法。”

胡安抓起了他的卫星电话，拨通了“俄勒冈号”。由于哈里正在研究窃听器所录下的那段音频，所以胡安让值班的通讯员将自己的电话接通到埃里克·斯通那里。

“什么事儿，老板？”埃里克在自己的船舱里接听了电话。

“帮我个忙，查查日本人对菲律宾波荷岛的占领。我感兴趣的是他们是否有在这儿建监狱或是工厂之类的。”

“现在吗？”

“你可以把对詹妮·达尔的追求攻势往后挪一挪。”

“好吧，稍等一会儿。”电话连线很清晰，所以他能够听见埃里克的手指正在他的电脑键盘上一阵狂敲乱击。“我找到了一些资料。1943年3月，岛上开了一所用来关押本地人的监狱。监狱在1944年10月20日麦克阿瑟返回的这一天关闭了。这所监狱是由某个叫做731的部队来监管的，您想让我查查这个吗？”

“不必了，”胡安回答说，血管里的血液突然凝固了，“我知道那是什么。”

他挂断了电话。“这地方是间死亡工厂，”他告诉林肯说，“是由一个叫做731的部队监管的。”

“我从没听说过这个什么731部队。”

“这也难怪。跟德国人勇于对自己的大屠杀行为认罪致歉不同，日本政府至今尚未真正承认自己在战争期间所犯下的罪行，尤其是关于这个731部队的行为。”

“他们都干了些什么呢？”

“侵华期间，他们在中国各地设立工厂和实验室，负责展开日本的生物战。有关方面估计说，731部队以及其他类似的部队，屠杀的人数超过了希特勒在集中营里灭绝的犹太人的数目。他们用战俘来做试验，把当时人类所知的各种病毒都施在他们的身上。他们在中国好几座城市里头制造了淋巴腺鼠疫、斑疹伤寒、炭疽热的爆发。有时候他们会用飞机向地面喷洒患有疾病的跳蚤或是把跳蚤装进炸弹里头。他们还有一个常用的诡计，那就是接管当地的自来水厂，然后故意去污染一座城市的饮水系统。”

"他们难道就这样逃脱了惩罚吗？"

"他们这么干了很多年。他们还有一项工作，那便是在人体身上测试炸药以及其他武器的效力。他们会一次性枪杀或者烧死成百上千的囚徒。我敢保证，任何你可以想象得到的酷刑，731部队全都用过了。我记得他们曾经做过这样一种试验，那就是将囚徒给倒吊起来，目的只是想看一看他们究竟要多久时间才会死去。"

林肯那张黝黑的脸变得略微苍白起来。"这么说，这地方就是他们其中一间实验室了？"他一边问，一边四下环顾。

胡安点点头。"当地的菲律宾犯人便沦为了他们的实验室老鼠。"

"你知道我在想什么吗？"

"你是在想塞弗伦斯基于某个极为特殊的原因而把这地方给关闭了？"

"在'黄金黎明号'上把病毒用在自己人身上同使用一间过去的细菌战工厂，这二者绝对不是一种简单的巧合。你说他们有可能是获得了日本人留下来的某种病毒吗？"

"那也不会同时把船上所有人都给杀死了啊，"卡布里回答说，"当埃里克提到731部队的时候，我就想到了这一点。不，'黄金黎明号'上的病毒一定是他们在这儿制造出来的某种病毒。"

"你觉得我们不穿上防化服而在这儿走来走去的会是个聪明之策吗？"

"我们不会有事的，"胡安信心十足地说道。

"老板，我的要求不高，只要让我戴上口罩和手套就成。"

"试试琳达的瑜伽术吧，用眼睛来呼吸。"

两人手持电筒，检查着屋子里的每一寸角落，结果连一张口香糖的外包装纸都没发现。

“这儿啥都没有，”胡安无奈地承认道。

“别这么快就下结论，”林肯一边说，一边查看着仓库的后墙。他拍了拍一根裸露的铁柱子，声音听上去很细小。尔后他把手抵在了金属墙板上，墙板摸上去很热，但并不烫手。不过这本身不能证明任何事情，因为太阳可能没有直接照在它上面，但这却是一个鼓舞人心的迹象。

“你发现了什么吗？”胡安问道。

“只是一个尚不成熟的想法，跟我来，”他转过身来，朝着大门走去，一边走，一边数着步子。“九十八、九十九、一百，”他说着，来到了对面的墙板前，“每步是 3 英尺，所以这间屋子的长度为 300 英尺。”

“很好，”胡安回答道，热情度依然不高。

“你得增强一点儿信心呀。”

林肯领着卡布里来到了外面，再一次数着步子，想要量出外墙的长度。“九十八、九十九、一百、一百一。”

“你无意识地缩短了步子，”胡安有气无力地说道。

“摸一摸屋子后面，”林肯说道，他知道董事长将会有所发现的。

胡安把手指探了出去，感觉铁壳灼热。他扬了扬眉毛，一脸询问的表情。

“我们在这堵墙的另一边所看见的柱子并不是用来承重的，铁的厚度不够。”

“你肯定吗？”

“别忘了，我可是受过‘海豹突击队’的训练呀。他们教给了我们有关一栋房子的建造原理，这样一来我们便能够更好地了解怎么去把房子给炸掉了。这儿的墙是假的，它后面有 3 英尺的真空部分。”

“干嘛要这么设计呢？”

“让我们去查个水落石出好了。”

他们回到了闷热难耐的仓库里面。林肯从背包里掏出了一把糙面精整的折叠刀，然后弹开了刀刃，将它塞进了墙板里。他用刀切割着钢板，就仿佛它薄如纸张一般。他用力地按着刀刃，在墙板上划出了一道长长的口子。他在裂口处来来回回地锯着刀刃，那刺耳的声音让卡布里牙齿都打颤起来。

“我的这把爱默生 CQC-7a 够牛的吧，”林肯一边说，一边洋洋得意地举着自己的折叠刀，刀刃上没有一丝划痕，“几年前我在杂志上看到了这种刀的广告，当时我还以为那只是广告管用的吹嘘之言呢，可现在我信了。”

他用脚不停地踢着墙板上的裂口，墙板逐渐地剥落掉了，最后他终于迈步进到了设在墙后的密室里头。他拿着手电筒在里面四处照着……

“什么都没有，里面是空的，就跟这仓库里的其他地方一样，”林肯说道，语气里流露出了极为明显的失望之情。

“真该死！”

胡安也进到了密室中，两个人在里面四处查看起来，手电光照着每一个角落，目的是想要确认一下是否真的空空如也。里面热得惊人，让他们觉得自己就如同是站在一间钢厂的锅炉旁一样。

某个东西引起了林肯的注意，于是他将手电筒朝地上照去。他弯起腰，手指在刷了漆的石灰地上轻拂着。然后抬起眼来，看着董事长，脸上挂着一抹笑意。

“你发现了啥？”

“这石灰是新的。并非整块地上都是，就是这一片是新的。”

胡安也注意到了这一点。这片地方大约有 10 英尺长，宽度则有整间密室那么宽，这块地方要比其他地方更加平整一些，而且没有任何风化的痕迹。

“你怎么看？”胡安问道。

“这地方用来当做地下室的楼梯井是绝佳的，大小也刚刚好。”

“让我们来一探究竟好了。”

胡安在背包里面四处翻寻了一阵，找到了那捆 C-4 塑料炸弹。他把炸弹的爆炸力弄成向下的模式，接着插入了定时的引爆器。他飞快地看了一眼林肯，以确定他已经准备好了，尔后启动了引爆器。

两人冲出了这间密室，向外面的仓库跑去。他们奋力地呼吸着灼热的空气，巨大的脚步声在屋子里头回响着。林肯纵身穿过了仓库门，卡布里紧随其后。两人又跑了 50 码，然后放慢了步子，转过身来。

爆炸是静音的，屋顶上的天窗板被掀翻了下来，仓库里头到处都是石灰的粉尘。粉尘从屋顶上被炸开的裂口盘旋而出，所以这间屋子看起来就像是着了火似的。

胡安等着这些弥漫的粉尘逐渐散去，心里生出了一股莫名的、模糊的担忧，这担忧就像是一只蛇爬在他的脊背上。所以他小心翼翼地朝丛林里看了看，突然间，他发现了来自某个反射面的太阳光，顿时有了警觉。两发子弹分别从两把步枪里面射了出来，在空气里呼啸而过。就在这千钧一发之际，卡布里猛地把林肯推到了一边，然后卧倒在了地上。那两名隐蔽着的枪手把步枪调成了自动状态，朝着停车场一顿猛射，因为他们相信卡布里和林肯被困在了那里。

他们没有任何将这两名枪手击败的可能，假如他们没有找到掩蔽物的话，随时都有可能会被击中身亡。两人无需言语上的交流，对于该怎么做已是心有灵犀，于是飞一般地跑回到了仓库里。子弹不断地落在了他们的脚后，这让他们更加加快了步伐。

胡安首先来到了爆炸地点。混凝土已经被塑料炸弹炸得粉碎，在地上留了一个很大的弹坑，不停地冒着烟。可这还不够，地面极厚，而他们带来的塑料炸弹却太少了。卡布里将手电照在弹坑的底部上头，没有看到在他们爆破的地方有一个单独的开口。

他的心里生出了一丝破灭感。

屋子的铁墙上冒出了无数由子弹打出的小洞。他迅速转过身去，没有意识到自己已经将那把“雄描”手枪拔了出来。两名枪手分别站在门的左右侧。他连开了三枪，可惜距离门太远，超出了手枪的射程，因此那两名枪手丝毫没有因他的射击而退缩。

林肯从他身旁跳了过去，落在了弹坑底部。当他的脚触到了水泥地时，他身下开了一个洞，于是他便掉了下去，因为他的体重足以让地面塌陷的了。

随着越来越多的水泥裂开来，他感觉自己正滚落在了几级楼梯上面。胡安也钻进了那个黑漆漆的洞里面，他发现从下面深处有微风吹上来，而这微风里头有一股冰冷的死亡的气息。

第23章

一记猛拳，击在了马克斯的下腹。他疼得弓起了背，那根把他绑缚在椅子上的绳子也因此被扯紧了。虽然泽里米尔·科瓦奇还没有使出一半的力气，然而汉利却感觉自己的五脏六腑似乎都已被撕裂开来了。他痛得直哼哼，唾液和鲜血从嘴里冒了出来。

科瓦奇连续对他重击了四次，这是他没有料到的。由于眼睛被蒙了起来，所以他只能通过这位拷问者的身体节奏来猜测出拳的力度和方位。然而科瓦奇的出拳却十分随意，没有规律可循，而且残忍无比。他已经打了他足有十分钟了，但却还没开口问一个问题。

蒙在马克斯眼睛上的布基胶带突然被撕开了，他的几根眉毛也被顺道给扯掉了。这感觉就像是脸上被泼了硫酸一般剧痛无比，因此他难以自已地发出了一声哀嚎。

他的眼泪夺眶而出。他四下看了看，屋子里没有什么陈设，空气里弥漫着一股消毒水的味道，四面是由炉渣砖砌成的白墙，地则是水泥地。马克斯的脚旁边有一道排水沟，铁门附近则有一个水龙头，上面绕着一节水管，这可不是什么好兆头。门开着，马克斯可以看见门外的走道也是同样的石砖墙，上面的白色油漆一片斑驳。

科瓦奇高高耸立在马克斯的面前，他穿着一条运动裤，上身则是一件无袖汗衫。这个塞尔维亚人所穿的棉布汗衫上满是他自己的汗水与马克斯的鲜血。两名身穿连衫裤的警卫靠墙站立着，脸上目无表情。科瓦奇朝着其中一名警卫伸出了一只手，于是那人便递给了他一捆纸。

“根据你儿子所说，”科瓦奇终于开始了审问，“你名叫马克斯·汉利，跑船的，是名轮船机械师。是这样吗？”

“去死吧，”马克斯说道，他声音低沉，里面充满了厌恶。

科瓦奇用力按着马克斯颈部的一根神经纤维，剧痛传递到了他身体的每一块地方。他使出了更大的力气，马克斯喘起了粗气。“他说的是不是真的？”

“是真的，该死的，”马克斯咬牙切齿地回答。

科瓦奇把手松开了，然后挥起一拳，朝着马克斯的下巴打去。这一拳打得很重，足以让他眼冒金星。“你还想骗我？你的腿部植入有一个应答器，你倒是告诉我，哪个跑船的会这样？！”

“我雇来解救凯尔的那家公司，”马克斯咕哝道，极力想让自己那张已经变得麻木的脸上能够有些表情，“是他们把那玩意植入我腿上的，目的是要确保我的安全。”

科瓦奇朝着马克斯的脸上又是一击重拳，打得他口里的一颗牙齿都松动了。“这倒是个不错的借口，可是你腿上的那块疤并不是新的，最起码也有六个月以上的时间了。”

他倒是推测得挺准的，那个应答器的确是赫胥黎在七个月前给他植入进去的。

“不是这样的——我发誓，”马克斯继续撒谎道，“我复原得很快，看看我的手就知道了。”

科瓦奇朝下瞥了一眼，汉利的两只手上布满了十字形的旧伤疤，不过这对他来说没有任何意义。他往前倾了倾身体，脸贴在了马克斯的脸旁。“我这辈子在别人身上留下的伤疤比一个外科医生都多，所以我知道人们的康复过程是什么样子的。重要的是，你腿上的疤至少有六个月以上了。赶快告诉我你是谁以及你为什么会有这种应答设备？”

马克斯将自己那个已经秃了顶的脑袋朝着科瓦奇的鼻子猛地撞去，作为了对他的回答。由于他被绑在了椅子上，所以他没能把他的骨头给撞裂开来。不过，当他看到鲜血从这个塞尔维亚人的鼻孔里喷射而出时，感到十分地心满意足。

科瓦奇朝汉利投来凶恶的一瞥，眼睛里燃烧着一股野兽般的怒火。科瓦奇冲着他怒目而视，脸上的血污就仿佛作战前涂抹的干粉颜料。马克斯知道，刚才这一撞肯定会让自己被打得遍体开花的，对此他十分确定。

科瓦奇果真对他来了一顿猛揍，拳头如雨点般落在了他的身上。他这么做全然是一种在受到威胁之后生出的激烈的、本能的反应。马克斯的脸、胸、胃、肩膀，无一不受到攻击，就连腹股沟也被连揍数拳，还被踢了几脚，他感觉科瓦奇似乎浑身有使不完的劲似的。他出拳奇快，这让马克斯恍惚觉得似乎揍他的人不止一个。不过，当他把眼睛往上翻，只露出眼白的时候，他才可以肯定这番惩罚完全是科瓦奇一人所为。

马克斯无力地耷拉在椅子上,脸上已经是血肉模糊。过了两分钟，终于有一名警卫走了进来，想要制止这个塞尔维亚屠夫。科瓦奇对这名打扰自己的警卫怒目而视，眼神凶恶得可以杀死人，警卫被吓得后退了好几步。不过这次分心足以让他的怒火稍微平息下来一点儿了。

他轻蔑地看着汉利那已经失去了知觉的身体，他的胸部因为激动和用力过久而剧烈地上下起伏着。科瓦奇拍了拍他的手腕，把关节打得砰砰作响，上面的几滴血落到了地上。然后他又抬起了马克斯的右眼皮，看到里面布满了静脉白血球。

科瓦奇转向那两名警卫。“我过几个钟头再回来看看这家伙。假如下一次他还不老实交代的话，我们就让他的儿子从科林斯飞到这儿来，然后看一看他可以目睹自己的孩子被殴打多久才会开口把我们想要知道的一切和盘托出。”

他大步流星地从那扇敞开着的门迈了出去。两名警卫等了一会儿，然后跟在了他的后面，将身后那扇沉重的门给关上了。他们压根就没有回头看一眼或是察觉到屋子里头有任何的动静，因为他们根本不可能料想到会发生这种情形。

马克斯半眯缝着眼睛，看着他们一一离去。就在他们转身的那一刹那，他开始动弹起来。在那场可怕的拳打脚踢期间，他的身体不停地在椅子上动来动去，已经神不知鬼不觉地把绑着自己的那根绳子给弄松了。科瓦奇只顾着发怒，没有注意到这一点，而那两名警卫则认为汉利是因为被打才会动来动去的。但马克斯却并非只是盲目地动弹，而是经过了深思熟虑的。

他俯下身子，抓起了一张科瓦奇在被自己撞了鼻子之后扔到一旁的纸。他拖着那把用绳子捆在自己背上的铁椅子，朝门冲了过去。他必须要试一试，因为，即使他能挺过下一顿猛揍，他也会把他们所需要知道的一切都一五一十地交代清楚的，为了保护凯尔不受伤害，他将会不计任何后果。

他的计划完美实现了。就在门被锁上的那一瞬间，那张纸滑在了门与侧柱之间，从而阻止了门闩滑到底。

马克斯跌落回了椅子上。这是他所挨过的最可怕的一顿揍了，即使是在越南做战俘的时候，他也没有遭过这种罪。在那儿，越共们会轮流上阵，所以挨揍会持续一个多钟头。他用舌头在嘴巴里面转了一圈，发觉有两颗牙齿已经松动了。他的鼻子还没有碎掉，一记猛拳还没有让他的心脏骤停，这不能不说已经是一个奇迹了。

与身体其他地方的疼痛相比，被他们切开大腿把那个生物电应答器给拿出来的地方，疼痛只是隐隐的。他的胸口到处都是淤青和伤痕，他可以想象得到自己的脸上一定更加惨不忍睹。

嗯，我得以这副尊容来示人了，他心里默默地想到。尔后他的嘴边浮起了一抹邪邪的笑容，这使得鲜血从他嘴唇上的伤口处淌了下来。

马克斯给了自己十分钟的时间恢复。假如时间更长一些的话，他将会因为痉挛而无法动弹的。他的痛苦中尚存有一线希望——至少他们还没有把凯尔带到这个人间地狱里来，他回希腊去了，即使没有逃脱负责主义者们的魔掌，但他相对而言是安全的。这个想法久久萦绕在马克斯的心头，激励着他的斗志。

他估计自己已经在松开的绳子上来来回回动弹了6分钟，绳子已变得足够松弛了，于是他的手腕便从绑缚中挣脱了出来，因此他便可以用手来把绕在胸前的绳子给一把扯开来。最后他把腿上的绳子也给解开了，然后站起了身。他的手撑在椅背上，以防倾倒。

“我的感觉可不太好啊，”他大声地嘟哝道，然后等待着自己那模糊的视线逐渐变得清晰起来。

他尽可能轻地把那扇沉重的门给打了开来。走道上空无一人。工业用的荧光灯悬在水泥天花板上，惨淡的白光在地面上投下一片深重的阴影，使得四面的炉渣砖墙看起来显得格外阴暗和肮脏，尽管这些墙显然是新砌的。

马克斯把那张纸团成了球状，塞进了门锁里头，这样一来门就不会合上了。然后他继续猫着腰蹲伏着，因为他的肌肉被严重拉伤了，无法站直身体。他轻手轻脚地在过道上走着，并且确保自己没有留下任何的血迹。

他来到了第一个分叉口，听见自己左手边传来了一些微弱而模糊的声音，因此他便向右拐去，每隔几秒钟就回头看上一眼。他路过了一扇上面没有标签的门，他把耳朵贴在了冰冷的铁门上，什么也没有听到，于是他继续往前走去。

空气十分潮湿，加上沿途他没有看见一扇窗户，这让他觉得自己应该正身处于一个地下室中。虽然他并没有直接的证据，但是他对自己的估计确信无疑。

他在这个单调的迷宫里头拐了两三个弯，来到了又一扇门的面前，听见里面传来了机器的轰鸣声。他握住了门把手，把手轻易地就被转动开了。他"咯吱"一声把门给打开了，里面的噪声顿时高了好几个分贝。他发现里头没有一丝光线，于是推测这屋子里头应该没有人。他很快地闪进了屋子里，然后关上了身后的门。他在黑暗中四处摸索着，终于找到了一个电源开关。

弧光灯"啪"的一声亮了起来，他这才发现，自己站立着的地板下方有一个凹下去的如洞穴般的空间，他知道自己这是在配电室里头。屋子里有一扇很厚的隔热玻璃，玻璃后面是四台拴在地上的巨大的喷气式发动机，一团乱糟糟缠在一起的油管和排气管在给这些发动机提供着原料和动力。每台发动机都配有一个发电机。这些设备要比一台机车稍大一些，尽管其中只有一部涡轮机在运作，但屋子却"噼里啪啦"地嗡嗡作响着。

要么这地方很大，马克斯心想，然后用他那双机械师的专业眼睛再一次扫视着整个屋子，因为这些设备足够发送供几千人使用的电力了。要么他们还有其他的地方，不然不可能需要用这么多的电。

他心里充满了疑惑，重新退回到了走道上。

由于他在走道上没有看见一部摄影机或是有警卫巡逻，所以他觉得科瓦奇一定是认为这里十分安全，这也是他在这座迷宫里头寻找出口时产生的一种极为强烈的感受。

他终于来到了一扇上面标着"楼梯间"字样的门前，然而当他把门给打开的时候，却发现只有一段通往下面的楼梯。

"一不做，二不休，"他小声地嘀咕道，然后步下了楼梯。

这楼梯呈“之”字形，马克斯下了四节楼梯之后便落了地。唯一的一扇门通向了一段更加漆黑的隧道，和楼梯间垂直呈九十度。与马克斯所看到的其他地方不同，这个圆形的隧道是由粗糙的天然岩石砌成的，高度足够让他站立起来。他可以看见远处停放着某种机器，像是一台采矿机或是隧道掘进机，黑漆漆的石头上留有粗糙的工具印痕。由于隧道里面没有灯光，所以他不知道这隧道有多长或者是干什么用的。唯一的线索便是那些从陶瓷绝缘器开始铺设在隧道顶部的粗厚的铜线。铜线有一百多条，每一条都同旁边的铜线小心翼翼地保持着一定的间距。他的机械师背景告诉他说，这些铜线可以轻易地承载他在上一层看到的那些发电机所制造出来的巨大电能。

“他们这到底是想干嘛呢？”他陷入到了沉思之中，但却没有得到任何解答。

他决定沿着这些铜线走，盲目地希望这么做将会把他带往某个出口，但是空气的静止不流动让他觉得这隧道可能压根就没有出口。他还没有忘记自己正身处至少50英尺的地底之下，很有可能还不止这个深度。

马克斯万分艰难地重新爬回到了那段楼梯上。每迈出一步，他的身体都本能地抗拒着。他呼吸沉重，仿佛胸口处有把老虎钳子在夹着。虽然他的肋骨没有完全折断，但他在心里暗暗打赌说一定有几根肋骨已经裂开了。

当他来到上一层的时候，他已经是气喘如牛了，于是他不得不把双肘夹在胸口两边以减轻一些疼痛感。

他把耳朵贴在门上，听到了一些微弱而模糊的声音。他觉得他听见有一个人正在对另一个人说着：“……未来两天的天气，所以我们需要……”尔后声音便逐渐消失了。他又等待了一会儿，然后才把门给打开了。走道上不见一个人影，他甚至都听不见他们脚步声的回音。

他轻手轻脚地走着，开始了一轮新的寻找出口的征程。他在这段长长的过道上走了将近一半的路程，这时候突然听见有人正走过来。他们走得很快，而且方向明确，于是他认为很有可能是科瓦奇以及他的那帮打手正要回到关押他的牢房里去，以对他展开新一轮的拷问，尽管自他们离开以后才只过了半个钟头的时间。马克斯知道自己不能跑，虽然他很希望这么做，他没得选择，只能急忙闪进了走道上的一扇铁门里。

当他把门关上的时候，他让把手开着，这样一来锁就不会闩上了。他抵着门站立着，听着脚步声越走越近。只有在他们迈步走了过去以后，马克斯才开始扫视起这间漆黑的屋子来。电源插座上连着一盏小灯，借助微弱的灯光，他看见有六张帆布床一字排开，可以清楚地看到睡在上面的六个人的身体轮廓。其中一个家伙一定是世界上睡眠最浅的人，因为他突然哼哼了几声，然后直直地坐了起来，睡眼蒙眬地盯着阴暗处看。

“斯蒂夫吗？”他喊了一声。

“是的，”马克斯立即回答说，“回来睡觉呢。”

这个年纪轻轻的小伙子重新躺回到了帆布床上，翻了个身，呼吸平稳地继续睡了起来。

马克斯依然大气不敢出，他的心怦怦地跳得厉害。他等了一会儿，然后便从这间寝室里悄悄溜了出去。

马克斯又在走道上偷偷摸摸地走了大约一个钟头，然后发现了一个通往上层去的楼梯间。他原本就怀疑自己身处于某个地下室里头，现在他更加确定了这一推测。据那些他还没有进去过的屋子的大小来看，他估计这地方至少有一万平方英尺。至于这个地下室究竟是用来干什么的，他只能靠猜了。

他爬了两层，来到了又一扇门的前面。他把耳朵贴在门上，等待了一会儿。他听见有声音从门的另一边传来，但却无法辨认出那究竟是什么声音。他把门开了一个缝，从狭小的口子朝里面望去，感觉里面像是一间车库。撑着屋顶的铁支架起码有 20 英尺高，还有一道斜坡通往两扇大型的车库门。门旁边嵌在石墙里面的是钢质的防爆门，可以旋转关闭的那种，这防爆门看起来固若金汤，似乎连核弹都无法将其攻破。马克斯听见有收音机在播放着音乐,对他来说，这声音听起来就像是几只猫在粗麻布袋子里头相互撕咬一般，毫无疑问，这是马克·墨菲在他的 iPod 中常会放的音乐类型。

他发觉四下无人，于是便迅速地闪进了门里，然后躲在了一个木质的工作台下面。台子上工具扔得到处都是，上面满是油污。就在门“咔嗒”一声关上的时候，他恐惧地意识到这是一种极为尖端的电子锁装置，需要通过数字键盘上的掌纹核对才能启动。他希望自己不用再回到那间牢房里去，希望能够逃脱掉又一顿生不如死的拳打脚踢。

尽管车库里面光线昏暗，不过远处有一摊光线，两名技工正在灯下面修理着一部四轮驱动的敞篷小货车，看样子他们似乎是在更换冷却器，还在车子前面做着一些焊接。他可以看见氧乙炔炬发出的蓝光，同时还闻到了金属烧灼时所散发出来的那种刺鼻的强烈气味。车库里头还停泊着其他一些车辆，他看到有两部更大一些的敞篷货车以及几辆全地形车，就是在希腊的时候胡安用来躲避负责主义者们追捕时所开的那种车子。

马克斯感觉时间正在一点一滴地流逝，他多么希望此刻卡布里能和自己待在一起。胡安似乎天生便具有一种能力，仅凭瞥一眼当下的情形便可以想出一条妙计，然后完美地加以执行。马克斯则相反，他只适合勤劳苦干，习惯于用蛮力和顽强的决心去解决某个难题。

科瓦奇不久便会返回到审讯室里去，所以汉利需要尽可能远离这个地方。

他小心翼翼地移动着，意识到车库门是唯一的出口，并且确定收音机里的音乐声无法将门打开时所发出的声响给掩盖住。

只能用蛮力来解决了，他心里想道。

他抓起了一把扳手，这扳手至少有 18 英寸长、重量则约为 10 磅左右。他把扳手举了起来，就仿佛一名经验丰富的外科医生信心十足地举起了自己的解剖刀那样。十几岁的时候他生平头一次跟人干架，当时一个毒瘾发作的吸毒者挥舞着一把小刀想要打劫他叔叔经营的那间加油站。结果马克斯将那名打劫未遂者的牙齿打落了八颗下来，而他所使用的工具便是一把扳手，跟他现在手里拿着的一样。

他谨慎万分地穿过了车库，找到了一个掩蔽处，然后缓慢地朝着自己的猎物移近，因为人眼睛的外围视野擅长去捕捉风吹草动，而他制造出的任何声响都被收音机里的音乐给淹没了。

其中一名技工的脸被焊接防护面罩给挡住了，目的是要保护其双眼，所以马克斯便将注意力放在了第二名技工的身上。这人个头瘦高瘦高的，大约三十来岁，长着一嘴浓密的胡须，油光可鉴的头发在脑后束成了一个马尾辫。他正俯在车子的引擎罩上，两只手摆弄着一捆软管，所以压根就没有察觉到马克斯出现在了自己的身后，直到马克斯拿着扳手迅速朝下用力一挥。

这一击使得那名技工跌倒在了地上，就仿佛他是被一把斧头给砍倒了似的。而他头盖骨上隆起的包，估计得要好几个星期才能消下去。

马克斯转过身来。正在焊接的那名技工已经察觉到身旁有动静，于是站直了身体,伸手将防护面罩给摘了下来。这时候汉利朝前走去，他就像是全明星队中的一名击球手，再次挥动起了扳手。幸好那坚硬的工具只是打在了塑料面罩上，要不然的话那名焊工的脸一定会被撕成两半的。这一击力量惊人，那人的身体撞在了旁边的一个工具箱上。喷灯掉落在了马克斯的脚边，蓝色的喷火迫使他往后退去，因为他那双赤着的脚感觉到了逼人的灼热。

由于听到有混乱发生，因此躲藏在货车另一头的第三名技工突然出现在了车前的保险杠旁。他凝视着那位四肢摊开抵在工具箱上、已经不省人事的焊工，然后转过身来对着马克斯。

他的脸上起先充满了疑惑，尔后逐渐明白过来究竟发生了什么事，最后他的表情转为了愤怒。然而没等他放弃自己这番以暴易暴的生理反射，马克斯便已经一把抓起了仍然灼热的喷枪，朝着那人扔了过去。当看到喷枪向自己飞来时，那人出于本能反应，伸出手来想要去抓住喷枪。

喷枪的温度起码有华氏6000度以上，那喷吐着氧乙炔的火舌，哪怕只是轻轻一触也会把肉给烧焦的。那名技工抓住了喷枪，喷嘴径直地对着他的胸口。他身上穿着的那件连体工作服立即烧出了一个大洞,皮肤和肌肉被烫得“嗞嗞”作响,胸口处的皮被烧掉了一大片，白色的胸廓露了出来，骨头变得焦黑一片，尔后他便在巨大的震惊中将手里拿着的铜质喷枪给扔掉了。

他似乎这才意识到发生了什么，呆若木鸡地发了一会儿怵，然后慢慢地跌倒在了水泥地上，停止了心跳。这气味令马克斯想要作

已被一大堆碎片残骸包围着。

一只强壮有力的手向他伸了过来，抓住了他背部的衬衣，然后将他带到了一间前厅里面，躲过了被炸裂的水泥掩埋的灾难。

“多谢了，”当林肯帮忙把胡安给搀扶起来的时候，他说道。

两个人的脸上和衣服上满是淡灰色的粉尘。

支撑混凝土止水塞的木脚手架完全塌掉了，无数水泥和碎掉的木头掉在了楼梯上，通往前厅的入口被碎石给堆满了。房间里黑得伸手不见五指。

林肯从帆布背包里拿出了一把手电筒。手电的光束犹如汽车的氙气前灯那般明亮，不过照见的只有一屋子的水泥粉尘而已。

“这有让你想到什么吗？”林肯干笑着问道。

“跟我们在苏黎世解救那位银行家的时候有些许的相像，”胡安一边咳嗽一边说道。

“你怎么看这帮接待我们的家伙？”

“我感觉自己像是个白痴，因为我原先把这件事情想得太简单了。”

“别沮丧了，老大，”林肯一边安慰他，一边将手电朝那个被堵得水泄不通的门口照射过去。某些混凝土板的重量至少在半吨以上。“从这儿挖出一条路来起码要花上几个钟头的时间。”

“只要我们凿开一个洞，哪怕只是一个很小的洞，他们便会不费吹灰之力地将我们给立即击毙的。”胡安特意打开了手枪的保险，然后把枪插进了后背的腰带里。“他们的武器装备以及人数上都明显多过我们，我可不想在一场伏击中被打得四脚朝天。”

“那干脆等到他们离去好了。”

“也不行。我们只带了一个水壶以及两根巧克力棒，这些食物可不够我们坚持多久的。”胡安一边说着，一边拨弄着他的卫星电话。

“那么我们可以打电话求援啊，埃迪能够在48小时以内赶到这儿来的。”

“我的电话没信号，”卡布里关掉了电话以节省电池能量。

“好吧，你已经把我所有的建议都给否决掉了，那么你有什么好点子吗？”

胡安从林肯的手里把手电筒拿了过来，沿着那条数十年前在地上开凿的向下倾斜的隧道照去。“让我们看看这隧道会通到哪儿去。”

“假如他们在我们之后也进来了的话该怎么办呢？”

“希望我们能够有所警觉，那样的话我们便可以事先布置好埋伏了。”

“为什么不就在这里等着他们呢？”

“倘若是由我带队的话，我会先扔上一捆手榴弹，然后再吩咐手下进来的。所以不等他们发出一枪一弹，我们早就被炸成了肉酱了。如果我们为了躲开手榴弹的射程往后退的话，就过于暴露在这个隧道中了。所以最好是找到一个更有防御性的位置，在有光亮的一边。假若他们也跟在我们后头进来的话，这便意味着说这儿还有另一个出口。”

林肯权衡着摆在他们面前的各种选择，然后把手臂一摆，表明他们应当沿着这条地下通道走去。

隧道的一面墙是由一块很长的石板砌成的，而另一面墙上则有工具在上面工作过的印痕。两个人可以行动自如地并肩走在隧道里头，可见这隧道起码有10英尺高。

“这是日本人在占领期间开凿的一个天然洞穴，”卡布里一边说，一边研究着岩石。

“极有可能是在某场地震中裂开的，”林肯同意他的看法，“他们在这条隧道与地表相结合的地方修建了那个如人间地狱一般的工厂。”

胡安指着石板上已经凝固的黑色溅泼物。根据物体的喷溅样式，可以判断出那是血迹——无数的鲜血。“被枪击的。”

“而且不止一个受害人。”

胡安赶忙将手电从这番令人毛骨悚然的画面上移开，他表情凝重，嘴巴抿成了一条薄薄的细线。

当他们朝着地底之下更深的地方走去时，气温开始下降了，湿度则有所增加。卡布里一阵颤抖，不是因为温度骤降，而是由于想到了在这条隧道中曾经发生过的悲惨景象。

隧道拐了一个角度和缓的弯，它并不是笔直的，而更像是螺旋状的、扭曲着的。25 分钟以后，又走了 2 英里的路程，洞穴的地面变平了，他们发现第一个侧洞。入口的一部分被一块小小的塌陷物给堵住了，隧道的天花板上，石头都已经裂开了，似乎随时都有轰然倒塌的可能。这个山洞也是被日本人开凿出来的一个天然的地质结构。这间洞室大致上是圆形的，半径估计有 50 英尺，还有一个至少高 15 英尺的天花板。洞里面什么都没有，除了墙上有一些曾用来走电线的螺栓以外。

“这是办公区域吗？”林肯大声地询问道。

“应该是，因为这是离地面最近的房间。”

他们发现了两个更小一些的侧洞，尔后看见了第四个，里面有日本人留下来的一些东西，包括十二张固定在地板上的铁床以及几个沿墙排列着的壁橱。当胡安检查着抽屉的时候，林肯便去查看那些床架子。

“你不会想到他们居然会给囚犯们提供床铺，”林肯说道。

“抽屉里头啥也没有，”胡安看着林肯，“他们之所以需要床铺，是因为必须得限制那些受害者不要到处乱走动。要知道，被故意传染上斑疹伤害、霍乱或是其他某种毒气的人，其行动会变得很狂乱。”

富兰克林的手猛地从那些铁床铺上移开了，就仿佛被烫着了似的。

他们又发现了其他四个跟这个类似的侧洞，有些面积很大，足以容纳四十张床铺。他们还在主隧道里发现了一个高度齐腰的小洞口。胡安把头和肩膀钻进了那个洞口里面，发觉这个洞是急转向下的。在他的手电光能够照到的最尽头，他可以看到洞穴的地面上堆满了各种无法识别的垃圾。这应该是一个公共的垃圾场，垃圾中间还有人的骨头。这些骨头已经脱臼了好几十年了，所以卡布里无法看出到底有多少，保守估计也有五百根左右。

“这地方就像是一个屠宰场，”他一边说，一边把上半身扭了出来，“一个死亡工厂。”

“他们的这家死亡工厂开办了18个月之久。”

“我认为地上的那个仓库，其作用便是要掩盖起这些地下的秘密实验室，他们在这儿进行着各种真正污秽肮脏的实验。之所以会使用一个洞穴体系，意味着假如有病毒爆发的话，他们可以迅速将其给隔离起来。”

“看来日本人可以教纳粹两样东西，”林肯的声音里没有任何钦佩之意，“那便是无情和效率。”

“同意，”胡安说道，眼前所看到的这一切依然让他有些心神不宁，“731部队最早开始于1931年，两年以后希特勒掌权。就在战争即将结束之前，一些信息和技术以其他方式被转移了。德国人向日本提供直升机和火箭引擎用于自杀式飞行，还有核材料。”

林肯惊讶得一句话都说不出来了。

由于被周围的岩石隔音了，加上距离很远，所以他们无法听见洞口处的爆炸声。不过两个人都感觉到有气压在抵着身体，就像一部卡车从身旁通过时所带来的气浪一样，因此走路会有些摇晃。负责主义者们已经突破了那堆碎片残骸，现在正行走在隧道里面来追捕他们。

“他们可能知道这些隧道，很快便会赶过来的，”卡布里神情严峻地说道，“我们要么花上一个半钟头的时间来找到出口离开这儿，要么可以在某个地方用两把手枪和十一盒子弹来抵挡一阵子。”

隔壁的医疗室不像其他洞室那样里面的东西被拆得精光，床上有一些薄床垫，壁橱里面还放着一些化学制剂的瓶子。瓶上的标签写的是德文，于是胡安把这些瓶子指给林肯看，以证明自己刚才关于德国人暗中支持日本的论断所言非虚。

林肯研究着瓶子上的标签，然后用英文大声地读道：“氯、蒸馏酒精、过氧化氢、二氧化硫、盐酸。”

卡布里几乎把林肯懂德语这事儿都给忘了。“我有一个点子，给我找一些碳酸氢钠来。”

“我觉得我们可没有时间来操心肚子痛的问题。”林肯一边温和地说着，一边那眼睛扫视着这些瓶瓶罐罐。

“高中化学课上有教过，当时我的老师很乐于向我们展示如何制造化学武器，至于这些东西安全与否我就不不太记得了。”

“他真是可爱。”

“他是那种老嬉皮士。之所以会教我们这个，是因为担心政府最后会把所有的私人财产都给查封了，于是希望我们在必要时能够懂得如何去保护自己，”胡安解释道。林肯奇怪地看了他一眼，然后递过来一个玻璃瓶。卡布里耸了耸肩膀，无可奈何地说道：“谁叫我是在加州长大的呢。”

胡安要林肯去找另一个化学药瓶出来。

“你想要拿这些玩意干嘛？”林肯递给了他一个里面盛有琥珀色液体的广口瓶。

“打一场化学大战。”

他们在其中一间小病房里选了一处地点来进行埋伏。林肯把一些毯子和床垫捆成了两个貌似蜷缩着身体的人形，放在了最远的床架子上。胡安用林肯包里面的一卷绝缘带、化学药品以及他的水壶布置了一个陷阱出来。在微弱的手电光的照射之下，那两个人体模型看起来极其逼真，足以引诱负责主义者们上当了。他把林肯的手机放在了那两个假人之间的步话机座上。

林肯和胡安往后退到了隧道深处的一间屋子里，然后耐心等待着。

假如胡安对于他们即将要做的事情感到困难重重的话，他只需要去想想那些在“黄金黎明号“上无辜死去的人们，于是他的决心就会变得坚定起来。时间一分一秒地过去了，卡布里的手表上那发着光的秒针移动得似乎很缓慢，就好像电池快要用光了一样。好在他和林肯已经布下了好几处埋伏，他们一动不动地待在那儿，眼睛睁得大大的，尽管他们在这个阴森森的隧道里头什么也看不见。两个人都背靠着石墙，脖子伸得老长，耳朵也竖着，以便能够捕捉到哪怕是最轻微的声响。

仅仅过了二十分钟以后，他们便听见了那些警卫们的脚步声。胡安数了数，判断应该有三个人。“负责主义者”的枪手们沿着隧道径直冲了过来。由于隧道里头没有灯，所以他只能推测他们应该会携带红外线灯并且会佩戴能够在这种光谱中看见物体的夜视镜。

枪手们逐渐放慢了脚步，然后朝着侧洞走来，就仿佛已经预料到会有埋伏一样。尽管胡安无法看到这些警卫，但他可以通过声音来推测出他们在做着什么。当他们靠近洞口的时候，几乎完全静了下来，只有在他们知道有队友掩护时才会继续前行。

金属擦着石头发出了“卡塔卡塔”的声响，尔后立即出现了一声大喊。

“我看见你们了。放下武器，举起手来，不然我就要开枪了。”

这喊声是一名警卫发出的，他将自己的攻击步枪抵在了洞口旁，对准了房间尽头的那两捆假扮成人形的床垫。

由于胡安站在林肯的身后，所以警卫的叫喊声被林肯这个虎背熊腰的家伙给挡住了。然后胡安按动了手机，说了一声：“去死吧！”

由于那部留在病房里的手机已经被调成了最大音量，所以声音听上去一定像是一种公然挑衅的叫喊。两支步枪开了火，枪口处火光闪闪，胡安可以清楚地看见这三个人。这些警卫可不是吃素的业余水平，两个站在洞外，第三名警卫则守在一旁警戒地观察着，以防止受到侧面袭击。

在这样一个封闭的空间里头，枪声大得仿佛要震破卡布里的耳膜。

当警卫们停止开火时，他便等待着想要去看看他们下一步将会有何行动。他们朝病房里头一阵狂射，足以把两个躺在床铺上的“人”打死无数次了。负责掩护的那名警卫打开了一个手电筒，三个人都把夜视镜摘了下来，因为一顿猛射让他们的眼睛有些花了。那两个开枪的警卫小心翼翼地穿过了洞口，而第三名警卫则继续留在原地保持着高度戒备，以防有陷阱。

卡布里没有让他们失望。

他设下的绊网就在床架子的附近，领头的那名警卫的全部注意力都放在了床上的那两个“假人”身上,所以压根就没有看到有绊网。

绝缘带被系在了装有氯和碳酸氢钠的瓶子上面，当枪手擦身而过时，瓶子便掉落了下来。玻璃碎裂开来，地上到处都是从水壶里面的淌出来的水以及被胡安倒在地上的化学药剂。

在药瓶的破裂声中，胡安和林肯开火射击。第三名警卫还没来得及对玻璃碎掉的声音做出反应，一粒子弹便打到了他的手臂下方，紧接着又是一枚子弹，直直地射中了他的气管，将他的内脏打得四分五裂。他的身体转了两圈，倒在了地上，死的时候手里还紧紧地抓着手电筒和攻击步枪。手电的光束照在了洞口处，一卷惨绿色的云团在那儿弥漫开来。

洞室里面，化学反应产生出了一小滩盐酸和次氯酸。那两名警卫过了一会儿才意识到情况不妙，感到喉咙和肺部被什么东西给灼伤了。滚滚浓烟向他们袭来，哪怕只是浅浅地吸上一口也会是难耐的煎熬。

由于受到了刺激，于是他们不停地咳嗽起来，结果便将更多的毒素吸入到了体内。所以等到他们摇摇晃晃走出洞室的时候，已经浑身都在抽搐了。两人开始咳血，血里面还混有从肺部深处咳出的浓痰。

其实他们只在化学毒素里暴露了很短的一段时间，然而由于没有得到及时的医疗护理，所以这两名枪手行将就木，他们将会缓慢而痛苦地死去。其中一名警卫想必是意识到了这一点，没等卡布里来得及去阻止他，他便拉响了一枚手榴弹的引线。

只有一瞬间去做出决定，然而由于屋顶已经有些摇摇欲坠，所以实际上也只有一件事情可做了。卡布里一把抓住了林肯的胳膊，撒腿便跑，甚至没有来得及去打开手电筒。奔跑的时候，他的手指刮擦着隧道的石墙，他可以感觉到林肯那高大的身影正紧随其后。他们都在数着秒数，就在手榴弹爆炸的那一瞬间，两人几乎是同时仆倒在了地上。

他们身旁满是散落的榴霰弹，冲击波撞在石墙上，发出的声光感觉就像是一把大锤头在击打着墙壁一样。两人踉踉跄跄地站了起来，这时候又传来一声巨响，那声音似乎把整个隧道都给填满了。这声巨响震耳欲聋，被爆炸震落的石板掉在了隧道的地上，犹如雪崩一般，有将他俩给吞没的危险。当越来越多的天花板垮落下来的时候，无数的粉尘和石块便砸到了他们的脑袋和肩膀上。当一个有卡车引擎那么大的石块掉落在了位于胡安前方的地上时，他正好“咯哒”一声打开了手电。他像名跨栏选手那样从石块上一跃而过，然后继续朝前跑去。在他的前方，洞顶上出现了许多的裂缝，锯齿状的线条向四周扩散开去，看起来就仿佛黑色的闪电一般。在他们后面，石板坠落的喧嚣声变得越来越大。

当只剩下几块石头哗啦作响时，那声巨响便渐渐平息了下来。胡安终于放慢了步子，胸口剧烈地起伏着，呼吸着这满是粉尘的空气。他把手电的光束朝着身后的隧道照去，只见碎石把天花板和地面之间的空间堵得水泄不通。

“你还好吗？”他气喘吁吁地问道。

林肯用手摸了摸腿背，因为有一块碎石打中了那里。他看了看自己的手指，没发现血迹。

“我没事。你怎么样？”

“等我们出了这片粉尘以后，我才能感觉好些。走吧。”

“这可真是太好了，”当他们不再奔跑，而是改为步行的时候，林肯说道，“我们再也不用担心他们会追上来了。”

“我不总是鼓励你要保持乐观吗？”

他们又花了两个钟头来探索这个地下死亡工厂。他们发现了一百八十张囚犯的铺位，发现了一些曾经用作实验室的房间，还发现了一部设备，林肯认出那是一个气室。

“可能是要测试爆炸减压的效果，”他评论道。

他们终于来到了这条长长的隧道的尽头，然而隧道并不是逐渐消失的，洞顶的一部分已经塌掉了，两人意识到这是被炸开的。胡安看着这个碎石堆，注意到爆炸所留下的一处细微的痕迹。

“这是最近才被炸的。”

“是在负责主义者们撤走的时候吗？”

胡安点了点头。他爬上了石头堆成的斜坡上，双脚在碎片残骸中移动着，逐渐攀到了石堆的最顶上。他把身体放平，然后将手电光照向了碎石和天花板的接合处。他朝下面喊了一声，让林肯也爬上来。

“负责主义者们根本不担心我们会在这个地下墓穴里面看到什么，因为里头只有日本军队留下来的垃圾。”

“所以他们藏着的东西应该是在这隧道外头。”

“有道理，”胡安说道，“既然他们会冒险下到这个隧道里头来追捕我们，所以我敢打赌，我们的出口就在隧道的另一头。”

“那我们还等什么呢？”

由于水壶里的水都用来搞那个毒气攻击了，加上辛勤工作了一个小时，所以胡安感到口干舌燥，仿佛某个有鳞的爬行动物正蜷缩着身体睡在他的嘴巴里头。他的手指也因为在凹凸不平的石头上移动而皮开肉绽，鲜血汩汩地直往外涌。肌肉也因为痉挛而酸痛不已。而他身旁的林肯则依旧高效率地工作着，犹如一部永远不知疲倦的机器。似乎什么也无法扰乱到他，然而胡安知道，林肯的巨大能量也并非是永远不会被耗尽的。

他们一点一点地在碎石堆里挖着出路，小心翼翼地移动着，不时查看着洞顶的天花板，以确保他们的行动不会让更多的碎石掉落下来。他们每隔半小时就会改变一下位置。首先由胡安来对付那些小碎石，将它们递到林肯的手中，然后再由林肯去把那些大石头给弄松，将其传给董事长。因为林肯长得虎背熊腰，所以通道必须要扩大到两个胡安的身形那么大。

胡安位于石坡的后面，他伸出手来，抓住了一块格外大的石头。然而无论他怎么努力，就是无法把那块石头从其他石头里弄松开来，这石头似乎被卡在了那儿。于是他不得不转向那些尺寸稍小一点儿的石头，希望能够找到一个杠杆，然后便用手里能够有的一切去推那块石头，然而那石头却依旧浑然不动。

在石堆上方，洞顶的天花板上已经布满了裂缝，一派摇摇欲坠之势，就跟负责主义者的警卫引爆手榴弹的那片地方一样。矿工们将这种天花板戏称为“一串悬挂的葡萄”，胡安知道一大块厚石板随时都有可能掉落下来。此前他从来没有体会过幽闭恐惧症的激冷效应，然而现在他却可以感到自己那冰冷的手指正惊慌失措地试图去努力开凿出一条生路来。

“遇到什么麻烦了吗？”林肯在他身后喘着气问道。

胡安不得不用舌头在嘴巴里面转了一圈，好让下巴放松一点儿，这样才能开口说话。“这儿有块石头我搬不动。”

“让我来。”

两人艰难地交换了一下位置，林肯用靴子抵着岩石，背部则靠在卡布里伸出来的腿上，然后使出了浑身的力气。在健身房的时候，他可以用腿撑起一千磅的重物。那块大石头的重量只有五百磅左右，然而由于它深深地楔在了石堆里面，所以林肯累得都快要脱水了。当林肯推动着那块石头的时候，卡布里可以感觉他身体的每一根纤维和肌腱都拉紧了。林肯发出了一声低吼，尔后那块石头从石堆里滑落了下来，就像是一颗腐烂的牙齿从牙床上掉落一般。

“没有我搞不定的事儿！”他一边喘气，一边自诩着。

“干得漂亮，大块头。”

林肯可以向前扭动身体，当胡安尾随其后时，他意识到自己能够获得净空的高度。他们穿过了那片石堆的最高处，此刻正在下到石堆的背面去。不久他和林肯便可以半跪着身体，爬过了那些石头，然后站直了身体，走完了石堆的最后一部分，双脚终于踏到了洞穴的地面上。

他和林肯休息了几分钟，并把手电关掉了，以节省电池。

“闻到没有？”胡安问道。

“假如你说的是一杯冰啤酒的话，那么你跟我产生了同样的幻觉。”

“我指的不是这个，我闻到了咸咸的汗味。”胡安站起身来，重新打开了手电筒。

两人继续沿着隧道走去，大约又走了一百码的距离，进到了一个天然的海蚀洞里。这个洞穴至少有 50 英尺高，宽度则是高度的四倍左右。日本人在这片地下环礁湖的一边建造了一个混凝土码头，水泥中嵌着几条铁路窄轨，估计是给在码头上卸货的可移动的起重机用的。

“他们难道会把船只运到这儿来吗？”林肯充满疑惑地问道。

“我不这么认为，”胡安回答说，“当渡船驶入码头的时候，我注意到潮汐达到了最顶峰。那是 7 个小时以前的事儿了，所以现在应该是退潮时间。”他把手电沿着码头的一边扫了扫，发现有许多贻贝犹如一张厚毛毯般贴附在水泥上面，这表明涨潮的时候码头会被潮水给淹没掉。“我觉得他们是用潜艇来给这个基地运送所需物品的。”

他关掉了手电，两人一起凝视着那片黑漆漆的海水，看看有没有一缕日光能够照进这么远的洞穴深处里来。码头对面有一处地方正微微地发着光，看上去那海水并非是蓝色的，而是黑色的。

“你怎么看？”胡安一边打开手电，一边问道。

“现在太阳应该升到了最高点，然而这里依然如此之黑，所以可以估计这条隧道起码有 0.25 英里长。”

其实他接下来还想说的是，这条隧道的长度是无法吸一口气猛扎进水里就可以游完的。两人都清楚地明白这一点。

“好吧，让我们四下侦察侦察，看看这儿是否遗留了什么我们可以用得着的东西。”

主洞穴中只有一个侧室。他们在里面发现有水滴从墙壁上方的一个小裂缝里渗出来，侵蚀着地上的一个小碗，然后蜿蜒地流进海洋里去了。

“这可不是冰啤酒，”林肯一边说，一边将手掬成杯状放进了碗里，“没见过比这看起来更清新凉爽的东西啦。”

胡安将手电光在屋子里扫了一圈，这番姿势是在表明林肯应该喝下那碗水。他发现有一排奇怪的石碑倚墙立着，他兴致勃勃地研究起了这些人造物品，将想要饮水的强烈欲望都给忘到九霄云外去了。这些石碑大约高 4 英尺、宽 2 英尺，由厚度不足 1 寸的烘干的粘土制成。让他如此全神贯注的，并不是这些石碑本身，而是上面所写的文字。在粘土被烘烤之前，曾有锥子或是棍子在上面蚀刻过。尽管这些石碑很明显属于年代久远之物，但却并没有丝毫被风化的迹象，就仿佛它们一直都被存放于某个温度受控的博物馆里一样。

尔后他发现石碑上有一些电线。细细的电线弯成了弓形，从一个石碑的背面连到旁边的石碑上。胡安把手电光对准了石碑和洞墙之间的空隙，发觉这四个古老的石碑背面全都附着塑料炸药，而这些炸药则通过电线连在了一起。他的视线沿着这些电线一路看过去，发觉线路一直通到了外面的主隧道。他猜测当他们把天花板给弄塌的时候，这些炸弹本该会引爆，然而电线一定是在信号到达侧室之前就被剪断了。根据塑料炸弹的数目来判断，负责主义者们希望把这些石碑炸得粉碎，片瓦不留。

“你发现什么了？”林肯问道。他用碗里的水洗着脸上的污迹，水顺着他的脸颊一直淌到了脖子上。

“楔形文字的石碑，背部设有塞姆汀塑胶炸药。”

林肯耸着肩膀研究起这些炸药来，两人都清楚地知道要同炸药保持一定的距离，决不能碰到，否则就会一触即发。

“这是楔形文字吗？”

“是的，楔形文字，或许是世界上最古老的文字了。是苏美尔人所使用的文字，年代上可以追溯到 5 千年以前。”

“他们在这儿弄一些楔形文字究竟想要干嘛？”林肯十分不解。

“我也是一头雾水啊，”卡布里回答，然后伸手去拿他的那部可以拍照的手机，这样一来就可以拍几张石碑的照片了，“我知道之后的楔形文字看起来要比这个更抽象一些，就像是一连串的三角形和鞋钉，而这个看上去则更加象形一些。”

“你的意思是？”

“我的意思是，这些文字可以追溯到更加久远的使用楔形文字的年代。”他查看着手机所拍摄到的画面，将其中的几张重拍了一下，以便可以看得更清楚一些，“这些文字至少可以追溯到5500百年以前，它们还处于最质朴的原始状态。楔形文字的多数样本都是由像邮票那么小的碎片给拼凑起来的。”

“听着，伙计，这些文字是很古老，这些石碑保存得也很好，可这对我们的处境又有什么帮助呢？喝口水吧，剩下的查探工作由我来做好了。”

卡布里曾经喝过4千美金一瓶的上等好酒，然而他感觉没有什么能够比这一口泉水更加香甜宜人了。他一口一口贪婪地掬水喝着，可以感觉到液体正在自己的身体里穿流而过。他的肌肉重新有了力气，他的疲惫被一扫而净，脑子也不再是沉甸甸、晕乎乎的了。等到林肯结束了侦察工作的时候，他的胃已经在汩汩作响了。

“看起来我们似乎误打误撞地进入到‘负责主义者’的爱巢里来了，”林肯说道。他举起了一个装避孕套的盒子，里面还剩了两个套子，此外他还发现了一张羊毛毯子、一个垃圾袋，袋子里装着半打空酒瓶。

“我原本希望你能找到一个水下呼吸器的氧气瓶和两个潜水面罩呢。”

“没有，我哪里能有那么好的运气啊。我觉得我们必须得下到水里一趟，那样子说不定咱俩没准就能够找到你所希望的东西了。”

“让我们往回走，去那个主室吧。有几捆塑料炸弹在身旁会让我心神不宁，有碍我展开思考。”

卡布里考虑着给垃圾袋充气，然后拖在身后，这样一来当他们游在隧道里的时候，每人就可以各吸上一半的路程。然而浮力使得垃圾袋飘得老高，都快要擦到这个水下隧道的洞顶了。所以估计没等他们走上2英尺的距离，这个塑料袋就会撕破的。假如他们想要让袋子平衡，以便它可以保持中等的浮力，那么拖着袋子走则会让他们的速度变得极慢。胡安简直都想不出一个两全之策来。

林肯递给了他一根巧克力棒，两个人默默地嚼着口里的巧克力棒，绞尽脑汁地想着是否有解决之道。胡安再次关掉了手电筒。洞穴远处传来了一缕微弱的光线，似乎正朝他们招手。那光线里头，有自由的诱惑，也有挫败的可能。他们距离胜利只有咫尺之遥了，然而这最后一道阻碍却似乎无法逾越。突然，胡安的脑子里灵光一闪。原来克服这个阻碍其实是如此的简单，为什么自己当初就没有想到这个点子呢？他有些恼怒地想着。

"你还能回忆起氯酸钠的德文拼写来吗？就是一种被用作杀虫剂的有毒性的盐。"

"Natrium Chlor。我记得曾在医务室的某个药瓶上看到过。"

"你还有引爆器吗？"

"有的。"

"我们要做一根氧烛。等我不在的时候，我希望你从铁轨那里刮一些铁屑过来。当你把二者混在一起然后点燃时，这一化学反应将会产生出氧化铁、氯化钠以及纯氧。我会沿着隧道游一半的路程，找个地方把它发散出去。氧气将会取代海水，这样一来我们便有一个气泡可以在里面呼吸空气了。"

"难道你那位高中化学老师还教了你这个？这也太神了吧！"

"实际上我是从马克斯那里学到这一手的。我们在'俄勒冈号'上备有制氧机，是当我们在船上制造火灾或是散布化学毒素时用的。

他告诉过我整个运作原理。”

胡安将会需要手电，所以他让林肯留在铁轨旁，用他那把刀去刮一些铁屑下来。卡布里需要花费 40 分钟在这条隧道已经部分塌陷的一段做一个往返，他先要去到那间医务室，尔后再回到这个海蚀洞里来。这期间，林肯从那条旧铁轨上刮下了足够多的铁屑。

卡布里借助着日渐微弱的光线，将化学药剂混在了某个空酒瓶里，然后把余下的绝缘带绑在了玻璃上。而林肯则将引爆器拆卸了下来，以减少爆炸的冲力。当他们干完的时候，胡安便把引爆器插进了瓶口，然后将那个姑且凑合着用的制氧机包裹进了塑料袋子里。

“鲁布·戈德堡一定会深感骄傲的，”林肯打趣道。

胡安站在码头边上，踢掉了脚上的靴子，接着把袜子给脱了，又将自己的 T 恤扔到了一旁，尔后把身体下到了温暖的海水中。从他皮肤上冲刷掉的粉尘，将周围的海水都给染黑了。他采用了简单的侧泳姿势，手里拿着塑料袋和手电筒，游过了洞穴，来到了他和林肯认为是出口的地方。

胡安让塑料袋浮在水面上，自己则潜入水中，用腿和胳膊奋力地往下压着海水。防水的手电筒照射出来的光束变成了蓝绿色。咸咸的海水刺痛着他的双眼，然而这些年来他已经对这种疼痛习以为常了，所以并没有太过在意。起初他只看见了被海藻和贻贝覆盖着的参差不齐的石头，可是当他下到了 15 英尺的深度时，一条裂开豁口的隧道出现在了他的面前。这条隧道的周长大约为 50 英尺，足够容纳一艘二战时期的潜艇了。当他把手电关掉的时候，在其视线所能到达的最远处，隐隐有微弱的日光闪现着。

他升回到了水面上，抓住了那个塑料袋。他开始做了几下深呼吸，让肺部尽可能多地吸入氧气和排除掉二氧化碳。当他开始感到头有些晕乎乎的时候，他便从水中猛地向上一跃，整个上半身都露出了水面，这样一来他就可以更深地吸气。待到肺部已经充满了氧气之后，他便重新一头扎进到了黑漆漆的海水之中。他沿着手电的光束一路往下潜去，进到了那条隧道里。他一边游，一边在脑子里数着秒数。1 分钟过去了，他做了一个记号，并且注意到此时日光明显变亮了一些。他继续往前游去，当潜到隧道更深处的时候，他让头脑保持着清楚的状态，身体则尽量放松。到了 1 分 30 秒时，他把手电朝洞顶照去。在前面 10 英尺的地方，岩石中有一个凹陷，这是一处天然的凹痕，深 1 英尺，周长约为 5 英尺。

塑料袋里面刚好有足够的空气能够令其往上漂浮，紧贴着洞顶。胡安启动了引爆器。他转过身游开了，保持着与进入隧道时相同的速度。三分钟以后，他来到了隧道的开口处，然后朝着水面游去。他像一只海豚般从水中一跃而起，大半个身子露出了水面，大口大口地喘着气。

“你还好吗？”林肯从黑暗中大声地叫喊道。

“看来我必须将偶尔抽上一只的雪茄也得戒掉了。不过，嗯，我没事。”

“我过来了。”

林肯的话音刚落，胡安便听见他一头扎进了水中。不一会儿他便游到了卡布里的身旁，两人的靴子被绑在了他的肩膀上，而他们的衣服则系在了他的腰间。“我在你的手机外面裹了两个避孕套，”林肯说道，“放在你的裤子口袋里了。”

“多谢。我已经完全忘了这事儿了。”

“所以等我们回到船上的时候，你应该给我升职加薪才对。”尔后林肯一改逗乐的口吻，严肃地问道，“假如你那个作法自毙的小实验没有起作用的话，那么我们就没有一袋子氧气可用了对吗？”

即使是对水性最好的人来说，这段距离也太长了，无法在不吸氧的情况下游到头。因此当胡安回答说：“计划就是这样子”的时候，他便知道假如真被他不幸言中的话，这就等于是判了他们死刑。

引爆器距离他们太远，也太小了，通过海水是难以感觉到的。所以胡安注视着手表上的指针走过了10分钟，然后询问林肯是否已经准备好了。他们开始做起强力呼吸，两人都知道吸入这么多的氧气以后，身体便不会出现欣快症的症状了。

他们一起向隧道潜去。在卡布里眼中，这看起来似乎是一种不祥的预兆。因为隧道口犹如一张巨大的嘴，轻微的退潮正向他袭来，看上去那岩石似乎想要将他整个吞掉一般。手电光很快便黯淡了下来，因此他把手电关掉了，尔后便跟林肯一起朝着那从洞穴深处传来的遥远光线游过去。1分半钟以后，他重新打开了手电，开始寻找起那个氧气袋来。隧道的洞顶是一块没有多少特色的岩石。那个透明的塑料袋的下面应当闪着银光，就像是一摊悬浮的水银那样。然而手电光只照到了空空的石头，其他什么也没有看见。胡安寻找着塑料袋，将速度放缓了下来。他迟疑了一会儿，思考着他们究竟是应该孤注一掷地快速朝出口猛冲过去，还是继续寻找那个凹痕。

他拿着手电四处扫了扫，然后意识到他们已经转到了右边。于是他朝左边拐去，林肯跟在他的后面，可是依然不见那个塑料袋的影子。

挫败的滋味，就跟他唇上舔着的咸咸的海水一般苦涩。看来他的制氧机没有起作用，他和林肯只有死路一条了。当他正准备奋力划动手臂，朝着远处的隧道出口游去时，他突然感觉林肯的手搭在了自己的膝盖上。林肯指着他们的左边，胡安顺着他指的方向，看见了一处闪光，犹如一面镜子。他们一边向那闪光游去，一边排放着肺里的空气，然后小心翼翼地升到了水面上，以免撞到了脑袋。

由放热化学反应而来的氧气依然有些热，而且还有一股难闻的味道，然而两个人丝毫也不介意。胡安简直是高兴坏了，一个劲地咧嘴傻笑。

“干得漂亮啊，董事长。”

里面的氧气还可以供他们呼吸 3 分钟的。两个人贪婪地吸着气，尔后踏上了最后一段旅程。

“谁后到出口，谁就在回到船上以后买啤酒！”胡安说完，深吸了最后一口气，然后便潜入到了隧道里。

不一会儿林肯就追赶了上来，胡安可以感觉到周围的海水在剧烈地搅动着。他们在水下潜了有 1 分钟的时间，然而那个出口看起来却似乎并没有变得靠近一些。即使此刻的退潮对他们有利，他们的进度却似乎很慢。二十来岁的时候，胡安可以自由潜水差不多 4 分钟的样子，然而现在却是一年不如一年了，颇有些力不从心，如今 3 分 15 秒是他所能保持的最好记录了。不过他知道林肯个头大，所以耗氧会更快。

不管怎样，他们只有继续朝前游去，尽可能有效率地在清澈的海水中破浪前行。当他们游了 2 分 30 秒的时候，洞穴口终于变亮了一些，但似乎依然难以企及。胡安感到喉咙底部一阵颤动，他知道自己需要吸气了。15 秒钟以后，他的肺部突然一阵痉挛，于是他的嘴唇不由得张了张，吐了几个气泡出来。还有 20 码也就是大约 60 英尺的距离要游。凭借着强大的意志力，胡安用手夹住喉咙，控制住身体想要去吸气的渴望。

当大脑处于极度缺氧的状态时，他的思绪开始游离，动作也变得不协调起来，就仿佛他已经忘了怎样游泳或者如何去控制四肢一般。他以前也有过差一点就淹死的经历，他意识到此时也出现了类似的症状，然而他对此无能为力。辽阔的海洋正在前面朝他挥着手，但他却无法触及。

胡安没有再游了，他感到海水正在使他的肺部萎缩掉。

林肯已经意识到卡布里出了状况，于是一把抓住了他背部的T恤。这名前“海豹突击队”队员跟董事长一样急切地想要吸气，然而他的双腿就像活塞一样一直上下扑腾着，他的右胳膊每在水中划一道大大的弧线，两人距离出口就又近了一步。胡安从没见过林肯像现在这样意志如此地坚定，殊不知他只是不去想着自己将要溺亡的事实，而是一个劲地继续游下去。

当他们终于从洞口游出来的时候，海水突然变得轻亮了起来。林肯使出了吃奶的力气，拖着胡安一起升到了水面上。胡安剧烈地喘着气，嘴里吐出了一大口海水，接着猛地咳嗽起来。周围的海水温柔地朝他们涌来，两人紧紧贴在岩石旁，就仿佛海难中的遇难者一样。一连好几分钟两个人谁都没有开口说话，而当他们终于缓过神来时，却又觉得不知道该说些什么了。

他们经历了1个小时的艰难攀爬，接着又花了2个半钟头在那个日本人曾经的军事基地里转了一圈，然后终于返回到了被他们藏在丛林里的吉普车上。卡布里已经将刚才那一番严酷的考验抛置到了脑后，此刻他的整个心思全都放在了储存在手机里的那几张照片上，因为他确信这些照片便是让一切事情水落石出所需要的证据。

第25章

哈里·卡西姆在“俄勒冈号”上的健身房里找到了埃迪·盛。只见他穿着一条松垮垮的功夫裤，上身则赤裸着。当他练着一套空手道时，汗水从他那瘦瘦的侧腹处流淌了下来。他每劈一掌，每打出一拳，嘴里都要“哼哼哈哈”几下。埃迪注意到了哈里脸上的表情，于是来了个凌空一脚，结束了这套空手道。哈里都快看傻了，因为他这一脚都可以将一名 NBA 中锋的脑袋给踢掉了。

埃迪从身旁的箱柜里抓起了一条白毛巾，然后擦了擦全身上下的汗水。

“我太兴奋了，”哈里说道，“在凯文同堂娜·斯基见过面以后，我又把那卷该死的录音带给检查了一遍，编写了一些新的参数输入到了电脑里头。基尔·马泰尔说的并不是‘堂娜·斯基’，而是‘破晓’和‘天空’。我查过了，‘黄金黎明号’有一艘名为‘黄金天空号’的姊妹船。埃里克和墨菲也挖掘出了一些事情，原来就在我们说话的这会儿，负责主义者们正在那艘船上举办着他们的海上静修计划呢。”

“那艘船现在在哪儿呢？”埃迪问道。

“在地中海东边。根据该船的航行日程，今天下午它会停泊在伊斯坦布尔，之后则驶往克里特岛。”还没等埃迪开口说话，哈里又接着说道：“我给胡安打过好几通电话，可他没有接听。”

由于董事长联系不上，而马克斯还在泽里米尔·科瓦奇的手里，所以埃迪便成了“俄勒冈号”的一把手，任何决定都必须经过他点头。

“那艘船上有没有任何病情报告呢？”

“新闻里没有相关报道，游轮内部通讯的航行日志上也没有任何病情报告，”哈里捕捉到了埃迪那双黑眼睛里闪现出来的一丝犹豫，“假如需要的话，琳达、埃里克和马克全都愿意上到那艘船上去，其实他们早都已经打包好了。”

“如果那艘游轮正遭受到了某种生化病毒的袭击，那么他们便会跟其他人一样有生命危险的，”埃迪提醒道。

“事已至此，已经没得选择了。倘若我们可以搞定他们的人，马克斯就有救了。”

平衡风险与收益是所有军事决定中最为困难的，因为这可是人命关天的事儿，绝非儿戏。

“他们可以乘坐充气船上岸，直升机会在尼斯等候着。泰尼能够制定出一个紧急飞行计划，这样一来，当‘黄金天空号’一抵达的时候，我们的人便已经在土耳其了。负责主义者们停泊在港内的时候是不太可能会发动病毒袭击的，所以我们至少可以悄悄溜到船上去调查调查。”

“好吧，”埃迪表示了同意。当哈里转身准备离去时，他却又将他给拦住了。“但是一旦船起航了，那么他们无论如何也不可以继续留在船上。”

“我会让他们明白这一点的。你还有什么要传达的吗？”

“只让琳达和马克两个人去。虽然埃里克是一流的领航员和调查员，但是马克的武器知识背景将有助于他去发现某种生化病毒的散播方式。”

"听你的。"

哈里正打算离去，结果又被埃迪给拦住了。"顺便问一下，我们正在窃听的那艘游艇目前状况如何？"

在日出之前的1小时，伊凡·克里科夫的那艘豪华游艇"套娃号"，载着伊本·阿尔·阿西姆以及他的随从们，悠闲地驶出了蒙特卡洛的港口。阿尔·阿西姆是位日见重要的沙特金融家，他已经开始给某些激进的伊斯兰学校和恐怖组织提供金钱上的资助，同时还留意着同基地组织建立联系。中情局对于他以及他与俄罗斯军火商的会面格外关注，因为此次会面是他的一次重大机遇，他很有可能因此跻身于恐怖分子世界里的上层梯队之中。

当游艇泊在港内的时候，并没有听到他们讨论了任何重要的事情。这些男人下午的大部分时光，都是在同由克里科夫安排给他们的一些美女纵情玩乐。然而当"套娃号"悄悄离开港口朝着地中海海域驶去时，"俄勒冈号"上的每一个人便都知道真正的谈判即将开始。

"俄勒冈号"把船上的工作灯都给熄灭了，一路悄悄尾随着"套娃号"，但不敢靠得太近，只让它那根最高的船桅在地平线上隐约可见。那些俄罗斯人在航行了20英里以后便让游艇的引擎处于闲置状态了。也许是因为处在大海的包围之中颇感惬意，因此克里科夫和阿尔·阿西姆一开始并未切入正题，而是在船的后甲板上就《最后的晚餐》这副著名的湿壁画展开了热切的交谈。

通过全球定位系统以及船的推进器，埃里克已经给电脑编好了程序，让"俄勒冈号"与那艘漂浮着的"套娃号"保持恒定的距离。货船那高高耸立的桅杆上装有最尖端的电子监视设备，密切监视着游艇的动静。他们利用极其尖端的抛物面接收器以及高分辨率的摄影机来读出克里科夫和阿尔·阿西姆的唇语。此外还有一部聚光激光器，这种器材可以隔着玻璃感应到窗户对面某场谈话的微弱震动，所以他们能够窃听到俄罗斯军火商同沙特金融家之间所说的一切。

“我最后听到的是，阿尔·阿西姆和那个俄罗斯人正在谈着SA-7‘圣杯’便携式地对空导弹。”

“‘圣杯’简直就是垃圾，”埃迪说道，“他们从没能够用这种导弹击中过我们一架直升机。啊，不过民用飞机倒是比较容易受其攻击的。”

“克里科夫一早就清楚地表示说自己并不想知道阿尔·阿西姆要拿这些武器做何用途，可那个沙特人还是暗示他说想要用这些导弹去袭击客机。”

盛出生在纽约的唐人街，所以当他一听说恐怖分子们打算以民用班机为袭击目标时便火冒三丈了起来。尽管他并不认识任何一名9.11的罹难者，但他知道这些人的亲友们会是多么的痛苦。

“他们还说了些什么吗？”盛问道。

“阿尔·阿西姆曾询问过有关核武器的事情，而克里科夫则回答说自己并没有什么门路，但表示说假如他能够办得到的话，倒是很愿意卖给他们的。”

“他可真有趣，”埃迪扮了个鬼脸说道。

“那个俄罗斯人继续说他愿意运送某个叫做‘斯大林之拳’的东西，不过又说有太多技术上的难题，所以无法令此事成行。当阿尔·阿西姆试图购买该武器的时候，克里科夫告诉他说还是忘了他提过这事儿吧。这是在他们开始谈到‘圣杯’的时候所进行的一段对话。”

“你有听说过某种叫做‘斯大林之拳’的武器吗？”

“没有，就连马克也没听说过这玩意儿。”

“兰斯顿·奥弗霍尔特或许知道这个。等我们把截听到的原始材料移交给他的时候，我再问问他好了。不管怎样，这是他需要处理的难题。一旦你有了胡安的消息或是托马斯·塞弗伦斯给我们回电话了，立即让我知道。”

“你认为马克斯会没事吗？”哈里问道。

“我看塞弗伦斯最好保佑马克斯能够平安无事，否则我们会让他吃不完兜着走的。”

泽里米尔·科瓦奇注视着直升机出现在了铅灰色的天际上，在周围一团团银灰色云层的映衬之下，它就仿佛是一个淡黄色的小圆点。他并没有将自己一肚子的怒火给表露出来，他没能找到那个逃走的美国人，这一挫败感令他气得牙直痒痒。他不是一个喜欢给自己找各种理由开脱的人，然而当直升机飞抵了起降台的上方时，他脑子里却正在盘算着该怎么找一番令人信服的说辞。

直升机里坐着的，除了飞行员以外，另一个人便是托马斯·塞弗伦斯了。科瓦奇完全没有留意到还有其他人，因为他的所有注意力全都放在了自己的那位上级身上。在科瓦奇的眼里，托马斯·塞弗伦斯从各方面来说都是高人一等，都尊贵无比，所以科瓦奇对他以及他的事业可谓是一片赤胆忠心。而这种忠诚也加重了科瓦奇的自责，他恨自己让塞弗伦斯失望了。

塞弗伦斯打开了直升机的舱门，他的风衣和头发在风中翻飞着。当他从旋转着的螺旋桨下面俯下身体时，他尽可能地让自己的动作依然保持着一分优雅。科瓦奇没办法回应塞弗伦斯向他投来的灿烂一笑，他觉得自己不配得到这笑容。他朝直升机里瞥了一眼，这才发觉里面还有第二名乘客。

于是他的愤怒立即被困惑取代了。

“真高兴见到你，泽里米尔！”托马斯大声地冲他喊道，好让声音盖过直升机涡轮的轰鸣。他意识到了自己这位保安主管脸上的惊异之情，于是“咯咯”地笑了起来。“我敢打赌，你在这世上最不愿意看到和我在一起的人便是他啦，对吗？”

科瓦奇的眼睛一直都没有从亚当·詹纳医生的身上挪开过，他呆呆地回答说：“是的，先生。”

塞弗伦斯把声音的分贝降低了一个八度，并且尽量让自己接下来的话语透着一丝亲密和信任：“是时候让你知道一切了。”

詹纳出现在了机舱口，他用一只戴着手套的手摸了摸绑着绷带的地方，那儿正是科瓦奇在罗马酒店里用手枪打他的部位。“感觉并不太疼，科瓦奇先生。”

10 分钟以后，他们来到了这个地下基地中最为豪华的套房里面。托马斯和他的妻子将在这儿一直待到即将到来的混乱结束为止。这儿有足够的房间和设施，可以容纳两百名“负责主义者”里的头头脑脑们。

塞弗伦斯上一回来这儿的时候，这四间房里除了光秃秃的水泥墙以外就什么也没有了。所以他对于如今房间已经升级为了豪华套房感到十分地满意，除了窗户实际上是台平板电视以外，他丝毫也察觉不出自己正身处于地下 50 英尺的地方。

“这儿简直可以媲美我们在比弗利山的新房子了，”他评论道，手指在如丝缎一般光滑的墙壁上掠过，“海蒂一定会十分喜欢这地方的。”

他请身旁负责接待的服务员给自己上杯咖啡，然后坐到了办公室里的一张椅子上，而那名服务员则因为组织领袖的到来而眉开眼笑着。他身后的平板监视器上所呈现的画面，显示着大海正在拍打着一片岩石丛生的海岸，这番直播的画面是由一部设在基地入口不远处的摄影机拍摄而来的。

詹纳弯下身，坐到了一张长毛绒沙发上。而科瓦奇则立在塞弗伦斯的面前，一副立正站好的姿势。

“泽里米尔，请坐吧。”

这个塞尔维亚人坐到了椅子上，但身体依然紧绷着，毫无放松之感。

“你知道‘要同你的朋友靠近，但要同你的敌人靠得更近’这句老话吗？”当服务员倒着咖啡时，塞弗伦斯问道。没等科瓦奇回答，他便继续说道：“我们最大的敌人，并非只是那些在没有彻底理解我们信念的情形之下便予以肆意嘲弄的人，而且还包括那些曾经信仰过我们的理念，如今却失去了该信念的人。这些人才是我们最大的危害，因为他们曾参与过那些我们没有让外人知道的秘密。利德尔·库珀和我曾经详细地谈论过这个问题。”

当他提到这位“负责主义者”的创始人时，科瓦奇点了点头，然后瞥了一眼詹纳，仿佛在说，詹纳不配跟他们待在同一屋檐下去聆听这位伟大的创立人的名字。这名精神病医生回头看了他一眼，脸上带着一丝温柔的、近乎慈父般的笑容。

“我们决定制造出一名对负责主义颇有研究的专家，一个假如我们成员的家人感到已经失去了对其所爱之人的控制时便会去求助他的人。他还可以趁机去接近那些擅自离开我们组织的人，以便知道他们的意图何在。尔后他便能够向我们报告，而我们也就可以随之采取相应的行动了。”

科瓦奇看着詹纳医生，脸上呈现出了一丝怀疑的神情。“我没弄明白。”

“你还不知道最精彩的部分呢，”塞弗伦斯继续说道，“实际上，我们相信只有一个人能够担此重任。”

“谁呢？”科瓦奇问道。

“还不清楚吗？我亲爱的孩子，说的就是我呀，”此时轮到詹纳开口了，“由于我脸上动了整形手术，又戴了副隐形眼镜，加上已经过了差不多有20年了，所以你都没有认出我来。”

科瓦奇使劲地盯着詹纳打量，仿佛他那尖锐的目光可以看穿他的伪装似的。“我不……”他的声音变得越来越小。

“我是利德尔·库珀啊，科瓦奇先生。”

“您不是已经去世了吗？”科瓦奇不加思索地脱口而出。

“像你这样背景的人，理应知道除非一个人的尸体被找到了，否则不可以就此认定他已经死掉了。我这一生大部分岁月都在航海，所以怎么可能这么轻易便会在一场风暴中丧生呢？”

“我不明白。”

塞弗伦斯开口说道：“利德尔用他的著作为负责主义奠定了基石，为我们制定出了所信奉的基本原则与核心观念。”

“可我不是一名优秀的组织者，”库珀说道，“这方面托马斯还有我的女儿海蒂，要比我出色得多。我讨厌发表公开演说、召开会议或是各种日复一日的琐事。所以由他们让负责主义运动发展壮大，而我则发挥不同的作用，扮演保护者的角色。通过假扮成我们最大的批评者，我便可以密切注意到每一个试图危害我们的人了。”

科瓦奇终于开了腔：“所有您让其与我们作对的人，您都对他们进行了反思想侵蚀的工作吗？”

“他们无论如何也是会离开的，”库珀博士轻快地回答说，“而我所要做的，便是尽可能让他们对我们的攻击和批评减到最低。他们反正已经是人在曹营心在汉了，不过最为重要的是他们中没有一个人对我们的秘密知情甚多。”

“那在罗马发生的事情又是怎么回事呢？”

“那是一样的，”库珀承认道，“我们不知道凯尔·汉利的父亲是通过什么渠道雇佣了一支解救队伍的。我一得知他们将要把凯尔送到罗马来接受反思想侵蚀的初步心理治疗，便立马给托马斯打了电话，好让你可以及时赶到罗马来。尔后我又打电话告诉了托马斯酒店的名字和房间号，这样一来你就能够把凯尔给抓回来了。我们不晓得这男孩究竟知道多少，或者向他父亲透露了些什么。”

“对了，那男孩的父亲你审问得如何了？”托马斯·塞弗伦斯问道。

科瓦奇垂下了眼帘。要在塞弗伦斯面前承认自己的挫败已经够难受的了，现在还要当着伟大的利德尔·库珀博士的面，他简直开不了口。要知道，正是库珀的理论让他的生命有了意义。

“泽里米尔？”

“他逃走了，塞弗伦斯先生。我不知道他是怎么办到的，可他的确从牢房里溜了出去，然后离开了地下室，逃到了地面上。他还干掉了我们的一名技工，并且伤了其他两名技工。”

“他还在岛上吗？”

“他偷了一辆全地形车，昨晚风暴很大，能见度只有几米，他一定看不见悬崖的。今天早上退潮的时候，我们派出的一支搜查队发现了那部车子，但却不见那个家伙的人影。”

“除非你看到了尸体，否则可不能轻言他已经死了，”利德尔·库珀拖长声调说道。

“先生，我对您怀有无比的尊敬和钦佩，”科瓦奇说道，“但是我认为那个叫汉利的家伙极有可能在风暴中出了车祸。他逃走的时候身体状况也很糟糕，所以我十分怀疑他在又是风暴又是受了伤的情况之下还能侥幸生还。”

他没有谈到自己在汉利的腿部发现了一块植入的生物电芯片，因为他不希望散布疑云。派出去的几队搜查小组还在“负责主义者”位于爱琴岛上的私人领地里四处搜索着，假如他们发现了那个逃跑者，一定会直接报告给他的。在自己的声誉被损之前，科瓦奇将会得到他们所需要的信息并且处理掉汉利的。他补充了一句：“当然了，我们将继续搜寻那个人的下落。”

“这是自然，”库珀说道。

科瓦奇把全部注意力都转到了库珀身上。“先生，我可以跟您谈谈在过去的这几年里为您工作我是多么地受益匪浅吗？您的著作以一种潜移默化的方式从根本上改变了我的人生。如果我可以握一下您的手，我将会感到莫大的光荣。”

“谢谢你，泽里米尔。不过，唉，我无法满足你的这个愿望。尽管我看起来很年轻，但我实际上差不多都快 83 岁了。当我还在从事遗传学研究的时候，我培育出了一种专为我的 DNA 定制的防止器官移植后产生排斥的药物，如此一来我便可以获得新的、强健的心脏、肺、肾脏以及眼睛了。而整形手术使我看起来比实际年龄年轻许多，我的臀部、膝盖都是人工的。我保持均衡的饮食，偶尔喝杯酒，从不吸烟。我觉得我应当可以一直活到 120 岁左右，享受一种充实的、有活力的人生。”他举起了自己那两只戴着手套的手，手指已经弯曲变形了，犹如一株古树的枝干。“可是，我的家族有关节炎的遗传病史，所以我无法抵挡住这些手指关节的日渐弯曲。我多么想同你握一握手，作为对你一贯以来优秀表现的赞誉以及你刚才所说的那番溢美之词的感谢，然而我却无法达成所愿。”

“我能理解，”科瓦奇感觉有点儿讽刺，因为眼前的这个男人，一方面倡导着世界人口的减少，一方面却又在人为地延长着自己的寿命。

“还有，不要太过担心了，”库珀继续说道，“凯尔·汉利只在希腊待了很短一段时间，所以他不会知道太多的。即使他的父亲把消息透露给了政府的有关部门，他们也没有时间来做出反应了。审问那位父亲并不是什么太重要的事儿，所以你不要在这事上太过烦心了。”

“是，先生，”科瓦奇回答道。

“至于另外一件事情，”塞弗伦斯说道，“我们得把时间表加快了。”

“因为凯尔·汉利的获救吗？”

“这只是一部分的原因，另一个原因则是基尔·马泰尔的自杀。我们在希腊官方那儿没有遇到什么麻烦，但是雅典市政府已经开始对我们的事情感兴趣了。利德尔和我认为，假如我们要派出新兵的话，那么最好的时机便是现在。他们需要知道的并不太多，所以实际上也就没有理由再耽搁下去了。我们自然会为这一简短公告付费的，”塞弗伦斯的嘴角浮现了一抹邪恶的笑容，“当然，我们也支付得起。”

“您要把50个队伍都派出去吗？”

“是的，嗯，确切说是49个。已经有一队人马登上了‘黄金天空号’，作为疾病传播效率的最后一次测试。所以是50个队伍和50艘游轮，每个人各就各位需要花上3到4天的时间。有些船在海上，而另一些船则在地球的另一边。我们的人将携带着由利德尔发明、我们在菲律宾制造的病毒去往世界各地。预置一次测试需要花多长时间呢？”

科瓦奇想了一会儿。“或许要到今天下去。我们需要启动其他引擎来给电池充满电，还要稳定电力的分配以保护天线。”

“我们给‘黄金天空号’上的人的测试性病毒是一个样本，一种起效迅速的鼻病毒，所以我们将会在12小时内知道接收器是否收到了信号。只要我们不迟于今晚把它发射出去，我们就会没事。当然，船上还有第二个队伍负责来散布我们的主病毒。”

“先生们,这是一个伟大的时刻,”利德尔·库珀激动万分地说道，“我为之奋斗的一切即将迎来一个顶峰，不久则将会有一个崭新的开始，将会有人性的闪光。令我们的自然资源不堪重负的庞大人口将会消失，由于在接下来的一个世代里，世界上将会有一半的人无法生育，所以我们的人口数目将恢复到一个地球能够承受的水平。我们对大自然不会再是需索无度了，我们将告别饥饿和贫穷，将阻挡住全球变暖这一可怕的趋势。

“全世界的政客们对于消除贫困以及气候恶化等问题仅仅是停留在口头上，他们提出了一些短期计划，让选民们以为他们正采取着某些举措。然而我们知道这些全都是谎言，一个人只要去看看报纸或是听听新闻便会知道其实什么都没有改变。事实上，情况只是不断地在恶化而已。对土地和水资源的争夺已经令冲突日益激增和尖锐，多少人已经对于支持减少石油供给抱持麻木漠然的态度了？

“他们声称，假如人类改变其生活习惯的话——比如少开车、购买面积小一些的住房、使用节能灯泡等等，我们就可以解决人类所面临的各种困境。这可真是天大的笑话！没有人愿意放弃奢华享受，因为这同我们人类最根深蒂固的本性是相违背的。不，呼吁人们做出一些微不足道的牺牲并不是真正的解决之道，因为它没有触及到问题的症结所在，只有减少人口才是唯一的解决途径。

“其实他们全都明白这才是唯一的方法，然而却没有勇气去承认这一点，所以我们的世界日益混乱不堪。正如我在著作中曾写道的那样，人类的繁衍其实是一条通往死亡的道路。对于生儿育女的渴望，或许是世界上最为强大的力量，人类无法克制这种渴望。然而自然界可以通过一系列的调节手段来对其加以控制，比如每种动物都有各自的天敌，比如森林火灾可以令土壤更新，比如水灾、旱灾会不定时地爆发。然而人类借助着发达的大脑，不断地寻找到各种方法来躲避大自然为了控制其人口的过度繁衍所做的种种努力。我们消灭了那些视我们为猎物的动物，如此一来，大自然中只剩下了少数飞禽猛兽，其余的则被关进了动物园的笼子里。于是唯一有助于减少人口数量的便只剩下一些可以致病的普通细菌了，然而我们又发明出了各种疫苗。我们一直拼命繁衍着，就仿佛依然认为每三个孩子当中便会有两个因为各种天灾人祸而夭折一样。

“只有一个国家有勇气来承认其人口增长过快，然而即使是他们也无力减缓人口的增长。中国努力使计划生育成为列入宪法的国策，然而今天这个国家的人口依然比 25 年前多出了 2 亿。假如连它也无法阻挡住人口增长的步伐，那么我想没有一个国家可以办得到了。

“人类是无法从根本上予以改变的，这便是为什么由我们来肩负起这一神圣使命的缘故。当然了，我们绝非丧心病狂之徒，我原本可以用研发出来的这些病毒不加选择地大开杀戒的，然而我绝不会去想着要把数十亿人口全给消灭掉。所以什么才是解决之道呢？我一开始所使用的出血性病毒具有让被感染者不育的副作用，但这种病毒的死亡率接近百分之五十。在放弃了医学研究以后，我探究过好几万种病毒以及它们的变种，我将病毒的致命性诱发出来，但同时又让其保留着我所想要的某种特性。当我们在这 50 条船上释放病毒的时候，会使将近 10 万人感染。听上去这已经是个庞大的数目了，然而其实这仅仅是冰山一角罢了。船上的这些乘客和船员们来自世界各地，来自社会的各个阶层，一艘游轮就像是社会的一个缩影，从工商业巨头到身份低微的下级水手，各色人俱全。我希望做到完全的一视同仁，没有任何人会例外。他们将会携带着病毒回到各自位于密歇根州市郊的家里、中欧的村子或是孟加拉的贫民窟。

“病毒将在宿主身上毫无症状地潜伏上几个月的时间，在这期间它将会从一个人传播到另一个人的身上。尔后才会出现感染的初步迹象，看起来似乎世界上的每一个人都患上了轻度流感，并且伴有发烧的症状。死亡率应当不会达到百分之百，不过那些免疫力较弱的人就难以幸存下来了。这之后，当人们开始发觉自己无法生育子女并寻找原因时，他们将会获知世界上有一半的人口都不能够为人父母了。

“当这一严酷的事实袭来时，将会爆发巨大的骚动。倍感恐慌的人们会去寻求那些政治领袖们害怕去询问的问题的答案。不过这一时期并不会太长——最多几个礼拜或数月。世界经济将会因此而停滞不前，但是我们可以对其加以调整，因为人类的另外一种伟大的动力，便是具有适应与调节的能力。尔后，哦，我的朋友们，我们便把所有的问题都给迎刃而解了，便把人类社会的各种病态都给疗治消除了，从而开创一个前所未有的繁荣时期。”

泽里米尔·科瓦奇一改男儿有泪不轻弹的硬汉做派，一滴热眼从他的面颊上滚落了下来，他没有伸出手来将泪水擦掉。尽管托马斯·塞弗伦斯已经跟库珀相交多年，也无数次听过他的演讲，然而此刻他也不禁动容起来。

第26章

“那两个人就在那儿，”琳达·罗斯一边说，一边用手指了指。

马克·墨菲顺着她手臂所指的方向望去，立即看到了那对夫妇。那些高声喧哗着从“黄金天空号”上鱼贯而下的乘客们基本上全都是些中老年人，所以这对看上去只有30来岁的一男一女便显得格外地突出。两个人牵着一个大约8岁左右的小女孩，那女孩身穿一条粉红色的裙子，脚上则是一双玛丽·简的低跟女鞋。

那女人将自己信用卡大小的船卡递给了丈夫，那男人把船卡塞进了钱包里，然后又把钱包放到了胸前的口袋中。马克见状说道：“简直就是小菜一碟。”

这群登岸的乘客正热切地想要去游览圣·索菲亚大教堂、蓝色清真寺和托普卡帕宫，然后再去集市上买些羊毛制品。他们身后的那艘“黄金天空号”，看起来要比它的那条姊妹船“黄金黎明号”更加神秘怪异一些。马克每次朝这艘船看上一眼，那些令人不寒而栗的记忆便会浮现在他的脑海中。当他主动请缨表示要参加此次行动时，并未料到此刻自己一想到即将要登上这艘游轮便会忍不住浑身发抖。

那个年轻的三口之家转向了路边，琳达冲着他们的方向点了点头，说道：“他们将会去巴士那里。”十几辆被包下来的巴士正停在不远处。乘客们正在向乘务员出示着自己的上车凭证。

“我们是现在就动手呢还是跟随他们到市中心去呢？”

“机不可失，现在就干吧。”

他们等着那一家三口走到了他们的前面，然后悠闲地汇入到了人群之中。他们毫不费力地在这群步伐缓慢的人当中穿行而过，直到目标就在跟前，而那三个人压根就不知道自己正被人跟踪了。

“快点！”琳达突然大声叫喊起来，“我觉得我们的巴士就要开走了。”

马克加快了步子，当他从那个男人身边经过时，他故意撞到了对方的身上。那人立即去摸自己的钱包。把钱包放在胸前口袋里，当有人意外撞到自己身上时赶忙去摸钱包是否还在，这是一个经验老到的旅行者会做的事情。在大多数情况下，这样的安全防范手段已经足够了。然而就像他们事先所计划好的那样，紧接着琳达又从那个男人身旁擦身而过，不过这一次他并没有感觉受到了威胁，所以也就没再去检查自己的钱包是否还在口袋里了。

他压根就不知道其实琳达的那只小手已经探进了自己的口袋中，将钱包给取了出来。

假如是名业余者的话，一旦钱包得手，便会立即转变行路的方向。然而琳达和墨菲却继续扮成匆忙赶路的乘客，大步流星地朝着巴士停靠的方向走去。他们在其中一辆巴士旁闲荡了一会儿，一直等到那个三口之家在另一辆巴士旁向乘务员出示着他们的上车证件然后登上了巴士。只有到了这个时候,琳达和墨菲才赶忙冲出了人群，返回到了他们停放租来的汽车的地方。

琳达站在开着的后车门旁，用身体挡在那儿，以防止某个好奇的过路人看见了车内的情形。马克拿出了从“俄勒冈号”带来的一个工具包，从里面取出了一把解剖刀，将证件上的透明塑料给揭了下来，接着有把上面的照片给切掉了。然后他将一张大小适合的琳达的照片插了进去，再用一台电池式层合机给那张证件做着加工。他花了一会儿工夫来把证件给压平整，最后则在上面重新附了一片塑料。

“弄好了，给你，苏珊·达德利女士，”他一边说，一边将这张仍然微温的卡片拿给琳达看。

“没想到你还真有两把刷子啊，”琳达评论道。

“我 15 岁就被麻省理工给录取了，所以你最好相信我知道如何制作假证件。”

琳达注意到他的话语里面似乎在暗示着什么，于是说道：“在那个强手林立的地方学习一定不容易吧。”

马克停下了手里的活儿，抬起头来看着她。“你可以想象那个地方充满了各种稀奇古怪的家伙们，不过我是一个不同凡响的人。校方向我的父母保证说，他们有专门的辅导员来帮助那些小小年纪便进入大学的神童们较为容易地实现心理上的过度。这简直就是胡说八道。我完全可以独立地置身于世界上竞争最为激烈的环境之中。这便是为什么我要加入到胡安的公司里来的缘故。”

“哼哈！难道不是为了钱吗？”琳达取笑他道。

“我可不是在吹牛，真的不是为了钱。你们这些人是以平等的态度来对待我的。在我设计武器系统的时候，那些充满男子气概的高级军官们便会在一旁大摇大摆地走着，他们看着我们的眼神，就好像我们是些昆虫或其他什么低等动物似的。当然，他们喜欢我们提供给他们的那些玩意儿，但倘若武器没能成功发射的话，他们又会对我们怒气冲天。这就仿佛又回到了高中时代一样。在自助餐厅里，那些军官们自顾自地围坐在一起，而我们则待在角落里头，心中默默地希望着能够被注意到，真的是有点儿可怜。

“但这种情形不会出现在‘俄勒冈号’上，我们就像一个大家庭一样。你、林肯还有胡安不会让埃里克和我感觉自己像是个局外人，即使我们多少有些书呆子气，不善交际。我这辈子头一次在走进闹哄哄的餐厅时不用觉得自己必须要去寻找一张空桌子。”他似乎觉得自己有些说多了，于是冲她咧嘴一笑，说道：“我希望你别笑话我。”

“今晚在船上你可以请我喝一杯。”

马克看上去颇感吃惊，尔后他的嘴角边浮起了一抹会心的笑容。“我们没有发现是绝不会离开‘黄金天空号’的，对不对？”

她将一只手按在了胸前，做出一副吃惊的表情。“你真的打算要我因为违背了埃迪的指示而受到责备吗？”

“没错。”

“你感到吃惊吗？”

“不。”

“游戏还要继续吗？”

“我正在制作第二张假证件。”

“好样的。”

马克把两张卡片放进了一个接在一台笔记本电脑上的电子设备里头，然后给内置的磁条进行了重新编码。10分钟以后，他和琳达站在了“黄金天空号”的跳板底端。在他们附近，一台叉式升降机正在把货盘装上船。海鸥在游轮上方不停地盘旋、尖叫着，就好像空战里的军用机一样。

“一切都好吗，达德利夫人？”当他们说希望回到自己的船舱里时，操作着跳板的事务长问道。

“还好，就是膝盖有点儿痛，”马克说道，“我在大学里踢足球的时候，把膝关节前交叉韧带给拉伤过，所以时不时地会发作一下。”

“您知道，我们在船上备有医生，他可以给您看看，”事务长在一个电子监控器上把两张卡给刷了刷，“有些奇怪呀。”

“出什么问题了吗？”

“没有，嗯，是的。当我刷你们的卡时，我的电脑上什么都没有。”

作为游轮保安系统的一部分，电子身份证会在电脑上调出一份文档，上面有持证人的照片及其旅游路线的相关信息。马克将偷来的卡重新编程了，所以电脑上显示不了任何信息。事务长要么不得不去相信这两个人站在自己面前、声称自己便是持卡者的人，要么暂不让他们通过，等到有人来修理一下电脑再说。由于顾客服务是如此的重要，因为他不太可能仅仅因为电脑出了点小故障就给乘客制造不便的。

事务长拿出自己的职员身份证件在扫描仪上划了划，当他的照片出现在了电脑屏幕上时，他便将那两张卡递还给了墨菲。“您的卡读不了了。等您回到自己的船舱以后，给事务长办公室打个电话，他们会安排给您换卡的。”

“好的，谢谢。”马克接过了那两张卡，放进了自己的口袋里。他跟琳达手挽手地爬上了跳板，并且一拐一拐地走着。

“在大学里踢球的时候？”当他们走出了老远，确定那位事务长听不见时，她问道。

马克轻轻地拍了拍自己松垮垮的肚皮，笑着说道：“膝盖受伤以后这不就没再运动了吗？”

他们进到了游轮中庭那一层。中庭的天花板有四层楼高，还装饰着一个彩色玻璃的拱顶。乘客们可以搭乘两个透明电梯升到上层去。每一层甲板的边缘都镶着安全玻璃的面板，面板上方则是锃亮的铜围栏。水从一道玫瑰色的大理石墙壁上落下来，汇进了电梯对面一个造型朴素的人造喷泉里。从他们站着的地方望过去，可以看见一些面积很小的奢侈品商店，一盏氖光灯悬在通往娱乐场的路上。所有这一切看起来富丽堂皇但又有些流于俗气。

当他们还在“俄勒冈号”上的时候便已经讨论过他们的计划了，两人都从游轮的网站上详细研究了这艘船的布局，所以现在无需再交谈了。他们朝着喷泉后面的公共洗手间径直走去，琳达从她的手提包里拿出了一捆衣服递给了马克。不一会儿，他们便换上了工作人员的连体服，衣服胸前还有金线缝着的游轮的标志，这得多亏了凯文·尼克松的“演艺用品商店”。琳达把脸上的妆都给卸掉了，马克用一顶标有游轮名称的棒球帽将他那头乱蓬蓬的头发给掩盖了起来。这套维修工人的制服可以让他俩在船上畅行无阻。

“如果我们分开了的话要在哪里碰头呢？”琳达问道。

“掷骰子的赌桌前如何？”

“别说笑了。”

“阅览室。”

“阅览室，”她鹦鹉学舌地说道，“好的，让我们玩一把‘南茜·德鲁’[①]好了。”

“是‘哈迪男孩’[②]。”

“我负责此次行动，所以名字得由我来取。你可以做我的伙伴，乔治·菲尼。”

令琳达吃惊的是，马克问道：“不是爱德华·尼克森吗？”这是游戏中南茜男友的名字。

“别做白日梦了，哪天我们得谈谈你那永远停留在青春期的阅读

---

① 游戏名——译者注

② 游戏名——译者注

习惯。”

离开游轮公共区域的捷径，便是穿过船上的厨房，所以他们爬了几级楼梯，找到了主饭厅。饭厅很大，足以容纳 300 人就餐，此时饭厅里没有人，除了几名清洁工正在给地毯吸尘以外。

他们故意迂回地绕过一张张餐桌朝后面走去，然后进到了厨房里头。当他们迈步进来时，一位厨师抬起眼来看了看，不过没说什么。琳达扫视了一下四周。与饭厅的空荡荡截然不同，这间船上厨房里面倒是格外的热闹，员工们正忙着准备下一顿餐食。浓郁的香气从那些冒着泡泡的罐子里升了起来，而那些给厨师打下手的员工们则忙着打扫、剁肉和切片。

厨房后面有一扇门，通往一条照明通亮的走道。他们发现了一个楼梯，于是拾级而下。他们从一群准备换班的女侍应身旁经过，尔后还遇到了其他几个人，但没有一个人多瞅上他们两眼。从某种意义上来说，他们这副大楼管理员的打扮是不会引起任何人的注意的。

马克看见船舱壁上靠着一把折叠梯子，于是便一把抓起了梯子，以作为进一步的伪装。

“黄金天空号”泊在了码头，大多数乘客也都上岸去了，所以船上的轮机舱里几乎空无一人。于是在接下来的几个钟头里，琳达和马克爬遍了船上的每一条输气管、输水管和输电管，试图寻找任何不寻常的迹象。不同于胡安在“黄金天空号”那艘倒霉的姊妹船上时的时间紧迫，他们的搜寻可谓是不慌不忙、有条不紊，然而最后的结果却是一样的。

“什么也没有发现，”马克怏怏地说道，他的声音里满是沮丧，因为他对于自己一无所获感到十分恼火，“没有任何东西附在通风设备或供水系统上。”

“当然，这些是传播病毒最有效率的方法了，”琳达用一个废棉球擦掉了满手的油污，“还有其他什么办法吗？”

“除了走遍各个地方，用喷雾器在船上的每一处表面喷洒以外，我想不出任何其他的方法了。假如我们下到这儿来需要用上这么久的时间，那么负责主义者们或许也会一样。”他指着头顶，在那儿，大如桶状的管道被固定在天花板上。“我可以在两个钟头以内把一节管道给拆开来，然后在里面布置好我的散布系统。”

琳达摇了摇头。“这么干被抓住的风险很大。一定是其他某种更简单、更快捷的方式。”

“我知道，我知道，我知道。”马克似乎有些被触怒了，他的脑子里开始感到有些头痛起来。“我记得胡安在‘黄金黎明号’上曾说过他想要去看看空调系统的主通风口，我们或许也该去查看一下那地方。”

“主通风口在哪儿呢？”

“甲板上。最大的可能是在通风井的前面。”

“那样很容易暴露的。”

“所以我们应该等到今晚再行动。”

“那我们先回到公共区域去换一下衣服吧。”

两人一路蜿蜒着离开了迷宫般的轮机舱，最后来到了一条人山人海的走廊上。身穿不同制服的客服部员工们正在为迎接乘客们的返回而忙碌着，机械师们则朝着轮机舱走去，为离开伊斯坦布尔做准备。

琳达朝门口旁的洗衣房看了一眼，结果这偶然的一瞥突然引起了她的注意。一个约莫30来岁的男人，穿着一件跟琳达身上的衣服十分相似的制服，正站在洗衣房的外面。吸引琳达目光的，并不是这个男人本身抑或他那随意的姿态。而是当他们的目光相遇时，那人把脸转了过去。她意识到她在厨房里头见到的第一位厨师当时也是这种鬼鬼祟祟的眼神，当一个人身处自己其实并不属于的地方时，便会是这种神情。

他轻轻地转过脸去，然而随后却又偷偷地朝身后瞥了一眼。当他发现琳达依然在盯着自己看时，便立即朝着相反方向跑开了。

“嗨！”琳达叫喊道，“站住！”

她开始追赶那人，马克则跟在她的身后。

“不，你别跟来，”琳达说道，“查查这儿是否还有他们的人。”

马克转过身来往回跑去，留下琳达独自去追赶那人了。

那人比琳达领先大约20英尺的距离，然而这一优势似乎并没有给他带来多少好处，因为琳达想要抓住他的决心比他逃脱掉的能力更大一些。她不断缩小着两人之间的距离，大步流星地跑过无数个拐角。她像瞪羚般轻盈地跳跃着，但同时又有着一头正在追捕猎物的豹子的凶猛。

当他们爬上了一级楼梯时，他又把距离给拉大了一些。因为他可以一步跨三级楼梯，而琳达却只能爬两级。他们从那些倍感吃惊的工人们身旁跑了过去。此刻琳达最希望的便是能够大声地呼救，可惜她不能这么做，因为这样一来的话她就需要对自己非法登船的行为进行一番解释了。

那人从一个门口一闪而过，不一会儿琳达也来到了门口。

她压根就没有看见有拳头朝自己伸了过来。那人挥了一拳，正好打在了她的下巴上。虽然那人并非是一个受过训练的拳击手，然而这一击却足以让琳达晕头转向了，她踉踉跄跄地撞在了墙上。他在她的面前站立了一会儿，然后便跑走了，留下琳达在那里慢慢缓过神来。

琳达丝毫不顾自己有否受伤，她站起身来，继续在那人身后追赶过去。然而由于她头晕眼花，所以每跑一步都有些摇摇晃晃。

“打女人，你还是个男人吗？”她咕哝着说道。

他们跑到了“百老汇”上，这是一条很长的中央走廊，差不多有整艘船的长度，船员们可以通过这条走廊从所住的船舱去往各自的当班区域。一些有艺术细胞的船员们甚至搭起了那种戏院的大帐篷，就像那条著名的纽约街道一样，而这条走廊也正是从“百老汇”取名而来的。

“事出紧急，借过借过。”

当他们在拥挤的船员们身旁经过时，琳达能够听见那人这么叫喊着。这些船员们有的是要前往自己的岗位，有的则是出来闲逛一下或是搞搞社交什么的。他在人群中穿来穿去，活像是一条在草丛间灵活穿行的蛇。而琳达则感觉自己的脑袋都快要爆炸了。

他拐进了另一扇门里，然后开始爬起楼梯来。5 秒钟之后，琳达尾随而至，把门给撞开了。每上一级楼梯，她都得用扶手来支撑着自己的身体，她拐了几个弯，并且知道他们很快便会到达乘客的膳宿区。假如那家伙很聪明，假如他对游轮十分熟悉，那么他们很有可能距离他的船舱很近了。如果琳达没能看见是哪间船舱的话，她就永远无法再找到他了。

他冲上了最顶一级楼梯，然后推门而入，结果撞倒了一名老妇人及其坐在轮椅上的丈夫。那对夫妇纠缠着他想要理论一番，于是他就这样把领先的几秒钟时间给失去了。琳达也从门里进来了，然后门在她身后自动合上了。她的嘴角边浮起了一抹无情的笑，因为他们已经来到了中庭的上一层。

那人回过头来，发觉琳达距离自己只有几步远了。于是他赶忙加快了步伐，朝着那两个透明电梯前的台阶跑去。中庭的顶层提供给乘客的空间很少，店铺则位于下面一层，更下面一层的人自然会多一些。琳达先前曾看见船上卖珠宝的店铺外面站有警卫，所以她不能够冒着被保安拦住的风险。

他们几乎快要步上电梯前的台阶了，这时候她纵身一跃，手臂往前伸去。她的手指抓住了那人衣服的袖口，这一抓足以把他给绊倒了。由于他们一直都是用全速在跑，所以冲力使得他一头栽到了玻璃板的围栏上。之所以设计有玻璃板，就是为了防止这类撞击的。然而一个支撑托架的焊接点突然“砰”的一声开了，结果整块玻璃板垮落了下来。玻璃板落了四层楼的高度，然后撞到地板上，碎片四溅，于是中庭里震惊的尖叫声四起。

琳达刚一抓住那人的袖口便松开了手，尔后跟那名负责主义者一样也滑倒在了如丝绸般光滑的地板上。当那人翻了个筋斗越过边缘时，他成功地抓住了一根铜栏杆。琳达试图去握住他的手，他抬起眼来看了她一会儿。在她看来，他的眼神类似于那种自杀式炸弹袭击者在引爆前的一瞬间会出现的神情——放弃、恐惧、骄傲，而最多的则是反叛的怒火。

没等她抓住他的手腕，他便松开了握着栏杆的手，在她凝视之下垂直落了下去。他落了大约 40 英尺的高度，背部着地撞到了瓷砖地板上。在坠地之前的最后那一秒钟，他把头偏到了一侧。裂开的骨头碎片从他的衣服里伸了出来，鲜血四溅。即使站在四层楼的高度上，琳达也能够看出他的头骨已经被摔扁了一半。

她没有时间来消化这一恐怖景象，而是立即站起身来。那对老年夫妇一直都在努力着想要那位老先生弄回到轮椅上去，所以并没有看见这一幕。她躲在了一盆非常大的棕榈叶盆栽的后面，将身上的连体工作服给脱了下来，塞进了手提包里。她怎么也弄不干净工作服的胳膊下面那些潮湿的污点。

阅览室就在前面，靠近游轮的电影院，然而琳达却向后转去。船尾附近有一个能够俯瞰游泳池的酒吧，她知道假如她在接下来的2分钟内不喝上一口白兰地的话，那么她吃下肚的早餐一定会吐出来的。

一个钟头以后，当一辆土耳其救护车驶离游轮时，她仍然还坐在酒吧里头。救护车的灯熄灭了，警报器也安静了下来。过了一会儿，游轮的汽笛尖声地响了起来。“黄金天空号”终于要离港了。

第27章

每一次胡安眨眼，都像是他在用砂纸擦着眼睛一样。他喝了太多咖啡，这些咖啡已经在他的胃里面泛酸了，而他吞下去的那些止痛药并没能让他的头痛有丝毫的减轻。不用照镜子他也知道自己的面色一定如死人一般苍白，就仿佛身体里的血液都排干了似的。他把一只手搁在了头上，感觉似乎就连他的头发也在一阵阵疼痛着，虽然这是不可能会发生的事儿。

风穿过水上出租车的挡风玻璃吹了进来，然而这风却并没有像往常那样让他精神为之一振，而是令他瑟瑟发抖，尽管气温比较适中。富兰克林·林肯在快艇后面的长椅上紧挨他坐着，他四肢摊开，摆了一个舒服放松的姿势。他微张着嘴巴，偶尔发出的鼾声居然能把引擎的隆隆声都给盖过了。

那位在48小时前曾把他们从“俄勒冈号”载去蒙特卡洛的驾驶员今天休假了，而林肯对她的接替者毫无兴趣，自然也就呼呼大睡起来了。

胡安之所以能一直忍着困意到现在是因为他很生气，生气琳达和马克违背了埃迪要他们在“黄金天空号”离开伊斯坦布尔以前一定要下船的命令。这两个无票偷乘者在继续搜寻有关负责主义者们计划用病毒对游轮发动袭击的证据。

卡布里打算等再次看到他俩时采取先惩罚后嘉奖的政策，先将他们投到禁闭室里去关上一时半会儿，然后再给予晋升，以表彰其献身精神。他一直对自己集结起来的这支英勇无比的队伍感到分外地自豪，而现在他更是觉得骄傲无比。

卡布里的思绪回到了马克斯·汉利的身上，于是他的心情变得更加糟糕了。托马斯·塞弗伦斯依然没有回复只言片语，时间每过去一分钟，胡安就越觉得越来越没有可能接到塞弗伦斯的回音了，因为马克斯一定已经死掉了。胡安只能把这个想法深埋于心而不会说出来，甚至就连一想到这个他都会觉得无比负疚，然而他无法摆脱这一悲观的情绪。

由于伊凡·克里科夫的那艘豪华游艇“套娃号”已经返回到了内港，于是“俄勒冈号”也就再一次在距离海岸大约1英里的地方抛锚停泊了下来。胡安细细打量起了自己的船，只需一瞥他便能够看出这艘船在其巅峰时期一定是漂亮极了。这船有着完美的比例，船首和船尾处稍有倾斜，一排排起重机令它看起来颇有商业繁华之感。他可以想象这船新刷了油漆，甲板上的垃圾都被清除干净了，面朝着太平洋西北的辽阔海洋会是何种景象。这艘货轮曾无数次地运送着木材往返于这片海域之中。

然而当他们此刻驶抵了“俄勒冈号”时，他所见到的只有锈迹斑斑的船壳和斑驳脱落的油漆，松垮垮的绳索穿过起重机垂了下来，犹如一张破裂开的蜘蛛网。这船看上去孤独而凄惨，似乎已经被废弃了许久,而且时常还会有鬼魂出没一般。它没有任何光彩照人之处，甚至连吊在船中部吊艇柱上的救生艇的螺旋桨也没有令其有一分一毫的增色。

那条打磨光滑的快艇驶到了登船梯的下方。海水如此平静，驾驶员掌控得如此熟练，以至于都没有必要设置橡胶护舷。

胡安用脚轻轻踢了踢林肯的膝盖，于是这个大块头咕哝着醒了过来。“你这家伙坏了我的美梦，”他一边说，一边打了个大大的呵欠，“我正跟安吉丽娜·朱莉在一起呢。”

胡安递给了他一只手，将他给扶了起来。“可惜我实在是太累了，所以我甚至连跟她亲热的想法都没有。”

两人提起了各自的背包，向搭载他们的那名年轻女驾驶员表示了谢意，然后便踏上了登船梯。等到他们上到了梯子顶端的时候，胡安觉得仿佛自己是在攀爬珠峰一般。

赫胥黎医生在船上迎接着他们，此外还有埃迪·盛和埃里克·斯通。她向胡安投来一个明媚的笑容，而且差不多乐得都要跳起来了。埃迪和斯通也是笑容满面。他起先还以为他们是有了马克斯的消息，但转念一想，假如果真如此的话，那么当他下了从马尼拉飞来的航班在机场给他们打电话的时候，他们应该就会告诉他的。

他刚一在甲板上站稳了脚,朱莉娅便用胳膊搂住了他的肩膀。“胡安·罗得里格斯·卡布里，你简直是个天才！”

“这我可不敢同意啊，不过你这番溢美之辞倒是提醒了我，这次行动我的确完成得漂亮。”

“埃里克从英国的一所大学找到一个有关楔形文字的在线数据库。他能够翻译出你发给我们的用手机拍摄下来的石碑上的文字。”

他们一抵达马尼拉机场，卡布里便把那些照片用电邮发了过去。

“是电脑能够翻译出这些碑文来，”埃里克纠正道，“而我就连一句古梵文也不会说。”

“总之它是一种病毒，”朱莉娅滔滔不绝地说道，“据我推断，它是一种流行性感冒，不过与医学史上曾见过的任何一种感冒病菌都不同。它有一种出血性成分，差不多类似于埃博拉或马尔堡病毒。最棒的地方则是，我认为詹妮·达尔拥有天然的免疫能力，因为这种病毒第一次爆发是在一艘船上，而那条船的靠岸地点就在她成长的那个村子附近，所以我相信她是当时某位船员的后代。”

她的语速快得就跟放机关枪似的，胡安几乎都跟不上她说的了。“你到底在谈些什么呀？船？什么船？”

“当然是诺亚方舟了。”

卡布里惊愕地看了她好一会儿，然后才有了反应。他把双手举了起来，就像一名拳击手在乞求搏击停止时会做的姿势一样。“你待会儿再把整件事情从头到尾地跟我说一遍，不过现在我需要先洗个热水澡，再喝上一杯，然后吃些东西，或者顺序也可以颠倒一下。给我 20 分钟，然后在会议室碰头。告诉莫里斯，我想要杯橙汁、半个葡萄柚、鸡蛋卷、面包、土豆、再配些龙蒿叶。”现在差不多到晚饭时间了，然而他的身体却告诉他说希望吃顿早饭。他转身走开了，不过又回过头来瞥了朱莉娅一眼。“诺亚方舟？”

她点了点头，犹如一个保守着秘密的小女孩一般。

“这我可得好好听听。”

30分钟以后，胡安用完了餐，他胃里的酸味已经被一种心满意足的微热感给取代了，他觉得自己已经有了足够的能量来听朱莉娅的报告了。

他先看了看埃里克，因为他已经完成了翻译。“好的，从头开始说吧。”

“有关如何提高照片的清晰度以及找到一个楔形文字的数据库的种种细节，我就不向您一一详述了，不过做这些真的让我劳心劳力了好一阵子。根据我的所知所学，您发现的碑文十分地古老。”

卡布里回忆了一会儿，然后示意斯通继续说下去。

“我把这个难题转交给了电脑。我花了5个钟头来调整程序，然后开始新的系统设置。运算法则格外繁复，我把模糊逻辑的原则发挥到了极点。一旦电脑开始识别出了细微差别，运算起来就会变得容易一些了。在经过了多次的调整以后，才终于获得了一个完整的故事。”

“诺亚方舟的故事吗？”

“您或许有所不知，这个记载在《吉尔伽美什[①]》中的史诗般的故事，在19世纪的时候由一个英国人从楔形文字翻译了过来。该故事记叙了一场1000年前所爆发的洪水的情节，尔后这一故事又出现在了希伯来人的《旧约》之中。世界上的许多文明也都有过关于洪

① 吉尔伽美什：埃雷克半神的国王，也是巴比伦尼亚南部的一个城市的名字，这个国王是神话传说的史诗集成中的英雄人物，其中一个故事讲叙了覆盖地球的一次水灾。——译者注

水的古老神话传说。人类学家们认为，这是因为人类文明是在沿海地区或河流的沿岸兴起的，而国王和神职人员们便用洪水的威胁来警诫民众安分守己。”埃里克推了推架在鼻梁上的铁框眼睛，继续说道：“在我看来，海啸事件便是这些故事的源起。由于没有书面文字，所以这些故事便只能通过口耳相传，通常都会加以一定的修饰润色，所以在经过了一两代人的复述以后，这场洪水便由一个席卷村庄的巨浪，演变成了将全世界都淹没掉的一片汪洋。事实上——”

卡布里打断了他：“这些就留到以后再向我详细介绍吧，现在请紧扣主题，谈谈你都发现了些什么。”

“哦，当然。这个故事是从一场水灾开始的，但并不是海水突然泛滥或是降了一场暴雨。撰写碑文的人描述了在他们生活的地方海水是如何涨起来的。我相信海水一天之内涨了 1 英尺之高。我们的先人们认为海水始终不断地在上涨，再也没有降下去过了，于是决定唯一幸存下去的方法便是建造一艘大船。但不可能跟《圣经》里面所描述的那艘船一样大，因为他们不具有那种技术。”

“所以我们并不是真的在谈论诺亚和他的方舟啦？”

“是的，尽管相似性惊人。有可能是那些幸存下来并且描述了所发生的情景的人奠定了《吉尔伽美什》和《圣经》故事的基础。”

“这件事情的发生年代是多久以前呢？”

“公元前 5500 年。”

“似乎时间上很精确啊。”

“这是因为存在着关于这场洪水的实证，而具体情形就跟石碑上所描述的一样。当时，在今天博斯普鲁斯海峡的所在地，堤坝发生了塌陷，于是海水决堤而出，将一个比地中海低 500 英尺的内海给注满了，而这地方便是我们今天所称之为的黑海。通过使用遥控潜水器，海洋考古学家们证实说这一古代的海岸沿线有人类生存。1 年多的时间这一内湾才被填满了，所以他们估计，与博斯普鲁斯的瀑布相比，尼亚加拉就如同是条潺潺流水的小溪而已。”

卡布里一脸的惊讶：“怎么我对此一无所知呢？”

“因为这只是近几年来才被证实的事情。当时，有许多人都觉得这一灾难性的事件可能便是《圣经》中所记述的那场洪水的原型，然而科学家和神学家们却都一致认为并非如此。”

“根据我们所发现的来看，似乎这场争论尚未结束。稍等一下，”胡安说道，因为他脑子里突然闪现出了一个想法，“这些碑文是用楔形文字书写的，而这种文字源于美索不达米亚而不是黑海地区。”

“就像我所说的那样，这种极为古老的书写样式极有可能是被那些离开黑海地区的人们带往了南方，尔后为其他文明所采用。在这一点上请相信我吧，董事长，您所发现的石碑即将从根本上改变我们对于古代历史的认知。”

“我信你，继续说下去吧。”

“好的。所以居住在这个海边的村子里人们认为海水的高涨永远都不会有停下来的那一天了。就像我所说的那样，1 年多的时间内湾才被填满，到达了海平面的高度，所以我能够想象他们是怎么得出这一结论来的。他们还写道，由于有如此多的难民，因此疾病肆虐。”

这时候赫胥黎医生插嘴进来：“这跟我们今天在难民中所见到的情形是一样的，难民集中的地方往往会爆发痢疾、斑疹伤寒和霍乱等疾病。”

埃里克在刚才被打断的地方接着说了下去：“他们并没有大规模地逃离到异地，而是把村子里的房屋拆掉了，然后用拆下来的木材造了一艘足以将所有 400 名村民都给装下的大船。他们没有提到船的尺寸大小，但说了木质的船体是用沥青来堵缝的，以防漏水，尔后他们又在船身外面包裹了一层铜。

“由于当时处于青铜时代的初期，所以该地区一定极为繁荣，因此才会有足够多的金属铜来包裹住那么大一艘船的外壳。他们还把一些家畜也带上了船，比如牛、猪、绵羊、山羊以及鸡，并且带了足够让他们维持 1 个月的青贮饲料。”

“我估计这船至少有300英尺长,不然装不下这么多人跟家畜的。”

“电脑的判断也是一样。电脑计算出船身长 380 英尺，船梁则为 43 英尺。这船极其可能有三层甲板，动物在最下面一层，各种饲料供给位于中层，而村民们则在最上面一层。”

“这船靠什么作为推进力呢？”

“帆布。”

卡布里举起一只手来。“直到我们所谈论的这一时期之后的 2000 年，帆布才出现。”

埃里克将面前的笔记本电脑放到了会议桌上。“以下是直译的内容：一面动物皮系在两根固定在甲板上的结实的杆子上，迎风伸展，”他抬起头来，“在我听来，这就是以帆作为动力。”

“好吧，算你对，请继续。”

“海水终于涨到足够的高度，能够使这艘大船浮起来了，于是他们便驾船出发了。说起来有点儿讽刺，因为他们的旅程一定是开始还没多久，水平面便稳定了下来，否则他们将无法驶离黑海地区。无论如何，他们待在海上的时间远远不止 1 个月。他们试图靠岸的那些地方，不是没法找到淡水资源，便是受到了已经居住在那里的人们的攻击。

“在经过了 5 个朔望月、无数的风暴以及 20 个村民丧生以后，这艘船终于靠岸了。”

“在哪儿靠岸的呢？”

“这个地方被描述为了‘一个岩石丛生、冰雪盖地的世界’。”

朱莉娅把身子往前倾了倾，以便引起胡安的注意。“埃里克和我就是在这儿开始运用起了一些推理的。”

“好的。是哪儿呢？”

“挪威北部。”

“为什么是挪威？”

埃里克回答说：“您在日本人的 731 部队用来研制生化武器的地下隧道里头发现了那些石碑。日本人对于此类研究格外热衷，这跟某个更喜欢用化学制剂来进行大屠杀的同盟国不同。”

“你是说纳粹吗？”

“还有谁会把这些石碑给他们呢？”

胡安擦了擦眼睛。“打住一下，我在这儿有点儿没弄明白。为什么 731 部队想要这种关于一艘古船的古老碑文呢？”

“是疾病，”朱莉娅说道，“在他们上岸以后，船上曾经爆发过一场疾病。撰写碑文的人详细描述了这一事件。我尽量复述一下，这种疾病是一种通过空气传播的出血性发热，还伴有跟流行性感冒一样程度的接触性感染。疾病夺去了一半人口的生命，尔后才自行消除了。真正有意思的地方是，只有少数的幸存者在康复之后能够生育子女。有几个人通过和住在附近的当地人交配，成功地繁衍出了后代，然而这种病毒令大部分人都丧失了生育能力。”

“假如日本人正在寻找一种镇压中国大陆民众反抗侵略的方法，”埃里克说道，“那么他们一定会对这种疾病颇感兴趣的。朱莉娅和我都认为，当德国人发现了那艘船的时候，他们除了把那几个石碑给了日本人以外，还给了他们一些干尸。”

“啊，现在我明白了。你们猜测，如果日本人是从德国人那里得到的这些石碑，那么他们便应该是在挪威发现这些东西的，因为德国从1940年开始就侵占了挪威。”

“没错。‘一片岩石丛生、冰雪盖地的世界’，所描绘的可能是冰岛或是格陵兰岛的一部分，可德国从不曾占领过这几个国家。芬兰则是落在了俄国人的手里，而瑞典在整个战争期间都一直保持着中立姿态。所以我们猜测应该是挪威，最大的可能是北海岸线上某个人口稀少、大部分地区都未被开发的峡湾。”

“等等。朱莉娅，在甲板上时你不是说过詹妮对这种疾病拥有免疫能力吗？”

“我对这件事情思考得越多，我就越是没法想明白为什么当‘黄金黎明号’上的其他所有人都因病毒而死去时她却没有传染上呢？碑文中所提到的这种疾病是通过空气来传播的，倘若负责主义者们正是在该疾病的基础之上研发出了某种新病毒的话，那么她依然还是呼吸了一些被污染的有毒空气，即使她戴着氧气面罩。

“然而，假如她的某位祖先曾经感染过这种病毒而又幸存了下来，那么她的DNA里面就很有可能带有了抗体。而她来自于挪威北部的某个小镇的事实，只是让我们的假设更加有了依据。”

“你可以测试一下吗？”胡安问道。

“当然可以，如果我有病毒样本的话。”

卡布里想要打呵欠，但忍住了。“抱歉，我需要睡上一会儿了。我觉得我们仍然在某个疑点上没搞清楚。让我们假设是德国人发现了那艘船，并且翻译出了石碑上的文字。他们得知了这一可怕的疾病，但对此并不太感兴趣，然而他们的日本盟国却十分热衷，于是德国人便用船把这些石碑运送到了日本，或者更确切地说是运送到了菲律宾的某个岛屿上，731 部队在岛上以此展开了各种实验。我们不知道他们是否成功地使这种病毒更加完美了，但我们可以假定他们未能如此，因为这类病毒在历史书里头是从未曾提到过的。”

朱莉娅和埃里克点了点头。

“那么负责主义者们是怎样得手的呢？如果日本人在 60 年前以失败告终的话，塞弗伦斯和他的那帮人又是如何成功的呢？”

“我们思考过这个问题，”埃里克承认道，“可惜没法想出任何线索来，除了能想到他们的那位创立者利德尔·库珀是疾病方面十分卓越的研究专家以外。他们用的场地是日本人在战争期间所用过的，所以很显然他们知道日本人研究病毒的事儿。我们只是不清楚他们究竟是怎样得知的。”

“接下来的一个问题是，为什么他们要这么干？”胡安说道，“他们使用病毒或是某种衍生物杀掉了‘黄金黎明号’上的所有人。他们现在又计划要用这病毒来做什么呢？”没等埃里克开口做答，他继续说道：“我知道他们把人口过剩视为地球所面临的最严重的危机，然而释放一种把全人类或是大部分人口都给消灭掉的病毒，会让世界陷入到极其混乱的处境之中，以至于我们的文明将就此一蹶不振，无法再有复兴之时了，这就等于宣判了世界末日的到来啊。”

“倘若他们对此并不在乎呢？”埃里克说道，“我的意思是，倘若他们希望人类的文明毁灭掉呢？我曾经读过这些人所写的东西，他们并不激进，他们的著作里头没有一处说到过他们支持重回中世纪的黑暗，然而也有可能这或许正是他们所渴望的——即终结工业文明，重返人类的农耕时代。”

“为什么要袭击游轮呢？”胡安问道，“干嘛不就在世界各主要城市释放病毒呢？”

埃里克的嘴巴微微张了张，似乎想要回答董事长的这一疑问，但却又把嘴巴给合拢上了，因为他自己也没有答案。

胡安强撑着身体从桌子旁站了起来。“听着，各位。我真的十分感激你们所做的一切，而且我知道我们的这些努力将会有助于去探明负责主义者们的最终策略。但如果我不马上睡一觉的话，我估计自己现在就会在会议桌上睡着的。你们有跟埃迪简要地谈过这些吗？”

“当然有啦，”朱莉娅回答。

“好的。让他给奥弗霍尔特打电话，把整件事告诉给他。虽然我不知道他能做些什么，但我希望中情局能够知情。马克和琳达是不是等会儿就会跟我们汇报情况？”

埃里克说道：“他们没有带卫星电话，所以必须得用‘黄金天空号’上的船对岸电话。琳达说他们将会再做一次检查”——他看了看自己的表，“再过 3 个钟头。”

“你告诉琳达，我希望他们两个离开那艘船，哪怕需要偷条救生艇或是从围栏一跃而过跳进大海里头。”

“是，先生。”

当电话铃响起时，胡安似乎才刚把头搁到枕头上。

“我是卡布里，”他没精打采地说道。一道微弱的曙光透过窗帘照射了进来，犹如一盏弧光灯所发出的光亮。

“董事长，我是哈里。我认为您最好下到控制中心里来看看这个。”

“是什么？”胡安懒懒地将两只腿从床上挪了下来，他用脖子和肩膀把听筒夹在耳朵旁，这样一来他才可以腾出手来去拿自己的那条假肢。

“我觉得有极低频波段在跟我们打招呼。”

“难道不是我们的海军在用这种波段跟潜艇通话吗？”

“没再用了。他们用的两台发射机几年前被拆掉了，而且他们的发送频率是 76 赫兹，而这个则是 115 赫兹。”

“来源是什么？”胡安费力地套上了一条裤子。

“我们接收到的信号还不足以精确定位，加上我们可能并不清楚这种极低频的传送特性。”

“好的，你的这一消息还真让我产生了兴趣。我几分钟之后就到。”胡安匆匆忙忙地穿上了余下的衣服，但没顾得上穿袜子，只是迅速地刷了刷牙。他看了看表，发觉自己已经睡了 3 个钟头，但他的感觉却似乎只有 3 分钟而已。

控制中心里的多台电脑正发出低低的嗡嗡声。所有的动力控制全都来源于这间屋子，不仅包括“俄勒冈号”那具有革命性的新式引擎，而且还有这艘船能够在瞬间释放出来的威力无比的火力。每次一想到这些，卡布里都会感到浑身上下被注入了无穷的动力。

哈里已经为他准备好了一杯热气腾腾的咖啡。

卡布里咕哝地道了声谢，然后啜饮了一小口。“好多了，”他一边说，一边将杯子放到了卡西姆的电脑旁边，“告诉我你都发现了些什么。”

“正如您所知道的那样，电脑会自动扫描无线电频谱的所有频率。当它侦测到有信号在以极低频传送时，就会停下来去记录下这些信号。等识别出了单词的首字母时，便会向我发出警报。以下就是等我赶到这儿的时候电脑所接受到的信号，”他把自己的平板电脑倾斜了一下，以便卡布里可以看到屏幕上的东西。只见上面显示着：“俄勒冈号”。

幕上一一出现，这简直是对卡布里的耐心的巨大考验。此时他还欠着瞌睡，因此注意力无法高度集中。“哈里，鬼才知道这些字母还要多久时间才能全部出现完，我看我得先回船舱把觉给补足。你有了完整信息以后就把我叫醒。我希望你能精确定位出他们的发射机的位置，这样一来其他的一切才可以迎刃而解。有什么需要只管叫埃里克帮忙。”然后他转向电脑，就仿佛马克斯·汉利能够听见他说话一样。“我不知道你是怎么做到的，然而，你、我的朋友，真是个了不起的大牛人。”

第28章

其实这只是一个最古老的把戏，不过运作起来完美无瑕。

刚从地堡里逃出来没多久，马克斯便发现了那座悬崖。他加大了油门，接着从全地形车上纵身而下，然后注视着车子从悬崖的边缘飞了出去。由于天色太黑，因此他没能看到车子是如何落地的，但他知道科瓦奇将会在这一带的乡间展开大搜索，寻找他这名逃犯，而这辆车子将会被他们发现。

然后他便返回到了碉堡的入口处，混在了那些从堡内鱼贯而出的搜索小队和前来护理那两名受伤技工的医疗人员之中。借着混乱，马克斯极其“厚脸皮地”回到了碉堡里。他返回到了自己的“犯罪现场”，因为知道这是科瓦奇最不会去检查的地方了。

其实比起户外，这个地下迷宫里头反而有更多的藏身之处。由于穿着技工的工作服，所以他勘查起来感觉自信了许多，于是他便打开了那些自己先前只是路过而未敢开启的门。他发现许多房间都布置得像是宿舍一般，有很多的铺位，床铺周围还围着布帘以保护隐私，而且还有一些面积很大的带衣帽间的浴室。马克斯估计他们在这儿能够容纳好几百人住宿。其中一个房间是间很大的自助餐厅，他查看了一下炉子的燃烧器，发觉炉子从未使用过。几部宽敞的制冷器里放满了食物，他还发现了一个储藏区，里面满是瓶装水和罐头食品，从地板一直堆到了天花板。

他发觉这个地堡就像是冷战时期的防空洞一般，看起来完全是自给自足，有足够的食物、水、电以及空间，能够让几百人安全而舒适地渡过一场大灾难。这个地堡很新，加上又是由负责主义者们修建的，这些事实使得他相信他们正打算制造一场大灾难。他回想起了胡安和他的队伍在“黄金黎明号”上所目睹的恐怖画面，于是不禁瑟瑟发抖起来。

他喝了两瓶水，又吃了一听梨子罐头。他是用手抓着吃的，因此甜甜的果汁便顺着他那个被打碎的下巴滴落了下来。他还用保鲜膜把自己受伤的地方给包裹了起来，虽然他知道现代医学技术将会把他那几根碎掉的肋骨给接好的。有塑料薄膜压着伤口，疼痛感得到了很大缓解，加上喝了水、吃了东西，所以他的力气慢慢恢复了一些。

马克斯又往自己身上那件连体工作服的口袋里头塞了几瓶水，然后继续踏上勘查之旅。在弯弯曲曲的走道上，他从几个人的身边经过。那些人斜眼看着他身上那些受伤的地方，而他则谎称自己是被那名逃犯给袭击的，于是那些人便满怀同情地冲他点了点头。

他来到了他们关押他的那间牢房的上一层，这时候他才发现并非所有的负责主义者们都将在这个由混凝土铸成的巨大迷宫里头安全度过可能即将到来的“世界末日”。这儿有一组带有安全键盘的门，这些电子设备正处于被拆掉的状态。在一张小凳旁边的地上放着许多的工具，看上去就仿佛修理工匆忙完工，把这些东西忘在了这儿。

马克斯没有耽误时间，立即步入了这一被保安的区域。地板上铺着一张厚厚的绿色毛毯，墙壁外面包裹着石膏板和壁板。油漆发出了些微刺激的味道，这让他知道油漆是最近才被刷上去的。照明设施依旧是些荧光灯，不过质量似乎更好一些，甚至还有灯架。一幅镶了框的画挂在墙壁上，色彩华丽但却有些平淡无奇。不知何故，眼前的这番景象令他想起了某位替他办理离婚官司的律师的办公室。这一切陈设格外单调，不过是一种更高品质的单调。饭厅更像是一间高级餐馆，墙上还安装有平板电视，以取代真实的窗户。椅子都很沉，上面覆盖着柔软的皮革，吧台则是由结实的桃木板制成的。

他发现在一组办公室外面有间书房，里面陈列着一排小写字台，此外还有一个会让哈里·卡西姆羡慕得直淌口水的通信中心。他走进了通信中心里头，开始寻找电话或无线电，然而里面的设置跟他曾见过的完全不同。他感觉自己正毫无遮拦地暴露在一个小房间里头，于是决定稍晚一些的时候再来试试，然后继续自己的勘查。

离开通信中心以后，他在迷你吧附近发现了一些卧室，里面的陈设之豪华简直堪比五星级酒店。这些卧室的床头柜上并没有摆放《圣经》，而是放着几本利德尔·库珀所著的《繁殖是一条通往死亡之路》。这些房间足以容纳 40 人入住了。马克斯猜想这些房间是为“负责主义者”的头头脑脑们准备的，比如领袖、各部门的主管还有那些最为富有的信奉者。其中位于最尽头处的那个房间则是属于托马斯·塞弗伦斯和他的妻子海蒂的，因为里面的陈设最为奢华。单是浴室就有一间小型公寓那么大，而浴缸看上去简直像是一个需要名救生员的游泳池了。

马克斯在塞弗伦斯的床上美美地睡了一夜，早上起来又用为塞弗伦斯的到来而准备的牙刷刷了刷牙。当汉利漱口的时候，他突然听见起居室里有声音传来，这让他吃了一惊。他认出了泽里米尔·科瓦奇那浓重的口音以及清晰的发音，接着又听到了一个更为优雅些的声音，他猜想这应该是托马斯·塞弗伦斯在说话。之后他听见有第三个人在场，这一听不打紧，他被吓了一跳，身子都有点儿摇晃起来，因为他听出这声音是那位反思想侵蚀的心理专家亚当·詹纳医生的。

马克斯在目瞪口呆的惊恐中偷听完了他们的谈话。真相不断地被揭开，一个比一个令人震惊。原来詹纳居然就是利德尔·库珀，他可真是个施诡计的天才，这让马克斯不由地对他生出了几分“佩服”。他们对自己事业的献身精神简直超乎了人们的想象，“负责主义者”这一组织俨然就像是种宗教，有先知、有殉教者、有愿意为该信仰去做任何事情的无比忠诚的信徒。

塞弗伦斯谈到了基尔·马泰尔的自杀，尔后马克斯又听到他们计划在世界范围内释放病毒，从而让地球上的一半人口丧失掉生育能力这一令人毛骨悚然的真相。

这一次马克斯再也没有了任何钦佩之情，然而他不能否认该计划构想之绝妙。在遭受了一场旨在消灭世界一半人口的全球性的生化袭击之后，人类文明是不可能幸存下来的，然而他们却天真地以为可以存续下去，认为文明顶多只是往后倒退一个世代，但最终仍然会以更为繁荣的方式复兴的。当他的前妻告诉他说他们的儿子加入了“负责主义者”时，他曾阅读过该运动的相关理论文章。库珀曾写道说，倘若不是因为黑死病夺去了欧洲近乎一半人口的生命，从而揭开了一个繁荣的新时代的帷幕，那么中世纪这一黑暗时代将永远都不会有终结之日。

他很清楚事情绝不会是这么简单，但是他想知道如今这个实现了时时通讯、信息大爆炸、交通极为迅捷的世界将会如何应对。在这场流行性疾病之后的50年，新增人口会补上被减少的那一半人口所留下来的空缺，世界很有可能会变成一个更好的栖息之地。

然而马克斯却并不希望成为这样一个世界中的一分子。在他的思想里，库珀、塞弗伦斯和科瓦奇没有任何权力来决定什么对于人类而言才是最好的。

他真想从浴室里冲出去，跟他们三个好好干上一场。他觉得在科瓦奇开枪将自己给击毙之前，他可以跑出5步或是6步远。不过马克斯也只是这么想想罢了，并不会真的轻举妄动。正所谓留得青山在，不愁没柴烧，机会总会有的，而他所需要的只是耐心等待。

三个人离开以后，马克斯便偷偷溜出了套房，然后躲进了其中一间没人使用、堪比五星级酒店的房间里，藏在了房间的壁橱中。他觉得待在这儿暂时会是安全的，对此他很有信心。然后他开始冥思苦想怎么才能够把听到的信息给传递出去。

他们曾经提到过一台发射机，因为他们打算通过发送某种行动密码而让病毒的释放能够同步进行。马克斯立即发觉了其中的缺陷。假如是用天线广播的话，即使是短波，也无法保证能够环绕地球。因为存在着太多的变数，从大气的状况到太阳黑子的活动，都会导致信号失败。

所以不会是短波，他心想。

他想起了位于地下的那条隧道以及那些盘绕着的粗厚的铜线，还有负责主义者们所安装的那些发电量过多的发电机。

“一定是极低频天线，”他低声说道，同时已经知道该如何去通知胡安了。

他一直等到科瓦奇做了测试之后才蹑手蹑脚地溜进了那个他起初以为是通信中心的屋子里头。他绞尽了脑汁，费了20分钟才终于想出了怎么操作极低频发射机。他调好了频率，然后发送了如下信息：

俄勒冈号，我是马克斯。病毒袭击50艘游轮。会用极低频发射同步袭击的信号。用核武器来攻击它。频率>72赫兹。

他很想补充上发射机的地点，然而他不知道自己正身在何方，所以他不得不相信哈里能够往回追踪到信号的来源。他还故意使用了“用核武器攻击”这个单词，因为他感觉这地方是个固若金汤的地堡，他唯有希望胡安能够想出某个将其摧毁的好法子了。

他吃了几根巧克力棒，又从迷你吧台上喝了杯啤酒，然后重新躲进了壁橱里。他确信他们发动袭击之日很快便会到来了。塞弗伦斯嘱咐科瓦奇在出口附近布置好警卫，所以马克斯知道他无法从出口离开。由于他没有牺牲掉自己的打算，因此他还有不到3天的时间来寻找到其他的出路了。

托马斯·塞弗伦斯正在自己的办公室里同利德尔·库珀聊天，这时候突然有人敲门。他从书桌上抬起眼，赶忙架上了最近才开始强迫自己使用的那副眼镜。泽里米尔·科瓦奇就站在门内，这位一贯严肃的塞尔维亚人看上去一副闷闷不乐的表情。无论发生了什么，塞弗伦斯都知道不会是什么好事。

“出什么事了？”他问道。

"新闻上刚播出一则消息，说是伊斯坦布尔的一艘游轮上有人死了。死的是我们安排在'黄金天空号'上的人、扎克·雷蒙德。"

"他正要去我们给他在船上安排的单人房间，是吗？"

"是，先生。"

"有详细情况吗？"库珀问道。

"很明显，他从游轮中庭的阳台上掉了下来，落地后就一命呜呼了。"

"所以说这只是场意外啰？"

"新闻里是这么说的，但我并不这么认为，因为我们这位队长的死亡事件里有太多的巧合了。"

"你认为是那些把凯尔·汉利拐走的人在'黄金天空号'上布下了人手吗？"塞弗伦斯问道，语气里含有明显的挖苦之意，"别傻了，这两者之间简直是风马牛不相及。"

"还不止这些。我刚刚接到了我们留在菲律宾的队伍打开的电话，他们说有两个人来到了那间废弃的病毒工厂里，并且发现了日本人留下来的地穴。尔后发生了一场爆炸，于是这两个家伙便埋在了里面。不过他们在那儿终究是个麻烦。"

塞弗伦斯用手指轻轻摸着下巴上的裂隙。"假如有人稍做调查的话，便会知道我们在菲律宾设有一间静修所。我不清楚他们是怎么知道那条废弃的日本人的隧道的，或许他们不只是做了一点儿调查。但不管怎样，这都无关紧要，因为他们已经死翘翘了。再说了，我们已经将里面清扫一空，他们找不到任何可以指控我们的证据。"

"我可不喜欢这样，托马斯，"库珀一边说，一边将身体往前倾了倾，"现在我们面临着曝光的危险，我不相信这些只是巧合而已。假如只是汉利的儿子被拐走，我还不会认为我们的行动受到了威胁。

然而目前出现了两个貌似不相关的事件：一是有人入侵了我们在菲律宾的静修所，一是扎克·雷蒙德失足坠亡。我看一定是有人盯上我们了。”

“倘若事情果真跟您想的一样，那么联邦调查局一定会搜捕我们在加州的总部，并且会给雅典政府施压，要求他们也去搜查一下我们在希腊的静修所。”

这位“负责主义者”的创立人没有对此展开争论。

“假如是那家汉利雇来把儿子弄回去的公司干的，”科瓦奇提议道，“那么他们依然可以按照最初的指示行动，探入我们的防御体系，试图找到把父子二人都给营救出去的法子。”

库珀欣然接受了他的这一想法：“这么说倒是最为合理的解释。”

“所以你并不认为他们获知了我们的计划？”塞弗伦斯问道。

“他们有可能并不知道，”科瓦奇回答说，“但如果他们曾花了一定时间来审问扎克·雷蒙德，那么在我们说话的这会子，联邦调查局很有可能正在计划着去展开刚刚托马斯提到的搜捕行动。”

“你有什么建议吗？”

“是，先生。我需要去一趟‘黄金天空号’，以确保病毒没有被人发现。假如已经被发现了，并且正在被移交给政府方面，那么在人们开始出现症状之前，他们便拥有了研发出治疗方法的先机。我还提议对游轮实施彻底的通讯管制，不允许任何乘客使用因特网或者拨打船对岸电话。这样一来，船上的行动人员就没办法联系到他们的上级了。”

“游轮现在正驶往哪里呢？”

“正从伊斯坦布尔开往克里特岛的首府伊兰克雷。当船在希腊各岛屿停泊时，我很容易上到船上去。”

组织外面很少有人察觉到那家运营“黄金天空号”以及它那艘倒霉的姊妹号“黄金黎明号”的公司——“黄金海上巡游线”的主人，便是一名负责主义者。他之所以会加入到组织里头来，是因为他和他的妻子都是不孕不育患者，而利德尔·库珀的著作则让他们接受了没法生育子女这个事实，甚至还对其感到庆幸。尽管他对该事业做出了重大的贡献，并且允许他们以很低的折扣使用自己的船来作为海上静修所，然而这位航运业的巨头却并没有参与到制定计划的核心集团里头来，压根就不知道他们实际上是打算用这些游轮来传播这种在遗传性方面经过了改良的病毒。

“你可以给游轮的负责人打电话，”科瓦奇继续说道，“解释说以‘黄金黎明号’为目标的同一伙人可能正在计划向‘黄金天空号’发动袭击，从而使他们同意让我登船，并且让船待在海上，不要靠岸，直到病毒释放以后。这么一来，即使他们找到了病毒，也没办法向其他人发出警告了。”

“如果真是这样的话，他会希望完全取消游轮的航行的。”

“那么就告诉他帮个忙。那艘船上有 50 名负责主义者，他们正打算开展海上静修计划。他们中的大部分对于即将发生的事情毫不知情，不过这倒让我有了足够多的人手去找出某个行动可疑的家伙来。”

塞弗伦斯望着利德尔·库珀。这位前研究员可以将他那年轻的外表归功于一次次的整形手术，然而他眼里燃烧着那股火焰却是他自己的，这是一股对于信仰无比坚定和彻底献身的火焰。

“托马斯，”库珀说道，“我们的物种正摇摇欲坠地站在灾难的边缘。有太多张嘴需要养活，而自然资源正在日益枯竭。我们都知道这是防止 5000 年文明就此毁灭的唯一人道的方法，而我们发现这种自我救赎之法居然是源于文明之初。这么做是正义的，也是正确的，所以我们必须得这么做，而且还要保证成功。

“我不喜欢我们的计划发生偏离，但我相信科瓦奇先生是对的。不知何故，有人知道了些什么。我清楚这听上去含糊不清，但我们现在冒不起任何风险了。我们离目标只有咫尺之遥，只剩下几天的时间，而不是几个礼拜了。假如他们派人到‘黄金天空号’上搜寻我们的病毒，那么他们便可以告诉海事方面病毒将以何种方式被释放，如此一来我们的所有努力就都会付之东流了。”

塞弗伦斯点了点头。“是的，您说的没错。我觉得我有些骄傲自大了，误以为我们已经完美到无懈可击的程度。泽里米尔，我会跟游轮方面谈谈的，并且安排好你所需要的一切，给你提供你认为必要的人手和设备。我将确保船长知道应该对你予以完全的配合。记住：任何情况下病毒都不可以离开游轮，采取一切必要的行动。你明白吗？”

“是，先生。不惜一切代价。”

“你们难道没有感觉到吗？”库珀问道。两个男人都疑惑地看着他。“我们正在同某种来自我们所处空间的膜以外的黑暗势力展开着搏斗。他们用几千年的时间将人类塑造和定型成了今天这种自我毁灭的生物。这些力量已经把人类文明推到了即将消耗掉自身的临界点上了，然而我们此刻正在把人类往回推，正在再次掌控起我们自己的命运。我可以感觉到这个，我可以感觉到他们的惊慌和沮丧，因为我们不再屈从于他们的意志，而是开始开辟出属于我们自己的道路来。

“当我们成功的时候，他们对于我们的掌控便会终结了。我们将在一个无法被他们触及到的新世界里繁荣发展。我们正在摆脱那些奴役着我们的无形的枷锁，而大多数人都不知道自己其实正在枷锁的桎梏之下遭受着痛苦。而我们感受到了这种痛苦。他们令我们无法抵御我们那些根深蒂固的本性，看看这些本性都把我们带到了怎样的处境之中。战争、饥饿、欲望。他们如此狡猾地控制了无数代人，所以我们才会面临着如今这样的悲惨境地。

“直到我终于明白了只有一个丧失理性的社会才会选择我们这种生存方式，我才意识到我们已经失去了对一切事物的掌控，意识到存在着某种来自外太空的势力。他们左右了我们的思想，正在把我们带往世界末日的战场。至于原因何在，我尚不能理解。我是第一个识破他们的人，而像你们这些跟我志同道合的人也开始懂得，假如不是有某种事物在密谋着想要将我们推向那万劫不复的深渊，这个世界不会变成现在这副模样的。

“他们的诡计马上就要走到头了。对于我们即将到来的社会变革，他们将会无话可说，因为我们确信每个人都明白他们是谁以及他们在做什么。哦，先生们，我无法向你们形容出此刻的我有多么的兴奋，我们将会肩并肩地迎接一场伟大觉醒的到来！”

对于库珀博士著述中有关跨维度的思想控制的理论，科瓦奇一直都感到不太适应。不过他明白人口过剩的数字惊人，明白资源正在不断地耗竭殆尽，明白这二者结合在一起时将会产生怎样可怕的恶果，所以他没有说什么。对他而言，能够成为拯救人类的一员已经足够了。而现在，比起所谓“伟大的觉醒”，他更感兴趣的却是如何逮住“黄金天空号”上的潜在敌人。

第29章

胡安·卡布里坐在控制中心里自己常用的那把椅子上，专心地听着哈里·卡西姆做介绍。埃迪·盛、林肯以及另外两名公司员工麦克·特罗诺和杰里·普瓦斯基则待在屋子的后面。因为有了埃里克·斯通的帮助，所以哈里干得分外出色。

“当马克斯还在发送信号的时候，我便同几名已经认识多年的业余无线电爱好者取得了联系，让他们也调到马克斯的频率。我要他们把计时器调到跟我们的GPS卫星一样，这样一来我们便可以百分之一百实现同步了。每出现一个字母，我便要他们记录下收到信号的确切时间。由于无线电波现在是通过不同材质以不同速度在传播着，所以需要做一些推断。埃里克就是在这时候进来的，他用电脑计算出了这些差异，于是我们便有了关于时间和距离之间清楚的计算公式，从而能够测算出发射机的位置。”

他在电脑上敲打了一会儿，尔后一幅图片出现在了主机上。画面所呈现的是一片贫瘠的岛屿，其形状就像是一滴被悬崖峭壁包围着的泪珠，除了最南端有一片外表荒凉、岩石丛生的海滩以外。该岛的地面在陡峭的丘陵中起起伏伏，除了几片草地以及几株因风霜而扭曲成奇形怪状的树木以外，几乎没有任何植被可言。根据图片底部的比例尺，这岛屿大约长8英里，最宽的地方则为2英里。

“这是厄俄斯岛，位于曼德勒湾，距离土耳其海岸4英里远。几个世纪以来，希腊和土耳其为了争夺此岛多次开战。不过，据我们所发现的来看，我无法理解为什么会如此。就地理学而言，这岛屿很有意思，因为它是前寒武纪基岩的一片，处于一个不活跃的火山地带。然而从根本上来说，它是一个不适合人居住的岛屿。这幅图片所注明的日期是在4年前。”

只是看着这副马克斯被关押之地的图片，胡安便感到有一股能量在体内熊熊燃烧着。他费了好大劲才强捺住了内心的巨大冲动，没有去命令“俄勒冈号”枪炮上膛、以最大马力前行。

哈里在屏幕上调出了第二张该岛的照片。“这是去年的厄俄斯岛。”

只见岛屿的南边聚集着十几台体积很大的重型推土机，机身上刷着十分醒目的黄色油漆。地上被凿开了一个巨大的深坑，旁边还建了一个水泥厂。海滩旁有个码头，一条道路爬上了斜坡，一直延伸到了工程地点。

“这个工程是由一家意大利的重型建筑公司来承包的，而款项则是通过多个瑞士银行的账户来支付的，不过尚不清楚幕后者是谁。土耳其政府被告知说将在该岛修建史上最大的电影布景。”

屏幕上出现了第三张图片。“这张所拍的是几个月以后的同一个地点。正如您看到的那样，他们在所挖掘的洞穴内部修建了混凝土结构。”

埃里克补充道：“依我看，这个地堡的覆盖面积将近有50000平方英尺之巨，而且内部构造有三层高。”

哈里重新拾起了刚才的话题：“造了8个月以后，那家子虚乌有的电影公司便声称资金用完了，想要停止该项目。按照一开始跟土耳其方面所接洽的协议，他们应当把该岛还原成最初的状态，所以他们或多或少做了一些恢复。”

他在主机上又调出了一张新的图片。画面上已经不见那个巨大洞穴的踪影了，看起来就仿佛什么也没有发生过一样。所有从深坑里移走的设备和建材其实都回来了，只不过表面被改装了，看起来就像是块天然的石头。唯一保留下来的便是那个码头以及那条看上去不知通向何方的碎石路。

“这张照片来自于土耳其政府的《环境影响报告》，”哈里继续说道，“我们不得不假定政府里面有人收受了贿赂，在这份报告上做了手脚，所以从报告的图片上来看厄俄斯岛似乎完全恢复了原貌。”

“极低频天线在哪儿呢？”胡安问道。

“就埋在地堡下面，”埃里克回答说，“马克斯在发给我们的信息里说‘用核武器来攻击它’，他可不愧是专业人士啊。他原本完全可以说‘用炸弹把它炸开’的，字母数一样，并不会增加发送时间，然而他却特别使用了‘用核武器攻击’这个单词。

“我原本很乐意跟马克就这一问题商量商量的，但是我很快用计算机做了一个模拟，结果发现，假如他们花了 5 或 6 个月的时间倾倒混凝土，然后又在顶部堆放了碎石残骸的话，那么我估计或许需要 2000 吨的爆炸力才能把这个地堡给炸开。”

“为什么不用空军的地堡炸弹呢？”胡安灵机一动地问道。

“只要我们直接击中了天线或者发电机就可以了。然而从纯粹实际的观点来看的话，您见过我们在这样的事情上得手过吗？”

埃里克没有讽刺挖苦人的习惯，他只是就事论事。“但我们也从没搞到过 2000 吨的炸药啊，”胡安回击道，不过立即又懊悔这么说太过尖刻了，“抱歉，”他试图不去把自己的沮丧情绪传染给手下的人。

“突然袭击似乎是唯一的办法了，”埃迪一边说，一边从控制中心的后方走了过来，“我们可以击中岛屿最南端的海滩或者努力去除掉某座悬崖。”

“从统计学的角度来讲，成功的可能性为零，”埃里克回答，“之所以说可能性为零，是因为地堡的入口防护森严，而且很容易被封住。只要一有袭击的迹象，外面的防御门便会关闭，堡内也将布下一系列的路障。”

“所以我们要找到一个后门，”胡安建议道，“地堡里面一定有通风系统的进气口以及排放发电厂的废气的排气孔。”

“我相信这两个通风孔就埋在码头的下面，”埃里克冲着哈里点了点头。哈里把关于建筑物的第一张图片重新调回到了屏幕上。“仔细看看他们在路上工作的地方。”

哈里将图片放大，对准了一台停放在沥青路上的铺路机。就在铺路机的前方，有几台压路机正在把道路弄平整。而更远一些的前方则有几部挖土机在朝一个深沟里面填土。

“他们之所以要在铺路的地方挖掘，目的便是要埋通风管，尔后再在上面铺沥青。我们不得不再一次假设进气口和通风孔都有人看守，只要一有入侵迹象，地堡便会进入一级防范状态。我们或许能够派出一支队伍进入到管道里去，然而到了里面他们则会被困住的。”

胡安看着埃迪，希望他能够对斯通这番严酷的估计给出意见。

盛说道：“这的确是一步错棋，我们会被当成靶子打得全身开花的。即使我们能够成功地进入到了管道里头，也无法知道前面等待着我们的将会是什么。”

“好吧，再想想其他办法好了，”胡安说道。

“对不起，董事长，不过埃里克说得很对。由于不知道这地方的布局——比如堡内的保安系统、兵力多少以及其他很多情况——所以我们绝对不可以贸然进到里头去。”

“2个礼拜前，我们从该死的伊朗海军那里窃取到了两枚火箭鱼雷。这么难的事儿我们都办到了，所以一定有法子把马克斯给救出来的。”

“尽管我非常敬重您，”虽然埃里克的声音略微透着一些犹疑，但却十分坚定，“我们的注意力，应该放在破坏发射机上头，而不是把马克斯给营救出来。假如他们使用极低频信号在遍布于世界各地的50艘游轮上同步发动病毒袭击的话，其破坏力将会是毁灭性的，所以这才该是我们的关注重点。”

他的这番话说完以后，控制中心里头一阵长时间的沉默。

“你有什么建议吗？”胡安神情凝重地问道。

“实际上，我的确有个点子，先生，那便是‘斯大林之拳’。”

听到“斯大林之拳”这个名字，胡安的身子不由得在椅子上摇晃了两下。“你是怎么知道这个的？”

“因为我看了我们所窃听到的伊凡·克里科夫同伊本·阿尔·阿西姆之间谈话的录音文本。”

这些录音文本储存在胡安的电脑里头，只不过他没有时间来一一细读，更别说完整地浏览一遍了。而且在他看来，他们只是被雇来窃听的，至于对这些信息的详细审查，则是属于中情局权力范围内的事了。

“克里科夫提到说他有办法弄到某种叫做‘斯大林之拳’的武器。当他谈到这事儿的时候，我便做了一些调查。您对这个东西熟悉吗？”

埃里克在自己的电脑键盘上敲击了一会儿，屏幕上出现了一枚人造卫星的图片。这枚卫星看上去同其他绕轨道运行的卫星十分不同，其主体是一个长长的圆柱体，环绕它的是5个长度超过30英尺的密封筒罐。无需去看柱体一侧上的那个“锤子和镰刀”的图案也能知道这是俄国的人造卫星，这个图案本身具有鲜明的俄国风格，看起来既浮华自夸又显得很没专业水准。

埃里克评论道：“虽然这枚人造卫星的真名叫做‘11 月的天空’，然而它却有个鲜为人知的绰号，那便是‘斯大林之拳’。这枚卫星是在 1989 年发射升空的，当时正处于冷战期间美苏关系最为和缓的一个时期，而它的发射其实直接违反了上十条协议。”

“这玩意究竟是用来干嘛的？”林肯咕哝道。

“‘斯大林之拳’其实是一枚轨道弹道导弹，一种武器。我们的军队曾经将其取笑为‘来自上帝的钨条’。设计理论无疑很简单。管道内部装着的是每条重达 1800 磅的钨条，发射的时候，这些钨条将会穿过大气层掉落下来，然后击中目标。由于轨道速度高达每小时 80000 英里，加上数量多，因此它们撞击时就跟原子弹的动能一样，唯一的差别只是没有辐射尘罢了。而对这种武器做出防御反应的时间则被减少了一半，因为它没有一个通常的弹道导弹的上升阶段。你可以看见天空中有一个燃烧着的物体，但仅此而已。没有任何的警告，没有任何躲避的机会。”

“俄国人打算将其当做一种先发制人的武器，”胡安补充道，“他们的想法是，以几座位于同样经度的西方主要城市为目标，然后将责任推到某场反常的流星雨身上。由于没有任何放射性尘降物，加上钨条本身会在撞击时蒸发掉，所以没办法去推翻他们所谓的‘流星雨’的说辞。他们甚至还让宇航员做好了准备，打算在进入大气层之前便出示一些做过了手脚的流星雨的照片。俄国人以为，趁着西方世界因为失去了 5 座城市受到沉重打击之时，他们便可以出兵穿越边界，从而将欧洲纳入囊中。”

“您如何知道这枚武器没能起作用呢？”埃里克向胡安问道。

“因为我在中情局当特工时所接到的第一份任务，便是渗透到俄国的拜科努尔卫星发射基地里去。该卫星即将通过一枚能源火箭发射升空，而我的使命便是让其无法使用。我做了手脚，于是卫星便因地球的磁场而没办法收到来自地面的信号，因为只有当命令来自大气层以上时它才能有反应。”

“为什么不就在发射台将它给炸掉呢？”

“因为这是一项由人操作的任务，两名宇航员要用手来展开它的太阳能电池板。卫星进入轨道后第三天他们才发现已经有人搞了破坏。”

哈里问道：“他们就没办法增强一下地面的信号吗？”

“这么做会让电子设备起火的。”

“难道他们就不能从自己的‘和平号’太空战发送信号吗？”

“他们知道有人做了手脚，所以就干脆让它在极轨道上漂浮了。”

“您认为这枚卫星还能工作吗？”埃里克问道。

“除非它被击成了碎片，否则应当可以完美地发挥作用的。”卡布里对这个想法热情万丈，“好吧，你可真艺高人胆大，居然为我们找到了替代核武攻击的武器。你觉得我们该怎样让一台发射机的信号传到外太空里去，以便能够任意地支使这枚卫星呢？”

“假如您可以让我从伊凡·克里科夫那儿弄到密码的话”——斯通再一次敲打起了键盘，于是屏幕上又出现了一幅新的图片——“我要用这个来搞到密码。”

这项计划的大胆让胡安和其他人目瞪口呆了好一会儿。最后卡布里终于开口说道：“埃里克，我可真是服了你。我会给奥弗霍尔特打电话，让他安排你过去。埃迪和林肯，赶快给我制定出一份计划来，因为今晚我们就要从那位俄罗斯军火商手里弄到那些密码。那么，我们就动身了。”

“您仍然想前往厄俄斯岛吗？”埃迪问道。

“我绝对不会抛下马克斯不管的。”

第30章

胡安看着镜子里头自己的模样，已经完全分辨不出自己的脸是在哪儿消失的，而凯文·尼克松的化妆又是从哪里开始的。他瞟了一眼那张凯文用胶带粘在镜子上作为参考的放大的照片，然后又再一次瞅了瞅自己的脸。实在是太像了，他戴的假发形状正好，发型也几乎一模一样。

“凯文，你简直有鬼斧神工啊，”胡安一边称赞，一边将凯文围在他的喉咙上以防弄脏他所穿的那件晚礼服衬衣的纸质项圈给扯了下来。

“让你看起来像阿拉伯恐怖分子伊本·阿尔·阿西姆只是小菜一碟，假如你要我把你弄成他们的某位情妇的模样，那我才叫真有本事呢。”

胡安熟练地打了个蝴蝶结领结，然后耸起他那对宽阔的肩膀，穿上了一件白色的无尾晚礼服。尽管几乎每个男人穿上夜礼服都会显得精神、好看许多，然而卡布里穿上这身打扮却多了一份独有的沉着和自信，即使他的胃腹部围着护垫，好让体型增大一圈以符合阿西姆的外形。他后背处别了一个扁平的手枪皮套，用来放他所钟爱的武器——“FN57式”自动手枪。

“你看上去真像是詹姆士·邦德，只可惜肚子大了点，”麦克·特罗诺的声音从凯文那间乱糟糟的工作室里传来。

胡安操起肖恩·康纳利的口音反唇相讥道：“门童的任务是站着看门，而不是大发议论。”

麦克和杰里·普瓦斯基身着制服，几乎就跟那家世界闻名的蒙特卡洛大赌场的门童身上所穿的一模一样，这是在经过了一个下午的简单侦查之后得到的款式设计。凯文和他的人储存有成百上千套的制服，从俄罗斯将军的军服到新德里交警的警服再到巴黎动物园饲养员的工作服，可谓是应有尽有，所以他们只花费了几分钟的时间便把一件标准连裤衫修改成了所需要的式样。

麦克和杰里还带着一个下面有滚轮的大型垃圾桶、一个拖地桶，以及一个上面写着“当心地滑”的塑料牌。

主干事出现在了门口，像往常一样安静、绝不多嘴，腰间还系了一条白色围裙，那围裙干净得就跟新的一样。关于他究竟是在离开食品储藏间之前换了条围裙呢，还是压根就从来没有把任何东西洒到过身上呢，船员们争论不休，少数人倾向于后者。他一只手举着一个盖着盖子的塑料瓶，就仿佛里面装着活蛇一样。他皱着眉，愁容满面。

“看在上帝的份上，莫里斯，”胡安揶揄道，“又不是真的。”

“船长，是我做的，因此足够以假乱真了。”

“让我们瞅瞅。”

莫里斯把瓶子放到了凯文的化妆台上，接着往后退了几步，始终不肯把盖子给揭开。胡安掀开了盖子，尔后立即便把头给转到了一边。“哇哦！你难道必须得把它弄得气味这么刺鼻吗？”

“您要我给您做个假的呕吐物，我可是谨遵您的吩咐一丝不苟完成的，认真程度就跟我做其他的菜是一样的。而我认为气味跟外观一样重要。”

“闻起来有点像是您给詹妮做的那道鱼，”麦克讽刺道，重新把盖子给扣上了，然后把瓶子放进了他的拖地桶里。

莫里斯瞥了他一眼，那表情就像是学校校长在责备一名吵闹、粗暴的学生一样。“特罗诺先生，假如你希望在将来能吃到面包或水以外的东西，那么我可能会让你失望了。”

“嘿，我喜欢那道鱼，”麦克说道，尽可能想补救刚才的失言，要知道，“俄勒冈号”上可没有哪个人敢得罪这位管餐饮的主干事，“您是用什么来做的这个？”

“基本成分是浓豌豆汤，其余的配方则属于商业机密。”

胡安斜着眼睛看着他。“您以前就做过这个？”

“年轻的时候我曾在一艘驱逐舰上任职，结果我跟舰长查尔斯·赖特搞了一个恶作剧。他是个自命不凡的家伙，一直骄傲于自己胃口奇佳，什么都能消化。所以在一次检阅期间，我们就把这种混合物倒了一些在他的私人盥洗室里头，之后有一名来访的海军上将前去使用那间盥洗室。于是‘呕吐大王’这个绰号便一直伴随了他余下的岁月。”

大伙全都大笑了起来，一来是因为真的被逗乐了，一来则是希望借此释放一下紧张情绪。他们通常都不会轻易地让情绪外露，尤其是在执行某项行动之前，所以一有可以释放的机会便会牢牢抓住、绝不放过。

“船长，还有其他吩咐吗？”

“没有了，莫里斯，谢谢。”

“乐意为您效劳。”他弯着腰退出了房间，途中遇到了赫胥黎医生，她正要去“演艺用品商店”。

这些男人们一齐发出了嘘声，还吹起了口哨。赫胥黎身穿一条绛红色的无肩带丝裙，裙子非常合身，完美地衬托出了她的曼妙身姿。她的头发通常都是梳成了一个马尾辫，并因此常常遭受取笑，如今则变成了优雅迷人的卷发。脸上的妆容令她的双眼显得更加有神采，嘴唇更为丰润性感，皮肤也泛着健康的光泽。

“给您，”她一边说，一边将一个皮箱递给了卡布里。他打开了箱子，只见里面放着三支皮下注射针管。“把这玩意插入静脉里头，只需 15 秒就能让对方睡上两天两夜。”

“药片呢？”胡安问道。

她从钱包里头掏出了一个塑料药瓶，然后摇了摇两颗胶囊。“假如阿尔·阿西姆肾脏有毛病的话，那么他在需要用洗手间之前便会在医院里头挂掉的。”

“这些药片多久能起效？”

“10 分钟吧，也可能是一刻钟。”

“你确保他不会尝出来吗？”

赫胥黎转动了一下眼珠子。他们已经检查过三遍了。“绝对不会被发现的，”她还给他看了看自己的护照。由于本地的摩纳哥人不允许进入赌场，所以入口处会有身份核查。

“大家都带好电话了吗？”胡安问道。他们并不打算用耳塞式无线电通讯和麦克风，而是会使用手机的无线电话机的模式来进行通讯交流。看到每个人都点了头，他便说道：“好的，那么，让我们上岸大干一场吧。”

因为是出自于那位设计了巴黎歌剧院的建筑大师查尔斯·加尼叶之手，所以蒙特卡洛大赌场看起来有点像是座专门用于赌博的教堂。加尼叶将赌场设计成了那种豪华瑰丽的拿破仑三世风格，入口处有美丽的人造喷泉，两个醒目的塔楼以及一个年代久远的铜质屋顶。优雅的中庭里排列着 28 根玛瑙柱子，每个房间都铺设着大理石，墙上则镶嵌着彩色玻璃。当胡安抵达时，赌场门口的雨篷下面停着三辆法拉利和两部奔驰。那些川流不息进入赌场的客人们一个个锦衣华服，男人们全都身着无尾晚礼服，女人们穿着礼服和裙子，浑身上下戴满了珠宝首饰，唯恐不够炫目。

他瞥了一眼袖口，看了一下手表上的时间。克里科夫和阿尔·阿西姆 10 点以前是不会到来的，所以他早了一个半钟头。他可以不慌不忙地去找一处不显眼的地方打发掉多余的时间，而去轮盘赌桌前碰碰运气似乎不是阿尔·阿西姆会做的事儿。

这时候他的电话"唧唧"地响了起来。

"董事长，普瓦斯基和我已经就位了，"麦克·特罗诺报告道。

"碰到什么麻烦没有？"

"我们穿着门童的制服，所以实际上跟隐形差不多。"

"你们现在在哪儿？"

"刚刚离开码头。我们一直在忙着打扫普瓦斯基假装不慎打翻的几个盛放食用油的罐子。"

"好的，等我信号。"

卡布里亮了一下自己的护照，然后买了张入场券。人群全都向右边移去，朝着那些布置优雅的赌博室走去。胡安也跟着大队伍一起走着，他缓缓地上了楼，进到了一间酒吧里头，要了杯马提尼酒。

然而他是醉翁之意不在酒，只是想借此观察一下周围的环境，很快他便发现了一个黑暗的拐角可以作为自己等待之所。

没过多久赫胥黎便打电话过来了，宣布说她也已经抵达了，现在正在赌场的主赌厅里。

等待的时候，胡安一心思考着在他们用轨道弹道导弹将厄俄斯岛夷为平地之前该怎么把马克斯给营救出来。他清楚地知道，假如他们没能将马克斯给弄出来的话，他们也得要坚持把岛给炸平的。即使马克斯同意这么做，赌注也实在是太高了。

他希望能够找到办法用极低频设备向汉利回发信号，然而那是一台发射机，而不是接收器。胡安想了十来个方案，在脑子里面反复思量，最后又都一个个地否决了，因为觉得全都欠妥。

当他在酒吧里面坐了 20 分钟以后，朱莉娅又来了电话。只听她在电话那头说道："他们来了，正朝着玩十一点的桌子走去。"

"先让他们坐下来喝点东西再说。"

朱莉娅待在楼下的赌场里，她的注意力在大轮盘和他们的目标之间来回移动着。时间在一分一秒地流逝，她面前的那堆筹码也涨涨落落。而在房间的另一头，伊本·阿尔·阿西姆已经在喝第三杯酒了。

她感到有点儿讽刺，因为他一方面愿意出资为激进的穆斯林恐怖组织购买军火，另一方面却又无视"不得饮酒"这一最为知名的穆斯林律法。她怀疑他以为自己是名"塔克菲尔"——一位伊斯兰教的真正信仰者，为了渗透到西方社会而去假装无视伊斯兰的教义原则。当然，他完全可以通过不穿传统长袍，不蓄浓厚的大胡子做到这一点，而饮酒和玩女人则并非是必需的，所以很显然他是真心喜欢这两种行为。

"我觉得是时候了，胡安，"她冲电话说道，假装是在看手机上的短信。

“好的，行动。麦克，准备执行V计划。”

朱莉娅一直等待着，直到轮盘上的球落进了数字6的槽里头，发牌者将桌上那些赌输的筹码扫到了自己身边，其中也包括了她的筹码。她把小费扔给了他，然后将自己剩下的筹码收好。她从钱包里拿出了两粒药片，开始穿过房间。当她经过时，有几个男人抬起眼来色迷迷地看了看她，不过大多数人依然一门心思专注在自己的赌博上头。

克里科夫和阿尔·阿西姆玩牌的那张桌子旁已经没有空位了，所以朱莉娅停下了步子，等待着机会。当那个俄罗斯人赢了一大把时，朱莉娅便把身体往前倾了倾，凑到他的耳边低声说了句：“恭喜你。”起初他吃了一惊，不过当他回过头来看见赫胥黎长得如花似玉时，他便眉开眼笑了起来。

当赌桌上的另外一位客人也赢了钱的时候，她同样凑到跟前祝贺人家，这样一来她就似乎不再是以陌生人的面孔出现了，而是也成了这个赌桌上的一分子。尔后她将一块筹码圆牌放到了那位赢钱的客人面前所堆放的筹码上，如此一来就相当于跟他一起下了注，一荣俱荣，一损俱损。

结果那位客人没有再赢到钱，于是便向她表示歉意。而她则只是耸了耸肩膀，仿佛在说这只是小事一桩，没啥大不了的。

之后她便冲阿尔·阿西姆做了个手势，意思是询问他是否允许她跟着他下注。他点了点头，于是她就绕过赌桌来到了他的身边。她将手放到了他的酒杯旁，似乎想要借此平衡身体。等到站稳时，她差一点就把玻璃杯给碰翻了。当里面的酒即将泼溅出来之际，她赶忙一把握住了杯子，并趁机神不知鬼不觉地将两粒药片投了进去，然后将杯子重新放回到了杯垫上。

这种药片是一种用于顺势治疗[①]的药物，朱莉娅仔细研究过，发觉这种药实际上并没有真正的疗效，但却具有一种副作用，那就是会让人产生想要小便的感觉。在阿尔·阿西姆的酒里面掺入这种药剂，便可以让他自发地前去赌场的洗手间，而无需他们动手将他给架进去了。

阿尔·阿西姆丝毫没有产生怀疑，他继续玩着十一点，并且赢得盆满钵满。当他将朱莉娅赢到的那份筹码递给她时，嘴角边浮现了一抹得意而贪婪的笑容。

“多谢，先生，”她用法语说道。接着她又跟另外一位赌客下注，结果输了，然后她便从赌桌旁悄悄离开了。她步出了赌厅，回到了中庭里面，尔后给卡布里打了个电话，告诉他事情已经办妥了。

“很好，找个地方观察他，当他前去洗手间时立即通知我们，然后你自己回到码头去。”胡安一边下达着命令，一边朝着距离赌厅最近的洗手间走去。“麦克，你和普瓦斯基赶快就位。”

“我们正在去洗手间的路上。”

距离洗手间不远的地方有一个门口，通往赌场的服务走廊，所以客人们无需被门童或是帮他们拿茶水饮料的侍应打扰。胡安在门口附近闲荡了一会儿，尔后便看见门轻轻地打开了，麦克把那个装着假的呕吐物的瓶子递给了他。胡安又等待了几分钟，估摸着快到那两粒药片起效的时间了，于是便进到了洗手间里面。

就跟这家大赌场里的其他事物一样，洗手间里也铺满了大理石，一派富丽堂皇。当卡布里进去的时候，里面有一个男人在洗手，不

---

① 顺势疗法：一种疾病治疗体系，以小剂量运用一种药物为基础，这种药物的大量服用可在健康人体内产生一种类似于疾病本身的症状。——译者注

过还没等胡安走到隔间，那人便离去了。由于没有人会听到他展开行动，所以他也就不必装出一副病恹恹的样子了。他把那些令人作呕的调和物倒在了地上，然后退到了一个隔间里头。

只要有一名赌客进到了洗手间里面，赌场的员工便会被召唤进来。胡安对法语懂得不是太多，但也能猜出那名服务员在说些什么。他还可以想象这名服务员将会朝着最近的服务入口走去，以通知清洁员工来打扫，结果却发现有两名门童已经在走廊上了，就仿佛他们早已被告知洗手间里有人呕吐了似的。

洗手间的门再一次打开了，当他们把那个大型垃圾桶推进来的时候，胡安听到了桶下的滚轮所发出的刺耳声。

“你们好啊，小伙子们，”他一边打着招呼，一边从隔间里头走了出来。

“我们为什么总能如此走运地被分配到干这种活儿呢？”麦克问道，口气里带着明显的讽刺。

“那是因为你俩知道如何让地上看起来光亮如新啊。”

门又开了。普瓦斯基赶忙去到门口拦住想要使用洗手间的赌客，然后抱歉地指了指地上那摊正在用拖把清扫的呕吐物。

“他刚刚起身离开赌桌，”朱莉娅向卡布里发出了通知，“他即将成为下一个去洗手间的人。”

“收到。一会儿见。”胡安重新退回到了隔间里。

当门打开时，普瓦斯基让阿尔·阿西姆进到了洗手间里面。这位阿拉伯人闻到了那股刺鼻的气味，他皱了皱眉头，然而他的生理需要更为强大和急迫一些，所以他并没有离去，实际上他几乎是跑到了小便池跟前。

卡布里等着他解决完了生理问题，然后便悄无声息地走到了他的身后。阿尔·阿西姆在最后一刻察觉到了背后有人，于是赶忙转过身来。他的眼睛由于吃惊而瞪得大大的，因为他万万没有想到居然会看见一个跟自己长得几乎一模一样的孪生兄弟。只可惜还没等他能够明白这是怎么回事，胡安就已经将一支皮下注射针管插进了他的脖子里，然后压下了针筒。阿尔·阿西姆试图呼喊，于是胡安将一只手紧紧扣住他的嘴巴。很快他便失去了意识，身体瘫软地滑落到了地上。

胡安和特罗诺将这名赞助恐怖组织的金融家拖进了那个大型垃圾桶里，而普瓦斯基在此期间则不得不守在入口，好挡住其他想要使用洗手间的赌客。胡安取下了自己的手表，换上了阿尔·阿西姆所戴的那款瑞士名表"摩凡陀"，接着又将他手上的戒指戴到了自己的手指上。

"我必须在他醒来之前搞定克里科夫，"胡安一边说，一边对着镜子查看着自己的这身新行头，"把他放到一个不会被发现的地方，让他在那儿待上几个钟头，你们则跟朱莉娅一起回到'俄勒冈号'上去。"

"码头附近有一个公共厕所，这个时间段里应该不会有人使用的。"麦克完成了对大理石地板的清洁工作，使其重新变得熠熠闪光，然后便将拖把扔进了桶里面。

"小伙子们，待会见了。"

胡安回到了那张玩十一点的赌桌前，看见克里科夫正兴致盎然地在玩牌。

"你没事吧，我的朋友？"这位俄罗斯人用英语问道，这也是他跟那个阿拉伯人之间能够交流的唯一语言了。

"有点闹肚子，伊凡，没什么大碍，不用担心。"卡布里把这两人之间的谈话录音反复听了好几个钟头，所以知道他们彼此之间说话的语气和方式。这名军火商并没有产生一丝怀疑，甚至都没有朝身旁瞥一眼，可见他的伪装很成功。

他们又玩了 45 分钟左右，胡安装作一副身体极其不适并因而影响到了赌技的样子。他乱赌一气，结果将阿尔·阿西姆价值 50000 美金的筹码给输掉了一半。

“伊凡，我很抱歉，”他一边说，一边将手放到了肚子上，“我觉得我需要回到船上去了。”

“你需要看看医生吗？”

“我认为没那么严重，我只是想躺一会儿，”当轮到胡安玩的时候，他表示不再下注了，然后摇摇晃晃地站起身来，“你继续好好玩吧。”

这么说其实有些冒险，然而阿尔·阿西姆绝对也会这么说的。

克里科夫看上去颇有些犹豫。自他们开始赌博起，他已经赢了大约 30000 美金了，要一个鸿运当头、手正顺的赌徒离开赌桌，就跟杀了他没有两样。然而从另一方面来讲，阿尔·阿西姆很有可能会成为他的大主顾。

“今晚我已经赚得不少了，我知足了，”他向那个亚裔发牌员表示自己不再玩了，然后也站起身来，重新穿上了外套。

他们把筹码交了上去，赢的钱则留在了赌场的账号里头，好等他们明晚再来赌场玩的时候用。他们穿过了华丽的中庭，这时候克里科夫用手机给他的司机打了个电话，以便等他们走出赌场大门时他的那辆豪华轿车就已经在门口候着了。

司机把车开到了入口处，克里科夫的保镖从前座上跳了出来，替他们打开了后面的车门。这名保镖比卡布里高出大约 4 英寸，一双黑色的眼睛充满了怀疑的神色。当克里科夫钻进轿车里时，保镖飞快地冲人群扫了一眼，然后把目光转向胡安，死死地盯着他看了好一会儿。

假如按照本能反应的话，胡安这个时候应该会把脸转过去看向别处，因为这名保镖一定已经察觉到了有什么地方不对。然而胡安是名受过专门训练的职业特工，所以懂得如何去克制住自己的本能反应。他并没有压低眼睛，相反却用同样锐利的目光回看这位保镖，并且问道："有什么问题吗？"

保镖的表情变得和缓了许多，回答说："没有，先生。"

胡安进到了轿车里面，关上了身后的车门。赌场距离码头不远，车子开一会儿便会驶抵。胡安又做出一副患了肠胃疾病的模样，如此一来他才不必在前往码头的路途上跟那个俄罗斯人交谈。

克里科夫从他那艘豪华游艇"套娃号"上派了一条私人小艇过来，现正在码头那儿等待着他们。车子刚一停稳，保镖便从轿车里面一跃而出，然后打开了后面的车门。

"好在今晚我们没有把钱浪费在任何女人身上，"当他们朝着那条白色小艇走去时，克里科夫评论道。

"我很不舒服，所以连女人都没顾得上瞅一眼呢。事实上，我真的不太愿意坐这个回到你的船上去。"

克里科夫将一只粗壮的手放到了卡布里的肩膀上。"只是很短的一段路程，而且港口风平浪静，你不会有事的。"

保镖发动了小艇的引擎，而轿车司机则帮忙松开了系在船首和船尾的绳子。5 分钟以后，他们便驶抵了"套娃号"那宽敞的船尾板，那儿已经放下了一个柚木质地的跳水台和几级楼梯，可以让他们上到游艇的主甲板上去。

"我猜想你一定希望直接回你的船舱去，"当他们登上游艇时，克里科夫说道。一名佣人正在楼梯顶端等候着，看看俄罗斯人有何吩咐。胡安看见游艇上有两名警卫，一个在桥楼后面的上层甲板上，另一个则在船的泳池附近巡逻。

他的人已经估计过了，船上至少有 18 名驾驶游艇的船员以及 10 名警卫。

“实际上，”胡安回答道，“我想要去你的办公室同你谈谈。”

“不用急，”克里科夫立即说道，因为他知道，此刻他的船离岸很近，极易被人窃听。

“不，不，不，”胡安赶忙解释，“只是跟你谈谈今晚发生在我身上的事情。”

克里科夫领着他穿过了这艘豪华游艇，他们路过了一间可以容纳 20 人就餐的饭厅以及一个起码有 40 个座位的电影院。这名前共产主义的间谍，如今却享受着资本主义的奢华生活。

他们来到了俄罗斯人的私人办公室里。克里科夫一关上身后的房门，胡安便把手枪给拔了出来，狠命地抵在了克里科夫的喉咙上。

“你要是敢叫一声，我马上就会让你脑袋开花！”胡安不必再操着他那假装的阿拉伯口音，而是改用俄语说道。

令他高兴的是，克里科夫果然一动不动，可能他才刚刚能够适应情形的突变。他意识到这名袭击者的目的并不是暗杀，否则自己早就已经死翘翘了。

“你是什么人？”

胡安一言不发，然后用胶带把克里科夫的手腕给绑了起来。

“即使你说的是我国家的语言，我也知道你是中情局的人。我必须要恭喜你，你实在是深藏不露啊。当我在调查阿尔·阿西姆的时候，他的背景可以说是无可怀疑，而且很多值得信任的人都向我保证说他绝对靠得住。”

“我并不是伊本·阿尔·阿西姆，”胡安说道。

克里科夫傻笑起来。“显然不是。”

“他还在赌场里头呢，被放在码头附近的一个垃圾桶里面了，几个钟头以后他应该就会醒过来的。”

克里科夫的眼睛眯缝了起来，他试图想要把这混乱的一切给理清楚。

胡安说道：“我不关心你和阿尔·阿西姆两个人在密谋些什么，我来这儿是为了你从你的前雇主那里偷来的某样东西。”

“我从他们那儿偷的东西多了，”克里科夫说道，口气里有一种毫不掩饰的骄傲之情。

胡安对这位俄罗斯军火商做了足够多的调查，此人恶迹斑斑，所以他很想一枪打穿他的脑袋，好让这个世界少一个垃圾。他努力克制着自己不去扣动扳机。

“我想要‘斯大林之拳’的密码。”

对于胡安居然知道自己不久以前才刚跟阿尔·阿西姆谈到的这枚武器，克里科夫并没有表露出多少吃惊的神情。他再一次询问胡安究竟是何许人也。

“假如你不把我想要的东西给我的话，那么我就会是刺杀你的人。”

“你一直都在监视我，对不对？”

“我的组织已经盯了你好一阵子了，”胡安告诉他说，从某种意义上来讲这也不算是在撒谎，“我们只对那枚轨道弹道导弹的密码感兴趣。只要你把我想要的东西交给我即可，你和阿尔·阿西姆可以继续你们的武器交易，不会受到任何干扰。要不然的话，我觉得你应该没有机会见到明天的太阳了。”

卡布里扒动了一下手枪，以表明自己绝对不是在开玩笑。

当克里科夫看见胡安的手指开始压紧扳机时，他居然毫无畏惧，眼睛连眨都没眨一下。

“只要你敢开枪，不出20秒我的人就会赶到这儿来的，”他警告道。

“我随时都做好了牺牲的准备，”胡安反击道，“你做好这个准备了吗？”

克里科夫发出了一声沉重的叹息：“上帝，我怀念冷战时期。你是车臣分子，对不对？”

“我不是车臣分子，而且可以向你保证那枚武器不会用在前俄国境内的任何一处地方。”他看得出来，克里科夫此时心里正在想着那武器根本就不会被派上用场。

“密码锁在那幅画后面的保险箱里头。”他冲着挂在墙上的一幅裸体画点了点头。

胡安用枪柄碰着画框，将画给转了过来，以防里面有陷阱。保险箱的大小约2平方英尺，外面还有一个数字电子键盘。“密码多少？”

“25、10、1917。”

胡安一时间没有认出这组数字来，因为欧洲人在标明日期的时候是把日子放在月份前面的。“这是你们俄国人十月革命的日期，我说的没错吧。”

他按下了数字，然后开始转动把手。这时候他让克里科夫径直站在保险箱的面前，挡在自己。因为他已经认出了这种保险箱的模式，知道假如键入了错误的密码就会引爆晕眩手榴弹。结果证明密码是正确的。

保险箱里面放着几堆现钞、一把手枪以及许多叠文件。胡安一把抓起了那支手枪，放进了自己的口袋里。

“应该是在最底下。”克里科夫主动告诉他说，目的是希望这番痛苦的折磨快点结束。

胡安在搜寻的时候顺便浏览了一些文件，发觉这个俄罗斯人还牵涉到了一些重大的交易当中，包括在美国入侵伊拉克之前给萨达姆·侯赛因提供军备，以及一桩分别换取阿富汗的鸦片、俄罗斯的武器和非洲钻石的三角贸易。

保险箱的最下面有一份文件，上面有张标签，用古代斯拉夫语的字母写着“11 月的天空”。胡安翻了几页，发现这正是他要找的那份关于轨道弹道卫星的文件，于是感到十分满意。“俄勒冈号”上的电脑可以将文件的内容翻译为英语，而他认为埃里克和哈里应该能够懂得那些技术上的专门术语。

他把文件放进了一个防水袋里面，然后转向了克里科夫。胡安很想把自己对克里科夫的看法告诉给他听，但他忍住没说。“等你找到阿尔·阿西姆的时候，告诉他今晚发生的事情同你们两人的生意毫无关系。跟他说这只是你过去的一个仇家前来找你的麻烦，不过现在一切都已经摆平了。现在请转过身去，双膝跪下。”

自从胡安拿枪对着克里科夫一来，这还是他头一次表现出了恐惧。他的眼睛里流露出了一丝惊恐，但是他努力让自己的声音听上去依旧平静。“你已经得到了你想要的东西了。”

“我没有打算干掉你，”胡安拿出了一支皮下注射针管，“我给阿尔·阿西姆用的也是这个，你会几个小时不省人事。仅此而已，不会有其他危害。”

“我讨厌被针管注射，我宁可你朝着我的脑袋来一拳将我给打晕过去。”

胡安用他那支“FN57式”手枪朝着克里科夫的太阳穴狠命地一击，力量非常大，估计把克里科夫的骨头都给打碎了，差一点就会让他一命呜呼。他轰然倒下，犹如一栋内部发生爆炸的大楼。“这是你自找的，”胡安说道，还是把针管扎进了克里科夫的身体里。

克里科夫办公室的外墙是一面呈曲线的玻璃，由船体往外伸出，形成了一个浅浅的拱形。胡安打开了其中一扇玻璃，朝上面探了探，发觉没有围栏挡在外头。他把无尾晚礼服的外套和衬衣一一脱了下来，里面他穿着的是一件黑色长袖紧身T恤。他把那个防水袋塞到了T恤里头，接着将克里科夫的那把手枪扔到了窗外，然后脱下鞋子，纵身越过窗户，跳进了海里。

他悄无声息地游动着，没有往上看，脸没在水中，而他戴的黑色假发则令他很好地隐没在了如墨般漆黑的地中海海水里。他沿着“套娃号”的船体朝前游去，来到了锚链处。他潜入水中，顺着链子一节一节往下爬，一直来到了埃迪和富兰克林之前藏好潜水设备的地方。

他戴上了“德尔格”呼吸器和面罩，系上了配重带，穿上了蛙鞋，然后用他们留给他的夜光罗盘确定了方向。距离“俄勒冈号”仅仅有1英里的路程，加上风平浪静，所以他游起来应该会更加轻松一些。

游的时候，他在心里默默起了个誓，那就是这绝不会是他最后一次去拜访伊凡·克里科夫。而在他们下一次见面的时候，那个俄罗斯人恐怕就不会跟这一次一样幸运了。

第31章

对于马克和琳达来说，要掩盖住他们其实并没有被分配一间船舱，原本并不会太过困难。他们从船上的商店里面买了衣服和洗漱用品,并且还可以在船上健身房隔壁的更衣室里头冲澡。下午的时候，他俩轮流在泳池旁边的折叠躺椅上眯盹一会儿，晚上则在赌场里打发时间。墨菲在赌牌方面可是个高手，他用他们带来的400美金赢了不少钱。他原本还可以赚得更多的，然而为了避免过于打眼引人注目，他只能收敛许多了。

可惜这一切在第二天就全改变了。

对于其他乘客来说，船对岸通讯室的关闭最多只是有些不方便而已。几个商人不满地嘟哝了几声，然而大部分人要么压根就没注意到，要么即使注意到了也没有太过在意。

马克和琳达知道情况不妙，而且还有其他一些微妙的迹象显露了出来。他们看见越来越多的船员出现在了甲板上，表面上似乎是在进行船的维护工作，然而更多的时间则是用在了监视乘客上。目前尚无乘客被要求被出示房间钥匙，但琳达和墨菲知道这只是时间上的问题而已。

情形已经再明显不过了,那就是游轮方面已经知道“黄金天空号”号上有无票偷乘者，并且决心将他们给找出来。

然而还有比这一信息更令他们感到烦心的，那便是船上已经出现了类似感冒的症状。

在他们登船的第二天早上，许多乘客和船员都开始流鼻涕，偶尔还会打喷嚏。他们一个在泳池附近闲逛，一个则在餐厅里面四处溜达，目的是想偷听人们的谈话，结果得出了一样的信息，那便是头天晚上大家都还感觉良好，到了今天上午却有人出现了感冒症状，而那些生病的人全都是去过午夜自助餐厅，而那一时段在自助餐厅里工作的侍应和厨子们也都患病了。

“一定是项测试，”马克猜测道。

“你怎么会如此确定呢？”他们坐在餐厅里一处隐蔽的拐角，刚刚用完早餐。

“两个理由。首先，大部分在船上爆发的病毒都是肠胃性的，而这个则有点像是鼻病毒。其次，假如这是正式的全面的病毒袭击，那么我们全都应该早就死翘翘了。”

“你觉得我们应当怎么做才好呢？”尽管琳达食量大如牛，然而此刻她却并没有像往常一样狼吞虎咽，她只吃了很少一点点，神情忧郁。

“不要跟任何人握手，不要触摸扶手，不要——这是最为重要的——不要碰你的眼睛，因为这是感冒病菌最为喜欢的进入人体的途径。我们每半个小时洗一次手，假如不小心未能遵守上述原则，则要立刻把手给洗干净。还有，我们必须得尽快查明他们究竟打算怎样去释放这种曾用来袭击‘黄金黎明号’的具有致命性的病毒。”

“我们待在这艘船上岂不会插翅难逃了吗？”琳达一边问，一边用餐巾纸抹了抹嘴巴。

“不会的，因为我们会在正式袭击发动之前便探明他们将如何释放病毒。”

“有道理。我们已经检查了供水系统、进风口、空调设备，该死的，甚至就连制冰机也看过了。假如即使这样的话我们也没能找到，那么还能有什么计策可施呢？”

“每检查完一处可能带菌的地方，我们就距离目标更近一步，”马克回答道，“当你丢失东西的时候，你总是会在最后去看的地方找到它，你可曾想过为什么会这样吗？”

“为啥？”

“因为当你找到的时候，你便不再去查看了，所以东西始终会在你最后去寻找的地方被发现。”

“你的意思是？”

“我们还没有检查这最后一处地方。”

即使有餐厅墙壁的隔音，他们还是听见了直升机旋翼的拍打声。他们从桌子旁边站了起来，然后朝船尾走去。“黄金天空号”的鸭尾艄处有一个游泳池，浅绿色的水面上铺着一块硬板，甲板水手们用绳子将该区域给围了起来，以便不会有乘客进入到里面来。

直升机是架贝尔公司的“喷气漫游者”，机翼上印着“波塞冬·图尔斯”的标志。由于站在高层的甲板上，所以马克和琳达能够看见机舱里面的飞行员以及三名乘客。

“这可不是什么好事，”琳达扯着嗓子喊道，好把四周震耳欲聋的喧闹声给盖过去。

“你觉得他们是为了我俩来这儿的吗？”

“很少有人会在游轮上死去，所以当托马斯·塞弗伦斯的某位同伙在伊斯坦布尔被杀时，他一定会展开迅速行动的。我很好奇他是怎么让游轮方面同意他们乘坐直升机上到船上来的。让直升机在一艘处于行驶状态的船上着陆是件十分危险的事情，尽管戈麦斯·亚当斯能够貌似轻而易举地办到这个。”

“他们有的是钱，自然能使鬼推磨了。”

直升机出现在了首旗杆的上方，因机翼产生的下降气流在船员们清洗甲板的地方扬起了一阵细砂石。直升机犹如一只大昆虫徘徊在半空，飞行员在判断了速度和风力影响之后便驾驶着飞机朝着游泳池上的那块硬板徐徐下降。他让引擎一直保持发动状态，因此飞机的起落撬几乎没有给硬板带来多少压力。机身上的三个门同时打开了，机上的那三名乘客纵身跳了下来，他们的肩膀上各扛着一个尼龙包。飞行员需要立即把动力调快，以便应对重量上的突然减少。门刚关上，直升机便迅速升高起来，驶离游轮而去。

“埃迪曾经说过泽里米尔·科瓦奇看起来很像鲍里斯·卡洛夫，”马克扬起下巴说道。

“你是说中间那个大个子吗？”

“应该就是他，错不了。”

船上的一名官员前来迎接这三个人，但他们并没有去握那人的手。不知何故，尽管他们身着便服——卡其裤、马球衫以及薄风衣——然而看起来却像是穿着军服一般。琳达认为这是由于他们肩上背着背包所致。

“你觉得这些背包里头会装着什么呢？”她问道。

“换洗的内衣裤、新的袜子、一把剃须刀。哦，还有枪。”

科瓦奇和他的那两名党羽显然是冲着他们来的，倘若他们被逮住了的话，将会发生怎样的情形已是毋庸置疑的了。马克和琳达唯一的优势在于，科瓦奇并不知道上船搜寻病毒的人究竟有几个。然而由于游轮的官员和船员们对于潜在的无票偷乘者的警惕性日益提高，所以稍一留意便会发现他们两个的。

“我刚刚想到了一个问题，”当他们从扶手边转身离去时，马克说道。

“嗯，是什么？”

“假如他们打算用在‘黄金黎明号’上大开杀戒的病毒来袭击这艘游轮的话，那么科瓦奇怎么会冒险上船来呢？”

“如果他已经接种过了疫苗，那么他上船就不会存在多大危险的。”

到了中午的时候，船上已经有四分之三的人都出现了貌似感冒的症状。尽管事先有所预防，然而马克和琳达还是极其不幸地也身处在了这四分之三当中。

第32章

沙漠的疾风从飞机场的上空呼啸而过，卷起了阵阵尘土，险些将天空都给遮蔽了。飞行员驾驶着那架租来的公务喷气机在跑道上向左边方向足足滑行了30英尺的距离，以避开那如同铁锤般猛烈击打着机身的侧风。

伴随着一声机械的“呜呜”声，紧接着则是“砰”的一声，齿轮放了下来，襟翼也伸展开来。涡轮喷气发动机发出了阵阵怒号，让飞机在高处多停留了几秒的时间。

机舱里坐着的唯一一名乘客并没有去注意天气条件或是危险的着陆。他先是赶上了一趟由尼斯飞往伦敦的民航班机，之后则又飞往了达拉斯，而那架租来的公务喷气机正在那儿等候着他。此刻的他坐在座位上，手指在笔记本电脑的键盘上飞快地跳动着。

当埃里克想出了发射俄罗斯的弹道武器这一计划时，他还只是停留在一个大致的想法上头，未曾考虑过自己需要处理的数据其数量是何等的庞大。轨道速度、向量、地球的旋转、钨条的质量以及其他需要考虑的上百个因素——所有这些都必须要在他的电脑里头进行计算。

由于拥有海军背景，所以他的自信心稍微增强了一些，觉得自己可以对付这一大堆的数学计算，尽管他原本希望墨菲能够助他一臂之力的。马克在解决三角学和微积分等问题上具有一种与生俱来的天赋，假如有他相助的话，那么运算起来就会容易许多了。说实话，马克比埃里克更为胜任这项工作。

因为这份工作还将涉及卫星和电脑之间的通讯往来，所以哈里·卡西姆便是第二个合适的人选。唯一的问题在于哈里晕机，所以到时候将会无法顺利展开工作。

埃里克不得不去做一件原本只有许多人同心协力才能完成的活儿。他可能稍后会对此事感到兴奋起来，然而此刻他却不得不同无数的数字打交道。他曾经跟詹妮·达尔说过需要干这项任务，并且将其危险性夸大了一番，不过他并没有告诉她原因何在。由于马克正被困在“黄金天空号”上面，所以如今的他能够在没有任何竞争对手的情形下来展开对那位年轻貌美的挪威姑娘的追求了。他已经到达了自己所列出的那份“求爱清单”上的第八条，目前几乎就要进入到第九条了，那便是在他解释为何必须得离开货船的时候试图去握住她的纤纤小手。就在他将她留在医务室里而自己却独自离去之前，她抬起了头，嘴唇微微地张了张，他希望自己能够知道她的这一举动究竟代表着什么。

他真该去问一问赫胥黎医生的，毕竟女人才最了解同类的心理了。

飞机触地了，机身在两个轮子上危险地晃悠了一会儿，尔后飞行员猛力地操作着方向舵，使飞机重新恢复了平稳。他们滑行了很长一段路程——飞机跑道大约有 3 英里之长——然后逐渐驶近了一间非常大的飞机棚，飞机棚的旁边还停着另外一架没有标志的公务喷气机。飞机棚的大门上方标着一家早就没再运营的航空公司的名字。引擎渐渐地安静了下来，副驾驶员出现在了驾驶座上。

“抱歉，斯通先生，可我们没法在这样的沙暴天气下滑进飞机棚里去。不过，您无需担心，到今天晚上的时候沙暴便会减弱下来的。”

埃里克已经在因特网上查看了十几个天气网站，所以对于这一冷峰何时会继续前进知道得一清二楚。到了午夜的时候，就连一丝微风也不会再有了。

他关上了笔记本电脑，抓起自己的手提箱——这是一个已经十分破旧的海军用的粗呢衣箱，这个箱子从安纳波利斯[①]开始便一直跟在他的身边了。

副驾驶员打开了机舱门，埃里克费了好大劲才终于下了梯子。从停机坪上空呼啸而过的沙子把他的眼睛刺得生疼生疼。飞机棚的大门上设有一扇小门，一个男人站在小门附近，冲他招着手。埃里克步履蹒跚地走了大约 40 英尺的距离，终于来到了门旁边，尔后他蹲下身来穿过了门。那个陌生人立即将门给关上了。飞机棚的中央停着一架很大的飞机，上面盖着一张帆布质地的防水布。很难看出

① 安纳波利斯：美国马里兰州首府。——译者注

飞机的形状，不过看起来它似乎与世界上的任何东西都不相像。

“该死的沙尘给飞机造成了巨大破坏，”那男人同他握了握手，“您一定是埃里克·斯通先生吧，我是杰克·塔卡特。”

“很高兴见到您，上校，”埃里克说道，语气里流露出了一丝对于英雄的崇拜之情，“我在孩提时代便读到过关于您的事迹了。”

塔卡特大约有60来岁，一张饱经风霜的脸显得坚毅而沉着，蓝色的眼睛十分清澈。他帅得一塌糊涂，有着西部影片里牛仔的理想轮廓，下巴坚毅，上面留着一小撮银白色的胡茬。他穿着一条斜纹棉布裤，上身则是一件飞行员的衬衣，虽然天气炎热，但他在衬衣外头还套着一件短夹克。他的握手强健有力，他头上戴着的那顶棒球帽上印着一个早期的航天飞机的标志，他曾是该飞机的驾驶员。

“您这一路坐了很长时间的飞机吧？”塔卡特一边问，一边领着他来到了位于飞机棚拐角处的一间办公室里头。他的口音里带着德克萨斯州西部的那种浓浓的鼻音。

埃里克咧嘴笑了笑：“可不是，先生，我坐了好久的飞机才到达这里。”

办公室里坐着两个人。其中一个长着一脸的连鬓络腮大胡子，于是埃里克马上认出了他——他便是那位极富传奇色彩的飞机设计师里克·巴特菲尔德。另外一个人个头很高，容貌有着贵族一般的端庄，头发已经花白。他穿着一身银行家的三件套，腰间还挂着一条联谊会[①]的钥匙链。埃里克估计他的年纪应该有七十八、九了。

“斯通先生，”他一边说，一边伸出一只手来，“我很少能够有幸见到胡安的手下。”

---

① 联谊会：一种荣誉团体，成立于1776年，由大学学生和毕业生组成，其入选的会员要求有较高的科研水平。——译者注

“您难道就是兰斯顿·奥弗霍尔特先生吗？”埃里克询问说，他顿时感到肃然起敬。

“我就是，孩子，我就是。虽然你从来没有，以后也不太可能会见到我。你明白吗？”

埃里克点了点头。

“实际上，我本不该来这儿的，因为这完全是公司和巴特菲尔德先生的公司之间的交易。”

“假如您没有威胁说要对我向国家航空航天局和联邦航空局递交的认证申请表作梗的话，我是绝对不会同意的！”巴特菲尔德故意拉高声调说道。

奥弗霍尔特转向他说道：“里克，我那并不是威胁，我只是友好地提醒你，你的飞机还没有获得飞行认证，只要我说一句话，你的认证申请过程便会少了很多繁文缛节的。”

“你最好别忽悠我。”

“我觉得我可以给你的这次飞行弄一份临时的证书，这应该足以证明我并非是在吹牛了吧。”

巴特菲尔德的表情依然有些不悦，但他的怒气似乎已经平息了许多。他向埃里克问道：“我们什么时候需要开始行动呢？”

“通过来自北美空防联合司令部的追踪数据，我计算了一下，结论是，假如想要中途拦截的话，那么我就必须在明天凌晨31.6秒的时候处于海拔8-14的位置。”

“我不能向你保证时间方面的精确无误。我们需要一个小时才能到达这一海拔高度，而燃烧则又需要6分钟的时间。”

“时间上早一分钟或晚一分钟倒是没太大分别的，”埃里克想要让他安心，“巴特菲尔德先生，我希望您明白情况的严重性。数以百万人的性命全都指望在我们的身上了，我知道这听起来有点像是谍战小说里的句子，但我真的没有夸张。如果我们失败了的话，地球上的人们便将遭受难以言说的痛苦了。”

他打开了笔记本电脑，给这位航空方面的工程师看了几段在“黄金黎明号”上拍摄的视频文件。画面本身已经足以说明一切了，所以无需埃里克赘言。当视频文件播放完的时候，他说道：“大部分被害者都是参与过病毒制造的人，幕后主使为了灭口杀掉了自己人。”

巴特菲尔德从电脑屏幕前抬起了头，他那原本如农夫一般黝黑的脸膛此刻却是一片惨白。“我懂了，孩子，完全明白了。”

“谢谢您，先生。”

“你可曾有过晕船或晕机得厉害的经历吗？”塔卡特问道。

“当我在海军服役的时候，我曾在一艘航空母舰上待过大约三年的时间。”

“所以这对您来说一定是小菜一碟了？”

“这便是为什么我来到这儿，而我的另一名同伴没有来的缘故了。我还是‘美国海岸爱好者’的成员。我的假期全都用来玩过山车了，一次都没有吐过。”

“我很满意。里克，你怎么样？”

“我没打算让你签署一捆保险弃权书。只要你能保证呼吸顺畅，我就没问题。”

“我的公司每六个月都给我们做一次体检。我身体好得很呢，除了视力有点差，需要佩戴眼镜以外。”

“好的。我们还有一大堆准备工作需要在早上以前做完，”巴特菲尔德瞥了一眼手腕上戴着的那块劳力士表，“我的人大约过 20 来分钟就会到达这儿了。我需要称一称你和你的衣物，以计算出重量和平衡性。然后我觉得你应当待在你的飞机上，直到开始飞行为止。你的那两位飞行员可以住到城里的旅馆去，我会安排我的一名手下开车载他们去的。”

“这事儿交给我来办好了。啊，巴特菲尔德先生，我还有一个请求。”

“请说。”

“我想要看看飞机。”

巴特菲尔德点了点头，踱着步子从容地迈出了办公室。埃里克、塔卡特和奥弗霍尔特则紧随其后。一根长长的绳子垂在那架盖着防水布的飞机旁边，绳子的末端有一个把柄。他按了一下按钮，绞盘开始将防水布拉扯了下来。

一架名为“肯加”的母机出现在了他们的面前，机身上涂着白色的油漆，显得格外有光泽，白底上面还点缀着一些蓝色的星星。这架飞机看起来同世界上任何其他的飞机都不太相像，机翼呈“鸥翼”状，很像是二战时期那倍受尊敬的“海盗”战斗机。不过它的机翼位于机身的高处，角度朝下，如此一来机身便处在了高高的起落架上。单座式的驾驶员座舱上方有两台喷气式发动机，机翼下面的一对加强杆，越到后面变得越细小，最后成为了两个三角形状的尾部组件。

母机下面还有一架小飞机，这便立即吸引住了斯通的注意。这架“袋鼠”是一种由火箭驱动的滑翔机，它有一个扁平的单机翼，在耗尽了自身的燃料储量之后，机翼可以往上移动，以减少阻力。“袋鼠”的时速高达 2000 英里以上，是一种亚轨道空间飞机，其所保持的飞行高度记录为 120 公里或者 75 英里。

“袋鼠”将被“肯加”携带着飞行到 38000 英尺的高度，尔后两架飞机便会分离。这时候“袋鼠”上的火箭发动机就会运作起来，如此一来这架滑翔机便会沿着一条顺导弹发射方向60英里的弹道抛物线朝着天空呼啸而去，之后则会飞回基地里补充燃料。

巴特菲尔德及其投资者的意图，是希望冒险尝试一种亚轨道的飞行，如此一来他们便可以在太空的边缘处感受到一种无重状态的自由。埃里克·斯通即将成为他们首位付钱的顾客，尽管他并不向往这种兴奋感。他的想法是对飞行进行计时，以便当飞行位于最高点的时候他能够处在俄罗斯武器平台那坏掉的天线的覆盖范围之内。通过胡安从克里科夫那里搞到的密码，埃里克将会重新部署那颗卫星，以便它能对着厄俄斯岛发射一枚导弹。重达1800磅的钨条撞击到岛上的任何一处，其巨大的动能都将会让那台极低频发射机给报废掉的。

“它看起来很棒，对不对？”巴特菲尔德骄傲地说道，一只手沿着机身轻轻地摩挲着。

“坐在里头飞行是什么滋味？”埃里克问道。

“这只能意会，不可言传。小伙子，等你坐上去以后就知道了。”巴特菲尔德笑着回答说。

奥弗霍尔特清了清喉咙，说道：“先生们，等巴特菲尔德先生的人到达时，这儿就没我什么事了，所以我得告辞了。”他一一跟大伙握了握手，虽然他年事已高，然而握起手来却坚实有力。“斯通先生，我就要上飞机了，请陪我一道走过去好吗？”

“当然，先生。”

埃里克不得不大步流星，否则完全跟不上这位老人的步子。

“我希望下一次你见到你们董事长的时候，能够替我带句话给他，告诉他我同我们在国家安全局的朋友们商谈过了。他们也侦测到了那台极低频发射机，一次是通过你们那位汉利先生发出的电波，另一次则是在不久之前。正如你能够想象到的那样，有人花钱造了这样一台发射机，单单这件事就足以引起巨大的震动了。加上你和你船上的同事们所探明的事情几乎全都是没有确实证据的”——埃里克正打算开口予以反驳，奥弗霍尔特却接着说道，“我知道你们并不遵守司法部门的规定，但如果你们打算起诉塞弗伦斯及其组织的话，那就必须得依法行事。

“为了你明天的那个小小冒险行为，我愿意帮一下忙，给你们开方便之门，所以你该知道我对你们所说的病毒威胁是认真对待的。但假如我们打算将‘负责主义者’的惊天大阴谋昭示天下的话，那么我便需要通过事实来说话，而不是二手或三手的理由或说明。你明白吗？”

“当然，奥弗霍尔特先生。但是您得清楚，假如我们不这么做的话，等到您发现了提起诉讼所需要的令人满意的证据时，成千上万的民众便都已经被感染上病毒了。”埃里克不相信自己居然有勇气对这位中情局的资深人士说得如此直接和坦白。

兰斯顿咯咯地笑了起来。“我能够理解胡安为什么会雇佣你了。你真是一个有勇有谋的年轻人。告诉胡安，一旦塞弗伦斯的发射机被毁掉，我们就会展开行动逮捕他的。”当他们走到飞机棚的门口时，谈话便停了下来，因为外面的风沙实在是太大了，以至于他们刚一步出户外便无法继续开口交谈了。“还没有人告诉我究竟是谁想出了这一疯狂的念头——打算用俄罗斯留在外太空里的那枚冷战时期的遗物来摧毁发射机？”

“是我想到的，”埃里克回答说，“因为我知道胡安一定不会同意我的第一个点子的，那便是说服您给我们弄一个核武器来攻击‘负责主义者’的地堡。”

听到这里，奥弗霍尔特的脸变白了。“确实如此。”

“所以我不得不想出一个替代方案。当伊凡·克里科夫提到‘斯大林之拳’的时候，我便做了一些调查，发觉这倒不失为一个可行之策。”

“你应该知道正是卡布里破坏了那颗卫星。”

“他只是粗略地提了一下。”

“我就知道他是这种人，不会跟你们道出完整故事的。胡安在铁幕[1]之下生活了7个月的时间，他假扮成了一个名叫尤里·马尔科夫、在拜科努尔卫星发射基地工作的技师。潜伏在俄国那么长的时间，而且还是在俄国人防卫最为森严的太空中心里活动，其压力之大是可以想见的，这简直就跟炼狱没有两样。

“当他出来的时候，他去看了中情局的神经科医生，这是从事间谍工作的人员一项例行的程序。医生和他只见了很短一段时间。我看过医生的记录，他的概括只有简短的一行字：‘这是我所问诊过的最冷静的客户。’此外再也无需多写一个字了。”

“我只是好奇，那个真的马尔科夫怎么样了呢？胡安不必……”

“你是说杀掉他吗？当然没有了。我们用钱买通了马尔科夫，让他向我们透露一些有关轨道弹道导弹计划的信息。不过我知道一点：倘若胡安曾被命令要去干掉马尔科夫的话，他也会毫不犹豫照办的。他是我所见过的最恪守道德原则的人。

“对于像卡布里这样的人来说，结果会证明手段的合理性。我知道，在今天这样一个政治上正确的世界里，这种观念将会惹怒很多人。然而他们之所以能够自由自在地生活于世，全都得亏了像胡安这样

---

① 铁幕：第二次世界大战后在苏联集团和西欧之间设置的军事、政治和意识形态上的屏障。——译者注

的人。他们的良知不需要去承受这些重担，而胡安的确需要。他们只是享受着一种虚幻的道德上的优越感，却不知这背后需要付出的真正代价。

“假如我们将一个动物爱好者同一头熊投进围栏里头的话，他也会把它给杀掉的。他会感觉很糟糕，甚至会觉得有种罪恶感。然而你认为他会考虑其他的动物爱好者们将对自己杀死熊的行为愤怒不已吗？他一秒钟也不会想到这个的，因为要么杀死对方，要么被对方干掉。我们的世界就是这样子的，只是人们觉得这种观念太过恐怖，对其十分反感，以至于无法接受。”

“不幸的是，他们即使接受了，也无助于去解决我们所面对的重重压力，”埃里克说道。

奥弗霍尔特再一次伸出手来握了握他的手。“正是这一点才使得我们的工作变得格外的困难。我作战的那会儿，我们全都知道所谓的黑白，而后来有人让我们相信说其实还有一大片灰色地带存在。让我给你一句忠告吧，年轻人：不管你听到的是什么，你要记住，这个世界上压根就没有灰色地带这回事儿。”奥弗霍尔特松开了埃里克的手，“见到你很高兴，斯通先生。祝你明天好运。”

“俄勒冈号”在地中海的海水里疾速前行，仿佛是一把尖刀在划破着蓝色的丝绸。他们尽可能避开那些海洋航路，因为这样一来他们便能够发动起货轮那使用磁流体动力学的引擎，而不必去在意它那令人惊异的飞快航速。他们仅有一次把速度放慢了下来，那是在通过那条将西西里岛同意大利大陆分隔开来的墨西拿海峡[①]的时候。

① 墨西拿海峡：位于意大利半岛南端和西西里岛之间。——译者注

幸运的是，大自然并没有同他们作对，而是显得十分配合。当他们疾速地驶过爱奥尼亚海域，进入到爱琴海的时候，海面上风平浪静，甚至就连一丝微风也没有。

除了睡觉以外，其他的时间胡安几乎全都待在了控制中心里。他深深地嵌进自己的椅子里头，隔一会儿就喝上一杯咖啡。主图像监视器的左上角有一个数字时钟，无情地显示着时间正一分一秒地往后移动着。再过 18 个钟头，厄俄斯岛就将从地球上消失了。

卡布里就是觉得这艘船很不对劲。假如是往常的话，埃里克和马克此时应该坐在前面的控制台前，一个在负责驾驶船只前进，另一个在准备着武器系统以作为防卫。马克斯则应当待在控制中心的后面，不停徘徊在发动机监视器的周围，就像是母鸡在看护自己的小鸡一样。琳达也应该在这儿的，时刻保持待命状态，看看哪个部门需要她助上一臂之力。埃迪和林肯一定和他有着一样的感觉，他们很少会出现在控制中心里头，不过，由于他们这么多位好友全都处于危险之中，因此他们现在也不愿意待在其他地方了。

“没有动静，董事长，”哈里的声音从这间高科技房间的右舷一侧传来。

按照原本约定好的时间，琳达和马克应该在三天前就回到船上报到的。哈里已经联系了游轮方面，得知“黄金天空号”并没有出现任何通讯上的问题，这让他们稍微安心了一些。他甚至还给游轮的通讯中心打了电话，假装是某位乘客的兄弟，要通知对方有亲人过世了。那位乐于助人的秘书向他保证说一定会带信给 B123 船舱的客人，而这个所谓的 B123 房间则是他随口忽悠的。那间船舱的乘客从未给他回过电话，不过这并不能证明什么，因为他或许已经失去了双亲，所以觉得这是一个有些残忍的骗局。有船员提议说换其他几个人用同样的诡计再来试试看，但却被胡安否决了，因为他觉得这么做的话会让那名接线员起疑心的。

虽然“俄勒冈号”的军械库里存放着数量颇丰的武器装备，还拥有最先进的海上通讯系统，但大伙儿现在什么也做不了，只有继续等待下去——一直等到他们进入到了厄俄斯岛的范围之内，并且希望能有机会来让船上的先进武器一展身手。马克斯已经想出了计策，知道如何尽可能久地避开那些追捕他的人，以便将信息发送出去，这个小心谨慎的怪老头应该也能想出其他一两个计谋出来的。胡安时刻准备着尽可能地去给马克斯提供援助。

接下来还需要去担忧马克和琳达的处境。胡安对于“黄金天空号”上正在发生的事情一无所知。他唯一知道的是，他俩已经被认定为了无票偷乘者，此刻正被关在了这艘即将被塞弗伦斯用病毒来袭击的游轮上的某个地方。他们至今依然未能领会马克斯在信息里头传达出来的含义，不明白他所强调的是这种病毒的危害性要比杀戮更为可怕，不过这已经无关紧要了。假如他们没能把那台发射机捣毁的话，那么他的这两名极为得力的手下便将会成为最先感染病毒的人之一。

胡安将一条指令输进了他的电脑里头。屏幕上方，数字时钟上的秒数显示变动得飞快，他再也不愿意去注视着它们了，因为分钟的显示已经足以提醒他时间正在流逝而过。

第33章

“联邦调查局突然搜捕了我们在比弗利山的房子，”托马斯·塞弗伦斯一边说着，一边闯进了地堡里利德尔·库珀的房间，声音里充满了恐慌。

库珀正坐在沙发上休息，两只脚在地上来回晃悠着。“他们怎么了？”

“就在几分钟以前，联邦调查局的人对我的房子来了个突然袭击。我的秘书拨通了我的卫星电话，向我报告了这一突发情况。他们有法院颁发的搜查令，说是要对我们所有的财务记录以及成员名单进行搜寻和调查。他们还有一份逮捕令，要逮捕我跟苏珊，理由是怀疑我们有税务欺诈。谢天谢地，苏珊此刻正和她的姐姐待在我们位于大熊湖旁的小木屋里，不过他们迟早都会找到她的。我们现在该怎么办呢？他们是冲着我们来的，利德尔，他们已经知道了一切。”

“冷静点儿！他们一无所知。联邦调查局的人正在使的这招，其实类似于盖世太保的伎俩，目的是想让我们心生恐惧。假如他们已经知道了我们的计划，那么他们应该早就把加州的每个成员都给逮捕了，并且会同土耳其当局协作，一起搜捕我们这个地方的。”

“可这绝对不妙啊，我有很不好的预感！”塞弗伦斯重重地坐在了一张椅子上，脸深深埋进了手里。

“镇定、镇定！事情没你想得那么糟糕。”

“您说起来倒是轻巧，”塞弗伦斯像个在使性子的孩子般大声嚷嚷起来，“您又不在被逮捕的名单之列。您躲在暗处，而我则是被诱捕的猎物。”

“该死，托马斯，听我说。联邦调查局根本不知道我们试图想要成就的伟大计划，他们可能只是略微察觉到我们正在谋划着什么，但他们并不清楚我们真正的意图。这是一种——该怎么说好呢？——一种审前调查。他们颁发了一份普通的搜查令，试图看看我们的财务记录，希望可以从中发现一些能够对我们提起诉讼的证据，而你我都知道他们将会一无所获。

“我们从一开始就清楚我们的财务记录绝对不会有任何的问题。‘负责主义者’是一个非盈利的组织，所以我们不必纳税，但我们的财务记录都是要报给国税局归档的。除非你和苏珊做了什么蠢事，比如不对你们所支付的薪水缴纳收入税，否则他们不会发现任何漏洞的。你应该纳税了，对吧？”

“当然纳税了。”

“那么你心里的石头可以放下了。那栋房子里理应不会有任何东西令他们起疑的，他们可能是发现我们在菲律宾进行过手术，但我们可以解释说那是一家实施计划生育的诊所，但却没有吸引到任何来访者，因此我们不得不将其给关闭了。菲律宾人主要信奉的是天主教，所以这一情形是很正常的。”

“但他们为何偏偏会在我们即将释放病毒的前夕展开搜捕呢？”

“这只是巧合罢了。”

“我觉得您过于乐观了。”

“我这并不是乐观。联邦调查局并不知道我们的计划，我很确定这一点，托马斯，相信我。”看到塞弗伦斯依然一脸苦相，于是库珀继续说道:“听着，接下来我们该这么去做。你马上发布一篇新闻稿，要求当局立即撤销这些恶意的诽谤，声称联邦调查局的这种行为是对你的公民权及隐私权的严重侵犯，并且表示你已经准备对司法部提起民事诉讼。载我们来的那架直升机还停在岛上，我将去一趟伊兹密尔[①]，喷气机正在那儿等候着呢。告诉苏珊，让她马上离开加利福尼亚。我会在菲尼克斯[②]跟她和她的姐姐碰面，然后把她们带回来。等到病毒即将开始显现出其巨大威力之时，我们再搬到地堡里来，不过头几个月不会太过辛苦的。这之后，我可以保证，联邦政府再也无暇顾及对你的那份虚假指控了。”

“发送信号的事呢？”

“出于对你的敬意，我把这件事情交给你来办。”库珀穿过了房间，这样一来他便可以把他那只饱经风霜的手搁在塞弗伦斯的肩膀上了。“一切都会很顺利的，托马斯。你的手下科瓦奇将会把‘黄金天空号’上害死扎克·雷蒙德的家伙给干掉的，而且，再过几个钟头，我们所有的队伍都将会带着病毒就位的。我们的伟大时刻即将到来了！不要再为了这件荒唐可笑的搜捕事件而烦心了，好吗？听着，即使他们把屋子给查封了，把里面所有的东西都给没收了也没关系，因为我们的行动即将取得最大的成功。他们无法将这种成功夺走，他们无法阻挡住我们。”

塞弗伦斯抬起头来，注视着自己的岳父。很多时候，当他看着八十几岁的库珀却有着一张中年人的脸孔时，他都会感到有些仓皇失措。利德尔不单单只是他的老丈人，他还是一位导师，托马斯所有的成功都来自于他的驱动和鞭策。库珀在事业处于巅峰的时候急

---

① 伊兹密尔：土耳其西部一港市。——译者注

② 菲尼克斯：美国亚利桑那州的首府和最大城市。——译者注

流勇退，掩藏起了真正的身份，乔装打扮成了一名反思想侵蚀的心理医师，从外部来保卫“负责主义者”这一组织，其牺牲之大，用心之深，令他钦佩不已。

以前他从未对库珀有过质疑，尽管有时候他也会心绪不定，然而他对于他们之间关系的信任，远远超过了对自己内心感受的相信。他站起身来，将手轻轻放在了库珀那只倍受关节炎折磨、戴着手套的手上。

“我很抱歉，我实在不应该把自己的恐惧放在了我们的目标之上。就算我被逮捕了又有什么关系呢？病毒将会被释放出来，尔后在全世界范围内传播。人口过剩的灾祸将会终结，而且，正如您以前所说的那样，人类将会迈入一个崭新的纪元，一个黄金时期。”

“而到了那个时候，咱俩都将被视为英雄人物。他们会为我们建碑立像，以表彰我们为人类的诸多难题找到了解决途径以及我们的辛劳与勇气。”

“但假如情况正好相反，他们憎恨我们让如此之多的人丧失了生育能力呢？您可曾想过这个问题吗？”

“我们会被某些人仇恨，这是很自然的，但整个人类会明白巨变是必需的。他们已经通过有关全球变暖的争论看到了这一点。你或许会问，我们这么做的理由何在呢？”库珀的眼睛闪闪发光，“而我则会回答说，理由便是，理智应当战胜情感。

“我们这么做是正确的、正义的和明智的，没有其他办法可行。我想知道，当乔纳森·斯威夫特于1729年撰写《一个小小的提议》时，他是否真的只是在进行讽刺。当时他看到英格兰四处都是无家可归的孤儿，整个国家即将崩毁。为了拯救整个民族，他提议人们应当把这些孩子吃掉，如此一来问题便会迎刃而解了。80年后，托马斯·马尔萨斯发表了他那篇著名的有关人口增长的文章。他在文中呼吁人们采取‘有道德的抑制’，他所指的是自愿性的节欲，以减少日益膨胀的人口数字。

“当然了，这些从没有起到过作用。如今，即使在实施了数十年的节育措施之后，我们的人口依然迅速繁殖着。我指出必须要有所改变，然而我们人类是江山易改、本性难移，所以我说他们将会遭受惩罚和痛苦，将会面临灭顶之灾。假如他们无法克制住自身繁衍后代这一本能的话，那么我将会通过让我们的下一代中有一半人口失去生育能力的办法来挽救整个地球。”

库珀的声音变得尖利起来。“而且，事实上，就算那些无知无识的大众全都对我们仇恨无比，我们难道应当去在乎吗？倘若他们太过愚蠢，无法明白他们其实正在毁灭着自身，那么他们的意见看法对我们来说又有什么关系呢？我们就像是一位从牧群中剔除掉不良部分的牧羊人，你觉得他会在乎那些剩下来的羊群会怎么想吗？他知道怎么做才是更好的，托马斯，我们知道怎么做才是更好的。”

第34章

埃里克·斯通的胃绞痛得厉害，以至于无法吃下宇航员惯常的早餐——牛排加鸡蛋。他之所以会感到紧张，并不是因为即将到来的亚轨道飞行。事实上，他热切地期待着这一难得的体验。他是因为害怕会失败，所以才会出现腹部绞痛的症状，他还觉得口干舌燥，就跟飞机棚外的这片沙漠一般干渴无比。他十分清楚，此次飞行将是他这辈子所执行的一项最为重要的任务，无论将来会发生什么，都不可能超过此事了。他将面临关系自己一生的重大时刻，人类的命运就掌握在他的手中。

除此之外，马克斯·汉利正被困在厄俄斯岛上这件事情也一直在他的脑海里挥之不去。

跟马克·墨菲一样，埃里克也因为智力超群而早早地就取得了成功，结果他也就没有时间去在心理上成熟起来。马克试图将这一点给掩盖起来，于是他假扮成了一名反叛分子，蓄长发，玩重金属音乐以及假装蔑视权威。而埃里克却没有如此，他依旧腼腆，在社交方面颇为笨拙，这也就解释了为什么他一直都会需要有名良师益友在身旁不断地帮助自己。读高中的那会儿，他将一位物理老师视为自己的心灵顾问。在安纳波利斯的时候，他的导师则是一名英语教师，讽刺的是他却从来没有上过那位老师的课。服役之后，他无法寻找到某个人将他置于羽翼之下加以庇护——因为军队的结构不是那样子的——于是在服完5年兵役之后他便决心离开军队了。

埃里克不知道他的最后一任指挥官曾经告诉一位老友汉利说，有斯通的加入，公司一定会如虎添翼的。而当马克斯被吸纳进公司的时候，埃里克便立即也同意加入进来了，因为他意识到这位前快艇艇长跟自己过去的那几位老师有着某些相似之处。马克斯头脑冷静、意志坚定，极富耐心，而且他还知道如何去培养出对方的才能，他慢慢地将埃里克打造成了他所渴望成为的样子。

埃里克无法吃下东西，头天晚上他还辗转反侧，只是断断续续地睡了一小会儿。之所以会如此，还有一个原因，那便是假如今天他成功地执行了任务，那便意味着他将亲手把马克斯送上死亡之路。

而在他的心目中，汉利不仅仅是栽培他的人，而更像是他的父亲。

他们在飞机棚办公室后面的衣帽间里穿着飞行服，这时候杰克·塔卡特关心地询问道："你没事吧，小伙子？"由于那架太空飞机的机舱是被加压的，所以这些飞机服就像是草绿色的连体服。"你的两个腮帮看起来有些发绿。"

"脑子里太乱了，上校，"埃里克回答。

"嗯，我希望你不是在对飞行的事儿担心，"这位前飞机驾驶员拉长了音调说道，"我会把你们平安载到那儿，之后再平安返回的，绝对不会有任何问题。"

"老实说，我最不担心的便是飞行的事儿了。"

一名技师将头探进了屋子里。"先生们，你们最好赶紧动身吧。飞行指挥希望'肯加'20分钟后起飞。"

塔卡特从他的储物柜里拿出了头盔，然后说道："那么让我们出发吧。"

那架名为"袋鼠"的太空飞机的驾驶员座位后面有两个斜躺式的位子，埃里克整个早上的时间全都用来将他的电脑和发射机牢牢系在其中一个座位上了，尔后他便坐进了另外一个位子上，手放在距离胸前较远的地方，而工人们则在他的身上系了一层又一层的安全带，就像对待国际长途公路汽车赛里的选手一样。他的上方有两扇窗户，透过窗户，他可以看见那架母机的底面，而他的两侧也有几扇小窗户。塔卡特坐在他的前面，同飞行指挥里克·巴特菲尔德谈着话。

埃里克把头盔插进了一个通信口中，等到塔卡特的谈话中断时，他对飞行频率进行了一次无线电检查，然后转到了另一个频率，可是他的一只耳朵里依然能够听见飞行员的声音。

“埃尔顿，我是约翰，你听得清楚我吗？完毕。”哈里·卡西姆从埃尔顿·约翰的那首《火箭人》中挑选出了代号名称。

“约翰，我是埃尔顿。听得还算清楚。完毕。”

“埃尔顿，准备接受我这边的遥感勘测做记号。3、2、1，开始做记号。”埃里克在他的电脑键盘上按了一下，以便哈里能够在“俄勒冈号”上对此次飞行以及俄国人的卫星进行实时监测。他甚至还制作了一个网络摄影，准备通过互联网同步播出，这样一来他的同船船员们便可以目睹到他所看见的景象了。

“约翰，信号似乎不错，完毕。”

“很好，我会随时更新的。完毕。”

“收到，祝你好运。完毕。”

飞机棚的门“咔哒”一声打开了，于是这个洞穴般的空间便沐浴在了清晨那微红的阳光中。棚内的工人不少，足以把“肯加”推到停机坪上了。跑道边上有一幢摇摇欲坠的活动房屋，那是飞行指挥的控制中心。屋顶上竖着一根天线以及两面可旋转的雷达抛物面天线反射镜。

“你在后面感觉怎样？”塔卡特回过头来问道。

埃里克还没来得及回答，安装在“肯加”顶部的两台涡轮喷气发动机便开始咆哮着运作了起来。塔卡特又冲着无线电通话机重复了一遍刚才的问题，由于发动机的声音实在是太大了，以至于无法十分舒服地说话。

“有点儿兴奋，”埃里克承认道。

“记住，当我们距离燃烧完还剩 10 秒钟的时候，我会在你的控制台上亮起一个红灯，等我们只剩 5 秒时，那盏灯将会变成黄色，改为火箭发动机时则会变为绿色。到那时，我们将会处于海拔 75 英里的高度。不过，一旦发动机停止运作时，我们便会立即下落，所以你的手脚一定要麻利。”

“明白。”

“我们出发了！”当“肯加”开始滑行时，塔卡特宣布道。

那架笨拙的母机，带着它那一对下垂的机翼，滑进了跑道上，接着来了一个急转弯，同中线对齐了。飞机立刻开始加速起来，引擎开足了马力。由于设计该母机的唯一目的，便是要在海拔 38000 英尺的地方发射“袋鼠”，所以“肯加”并不是那种采用了动力学的飞机。它差不多滑行了整条跑道的长度，尔后才升到了空中，开始了它那漫长而庄严的上升过程。透过侧窗，埃里克可以看到它那有些古怪的影子在沙漠上横扫而过，这飞机看起来就像是从某部科幻电影里面走出来的事物。

飞机用了一个钟头的时间才盘旋上升到了一定的海拔高度。埃里克花了一些时间来对他的那些设备进行着二度检查，而塔卡特只是安静地坐在自己的座位上，操作着飞行模拟器。

他们比埃里克的时间表提早了 10 分钟，所以飞机在天空中懒懒地划着“八”字。那枚俄国卫星高高地位于他们上方，他们正飞速地向它驶近。与那些沿着纬度圈到赤道做轨道飞行的太空飞船或是国际空间站不同，这枚轨道弹道导弹是由地极到地极绕地球而行的。从这个意义上来说，当地球在它下方旋转时，它便在 14 天的时间里头呈十字形移动过了地球的每一寸角落。此刻它正以近乎每秒 5 英里的速度位于怀俄明州的上方。就其目前的运行轨迹来看，即使再过一个礼拜的时间它也无法抵达厄俄斯岛的上方，这便是为什么埃里克不得不发出信号来点燃它的机动火箭，改变其向量的原因了。假如一切都如计划执行，那么在不到 8 小时以后这颗卫星的其中一根钨条便会被发射出去了。

“开始1分钟倒数，”埃里克听见巴特菲尔德宣布道，“所有仪表板都变绿了。”

“收到。60秒。”

埃里克的控制台上的计时器开始往后计时，而安装在仪表板上的数字示速器一直停在了每小时400英里的地方。

“30秒……10……5、4、3、2、1。分离。”

母机上的飞行员放开了把“袋鼠”夹在飞机腹部的控制杆，于是这架太空飞机不一会儿便自由地下落了，渐渐与“肯加”拉开了距离。接着塔卡特发动起了由液体燃料推进的火箭发动机。

引擎的轰鸣让埃里克感觉自己犹如是站在一条巨大的瀑布底下，有鼓点在胸前击打。机身的振动令他不得不紧紧抓牢扶手，他被猛地投向了座位深处，紧贴着椅背，就好像被人打了一记猛拳似的。他的身体在皮肤下面抖动得厉害，感觉就仿佛是有人正在用砂纸摩擦着他一样。口干舌燥之感也变得更为强烈了。他努力将注意力集中在速度计上，发现几秒钟以后他们便将接近音障[①]了。

地球引力使得他一直被压在斜躺式座位的深处。这时候塔卡特让飞机的前端更加朝上了一些，振动变得越来越剧烈起来，埃里克甚至担心机身会在空中一分为二。然后他们便冲过了音障，振动消失了，不过他依然可以感觉到引擎的巨大推力。

在火箭发动机开启的1分钟之后，他们冲上了100000英尺的高空。埃里克的心率慢了下来，他让自己享受了一会儿这架太空飞机的强大动力。

① 音障：飞行器在接近声速时所遇到的空气动力阻力上的突然巨增。——译者注

风速表指向了每小时2000英里，然而他们仍然在继续加速着。当他们呼啸着冲过大气层的时候，埃里克往头顶上方看去，发觉天空正迅速地变暗下来。就像是被施了魔法一般，无数的星星开始出现了，一开始星光还比较微弱，后来则不断变得明亮起来。他从来没有如此清晰地看见过这么多的星辰。这里不存在星光在穿越地球大气层时所造成的闪烁现象，星光保持着稳定，数量则在不断膨胀着，直到整个太空看起来似乎是由无数的光亮而非暗夜组成的一般。

他知道假如他把手伸出去的话，他便可以触到它们。

他面前的显示器突然亮起了红色，他无法相信4分钟会这么快地流逝而过。他艰难地抵抗着地球引力，将手朝那台笔记本电脑移过去。

“10秒，”他在“俄勒冈号”所接受的频率上说道。如果哈里回答了，他的声音将会湮没在火箭发动机那巨大的喧嚣之中。

测高仪上的数字指向了394000英尺，显示器上的灯变为了黄色。在最后的5秒钟里，他们又上升了1英里。就在他们到达了400000英尺的高度时，显示器上的灯变成了绿色。

当火箭发动机耗掉了最后的燃料，向其提供燃料的气旋泵也渐渐安静下来时，埃里克便把指令输进了电脑里。那曾把他猛地投向座位深处的地球引力突然之间将他释放了开来，周围一片寂静，这使得他出现了耳鸣现象。他们已经处在了失重状态，当他玩过山车以及跟泰尼·甘德森一起飞行的时候，他也多次有过失重的体验，然而这一次他的感觉却极为不同。他们此刻正位于太空的边缘，不是在跟引力玩游戏，而是几乎不再受到重力的作用了。

驾驶员座舱里的杰克·塔卡特启动了抬升整个机翼的电枢，于是机翼便同机身形成了一个角度。当飞机开始慢慢滑回到位于德州莫纳汉斯市以外的机场时，增加的拖力以及新构造的动力，使得飞机处于一种不可思议的稳定状态。

“你感觉怎样？”他问道。

“稍等一会儿。”

塔卡特以为埃里克可能是有些晕机，于是伸长脖子往后看了看，然而却发现斯通正专心致志地在自己的电脑上面操作着。他刚刚经历了一次可能会丢掉性命的飞行，但他却已经工作了起来。塔卡特对于他的这种敬业精神生出了一丝钦佩之情，尔后他又重新把心思放到了飞行任务上面。

“重复一遍，埃尔顿。完毕。”

“我说，我们已经从机载遥感勘测上得到了确认。它发射了它的机动推力，正在改变轨道。目标电脑在线，正在检查预先点火的清单。祝贺你，你成功了！”

埃里克不知道自己是否想要去发出喜悦的叫喊或是大哭一场。最后，他只是生出了一种简单的满足感，因为自己的计划即将发生作用。他不得不对俄国人表扬表扬。说到俄国人的太空计划，必须得承认他们在这方面还真是有两把刷子。美国国家航空航天局侧重于技巧的精密，而俄国人则注重简单和强力。他们的‘和平号’太空站，其运作时间是最初计划的两倍，假如要不是因为资金短缺的话，想必这个空间站应该会一直工作到今天的。

“收到。”

“嗯？”塔卡特问道。

“起作用了，我们现在已经控制了那颗俄国卫星。”

“我问的不是这个，我是想知道你对这次飞行感觉如何？”

“上校，这是我这辈子经历过的最神奇的事情了！”埃里克说道，他感觉重力正慢慢地回到了自己身体里，他的胃也重新缩回到了正常的位置。

“我知道这事儿不会被载入史册，但是，正如你所知道的那样，我们打破了高度纪录。我们即将把我们的这次付费飞行限制在300000到30000英尺以内，所以我们的纪录还将继续保持一会儿。”

埃里克在心里暗暗地窃喜了一阵，他觉得墨菲一定会对自己嫉妒不已的——而詹妮也必然会对他的这次飞行壮举留下极为深刻的印象。不过，这个想法只在他的脑子里闪现了一会儿，他唇边浮起的那抹笑意很快便消失不见了，因为他又一次担心起了汉利的命运。

第35章

马克斯绞尽了脑汁，希望能够想出一条逃出地堡的法子，而他只有一个计策可施。在被抓进来的那天晚上，他发现通往车库的楼梯间有三组警卫守着，而他知道自己不可能在他们的眼皮底下溜出去。因为在科瓦奇的拳头之下，他的那张脸已经肿得跟猪头一般，一旦警卫们看到他，难免会起疑心的。

既然无法从前门离开，那么他就不得不想办法从后门溜走了。

他离开了壁橱中的藏身之所，然后朝着发电机房走去。他在走廊上遇见了几名负责主义者，当从他们身旁经过时，他努力低下脑袋，以免让他们看见自己的脸。他在距离发电机房最近的一处拐角转了个弯。在机房里头，喷气式发动机的涡轮正在飞速旋转着，从而为整个地堡提供源源不断的电能。他发觉科瓦奇已经安排了一名警卫守在门口，于是便不紧不慢地踱着步子走了过去。那名警卫大约20来岁，穿着一套警服式样的蓝色制服，腰间还别着一根警棍。当汉利从他身旁经过时，他目不转睛地注视着这个陌生人。

“还好吗？”当距离那人还有十步之遥时，马克斯便愉快地冲他打起招呼来。“是的，我知道，我的脸看上去就跟汉堡包一般，那是因为我前天在西雅图的一场集会上不幸被一帮反对堕胎的狂热分子给围攻了。那个地方简直是个地狱！哼哈？”

“这里是禁区，除非你有通行证，否则不能进去！”那人压低了声音说道，以便显得有威严感，然而他看上去却不像是十分警惕的样子。

“是吗？到目前为止我只被发了这些东西，”马克斯从工作服的口袋里掏出了最后剩下的两瓶矿泉水，“给你。”

他并没有把瓶装水递给那名警卫，因为这样一来可能会被拒绝，所以他直接扔了过去。警卫笨拙地接住了矿泉水，冲马克斯怒目而视。而马克斯则傻傻地咧嘴笑了笑，然后把自己手里的那瓶矿泉水的瓶盖给拧了开来。他把那瓶水举了起来，以示致敬。

礼节和饥渴，战胜了这名年轻警卫所受过的那少得可怜的保安训练。他也拧开了瓶盖，冲马克斯还了一个致敬。他把水瓶凑到唇边，大口大口地痛饮起来。马克斯像一名奥林匹克的击剑手一样，朝着警卫的喉部就是一拳。

水从警卫的嘴巴里头喷涌而出，他从喉咙深处发出了“汩汩”声，眼珠子朝外凸着。他试图去摸自己的喉咙，绝望地想要吸一口气。马克斯朝着他的下巴又是一记猛拳，于是那名警卫双腿一软，瘫倒在了他的脚下。汉利弯下身来，检查了一下那人的呼吸。由于那名警卫已经昏迷过去了，所以他也就没有再像刚才那样紧张而用力地去吸气，如此一来他那受损的喉部也就能够吸入一些空气到里面了。他下半辈子说话都会带些沙哑，不过并没有性命之危。

“假如我是你的话，我会要求保安培训学校退还学费的。”

马克斯打开了发电机房的门。控制室里空无一人，他发现只有一台喷气式发动机在运作着。马克斯把那个年轻的警卫放到了一张铁桌子下面的容膝空隙里，然后用强力胶带把他的双手绑在了桌腿上。那警卫一时半会儿是醒不过来的，所以他也就不必担心得找东西塞进他的嘴里以防止他叫出声来了。

汉利已经想到了一个点子，那便是弄坏发动机，让负责主义者们没法发送信号出去。但又觉得这么做是在浪费时间，因为他知道他们在地堡里头的某个地方一定备有已经充满了电的电池，所以他们依然能够发送信号。即使他成功地找到了放备用电池的地方，并且让那些电池无法使用，他所做的顶多也就只是拖延了一下时间罢了，他们还是可以修好受损电池的。他或许还可以成功地隐匿数个钟头或是几天而不被发现，而他们之所以没有发现他正潜伏在自己的总部里头，那是因为他们以为他要么已经死翘翘了，要么躲在地堡之外的某个地方。一旦他们发觉蓄意破坏者就潜藏在地堡内部的话，保安队伍便会展开地毯式搜索，直到将他逮到为止。

他甚至可以想象得到科瓦奇将会怎样把自己给痛苦地折磨致死。

马克斯可以肯定卡布里已经收到了信息，并且确信董事长将会想出一个计划，在塞弗伦斯还没来得及发出信号以前便将发射机给摧毁掉。所以他并没有过多地去思考那个暗中搞破坏的点子，而是把更多的时间用在了想出一条逃跑之计上面。

房间里的四部发动机一字排开，发动机的一头连着很粗的进气管，另一头则接着巨大的排气管。四节排气管汇入到了一根多支管里面，如此一来便只有一根巨大的排气管穿过墙壁通向房间外面。在排气管汇拢处的后面装有一台热交换器，以冷却排出地堡的气体。进气孔的运作方式则刚好相反，一根管子通到发电装置里头，然后再分为了几根单独的管道。马克斯原本打算选择这个线路的，然而这些管道距离地面有 10 英尺之遥，假如没有脚手架的话是无法接触到的。

“假如这对胡安来说不成问题的话，那么我应该也能搞定的。”他一边小声地嘀咕着，一边回想起了卡布里是如何从“黄金黎明号”上脱身的。

他在控制室后面的一张工作台上找到了工具以及护耳器，然后便推开了通往发电机主楼层的门。由于戴着护耳器，因此发动机的轰鸣尚处于能够忍受的范围之内。在开始工作之前，他察看了一下那个十分醒目的红色消防橱。要是没有消防橱里面的这些东西，他的这一逃跑计划便会要了他的性命的。

四根排气管的管口处都固定着螺栓。他着手开始工作起来，将 3 英寸长的螺栓给取了下来，并且小心翼翼地不让任何一个螺栓从手里头滚落。他在 10 岁的时候便曾经拆过一部发动机，而且一直都喜欢摆弄机械设备，所以干起这活儿来手脚麻利，颇有效率。他将一个螺栓拧松了一些，但却没有取下来，如此一来他便可以转动距离洞口较远的检查盖了。尽管同这根排气管相配套的发动机没有什么声音，但从管道里面升腾而出的浓烟却把他的眼睛熏得直落眼泪。

他从控制室里的一个备用抽屉里面抓了一把短而粗的螺栓，这些螺栓对于螺孔来说有些小了，但已经足够进行一次粗略的检查了。当管道起火时，在压力的作用之下，这些螺栓会像子弹一般从口盖处爆裂出来的，然而对马克斯来说，这并不是一个难题。他把工具重新放回到了控制室里头，又看了看那个昏过去的警卫，想确认一下那人是否还有气。

那个红色消防橱里面放着一些防火设备——斧子、探热器，还有最为重要的，那便是氧气筒和面罩。由于发电机房里的起火极有可能会被喷气式发动机的煤油点燃，所以里面还放着两件配有帽子的银色防热服，以保护穿戴者不被过高的热度给烫伤。

在第一次潜入发电机房的时候，马克斯便注意到了所有这一切，而这一发现也就成为了他逃跑计划的源起。他把其中一件防热服上的帽子给取了下来，然后把衣服穿在了身上。接着他又穿上了第二件防热服，如此一来，他全身上下除了头部以外都得到了双重隔离。他背着两瓶氧气筒朝那个敞开的入口处走去，他的行动颇为笨拙，就像是一个从某部老的科幻电影里走出来的机器人一样。氧气筒配有软管，通过一个阀门，在臀部的位置直接插进防热服里面。他原本希望携带更多氧气的，但他不知道自己那被痛打了一顿、几乎已经散架的身子骨是否能够举得起过多的重量。

他把氧气筒推入管道里面，接着自己也爬了进去。管道很紧，不过一旦他扭动着身体通过了多支管以后，便拥有了足够的空间。他平躺着，这样便可以转动那个关闭着的舱口盖，然后他将取下来的一个螺栓穿进了洞里面，以便将其固定住。

他把最外面一层防热服的帽子给戴了起来，然后“啪”的一声打开了氧气筒，吸了一口气。氧气吸起来感觉很不新鲜，而且还带着一股刺鼻的金属味道。马克斯不知道这管道还有多远才能够通到地面上去，也不知道到达了地上以后等待着自己的又会是什么，可他已经别无选择，只能开始攀爬起来。

他把氧气筒推到自己的身前，开始一寸一寸地往前挤着。管道里面又黑又深，旋转着的涡轮发出巨大的咆哮，因此他的耳朵里满是回声。

他胸部的疼痛并不是太严重，只是最下面有些隐隐作痛，让他记起自己曾经挨过一顿猛揍。他知道这种情况不会持续太久，很快他便会真正地苦恼起来。林肯曾经说过，疼痛会导致思想不集中，这可是他基于在“海豹突击队”的多年受训所得出的经验之谈。你的身体将会告诉你不该干什么，然而即使身体向你传递出了某种讯息，也并不意味着你必须得就此听从，所以疼痛其实是可以被忽略掉的。

他的身体在热交换器的散热片上摩擦着，然后移进了四根排气管汇拢的多支管里面。即使有防热服的保护，他依然可以感觉到热流灼人，就仿佛自己正站在一个吹玻璃的炉门前一样。而当他进入到主管道里面的时候，情况变得更加糟糕起来。排出的废气开始于 30 英尺远的地方，而且已经经过了冷却设备，但他却感觉自己就好像正直接躺在发动机舱的底部一样。

废气的压力犹如飓风一般。假如没有防热服和氧气筒的话，马克斯可能已经一氧化碳中毒了，而他的身体也应该早就被烤熟了。虽然穿着两层防热服，但他还是大汗淋漓，就仿佛有人正在他的脚下举着一块烧红的铁烙。

主管道的周长差不多有 6 英尺，微微往上翘起。他费了好大工夫才抓住了阻燃剂的带子，让其朝下，以便脚不会被绊住。当他小心翼翼地把阻燃剂的带子拖到肩膀上的时候，他搁在那瓶备用氧气筒顶部的脚突然一滑。于是氧气筒被一股灼热的废气给包围住了，氧气筒从管道里面一路滑了过去，就像是一颗刚从枪膛里发射出来的子弹一般。他可以听见氧气筒撞在管道一侧时所发出的尖利声响。

马克斯努力行走着，然而背部所受的压力过大。每迈出一步，他都要左摇右晃一番，一不留神就可能会像刚才那个氧气筒一样在管道里滑落而去。他猫下身来，开始手脚并用地爬出这个地堡。灼人的热度穿透了他身上穿着的高科技防热服和手上戴着的手套，把他的膝盖和手掌都烫起了水泡。而背上背着的氧气筒的重量，则让他感觉自己的肋骨仿佛像是碎掉的玻璃正在他的胸腔内碾碎一般。

当他蹒跚着行到管道的深处时，包围着管道的地面释放出了许多热量。废气撞击着他的背部和腿部的废气，力量从未减弱过，但至少那些裂开的水泡没有再增加了。

“疼痛……其实是……可以……被忽略掉的，”他不停地重复着这句励志之言，每移动一下手脚，他就吐出一个字来。

当“俄勒冈号”一驶入到厄俄斯岛的范围之内时，胡安便下令派出一架无人驾驶飞机。乔治·“戈麦斯”·亚当斯在卡布里座位后面的一张控制台前操作着无人机。埃里克、马克以及其他人已经预料到了他会下达这样的命令，就仿佛他们能够读出他的心思一般。不容许有反应的时间，因为耗费一分一秒都可能意味着生死之别。

埃迪下到了船库里头，与林肯和其他船员们一起做着玻璃钢底充气艇下水前的准备工作。厄俄斯岛上只有一个码头，所以他们怀疑那里戒备森严，但这却是他们登上岛的唯一之路。由那架无人机拍摄到的实时录像将会让他们了解到可能会面临的防卫状况。在月池里面，潜水队伍正在准备着“牧民1000”，以防他们可能会需要用上两艘潜艇里面较大的那艘，同时还在为一个由十人组成的水下突击队备好氧气筒和其他的设备。武器小组已经检查过了“俄勒冈号”

上的一枪一械，以确保里面都上满了弹药。朱莉娅则待在医务室里面，假如发生了最糟糕的情况，将会需要她提供医疗服务。

自从营救凯尔·汉利以来，戈麦斯和飞机棚的工作人员们已经换班两、三次了，他们努力想要让那架勇敢的“鲁宾逊”直升机再次重上蓝天。然而飞机的驾驶员对于结果却并不是太乐观，在没有进行适当的测试以及可控参数的情形之下，他无法保证这架飞机还能够展翅飞翔。每一个单独的机械系统都能运作，但他无法确认说当它们联合在一起时是否可以运作正常。升降机已经将直升机升到了主甲板上面，一名技师正在让引擎处于发热状态，以达到飞行温度，所以飞机处在 5 分钟的待命状态。然而亚当斯恳求卡布里把这个作为最后诉诸的手段，不到万不得已的时候尽量不要使用为好。

胡安看了一眼主显示屏上的倒数计秒，他们还有 1 小时 18 分的时间来找到马克斯并且将其带离这个岛。事实上，他们的时间不足 1 小时 18 分，因为当轨道弹道导弹撞上厄俄斯岛的时候，很有可能会在海上造成巨浪连连。埃里克的计算表明，导弹的威力将限于局部地区，而人烟稀少的曼德勒湾的地形地貌又将会严重削弱其威效，然而航行在厄俄斯岛方圆 20 英里以内的任何船只都将会处于巨浪的包围之中。

当厄俄斯岛的图像在主显示屏上逐渐清晰起来时，“俄勒冈号”距离该岛还有大约 15 英里之遥。画面上，这座岛屿看起来就仿佛是一块浮在蓝绿色海域里的灰色肿块，土耳其的这片地方有一个绰号——“绿松石海岸”。

乔治操作着无人机飞行在这片 8 英里长的岛屿上空大约 3000 英尺的高度，由于飞得足够高，所以听不见飞机的引擎声。太阳开始迅速地西沉，即将消失在视野之中。厄俄斯岛上除了光秃秃的岩石以及偶尔长着的几株丛生松以外就没有其他东西了。他让无人机上的摄影镜头对准了负责主义者们曾经修建地堡的地方，但却什么也没有看见。从此时所处的高度看过去，地堡的入口隐蔽得非常好。唯一能够知道哪里是入口的方法，便是根据那条通往一座低矮小丘的公路。

“哈里，抓拍几张照片，然后放大，”胡安命令道，“看看你能否在那条路的起点处发现门之类的东西。”

“我马上搞定。”

“好的，乔治，带我们转一圈，我希望查看一下海滩和码头。”

亚当斯使用操纵杆，让那架遥控的无人机在海面上空往回转弯时做了一个内侧倾斜，如此一来他便能够清楚地看到码头部分了。这片海滩仅仅绵延了数百英尺的距离，铺在海滩上的并不是柔软的白沙，而是许多被水冲蚀的岩石碎片。海滩两边各耸立着一座陡峭的悬崖，约有100英尺之高，将海滩完全地包围住了。看上去需要使用爬杆器以及花费好几个钟头的时间才能攀上这些悬崖峭壁。

码头位于海滩的正中间，一道“L”形的防波堤在海面上绵延了80英尺的距离，而那些运载着修建地堡所需设备的小型货船便是在该码头进出的。堤道看上去十分坚固，其宽度刚刚够那些曾经遍布该岛的挖土机和水泥搅拌车通过。在码头和堤道的汇合处坐落着一栋由波形金属构建而成的房子。一道低矮的挡墙环绕着扁平的屋顶，从而对于任何来到这里的人拥有了完全敞开的射程。他们还能看到一览无遗的海景。警卫室的后面则停泊着一辆敞篷小货车。

他们可以看到屋顶上有两名警卫正在用高性能的双目镜四下察看着，两侧还备有自动武器。另外还有两名警卫正在防波堤上巡逻，海滩上也有警卫在巡逻。

还剩下多少，不过他估计自己已经爬了大约有 20 分钟的样子。他尽可能浅一些吸气，因为他知道这珍贵无比的氧气即将被用光。前面的管道跟身后的管道一样漆黑如墨。

又过了 10 分钟，他可以感觉到呼吸正变得越来越困难。氧气筒很快就要空掉，不久他便将吸到最后一口氧气，尔后则会开始出现窒息。由于马克斯这辈子大部分时间都是待在海上，所以他总是以为自己将会死于溺水。他永远也无法想到竟然将会身处于一个有毒的喷气口的旋涡之中窒息而亡。

凭借着顽强的意志，他沉重而缓慢地向前迈进着。最外面那件防热服已经被烤焦了，碎成了一片一片，衣服的碎片不断撕落下来，尤其是膝盖部位。幸运的是里面那件防热服还没有太大损伤。

凯尔一定会没事的，他心想。无论如何胡安也会再一次营救他的儿子的，对此他坚信不疑。由于第一次营救最后是以失败告终，所以卡布里将会聘请另外一名医生来帮助消除凯尔所受的思想毒化。董事长从来不会把同样的错误犯过两次，即使他并不清楚究竟是什么导致了第一次的失败。马克斯甚至相信他一定能够推测出出卖他们的人便是那位詹纳医生，尽管他明白胡安永远都无法猜测出詹纳的真实身份，其实就连他自己到现在也对此是难以置信的。

为了解救孩子而牺牲，他默默地想道，因为他实在想不出另外一个更加伟大的原因。他希望凯尔有一天能够认识到自己所做的这番牺牲，同时也祈祷着他的女儿可以原谅自己的弟弟一手造成了父亲的离世。

“痛苦……可以……被……忽略掉。”

他感觉自己仿佛是在攀爬珠穆朗玛峰。他需要尽可能深地呼吸，以吸入足够的氧气，然而每一次他这么做的时候，肋骨都会生疼生疼。

无论他多么深地吸气，又或者有多么的疼痛，他的肺部都无法感到满足。

黑暗中，他的手撞在了某个东西的上面。他那工程师的直觉立即让他恼怒起来，因为像这样的排气管理当完全畅通无阻，以便让涡轮机最高效率地运作。他摸了摸那个东西，尔后无比兴奋地笑了起来。原来是那个滚落在管道中的备用氧气筒，经过了一阵疯狂的滚落，这个氧气筒终于停了下来。

马克斯赶忙把他那个几乎已经耗尽的氧气筒 解了下来，换上了新的。里面的氧气依旧有点变味，依旧带着些金属的腥味，但他丝毫也不在意。

15 分钟以后，他看见管道的尽头有光线传来。进入到扩散道的时候，排气管变得更宽更平了一些，这么做有助于在热成像的时候掩盖起灼热的废气。隐形轰炸机和战斗机也是运用了这一原理。当他卸下氧气筒，爬进扩散道的时候，热气的压力减小了。管道口竖着一些细长的格栅，以防止有人进入到里面来。

他可以看见海水在身下大约 8 英尺的地方涌动着。一定是满潮，要不然的话海水将会在排气管进入水中的时候将其给淹没的。他猜想排气管应该有一个盖子，在遇到风暴的时候可以覆盖住管口。想要戴着头顶上的这个硕大的头盔通过那些垂直的格栅被证明是不可能办到的事儿，所以现在他唯有指望碰碰运气了。

他转了一圈，以便可以用氧气筒去撞击其中一根铁栏杆。他侧身躺了下来，把身体往后挪动了一点儿，又试了一次。当他一次又一次地撞击着栏杆的时候，他可以通过双手感觉到这些碰撞。由于长期暴露在含盐分的空气以及腐蚀性的废气之中，加上现在频繁的撞击，因此在第五次撞击的时候，格栅上的一处焊接“噼啪”一声断裂开了。

他对着第二根格栅重复着刚才的撞击，尔后则是第三根格栅。

他终于有了足够大的空间能够挤身而过了，这让他感到心满意足。他抓住了细细的铁栏杆，将其往外扳弯，然后把头探到了外面。就在扩散道的下面有一个狭窄的平台，他的右边则有一道梯子，可以通往上面去。当他正要转过头去看一看左边的时候，却被人一把抓住了肩膀，然后被拖出了排气管。事情发生得如此之快，以至于还没等他有时间去做出反应就被扔到了码头上面。两名警卫耸立在他的身前，胳膊下面各夹着一把冲锋枪。这两个人可不像马克斯在发电机房里打晕的那个家伙，而是看起来十分训练有素。

“你以为你在干嘛呢，伙计？”其中一名警卫开口问道，带着十分浓重的伦敦口音。

由于戴着头盔，加上这么长时间待在管道里面导致了耳鸣症状，所以马克斯只能看见那名警卫的嘴唇在一张一合而无法听到只言片语。当他把头盔取下来的时候，两名警卫的手指都紧扣着冲锋枪的扳机。一名警卫后退了几步，以掩护自己的同伴，而另一名警卫则把头盔摘了下来。“你是谁？”他问道。

“小伙子们，你们好，我是来自爱克米烟囱清洁公司的员工。”

第36章

当哈里看见那两名警卫将一个身着银色防热服的人从排气管里给拖出来的时候，他激动无比地叫喊起来：“是马克斯！”

胡安猛地扭过头去看着乔治·亚当斯。“现在启用最后一招。我们走！”

这位直升机飞行员将一个肘结机件放到了他的控制台上，这样一来那架无人机便进入到了一种宽度里程的循环模式，该模式将会一直保持到有其他人接管了控制台或是无人机的燃料用完为止。他将摄像机旋转了一下，以便镜头直接对准码头，然后按了按键，好让镜头始终能够捕捉到有关码头的画面。

卡布里从椅子上一跃而起，他大步流星地穿过了房间，朝着通往船尾甲板的楼梯间走去，就连长腿长脚的亚当斯也差一点跟不上他的步子了。胡安的嘴巴抿成了一条薄薄的直线，但身体却处于十分放松的状态。他身穿一件黑色的工作服，袖子上缝着一块曲屏的面板。他将两把“FN57 式”自动手枪装进了腰间的手枪皮套里，此外还在臀部两侧别了两把。由于直升机的稳定性尚处于问题之中，所以他并不打算冒险让任何人去展开一趟飞行，于是他故意让自己携带过重的武器。他大腿处的口袋里面装着四盒“赫克勒－科赫 MP-5”自动冲锋枪的弹盒，而冲锋枪早已放进了“鲁宾逊”里。

“我想知道马克斯将会如何去应对呢？”乔治问道。

“我一直告诉大家说他是个足智多谋的人，”胡安打开了他的军用无线电通讯设备，“检测一下。你有听到我吗？”

“收到，”哈里回答。

“操舵台、武器控制台，你们有收到吗？”

在武器控制台以及货轮的操舵台前负责操作的船员们都立即予以了回复。

“武器操控台，我希望你在你的控制台上去接管对于无人机的操作。开启它的激光指示器，我打算用它的摄像机来唤起我们的目标。”

“俄勒冈号”的火力控制之尖端、之精密，几乎可以媲美一艘“宙斯盾级”海军巡洋舰的舰载综合空间计算机。无人机下颚处的激光将会让目标对象着火，而电脑则可以自动计算出其精确的GPS坐标，然后升高或者降低货轮的120mm加农炮，接着顺导弹发射方向发射任意数量的弹药。

“我们需要在岛上包抄，舵手现在正带领我们靠近。”

胡安启动了他的曲屏面板，他可以看见马克斯仍然四肢摊开地躺在码头上。然而过不了多久他们便会将他扔进敞篷小货车的后面，然后把他载往地堡的。

“俄勒冈号”以极高航速在海面上乘风破浪地疾驶，海风在甲板上刮过，犹如飓风一般猛烈。胡安和乔治登上了“鲁宾逊”，船员们正在打开亚当斯的机舱门，胡安的舱门已经被移开了。引擎刚刚被关闭了，因此当乔治重新打着引擎的时候，他可以立即启动变速箱，然后让旋翼转动起来。只有当螺旋桨的旋叶转动起来之后，他才戴上了耳机，系好了安全带。

“操舵台，我是戈麦斯。我们准备起飞了，现在减速。”

“俄勒冈号”的喷射泵立刻停了下来，接着反方向启动。当货船紧急停驶时，一股水流从船的驱动管的前端喷涌而出，看上去就仿佛是船首刚刚给一枚鱼雷击中了似的。大多数跟“俄勒冈号”一般大小的船只需要航行好几英里方能停下来，然而由于货轮拥有革命性的推进系统，所以能够具有跟跑车一样的高性能。

安在升降机平台一角的电子风速计，显示着风速已经降到了每小时20英里，于是乔治加大马力，驾驶着直升机从甲板上升空而起。

“我们安全了，”当飞机的起落撬“嗖嗖”地越过船尾的围栏时，他对着无线电设备说道。

推进器再一次倒转了过来，“俄勒冈号”开始重新增加为了极高航速。整个过程在时间上配合得分毫不差，所以他们没有浪费一分一秒。

“干得好，”胡安说道。

“熟能生巧呗。”

卡布里咧嘴笑道：“自负，你的名字是戈麦斯。”

“董事长，这里是武器控制台。电脑显示说 8 分钟以后就处于射程之内了。”

“发三发照明弹，”胡安下达命令，“让马克斯知道救兵已到。”然后他转向乔治：“我们的预计到达时间是多少？”

“我并没有制定飞行计划或是其他什么，所以没法知道，或许是 5 分钟以后吧。”

胡安已经将他的数字作战表与那枚轨道弹道导弹撞击的倒数计时调成了同步状态，他还剩下 55 秒的时间来解救马克斯以及让“俄勒冈号”驶离这片危险之域。

“给我站起来！”那名英国警卫大声地呵斥道。汉利表现出了十分合作的态度，他慢慢地站起身来，结果屁股上还是被警卫给踢了一脚。

马克斯哀求地举起了双手。“别紧张，伙计。我可是光明正大的，我没打算去哪儿。我只想把氧气筒给卸下来，然后将防热服脱掉，可以吗？”

假如马克斯思考得更清楚些的话，将会意识到自己原本应当滚进海水里去的。这身防热服是密封的，氧气筒的重量将会让他像块石头般沉入水中。他注意到有某个东西落到了海里。他眯缝着眼睛看了看正在落山的夕阳，发现有一个小小的白色球体悬浮在太阳附近，接着是第二个，然后是第三个。

假如一位猎手迷失在了丛林之中，国际上公认的求救信号，便是去间隔均匀地发射三发子弹，以引起搜救人员的注意。这些照明弹并不是某艘遇险船只的求救信号，而是胡安在告诉他“俄勒冈号”已经到达这儿来救他于水火之中了。

由于从未放弃过希望，因此他并没有感到多少吃惊，然而这多少还是让他的脸上浮现出了一丝自鸣得意的神情。

马克斯慢慢地解下了那个沉重的氧气筒，接着又把身上那两件已经破破烂烂的防热服给脱了下来。最外面那件防热服的前面依然闪现着银色的光泽，而背部则被高温和煤烟给熏得黑乎乎的。

其中一名警卫正在讲步话机，接受来自上级的命令。

“奈杰尔，塞弗伦斯先生想马上看看这个家伙。只有当我们抵达时，他们才会打开外面的门。”他用枪戳了戳马克斯的背，“快走！”

马克斯一瘸一拐地蹒跚了几步，然后便倒在了码头上。“我走不动了。从管道里爬出来让我的腿都抽筋了，已经失去了知觉。”他抱住了自己的膝盖，玩起了足球运动员希望让裁判判罚对方犯规时常用的伎俩。

那位名叫奈杰尔的警卫开了一枪，子弹“嗖嗖”地擦着马克斯的头顶而过。“我敢打赌，现在你的腿一定已经不抽筋了，嗯？”

马克斯站起身来，然后一瘸一拐地走在两名警卫的前面，一起朝着岸边走去。当他的速度放得过慢时，警卫便会推着他的背不让他磨蹭。

黑色的“鲁宾逊”直升机突然轰鸣地出现在了海岬的上空，犹如一只猛禽正在追捕其猎物，然后直直地朝着码头俯冲而来。乔治让飞机的前端保持朝下，螺旋桨的叶片在距离木质防波堤仅数英尺之高的地方劈啪作响。当直升机在头顶上方咆哮而过时，马克斯和那两名警卫全都仆倒在了地上。

两座悬崖的崖顶上都设有哨岗，可以俯瞰整片海滩，岗内的枪手见此情形立即开火。然而亚当斯驾驶着直升机左摇右摆，仿佛一名拳击手正在躲避对方的出拳。枪手没有追踪弹，所以无法及时改正路径来击落飞机。

“我们该一直等到他们把他带离海滩的，”胡安说道，“他们会通过交叉开火把咱们给干掉的。”

由于影子变长了，所以假如想要辨认出在海滩上巡逻的那些警卫，唯一的办法便是通过他们加大火力时自动武器枪口上的闪光。

码头上，两名警卫各抓住了马克斯的一只胳膊，然后拖着他朝岸边奔去，他们相信警卫室里以及海滩上的同伴们不会让直升机驶过海湾来的。马克斯试图同他们搏斗，可惜在经过了科瓦奇的一番严刑拷打之后，他的打斗已经全然无力了。

那枚俄国人的轨道弹道导弹卫星在格陵兰岛的上空飞速移动，此刻它正在经历系统检查的最后阶段，准备发射其中一枚重达1800磅的钨条。导弹的转速达到了每分钟1000次，如此一来当它冲入大气层的时候便能具有稳定性。用今天的标准来看，瞄准用计算机已经过时了，然而就执行此次任务来说已经是绰绰有余。卫星正朝着准确的坐标疾驶。

当卫星探测出需要进行一分钟的航向修正时，一股很小的压缩气体从它的其中一枚机动火箭里排放了出来。发射管上的覆盖物慢慢地剥落开来，就像是一朵花儿的花瓣那样，钨核生平第一次暴露在了真空之中。

它继续在地球上方飞驰，而那片蓝色的星球则在它的下面旋转着。每过一秒，它便距离自己的发射地点更近一些，丝毫没有去理会正在那下面上演着的激烈剧情。

“董事长，这里是武器控制台，”从胡安的战术无线电设备里传来了呼叫声，“我们处于射程之内了。”

“往东边的悬崖上投放一枚杀伤性炸弹，”卡布里命令道。

炸弹被推进了炮膛里，这枚大炮位于“俄勒冈号”船首处一个隐藏着的多面堡内，当它的支架完全展开时，其跨度将近有180度之巨。外门已经被降了下来，炮筒伸了出去。货船里面，瞄准用计算机识别出镭射点的光束正对准了悬崖的崖顶，尔后立即计算出了它与加农炮之间的相对位置。炮筒升到了正确的高度，当船首在浪头跃起时，大炮发出了震天的怒吼。

电脑极为精确，立即计算出了炸弹离开炮筒所用的百万分之一秒的时间以及当导弹处于飞行状态时地球旋转的距离。

在离开大炮10秒钟以后，炮弹裂开来，释放出了无数硬子弹，打在了悬崖顶上。一团团尘土从悬崖上升腾起来，在那个让人窒息的岗哨里面，两名负责主义者的警卫已经被炸成了肉泥。

“射得好极了，”胡安喊道，“现在转向西边。”

当海岬碎裂开来的时候，那两个拖着马克斯往岸上跑的警卫将他给放了下来。于是马克斯赶忙爬了起来，然后开始狂奔。他刚刚才跑了几步远，就被人一把擒抱住摔倒在了地上，接着又滚落到了那条粗糙的沥青路上头。一名警卫语无伦次地咒骂着，他用枪托朝着马克斯的后脑勺狠狠地来了一下。马克斯立刻感到眼前一黑，他努力想保持意识的清醒。

当第二枚炸弹引爆时，海滩上又是一声巨响。炮弹刚好打在了狙击手躲藏着的那个洞穴的下方，结果将那块石头击得粉碎。

“我知道，我知道，”武器控制台呼喊道。12 秒钟以后，西边的悬崖也被铲除了。

警卫把马克斯扔进了敞篷小货车的后面，其中一个人用冲锋枪抵着马克斯的头，将其压在车子的地板上，而那个名叫奈杰尔的警卫则跳到了驾驶盘的后面。当警卫室被一枚烈性炸弹给直接命中的时候，他们走了还不到 50 英尺的距离。这栋波形金属的屋子被炸得一分为二。剧烈的震荡使得那辆敞篷小货车左右摇晃起来，奈杰尔一度失去了对车子的控制，不过他死命地握紧方向盘，让车子保持在沥青路上。

待在海滩上的那两名警卫一定认为有人喊了撤退，因为他们分别跳上了各自的全地形车，尾随那辆敞篷小货车而去。

乔治驾驶着“鲁宾逊”转了一个圈，然后出现在了那三辆车的后面。他让直升机保持在他们的右侧，目的是让胡安的视线没有任何遮挡。

“武器控制台，在那辆小货车的前方道路上投放一枚装甲弹，然后继续在他们的前面开火，好让他们放慢车速。”无线电那头的回复淹没在了断断续续的爆炸声中。

他所瞄准的那部全地形车的司机突然转向，但依然继续行驶着。胡安是位专业的射击手，然而从一架正在飞速移动的直升机上冲着一个同样在飞速移动的目标开枪射击几乎是一项不可能完成的任务。车上的警卫开枪回击，无数子弹朝着直升机飞射过来，以至于乔治不得不放弃了追逐。

一枚用完的装甲弹的铀心重重地撞在了地面上，于是那辆疾驰的小货车前方大约100英尺的道路突然消失不见了。胡安曾经要求使用装甲弹，因为他们军火库中的其他任何炮弹都会把那辆小货车给炸成碎片的。

司机狂踩刹车，并且猛打方向盘。道路位于一条浅浅的隘路上，当他试图不让车辆驶出道路时，轮胎旋转得厉害。

卡布里觉得机会来了，于是大喊一声："乔治，快！"

飞行员让直升机掉转头来，朝着那辆小货车俯冲而去。抓着马克斯的那名警卫把冲锋枪举了起来，然而马克斯朝他踢了一脚，迫使他没法开枪，而是同马克斯展开了搏斗。胡安没有时间给他的自动手枪装上新的子弹，于是他把枪扔进了直升机的后面，然后解开了自己的安全带。

小货车正在驶近山顶，乔治降低了直升机的速度，以配合那辆小货车的行驶速度。高速旋转着的螺旋桨的叶片激起了阵阵尘土，妨碍了胡安去瞄准目标，不过他已经看得足够清楚了。

胡安没有丝毫的犹豫，当他们距离那辆敞篷小货车大约10英尺的高度时，他从直升机上纵身跃下。第二名警卫看到有个人影斜身跳下了直升机，赶忙重重地敲打着小货车的车顶以警告奈杰尔，于是奈杰尔赶忙打转方向盘。

卡布里落到了小货车的平板边上，他弯曲着膝盖，以缓解这番猛烈的撞击。小货车转弯时产生的势能将他给甩出了车外，他拼命想抓住那名警卫，但却失败了。他唯一能做到的，便是在翻滚而下时用手指紧紧扣在了平板上面。他的腿在地上拖着，他试图重新爬回到车上去。

警卫那张目露凶光的脸孔突然耸现在了他的面前。卡布里松开了右手，想去抽出自己那把自动手枪，可惜动作不够迅速。胡安的手才刚刚摸到了武器，结果那名警卫朝着他的左手手指就是一记猛击，用力如此之大，以至于胡安的手自动地松了开来。

卡布里重重地撞到了地上翻滚起来，他把身体蜷缩成了一个球状，以保护自己的头部。小货车抵达了山顶，然后开始加速驶离，这时候胡安也终于没有再继续翻滚了，而是停了下来。

他骂骂咧咧地站了起来，脖子后面的肿块让他感到有些眩晕。他摇了摇脑袋，努力让自己保持清醒。然后他抬起头来望向天空，冲着乔治拼命挥手，示意他来接自己。这时候那两部全地形车沿着道路飞驰而来，车上的两名司机全都需要双手紧握方向盘，以便让车子行驶在颠簸的山路时能够保持平稳。

尽管射程很远，但是他并不能确定他们会不会用他们的自动武器向自己开火。胡安将两把“FN57 式”自动手枪从皮套里面拔了出来，然后冲着右侧那部即将驶近的全地形车上的司机来了一通猛射。枪声阵阵，他在不到 6 秒的时间内将 20 发子弹全都射光了。其中有 8 发子弹射在了那名警卫的身上，打得他五脏六腑全都成了肉酱，甚至就连半个头盖骨也被打飞了。

那名警卫的尸体从全地形车上滚落了下来。卡布里将两把冒着浓烟的手枪扔到了一边，从背后又拔出了另外两把手枪来，然后开始发动了新一轮的齐射。

剩下的那名警卫一只手驾驶着车子，腾出另一只手去拿扛在背上的那把“AK–47”。他一直开火射击，即使子弹在他身旁“嗖嗖”飞过。其中有一颗子弹从他的大腿处擦过，留下了一道深深的血痕。他再一次开枪射击，不过被他瞄准的那名警卫看起来似乎毫不在意。

尽管身处枪林弹雨之中，但胡安丝毫也不畏惧，一直从容不迫地回击着。有两发子弹及时地打中了警卫的喉咙，把喉部的肌腱给打断了，结果那人的脑袋便从脖子上滚落了下来。那辆全地形车继续朝着山顶攀爬而去，就仿佛是在上演着华盛顿·欧文所著的《无头骑士》的现代版。当车子驶到了卡布里的跟前时，他迅速地把脚一伸，将那个断了脑袋的身子从驾驶座位上给一脚踢开了，于是那部全地形车终于慢慢地停了下来。

卡布里跳到了车上，追逐着那辆载有马克斯的小货车而去。小货车比他领先大约四分之一英里的路程，然而这时候又一枚装甲弹投放了出来，把车子前面的一块石头给炸得粉碎，迫使那名驾驶着小货车的警卫不得不来了一个急转向，这便使得胡安有机会赶超他们了。

第37章

马克·墨菲从来没有像现在这样感觉糟糕过，他的鼻子红通通的，一碰就痛，然而他不得不继续揉搓着鼻子。他开始不停地打起喷嚏来，这让事情变得更加糟糕起来。他的头痛得快要爆炸了，每呼吸一次，那声音听起来就像是有大理石正在他的胸腔里面卡塔作响一样。

唯一能让他感到有些安慰的，便是他有许多同病相怜者，因为“黄金天空号”上几乎每一个人都处于跟他相似的状况之中。琳达·罗斯的症状比他的要略微轻一些，然而她依然没能逃脱那如野火般横扫全船的病毒的传染，每隔几秒钟她都会因为寒战而全身哆嗦。大部分乘客都蜷缩在自己的船舱里面，船上的厨房烹饪了无数碗鸡汤，医务人员则将感冒药片分发到大家手中。

他们待在阅览室里头，面对面坐着，膝盖上始终放着书，以防止有人突然踱步进来。两个人将用过的卫生卷纸扔到了最近的咖啡桌上。

“我现在终于明白了为什么他们会选择在一艘游轮上来释放病毒了。”

“为啥？”

“看看我们就知道了。首先，我们基本上就像是老鼠一般被困在这里，这是我们自作自受。所有人都处于没有防护的暴露状态，直到他们感染上病毒为止。其次，船上只有一名医生跟一名护士，在大家全都同时患病的情形之下，他们是根本忙不过来的。倘若这些恐怖分子是对一座城市发动袭击的话，那儿会有足够多的医院来救助病患，因此患者传染给其他人的时间也就大大缩短了。病毒的爆发可以被控制住，患者也能够很快地被隔离起来。”

“言之有理，”她无精打采地说道，她实在是太难受了，没法全身心地投入到谈话之中来。

几分钟以后，墨菲说道：“让我们再做一次检查吧。”

“马克，拜托，我们已经察看了成千上万次。不是在空调系统，不是在供水系统，不是在食物里头投毒，也不是在我们已经一而再再而三地查看过的其他任何地方下毒。假如真要展开检查的话，需要派出一队工程师将这艘游轮一片一片切割开来才能找到毒源。”

感冒折磨着墨菲的身体，使他没办法去集中精力想出答案来。实际上他觉得能够猜出答案的希望已经十分地渺茫了，不过他并不是一个会轻言放弃的人。

“拜托，琳达，好好想一想。这艘船犹如一座浮动的城市，对不对？那么让一座城市运作起来的东西是什么呢？”她冲他看了一眼，那表情似乎是在说她没有兴趣跟他一起玩游戏了，所以他便自问自答道：“食物、水、垃圾清理、还有供电。”

“是的，他们打算对垃圾下毒。”

他没有在意她的冷嘲热讽。“或者让我们换个角度来思考一下。一艘游轮就仿佛是座酒店，你觉得运作一家酒店需要些什么东西呢？”

“跟你刚才所说的东西一样，”琳达说道，“再加上夜里放在你枕头上的薄荷。”

“你真是不合作。”

“我也没打算合作。”

马克突然从座位上往前倾了倾身子，“你说对了！”

“有毒的薄荷？”她调皮地问道。

“是谁把薄荷带来的呢？”

“女服务员啊。”

“那么她在你的房间里头会干的头一件事情是什么呢？”

“打扫，更换……哦，我的上帝！”

“我回想起当我们在希腊解救马克斯的儿子时，我发现他们有一排工业用的洗衣机，但却没有干衣机，”墨菲说道，“他们这是在做训练。病毒被投进了洗衣机里面，乘客们每天都要更换新的床单。假如这么做还不足以让他们感染上病毒的话，那么还有餐厅和船员厨房里新的餐巾。这将会是一个极为完美的计划，对不对？用一块感染了病毒的餐巾擦拭嘴巴，就跟往身体里注射一针毒剂一样地有效。我敢打赌，12个钟头以内病毒就会被投进洗衣机里面去的，而船上的每一个人都将会接触到染有病毒的亚麻制品。”

他痛苦地双手抱头。“为什么我没能立刻想到这个呢？这么地显而易见！”

“想到了才会觉得显而易见，你不是说东西总是出现在你最不可能去查看的地方吗？”琳达打趣道，把马克当初对她所说的话回敬给了他。她慢慢地站起身来，“让我们去看看你是否猜对了。”

全地形车的设计旨在应对各种颠簸不平的地形，所以设有特别大的减震器和弹性装置，然而当胡安在小货车的后面紧追不舍时，他让这部全地形车的速度达到了极限。雨点般的子弹落在了距离小货车咫尺之遥的地方，于是那名驾驶着小货车的警卫被迫左闪右躲，以不规则的路径行驶着，这让胡安不断缩短着两辆车子之间的距离。

“董事长，我是哈里，还剩下 45 分钟。重复一遍，还只有 45 分钟的时间了。”

“我听见了，”胡安说道，“武器控制台，我希望你继续开火。乔治，我需要你引开小货车后面那名警卫的注意，这样我才能够靠近。从他们上面低飞过去。”

“收到。”

警卫用一只膝盖将马克斯的身体压在小货车的平板上，同时还把冲锋枪的枪筒抵在他的脖子上，所以马克斯没法知道周遭正在发生的情况。突然，那把抵在他脖子上的冲锋枪挪开了，那名警卫举起枪来一阵扫射。马克斯将头转了过去，看见他正朝天空开枪射击。“鲁宾逊”忽然在小货车的上方低飞而过，它飞得如此之低，以至于警卫不得不蹲下身来。

马克斯用肘部朝着警卫的腹股沟就是一击，可惜他的这番攻击太过笨拙，似乎压根没能让警卫的行动放慢下来。警卫又想开火，于是马克斯赶忙用胳膊一挡，结果子弹全都射偏了。马克斯觉得机会来了，他朝着警卫的腰部来了一记猛拳。而那警卫也不甘示弱，立即在马克斯的脸上回敬了一拳。这让马克斯怒火中烧，而这怒火似乎令他倍添了力气，他慢慢站起身来，出拳更猛了。

小货车的平板空间有限，所以警卫只能用冲锋枪来推挤马克斯，不让他靠近自己。汉利倒下身来，飞起一脚，正好踢中了警卫的屁股。马克斯摇摇晃晃地站了起来，抓住了小货车一侧，好让自己能够站稳一些。

全地形车上的胡安距离那辆小货车车尾处的保险杠只有2英尺之遥了。他弓起背，伏在把手上面，这样一来驾驶小货车的警卫就没法看见他了。马克斯可以看到胡安的嘴唇在动，于是估摸着他要么是在跟依然在上空盘旋的乔治说话，要么是在同"俄勒冈号"上的某个人讲话。

马克斯犹如一位身手矫健的职业摔跤手，一把扑到了身体有些后倾的警卫身上。他用肘部冲着那人的肚子狠命地一击，警卫痛得连眼珠子都要从眼眶里头凸出来了，脸也涨得通红，大口大口地直喘粗气。

几秒钟以后，货船的主炮又投放出了一枚炮弹，正好打在了位于小货车前方的道路上。驾驶车子的警卫放慢了车速，往左边转向。这可让胡安逮着了一个机会，他追赶了上来，与小货车并驾齐驱了。

"马克斯，别跟他纠缠了，快跳车！"驾驶座上的胡安把身体往前挪了挪，以便尽可能地给马克斯留出空间来。

马克斯爬到了后车门附近，在保险杠上蹲伏了下来。他伸出一条腿来，垮过了鞍形的驾驶座，然后跳了下来。他稳稳地落在了全地形车上，紧抓着胡安的腰，以便能够坐稳下来。

那个驾驶着小货车、名叫奈杰尔的英国警卫，利用这一时刻看了看他的后视镜。当发觉犯人正试图逃跑时，他便冲着全地形车来了一个突然转向，这使得胡安不得不紧急刹车，奈杰尔也赶忙刹住了车子。随后全地形车开始迅速驶离，于是他也紧随其后追赶了过去。

因为有两个大个子跨在这辆全地形车上，加上地面凹凸不平，所以车速受到了严重影响。胡安无法与那辆小货车拉开更多的距离，无论他转弯转得多么急，驾驶小货车的警卫总是能够紧咬不放。那名负责主义者一定已经认识到假如他同这辆正在逃跑的全地形车保持足够近的距离，那么那台瞄准自己的大炮就没法继续开火了。

“他在玩弄咱们！”胡安一边忿忿地骂道，一边回过头来瞥了一眼，他发觉小货车那扁平的护栅同他们的后车轮之间只有不到5码的距离了。“我们没有时间跟他玩这个。对了，见到你真是太好了，只是你的脸怎么肿得跟个猪头似的？”

“看到你我也感觉真是太好了，”马克斯大声叫喊道，以免自己的回答被风声给湮没掉，“实际上我的脸要比看上去的情形更加糟糕。”

“坐稳了！”胡安一边警告道，一边驾驶着全地形车从山上重新驶回到沥青路上去。他们一路飞驰，胡安转动了一下车把手，以便车子能够滑到碎石路上去。当小货车在他们后面摆尾行驶时，他赶忙猛踩油门。

他们领先那辆小货车大约有50英尺的距离，这使得胡安很想下达命令让“俄勒冈号”开火。然而当小货车在平坦的地面上行驶时，其速度要比全地形车更快，所以还没等他来得及发布命令，两辆车子之间的间距已经再一次地缩短了。

“武器控制台，准备好在码头的尽头处发射高爆炸弹。”

“随时待命。”

“你要干嘛？”马克斯焦急万分地问道。

“执行C计划。”

他们在沥青路上一路飞驰，尽管还没有达到全地形车的最大车速，因为卡布里需要稍微有所保留。他们从那间已被炸毁、依然在冒着浓烟的警卫室的旁边飞驰而过。胡安驶到了码头上，他把油门一踩到底，熟练地判断着车速、距离以及时间。

“开火。”

驾驶小货车的警卫有些犹疑起来，不理解为什么全地形车会故意将自己迫至码头的一隅。然而当他意识到全地形车并没有在减速的时候，他也猛踩油门追赶了上去。

“乔治，”胡安冲着无线电设备叫喊道，“准备在海里接我们。”

飞行员的回复被湮没在了风声之中。

胡安和马克斯以每小时50英里的车速风驰电掣地驶完了整个码头的长度。

马克斯终于意识到胡安想要做什么了，他高声叫喊道：“你这家伙难道疯了吗？！”

他们从码头的尽头腾空而起，飞出了大约20英尺之远，尔后重重地落进了海里，激起水花四溅。不一会儿，那辆小货车发出了刺耳的急刹车声。还没等四个轮子停稳，车门便被撞开了，那名警卫端起冲锋枪对准了海面，希望一等水里的那两个男人冒出头来就将其给击毙。

这时候空中突然传来了尖锐的呼啸声，警卫压根就没来得及做出反应。

炸弹准确无误地击中了码头，而不是小货车，不过这并没有关系，因为二者都被炸得粉碎，碎片残骸飞溅到了海面上，铺得到处都是。

胡安帮助马克斯浮上了水面。他吐了一大口水出来，然后看了看身后的残骸。一半码头都被炸没了，而剩下来的那一半则变成了无数的木头碎片以及被损毁的木头桩子。

“非得这么干吗？”马克斯满腹牢骚地问道。

“还记得我跟你说过的我在公司执行的第一项任务吗？”

“好像是有关一枚俄国人的卫星什么的。”

“一枚轨道弹道导弹，”胡安把胳膊从水里伸了出来，看了看表，“还有38分钟那枚导弹就要把这个岛给铲平了，所以我希望能够离这儿越远越好。”

那架“鲁宾逊R44”出现在了悬崖的上空，尾部拖着浓烟，然后朝着码头方向驶来。胡安心想，乔治一定是在试图告诉他们直升机已经受损了。亚当斯熟练地驾驶着直升机在他们的上空旋转了一圈，尔后在他们的头顶上方盘旋，强烈的向下气流使得海水剧烈地搅动起来。他微微地降低了直升机的高度，直到起落撬与海面齐平。胡安伸长手臂，打开了机舱门，然后帮助马克斯爬进了直升机里头。当体重不轻的马克斯打破了飞机的平衡中心时，飞机危险地倾斜了一下。

胡安正要跟随在汉利的身后爬进飞机，这时候突然听见枪声四起，直升机遭到了敌人的交叉射击。

“快离开！”他一边大叫，一边抓住了起落撬。

乔治不需要胡安发出第二次提醒，他加大引擎，快速地飞离了码头。又有一辆敞篷小货车出现在了码头上，车子的平板上有两名警卫，手持“AK”步枪冲着他们频频开火。

胡安像只猿猴一般，胳膊和腿吊挂着，他使出吃奶的力气，死命地抓紧“鲁宾逊”的起落撬。海风猛烈地撞击着他的身体，因泡在海里而被打湿的衣服冷得就像冰块一般，然而他却什么也做不了。“俄勒冈号”就在几英里之外的地方，他不希望乔治为了他能爬进机舱里来而放慢航速。

亚当斯一定已经用无线电设备报告了目前的情形，因为船上的灯全都亮了起来，船员们也都跑到了甲板上，希望能够为直升机的着陆助上一臂之力。舵手把船首掉转过来，不再对着厄俄斯岛的方向了。

乔治驾驶着飞机来到了鸭尾艄的上方，驾驶员座舱里的报警灯不停地闪烁着，警报器也发出了刺耳的鸣响，他知道这架自己钟爱的直升机正处于濒死的状态，然而他已经顾不上这些了。当他把飞行的高度微微降低了一些时，他猜想过热的变速箱中的燃料已经燃烧殆尽了。

当胡安距离下面的甲板只有几步之遥时，他便松开了一直紧抓着起落撬的双手。甲板上的船员们十分容易地便将他给接住了，然后帮助他慢慢站稳。接着他们赶忙散开来，好让亚当斯有足够的空间来把“鲁宾逊”降落在甲板上。

“舵手，转为极高速度，”当起落撬刚一碰到飞机起降台的时候，胡安便赶忙命令道。

亚当斯一感觉起落撬撞击在了起降台上，就赶忙关掉了引擎，然而损害已经造成了，引擎罩的周围火星阵阵。船员们早已拿着灭火器在一旁守候着了，他和马克斯在一阵灭火喷雾的包围中从直升机上跳了下来。

乔治快步跑离飞机，等到距离已经足够远了才回过头来看了看。他那张英俊的脸上显出万分痛苦的神情，因为他知道那架直升机已经彻底报废了。

胡安把一只手轻轻搁在了他的肩膀上，安慰道：“我们会给你买架新的。”

他们走到了船里面，这时候海风开始变得更加猛烈起来。远处，厄俄斯岛蹲伏在海中，这个由石头堆成的难看岛屿，很快便会从这个地球上消失了。

第38章

托马斯·塞弗伦斯不知道该怎么办才好。码头上的警卫先前报告说他们在马克斯·汉利试图通过排气管逃跑时将其逮住了，尔后又报告说遭到了一架黑色直升机的袭击。他一度担心这起袭击的发起者是联合国方面，因为有谣言说对方出动了一个飞机中队。他从步话机那混乱不清的谈话中听到了一些片段，尔后一切都安静了下来。设在警卫室屋顶的摄像机突然没了画面，于是他终于下令派出一部车子到码头那里查看一下。

“他们逃走了，塞弗伦斯先生，”警卫队长报告道，“汉利和另外一个人坐在直升机里跑掉了。警卫室已经被炸毁了，码头也是一样，我的多名手下都被打死了。”

“他们还有其他人吗？”

“我已经派巡逻队出去搜索了。就目前来看，营救汉利的只有一个人。”

时，地面上的观察者可以清楚地看到它，其尾迹会留下声震[①]。

主显示屏上的数字时钟进入到个位。在马克斯被解救之前，胡安曾经迫使自己不去看那个时钟，然而现在他却无法将视线从时钟上移开了。马克斯拒绝待在医务室里接受治疗，说是要一直等到钨条撞击厄俄斯岛为止，所以赫胥黎不得不带着她的医药箱来到控制中心里为他处理伤势了。海面上风平浪静，因此她可以比较顺利地展开救治工作，虽然“俄勒冈号”正以最高速度向东飞驰着。

对于胡安让船的引擎处于红线以上运作，马克斯通常都会挖苦一番，然而这一次他完全清楚即将到来的会是怎样的情形，所以也就把讽刺的话咽回到了肚子里头。他们还没有到达不被爆炸波及的安全距离，所以也难怪董事长会下令以最高航速行驶了。

哈里·卡西姆骂骂咧咧地将耳机从头上摘了下来。

“怎么了？”胡安焦虑地询问。

“我截取到了一个用极低频波段发射出来的信号，是从厄俄斯岛方向发出来的。他们正在发送袭击密码。”

卡布里的脸顿时变得一片惨白。

“不会有事的，”马克斯的声音听上去鼻音很重，因为他那个被揍扁了的鼻子里头正塞着棉花球，“波长太长了，所以要传送完全部的密码得要一会儿时间。”

“或者他们可以在极低频信号发送第一个字母时就释放病毒，”哈里说道。

胡安的手掌心开始冒起汗来，他把手在湿漉漉的裤子上擦了擦。

① 声震：飞行器在以音速或高于音速飞行时，其前方短波所产生的一种爆炸声音。——译者注

现在他什么也做不了，除了等待。

而他讨厌等待。

琳达和马克穿着船上工作人员的制服，再一次偷偷摸摸地来到了“黄金天空号”的下层甲板，试图回忆起游轮的洗衣房位于何处。甲板上只有几名船员在四处闲逛着，每一个都因身上出现的感冒症状而烦忧着，因此也就无暇去对这两张陌生的面孔进行询问了。

干衣机的轰鸣声将他们引到了目的地，一股股蒸汽从这间灯光昏暗的屋子里翻腾而出。当两人走进洗衣房的时候，房间里的华裔工人们全都只顾埋头干活，没有一个人抬起头来打量他们。

突然之间有个男人紧紧抓住了琳达的胳膊。原来门背后一直站着个男人，只是他们进来的时候并没有注意到。

“你们来这儿干嘛？”他质询道。

她试图想把胳膊从他的手里摆脱出来。马克认出这家伙是跟泽里米尔·科瓦奇一起搭乘直升机上到船上来的人之一，他早该知道他们一定会在洗衣房里布下警卫的。他想要帮忙调停，结果那人掏出了一把手枪，抵在了琳达的太阳穴上。

“你要是敢再往前走一步的话，她就死定了。”

洗衣房的工人们全都看到了发生的情形，但他们仍然继续干着手里的活儿，更换衣物、折床单、烫衬衣。

“放轻松一些，”马克往后退了几步，“我们到这儿是来拿烫好的衣服的。”

“出示你们的证件。”

马克从工作服的口袋里掏出了自己的证件牌。凯文·尼克松并不清楚“黄金巡游线”向其雇员们发放的证件牌具体式样为何，不过他给马克他们制作的身份证明几乎可以以假乱真了，但他还是担心科瓦奇的手下会认出其中的不同来。“你看吧，我名叫马克·墨菲。”

这时候科瓦奇突然出现了，他那如公牛般壮硕的身体几乎要把整个门框都给填满了。

“出啥事了？”

“这两个人声称是来这儿取走烫好的衣服的。”

这位塞尔维亚人从风衣内侧的口袋里掏出了一把手枪。“我给船长下达过明确指示，除了洗衣房的工人以外，谁也不许到这间屋子里来。你们是谁？”

“一切都已经结束了，科瓦奇，”琳达说道，她那少女般的声音此时却寒冷如冰。听到面前的这个女人居然知道自己的名字，科瓦奇吃惊不小。“我们对于病毒的事情已经了如指掌，也知道你们想通过游轮上的洗衣机来把病毒散播出去。正如我们所说的那样，警方正在围捕你们派遣在世界各地游轮上的党羽。你现在收手还来得及，还不至于会把牢底坐穿。”

“这位年轻的小姐，我对于你所说的这些深表怀疑。科瓦奇并不是我的真名。”他提到了另一个名字，那是一个在南斯拉夫内战期间登上过所有新闻的名字，一个列在大屠杀的刽子手名单上的名字。“所以你看，我并不相信我会有从监狱里面放出来的那一天。”

“你的脑子里面进水了吗？”马克问道，“你难道愿意为了这一愚不可及的事业白白送命吗？我上过‘黄金黎明号’，亲眼目睹过你们的病毒所造成的惨绝人寰的恐怖场面。你简直是个疯子，是个变态！”

“假如这就是你所想的，那么依我看你还并不了解事情的全部。事实上，我认为你们两个是在虚张声势。添加在这些机器里面的病毒”——他把手一扫，指向了那些体积巨大的洗衣机——“跟我在‘黄金黎明号’上用的并不一样。虽然是从同一类中研发出来的，但并不会致命。我们不是怪物。”

“你刚刚已经承认说是你谋杀了‘黄金黎明号’上近800名乘客和船员，你还敢说自己不是一个怪物吗？”

科瓦奇笑了起来：“很好。利德尔·库珀博士并不是一个怪物。我们即将要释放的病毒，最多只会引起类似高烧的症状，其副作用只会有一个，那就是丧失生育能力。再过几个月，地球上有一半人口将会发现自己无法生儿育女了。”

琳达感觉自己快要呕吐了。当马克听到了他们这一阴谋那令人生怖的真实目的时，他的腿也有些站不稳了。负责主义者们一直都在宣称地球会因为人口过剩而走向毁灭，而他们现在则正在计划着想要通过让世界上的一半人口丧失生育能力而阻止这一末日的到来。

“你们绝不会得逞的！”琳达叫喊道。

科瓦奇把脸凑到了她的面前，狡黠地说道：“我们已经开始了。”

正在搜索着厄俄斯岛的警卫们突然停了下来，纷纷仰起头来朝天空望去。天上的那个物体起初看上去就像是一颗格外明亮的星星，尔后它的体积和亮度迅速增大，直到似乎要把整个天空都给填满了。当警卫们发觉这个从天而降的物体是冲着厄俄斯岛来的时候，一开始的不安立即爆发为了极度的恐慌。他们开始狂奔起来，表现出了危险来临时人的本能反应，但却不知道这么做其实是无济于事的，因为他们根本无处可逃。

托马斯·塞弗伦斯待在地堡的发射室里，不耐烦地用脚踢着桌腿。他面前的显示屏上显示着极低频信号正在发送到世界各地，但发送速度却慢似蜗牛，这让他一肚子恼火。几分钟以后信号的发送才会完成，病毒将从密封的容器里面倾泻进那些洗衣机中，然后在里面污染床单、毛巾和餐巾。

想到这里，一抹笑意浮现在了他的唇边。

钨条击中了距离地堡大约3英里的厄俄斯岛的正中。它那惊人的速度以及重量，将下落200英里的势能转变成了一场大爆炸的动能。

岛的中心白光阵阵，尔后消失不见，这块巨石被炸成了碎片。当爆炸呈波浪状向外辐射时，其冲击波覆盖了整片岛屿，在空中卷起了成百上千吨的碎石。岩石的主体部分落进了冰冷的海水里，融化成了炽热的熔岩，不断地嘶嘶作响。

惊恐万分的警卫们已经被烧成了炭灰，他们的灰烬混在了团团尘土和碎片之中。

当冲击波撞击到了地堡时，这个用坚硬的钢筋混凝土铸成的建筑物犹如一个精致的瓷器般碎裂开来。地堡没有倒塌，但却被从地上连根拔起。墙壁、屋顶、地板垮塌下来，将里面的每个人都给压成了肉泥。毁坏是彻头彻尾的。绵延数英里之长的粗厚铜线便是极低频天线，天线从地上剥裂开来，融化成了一股股液态金属，流进了海洋里。

大地剧烈地摇晃起来，以至于悬崖表面的巨大石块都纷纷剥落了下来。从撞击中心向外发散的道道裂缝，将这片岛屿撕裂成了七块。

一波巨浪从厄俄斯岛的方向朝着“俄勒冈号”席卷而来。这一巨浪不同于海啸，它是在海面下方翻滚着，只有在搁浅的时候才会不断高涨起来。这道坚固的水墙，浪尖上泛着白色的泡沫，看上去似乎将会永远这样翻卷下去。巨浪发出了阵阵怒吼，就仿佛地狱之门已被撞开，它以令人惊异的速度在海中向前翻滚着。不过这浪潮并不会持续太久，摩擦最终将会不断减少其体积，最后就连一丝波纹也不会再泛起了。倘若这巨浪持续下去的话，那么一定会成为地球上最具破坏性的力量。

“俄勒冈号”以惊人的航速驶出了40英里之外，并且做好了一切准备工作。所有的舱口盖都进行了双层密封，船上的两艘潜艇则被放到了支船架上，而且捆绑得牢牢的，船员们所能想到的一切松动的物体都已经被塞进了壁橱和抽屉里头。他们知道经历这一切而不造成些损失是不太可能的，但却依然希望能够把损失减少到最小。

“还有多久会被撞到？”胡安问道。

“我估计还有5分钟左右，”舵手报告说。

胡安按下了全船的功放键。“我是董事长，大家全都坐稳了，因为我们即将迎来一场可怕的巨浪，还有大约5分钟的时间。”

设在船桅上的摄像机向后转去，并且调成了夜视模式，这样一来他们便可以观察到那正在朝着自己滚动而来的巨浪了。巨浪在海面上不断地翻滚着，看起来固若金汤，似乎永远都不会平息下来。浪的正面布满了一道道翠绿色的鳞纹，而浪尖看上去则犹如一团绿色的火焰。

“我来掌舵，”胡安突然说道，然后开始驾驶起货船来。

他已经注意到他们与巨浪之间存在着轻微的角度，这使得“俄勒冈号”的舵可以稍微调整一下方向。假如他们想要安全渡过此劫，就需要让巨浪直接撞击在船尾。稍有偏离的话，这艘500英尺长的货船就将会被卷进巨浪之中，翻滚数十次以后才能摆脱巨浪的裹挟。

“准备好了！”

感觉就像是在一部高速电梯里头。“俄勒冈号”乘风破浪地前行，速度如此之快，以至于船尾中部下方一度都没有触到海面。船体发出的阵阵“呜咽”被湮没在了巨浪那可怕的怒吼声中，船首深深地插进了海里，这风驰电掣般的速度使得船上的每一个人都身体前倾。货船跃上了巨浪，船首朝下，角度倾斜得厉害。胡安瞥了一眼航速，发现已经降到了4节，但船的最低速度将近有每小时70英里。

船尾拨开了浪尖，激起的无数泡沫淹没了船上所有的甲板，大片大片的水从排水孔和驱动管里面奔泻而出。“俄勒冈号”的船尾高高悬在了巨浪的背面，一开始是30英尺，接着是40英尺，以至于50英尺，尔后开始倾斜。

卡布里把所有的引擎都开到了最大马力，他要求自己的这艘船能够发挥其最大潜力。当他们与巨浪的底部相撞时，船尾将会犹如一把尖刀切开水面。假如“俄勒冈号”没有足够的动能，那么船首部分就会被大海给淹没。

由于货船的倾斜角度将近有60度，所以鸭尾艄部分在巨浪的边缘处嵌进了汹涌的海水之中，尔后消失不见了。海水不断向上爬升，覆盖住了货船最后面的货舱的舱口盖。假如舱口盖没有被厚厚的橡胶密封着的话，那么盖子下面的飞机棚估计早已浸在了一片泽国之中了。

“加油，我的女孩，”胡安一边哀求，一边看着越来越多的海水涌进船内，“你一定可以做到的。”

当船首摆脱了巨浪的包裹时，船的倾斜角度开始慢慢变小了一些。“俄勒冈号”陷入深渊之中的处境正在接受着检验，有好长一段时间，货船既没有沉入海底，也没有跃出海面。船上的引擎已经处于运作效能的最高值了，试图要让这艘11000吨级的货船从大海那可怕的拥抱中脱离出来，船体也因此抖动不已。甲板上的水开始十分缓慢地退去了，胡安通过监视器观看着这一切，由于速度太过缓慢，所以他一开始对此还并不太确定。当“俄勒冈号”那运用了磁流体动力学的引擎推动着货船离开了原本会让其葬身其中的漩涡时，船尾的最前端开始出现在了海面上。

卡布里看见那面被海水浸透了的伊朗国旗重新飘扬在了船首旗杆上，这时候船上响起了一片口哨声和欢呼声。卡布里终于长长地吐了一口气，也吹起了胜利的口哨，尔后便把驾船的工作重新交回给了舵手。

马克斯一屁股坐在了他的椅子上。“我觉得你驾驶一辆全地形车从码头上腾空而起简直是疯狂之举。换做其他任何一艘船的话，遇到那样的巨浪，一定只有倾覆的厄运。”

“但这并不是其他的船只，”胡安一边说，一边拍了拍马克斯的胳膊，“也不是其他的船员。”

“谢谢你，”马克斯说道。

“我已经搞定了一个离家出走的任性孩童了，现在是时候去收拾另外两个了。”

第 39 章

当科瓦奇试图在“黄金天空号”的无线电通讯室里联系上托马斯·塞弗伦斯但却未果时，他就知道一定是出了什么纰漏，甚至就连电话接通时的铃音都没有听到。

根据科瓦奇的指令，船上的无线电通讯都被切断了，所以直到20分钟以后游轮通过卫星新闻广播获知了关于厄俄斯岛的消息时，他才得知了这一噩耗。新闻报道说欧洲南部的天空上发现有流星现象，该流星估计重达一吨左右，击中了一座距离土耳其海岸不远处的岛屿。已经发布了海啸警报，但只有一条希腊渡船报告说发现有巨浪出现，并称该浪只有数英尺高，看起来不具任何危险性。

他很清楚击中岛屿的绝对不是什么流星，而应该是一枚原子弹。看来他所抓获的这两个人并没有在撒谎，美国政府已经知道了他们的计划，并且批准发动了一场核攻击。人们在欧洲南部天空看到的光亮，一定是巡航导弹的弹头发射出来的亮光。

科瓦奇按了按电视遥控器上的静音键，因为他不想再听电视上那名新闻节目女主持人的喋喋不休了。他必须得想一想该作何选择。假如他们向“黄金天空号”上派遣了特工人员，那么就一定已经知道他在这艘船上。不，这番逻辑说不通啊。他之所以会来这儿，是因为怀疑有人混到了游轮，最先起疑的是他这边，所以他们应该并不知道他在哪儿才对。尔后他便得出了结论：把抓到的那两个家伙给干掉，然后在“黄金天空号”抵达克里特岛首府伊兰克雷时离开游轮。

“但是他们一定已经守候在码头了！”他咕哝道。

无论是谁派这两个美国人混到船上来的——最有可能的幕后方便是中情局，不过这都无关紧要——他们一定会在港口安排其他特工来接应的。他想知道自己能否逃脱出他们布下的这个天罗地网，接下来则希望知道的是冒这个险是否值得。最好的办法就是让船停下来，然后跳上一条救生艇逃走。爱琴海海域有成千上万座岛屿，他可以先躲藏在其中一座岛上，之后再来计划下一步该怎么办。

但怎么处置这两个犯人的问题依然是悬而未决。他是应该将他们杀死呢，还是留下来作为人质好呢？他并不担心能否制服住那个男的，因为那家伙看起来似乎比较容易对付，相反倒是那个女的让他有些不太放心，因为他凭直觉感到这个女人不太容易搞定。干脆杀了他俩得了，好过一路上老是提心吊胆，害怕他们企图逃跑。

剩下来还需要考虑的就只有一个问题了——那就是病毒。

病毒在密封的容器里只能存活几周的时间，所以一旦他逃走以后，病毒的情况堪忧。假如现在就把病毒给释放出去，可以让游轮上的一千来号人感染，幸运的话，当这些人回到自己的家里时，将会把病毒传播到世界各地。但他认为这一情形出现的可能性并不太大，因为游轮将会被隔离起来进行检疫。

所以这么做仅仅是聊胜于无。

科瓦奇从椅子上站起身来，走上了桥楼。夜色深沉，唯一的光亮是从控制台和雷达转发器传来的。桥楼上有两位高级船员正在值班，此外还有两名舵手。科瓦奇的助手莱尔德·伯格曼正待在浮桥外面抽烟，他的头顶上一片星光。

“我希望你下到洗衣房里去，人工释放病毒，”科瓦奇告诉他说。

“发射机出了什么状况吗？”

“现在你不需要关心其他的事情，你只需要下到洗衣房里去，然后照我的吩咐做就行了。接着再去找到罗尔夫，然后回这儿向我报告。我们马上要离开这艘船。”

“出啥事了？”

“相信我。我们一到克里特就会被逮捕的，所以逃走是唯一的法子了。”

其中一位高级船员突然叫喊起来：“这家伙究竟是从哪儿冒出来的？它以为它在干嘛？快把船长叫到这儿来，赶快拉响撞船警报！”然后他便冲到了对面的浮桥上。

“跟我一起来，”科瓦奇说道，他和伯格曼紧紧跟在了那名高级船员的身后。只见一艘巨大的货船正冲着“黄金天空号”迎面驶来，这船看起来就像是一艘幽灵之船，因为船上的灯全都熄灭了，然而它却正以20节的航速乘风破浪地急行着。

那位高级船员回过头来冲着桥楼上的其他人喊道：“你们难道没有在雷达里发现这船吗？”

“我上一次查看的时候这船还在10英里之外呢，”另一位高级船员回答道，“才只过了几分钟而已啊，我可以发誓。”

“按警报键！”

“黄金天空号”鸣响了怒吼的汽笛声，然而却没有起到丝毫的效果。那艘货船继续冲着他们飞速驶来，就仿佛有意要将这艘游轮切成两半似的。看起来一场相撞已经是无法避免了，因为货船船首的尖锐程度超过了这名高级船员所见过的任何一艘船，两船之间的距离只有几十英尺之遥了。如此高超的驾船技术简直令人难以置信，倘若这位高级船员不是因为太过愤怒的话，一定会对此留下深刻印象的。

科瓦奇回想起了在凯尔·汉利被劫走的那个晚上曾经听到过的新闻报道，说是有一艘巨轮非法通过了科林斯运河，他一直觉得这两起事件之间肯定有什么关联。眼前的这艘货轮想必就是那条擅闯科林斯运河的船了，而他知道这船是冲着自己来的。

他往后退了几步，跟水手们拉开了距离。周围有这么多的钢铁，所以他们的步话机效果不佳，不过他依然成功地联系上了罗尔夫·斯特朗，也就是跟他一起搭乘直升机来到船上的第三个人。

“罗尔夫，我是科瓦奇。我需要你把轮机舱的工作人员都赶出去，然后待在里面，不要让任何人进来，遇到抵抗者格杀勿论。你听明白了吗？”

斯特朗跟伯格曼不一样，他从来不会去对上级的命令发出质疑。“清空轮机舱，不让任何人进去。收到。”

科瓦奇从风衣口袋里掏出了自己的手枪，然后对伯格曼说道：“去找6到7个女人过来，乘客也好，船上的工作人员也好，都可以，尽可能快地把她们带回到这儿来。还有，到我的船舱里去，把我们剩下的武器全都带过来。”伯格曼还没来得及开口询问为什么要这么做，科瓦奇又补充说道：“托马斯·塞弗伦斯已经死了，计划被破坏了。而把这一切搞砸的家伙，就在那艘货船上。快去！”

“是，先生。”

这位塞尔维亚人将桥楼的门给锁了起来，然后把一个消音器插进了手枪的末端，接着面无表情地朝桥楼上的那两名船员以及剩下的那位高级船员开了枪。轻微的枪响被船上那刺耳的喇叭声给淹没掉了，所以直到第二名高级船员走上了浮桥，看见了那三具尸体时，他才明白出了什么事儿。他看了一眼科瓦奇，尔后他那身挺括的白色制服衬衣上绽放出了深红色的鲜血。他沿着舱壁倒了下来，滑落在了甲板上。

科瓦奇怀疑货船上的特工会扔一根绳子到游轮上来，以便派遣一支搜救队伍。他迈步走向了控制台，控制台上有一个用来调整引擎速度的转盘以及一根用来操作方向舵的操纵杆。驾驶这样一艘体积庞大的游轮，其实就跟驾驶一条捕鱼的单桅小帆船一样容易。

他把节流阀开到了最大，然后驾驶着游轮迅速驶离那艘看上去锈迹斑斑的货船。“黄金天空号”下水才不过几年时间，但其设计的重点在于奢华而非速度，不过他依然信心十足，认为自己一定可以比那艘看起来又老又破的货船行驶得更快。

他们开始急速前行，轻而易举地便在速度上超过了那艘货船，可惜这种情形仅仅持续了一会儿。货船的速度也加快起来，这让科瓦奇感到万分沮丧，因为他万万没有想到一艘看上去破败不堪、年久失修的货船居然能够移动得如此迅捷。他检查了一下节流阀的控制，注意到假如他把转盘往上推动的话，便可以释放出紧急备用动力。

于是他便这么做了，然后观察到他们的速度正在继续增加。他透过桥楼望出去，发觉那艘货船被慢慢地甩到了后面。科瓦奇心满意足地哼哼了两声。看样子起码要花上一两个钟头的时间才能够让两艘船拉开足够的距离以方便他放下一条救生艇到海里，不过这没有关系。

那艘货船似乎在跟他开玩笑，只见它立即加速，很快便再一次地缩短了两船的间距，它距离“黄金天空号”的船梁只有30英尺之遥了。科瓦奇瞥了一眼控制台，确定这艘游轮目前正以36节的航速在平坦的海面上飞驰着，所以他感到十分地纳闷，因为一艘货船不可能会达到如此高速，更别说保持这一速度了。

科瓦奇的挫败感很快便转变成了熊熊燃烧的怒火。桥楼后面的走道上传来了刺耳的枪声，紧接着则是一阵混乱的尖叫。他冲到了舵手室的门口，拉开了门闩，持枪守候在门背后。甲板上，游轮的船长倒在了一片血泊之中，过道上还有另外四名高级船员正畏缩地围拢在一起。他们身后，七个女人正在他的那位助手伯格曼的威吓之下惊恐万分地挤做了一团。

“进来！马上！”科瓦奇咆哮着，用手枪示意那几个女人进到桥楼里面来。

在伯格曼的监视之下，女人们蜷缩在一起，泪水止不住地从面颊流淌而下。

“马上停下来！”一名高级船员喊道。

科瓦奇朝着那人的脸上就是一枪，然后将桥楼那扇厚厚的铁门给关上了。

他抓住了其中一个女人，这是一位黑发美女，他认出她是餐厅的一名女侍应。然后他便赶快退回到了舵轮旁边，他把女人挡在了自己和那艘正在驶近的货船之间，当做了一面人盾，以防他们安排有狙击手。他注意到与那艘货船之间的距离又变得更近了一些。

“我相信这个游戏名叫‘老鹰捉小鸡’，”他自言自语地说道，然后猛地将方向舵推向左舷。

在这种速度之下，游轮的反应十分敏捷，船首高高地跃了起来，撞上了货船的侧边，船体的铁壳发出了巨大的撕裂开来的声响。这一撞使得游轮朝右舷方向倾斜，科瓦奇摇晃了几下，不过他对此早已有了心理准备。船首的围栏被压垮了，两艘船相互摩擦着，发出了“吱吱嘎嘎”的刺耳声响。十来个最贵船舱的阳台被撕扯了下来，船上所有的乘客和船员全都重重地摔倒在了甲板上。此番撞击对整艘船都造成了损害。

科瓦奇驾驶着游轮掉了一个头，迅速驶离撞船地点。货船也跟着他一道转了个弯，不过这一次它拉开了同游轮的间距，看来货船的船长显然是有所提防，怕他再来一次相撞。

科瓦奇不知道究竟是什么力量在激励着自己，不过他突然想到赶快结束这一切。他离开了舵手的位置，从地上拖起了其中一位高级船员的尸体，然后走到了外面。他一只手放在那名高级船员的皮带上头，另一只手则放在他的脖子后面，所以看上去这位高级船员似乎是自己在行走着。科瓦奇停了一会儿，以确保另一艘船上的人能够看到自己，尔后他冲到了浮桥的栏杆旁，将尸体高高举起。

他蹲伏在围栏的下面，所以无法看到那人的尸体是如何落进了100英尺之下的海水中的，但他确定他的对手们目睹了此情此景。科瓦奇知道他们不会让一个无辜的人溺水而亡的，而要解救那人至少会让他们花上一个钟头的时间。讽刺的是，他们并不知道从海里打捞上来的只是一具尸体而已。

两艘船刚一分开，胡安便叫喊道："损坏报告。"

"船员们正在进行，"马克斯立刻回答。

当他们无法通过无线电联系到游轮的时候，他们就计划着要引起船员们的注意，用扩音器来跟他们打招呼。"黄金巡游线"的老板很有可能跟塞弗伦斯是串通一气的，不过游轮上的高级船员和水手们应该不会牵涉其中。假如可以警告他们泽里米尔·科瓦奇上船来的真实目的，那么他们就可以一劳永逸地结束这一切了。

卡布里原以为游轮的船长应该会驾船逃走，万没料到居然会有意跟他们相撞。地球上没有哪位船长会玩这种撞船特技而让自己的船和船员们处于险境之中的。

那么只有一个合乎逻辑的结论可以做出了。"是科瓦奇在驾驶'黄金天空号'。"

马克斯看着他，点了点头。"只可能是这样，否则实在是说不通啊。你打算怎么跟他玩呢？"

"我们会再一次跟游轮并排，然后发射多爪锚。我不知道他有多少手下，不过我觉得派出十来个人应该够了。"

"假如他试图再一次转向我们的话，那么你的这些小伙子们就会受伤的。"

"你的工作便是要确保他没法这么干，"卡布里正准备叫埃迪准备好一支登船队伍，这时候哈里突然叫喊起来：“有人被扔下了翼桥。”

“什么？”马克斯和胡安异口同声地喊道。

“一个穿黑风衣的家伙刚刚把一个看起来是高级船员的人从翼桥上给扔了下去。”

“舵手，掉头，”胡安按了按内部对讲机的“通话”键，“有人落水了，重复一遍，有人落水了。这不是演习。救援队下到船库里去，准备放玻璃钢底充气艇到海里去救人。”

“他竟然会使出这么卑鄙的手段！”马克斯咬牙切齿地说道。

“我们可以比他更阴险。武器控制台，把摄像机瞄准‘黄金天空号’的桥楼，将画面传到主显示屏上来。”

不一会儿，显示屏上就出现了几张图像。由于这艘游轮要比“俄勒冈号”高出许多，因此设在货船桅杆上的摄像机可以拍摄到最佳的角度。当摄像机转换成了低光模式时，他们便可以清楚地看见桥楼里面的情形了。在右舷窗户旁边站了一排女人，很显然她们便是科瓦奇的人质，如此一来狙击手就难以朝他开枪射击了。舵轮旁边蹲着一个人，很有可能就是科瓦奇。他的面前还贴着一个女人，估计是他的人盾。

“胡安，他把这些女人当做了人盾，我们没办法冒险去朝他开枪啊。”

“董事长，我是麦克。门开了，我们准备下水。”

胡安等到他们把航速降到了安全速度以内才命令特罗诺和他的救护队出发。

充气艇从铺着特氟纶的斜坡上滑了下来，重重地撞进了水里。麦克立即把充气艇转向左舷，以便适应正在急速流动的海水。

“我们安全了。”

通过使用热能探测仪，他们将会毫无困难地找到那名落水的高级船员。在加入公司以前，麦克·特罗诺曾经是名伞降救援人员，而且还受过专门的医护训练，所以“俄勒冈号”不需要待在一旁提供援助。

“舵手，把航速调整到我们先前速度的90%。如果他转向的话，就跟上他；如果他放慢速度，不要缩短间距，我希望让他误以为我们没法子追赶上他。”马克斯看了胡安一眼，眼神里充满了质疑。“一方面我们需要花上一点儿时间来组织好一支登船队伍，另一方面，我不希望让他有压力，不然的话，估计他又会把其他人给扔到海里去的。”

当卡布里正在自己的船舱里面更衣的时候，哈里突然来报，说是马克已经找到了那名落水的高级船员，只是那人早就已经没气了，不是因为溺水，而是胸前中了两枪。胡安平静地下达指令，要求充气艇继续待在海里待命，以免科瓦奇把其他活口扔下桥楼。他表面上看起来从容平静，其实内心早已是一团怒火了。他并不介意他们浪费了一些时间来打捞一具尸体，因为“俄勒冈号”拥有惊人的航速，不可能追赶不上“黄金天空号”的。

他是在冲自己发火，觉得是因为他的鲁莽冒失才会导致一个无辜者白白送了命。原本可以用其他的办法来逮住科瓦奇以及解救这些人的，他应该能够想出一个更好的计划来。

这时候他的电话响了起来，他一把抓起话筒，大声咆哮道：“我是卡布里。”

“别自责了，”电话那头传来了赫胥黎的声音。

“你在说什么？”

“我刚刚听说了发生的事儿，我知道你一定正在为此事而责怪自已，我希望你立刻停止这样的想法。新闻刚刚报道了厄俄斯岛被炸毁的消息，如今科瓦奇已是笼中之鼠，他现在已经被逼上了绝路，自然是惊慌失措了，所以才会杀了那名高级船员。错不在我们，您没有过错，所以不要再自责了，好吗？”

胡安长嘘了一口气。“你不知道刚才我有多么自责。”

“我当然知道，所以才会打电话过来啊。”

“谢谢你，赫胥黎。”

“趁着这个怪物还没有大开杀戒以前把他给生擒活捉了，这样子你就会感到好受些的。”

“这是医生开的处方吗？”

“没错。”

15 分钟以后，胡安带着他的人马来到了甲板上。他把人手分成了两组，每组各 6 人，埃迪负责领导第一组，他则带领第二组。为了继续控制住游轮，科瓦奇需要在桥楼和轮机舱里布下人手，以阻止船员们关掉船的引擎。埃迪负责对付科瓦奇的手下，至于科瓦奇本人则交由胡安来解决。

他们全都身着贴身的黑色防弹衣，脚上的靴子，鞋底是由柔软的橡胶制成的。每个人都携带着防毒面罩，还备有催泪瓦斯手榴弹。“黄金天空号”里面应该是灯光明亮，因此每组队伍中只有一个人携带着夜视镜。

由于船上有很多平民，所以卡布里下令只带上一半军火，以避免因为人口过密而误伤无辜。他携带了一把“格洛克 19”而不是惯用的“FN57”，因为即使只用上一半火力，也能把一个人给射穿的。

他们的多爪锚将会通过一把猎枪式样的武器发射出去。多爪锚后面拉着的细线一方面极为坚固，另一方面又很轻，这便增加了攀爬的难度。为此，每个人都戴着配有机械钳子的特殊手套，以便能够抓牢细线。

“马克斯，听得清楚吗？”胡安冲着位于喉部的麦克风说道。

“很清楚。”

“好的，将航速调为极高速度。还有，不要忘记跟麦克说一声。”

货船几乎是在瞬间便完成了加速过程。海风猛烈，所以胡安不得不眯缝起了眼睛。“黄金天空号”位于他们前面大约 4 英里的地方，那闪着光亮的干舷，令游轮看上去犹如是漆黑大海里的一粒珍珠，而船的尾迹也如一缕轻飘虚渺的磷光在闪现着。

“俄勒冈号”的航速要比这艘游轮快 20 节左右，所以他们很快便缩短了两艘船的间距。

“科瓦奇一定会抓狂的，”埃迪评论道。

“董事长，他又扔了一个人下去，”无线电那头传来了哈里的惊呼声，“这次扔的是个女的，而且绝对还活着。”

“通知麦克。武器控制台，给他们一通机枪扫射，尽可能靠翼桥近一些。好让科瓦奇知道假如下一次他还敢这么干的话，我们就会把他给撕成碎片的。”

覆盖在右舷“格林”机关枪外面的装甲板向后展开了，机枪从多面堡内探了出来。尔后枪声四起，听上去就如同有一把机械圆锯正在将自己锯成一片一片。一阵火光从“俄勒冈号”的侧腹处发射出来,两百多发用掉的铀弹划过天空。子弹距离游轮的浮桥如此之近，以至于铁栏杆上的油漆都因为灼热而起了疱。无数子弹洒落进了游轮前方的大海里。

“黄金天空号”立即转身，远离袭击。

“怕了吧？”埃迪咧嘴冷笑。

马克斯让“俄勒冈号”同游轮保持着大约100英尺的距离，这时候科瓦奇试图再一次转向他们，马克斯赶忙避开，令其无法靠近自己,然后通过操作船首的推进器来让“俄勒冈号”比“黄金天空号”的转弯幅度更大一些。

“马克斯，准备，”胡安说道，“武器控制台，听我指令，准备再次开火，但是不要击中了游轮。”他等待着自己的手下抵达“俄勒冈号”的围栏边上,他们的肩膀上扛着发射多爪锚的猎枪,然后喊道:“瞄准主甲板。马克斯，开始！”

“俄勒冈号”立即加速，在短短几秒钟之内便把两船之间的距离缩短了一半。

“开火,”胡安命令道,于是“格林”机枪再一次发出了隆隆枪声，这时候他和突击队发射出了多爪锚。

十二个多爪锚飞跃而出，稳稳地钩住了桥楼的外面。“俄勒冈号”行驶得更近了一些，几乎要擦到游轮了，所以当他们沿着细线攀爬过去的时候不会伤到自己。“格林”机枪继续开火，子弹与“黄金天空号”的桥楼只有咫尺之遥。

“走！”

胡安紧紧地抓住细线，从围栏上方一跃而起，以不断加快的速度摇晃着划过了两船之间的空隙。“俄勒冈号”在他身后迅速驶离开来。他故意以一排大窗户为目标，精确地判断着与其的距离。他用两脚撞碎了玻璃，落进了空无一人的餐厅里面。

他从背部解下了吊索，然后小心翼翼地在餐桌间迂回前进，朝着门口走去。

他来到了中庭的夹楼层。乘客们惊慌地四处奔跑,同“俄勒冈号”的那一撞依然让不少人感到头晕目眩。一个男人四仰八叉地躺在最后几节楼梯上面，两个女人在旁边护理着他。一位老妇人看到了胡安，立即尖叫连连。

胡安举起了冲锋枪的枪筒，表明自己绝无恶意。“女士们、先生们，这艘游轮已经被劫持了，”他高声说道，“我是联合国人质解救队的队员。现在请马上回到你们的船舱去。要是你们看到了其他的乘客，还望转告他们，要他们也一定待在船舱内，直到游轮安全为止。”

一个身穿便装的男人向他走了过来。“我是格雷格·特纳，二等助理工程师。有什么可以帮得上忙的吗？”

“告诉我哪条路去桥楼最近，此外再帮忙看着这些人回到他们的房间里去。”

“情况很糟吗？”特纳问道。

“你有听说过情况不糟的劫船事件吗？”

“抱歉，我不该问这么愚蠢的问题的。”

“没事。”

特纳给胡安指了指方向，还把自己的磁卡给了他，好让他能够进到那些禁止入内的地方去。卡布里小跑着离开了，他来到了一扇上面写着“禁止入内”的门前，把卡在读卡器上扫了扫，然后“砰”的一声撞开了门。他搬来旁边的一盆蕨类植物，将门给挡住，因为据他估计，自己的那组队伍 1 分钟以后就会赶过来的。

他慢跑过无数的船舱，又爬了两段楼梯，尔后来到了通往桥楼的过道上。他打开了激光瞄准器，慢慢地朝门口走去。从距离桥楼入口几步远的一个船舱里头传来了嘀嘀咕咕的声音，于是卡布里停下了脚步。

“船长吗？”他轻轻地喊道。

里面的声音静了下来，有人从门框边框向外窥视。当看到胡安时，那只眼睛立即惊恐地睁大起来。

“没事，”胡安柔声地说道，“我是来阻止坏人的。我可以跟你们的船长谈谈吗？”

那人从门后头走了出来。她身穿一件制服，根据她肩膀上的条纹来判断，此人应该是“黄金天空号”的大副。这位大副留着一头齐耳黑发，棕褐色的皮肤与她那双褐色的眼睛配合得十分完美。“那个屠夫杀了船长以及我们的一位军需官。我叫利亚·沃尔希，游轮的大副。”

“我们进去说吧，”胡安一边说，一边指了指她身后的船舱。

他跟在她的后面走进了船舱。床上有两个人形的肿块，上面覆盖着床单。一人的胸前有黑色的血迹，另一人则是头部中枪。

利亚·沃尔希试图向他介绍其他的高级船员，却被胡安给打断了。“以后再介绍吧。告诉我桥楼上发生的事情，假如你知道的话。”

“里面有两个人，”她立即回答道，“一个名叫科瓦奇，另一个人我不太清楚。还有一个在轮机舱，守在那儿不让其他人进去。”

“你确定下面还有一个吗？”她点了点头。胡安用无线电通讯设备将这一信息告诉给了埃迪。“继续说。”

“我们离开伊斯坦布尔没多久，他们三个就搭乘一架直升机上船来了。我们接到总部方面的指令，说是一切都要听科瓦奇的安排。他们应该是在寻找两个杀了一名乘客的无票偷乘者。”

“那两个无票偷乘者是我们的人，”胡安向她保证道，“他们没有杀害任何人。你知道他们现在在哪儿吗？”

她接受了胡安的说法，没有任何怀疑。“他们不久之前才被发现，此刻正被锁在桥楼后面的船长办公室里。”

“好的，还有吗？”

“在科瓦奇控制桥楼之前，那里面有两名普通水手在值班，还有两位高级船员。他们还抓了一些女乘客作为人质。你是谁？你是从哪儿来的？”

“我们在执行一项联合国的任务。我们跟踪这个恐怖分子有好一会儿了，由于科瓦奇登上了你们游轮，因此我们不得不赶快行动了。我很抱歉没能通知到你们，害得你们身处险境。我们原本想要早一点抓住科瓦奇的，可是，嗯，你知道的，联合国办事总有些官僚作风。”

胡安所领导的那支小组的其他成员突然出现了，他们查看着房间，激光瞄准器在屋子里投下了许多圆点。

“这里没事，小伙子们，”胡安喊道，于是那些手下便把手中的武器给放了下来。他将自己刚刚获知的信息告诉给了他们，然后让利亚画了一张桥楼的图表，接着呼喊起了马克斯：“给我汇报一下现在的情况。”

“麦克把那个落水的女人给捞上来了，她没事，就是有点儿歇斯底里。科瓦奇还在掌舵，他的周围有三名人质。我们已经看见了第二个枪手，但是不太好瞄准，因为还有三个女人被压在窗户上头。”

“超过‘黄金天空号’，直接位于船的前面，这样你就可以清楚地看见里面的情况了。马克和琳达被关在桥楼后面的一间办公室里，看看你能否找到他们。”

“是。”

埃迪呼叫起胡安，报告说他们已经就位了，还说为了进入轮机舱，他们将不得不破门而入。胡安告诉他暂时不要行动，先等待一会儿，以便他们可以同时展开攻击。

马克斯回话了：“我看见桥楼的后墙上有一扇门，现在关闭着，不过我敢打赌就是那个地方。科瓦奇把三个人盾换到了桥楼的主窗前。他的那名手下则在右舷的走道上面，就站在主入口的旁边。”

卡布里在那张由大副绘制的图表上标明了桥楼上每一个人的位置，以便其手下展开行动。到目前为止，他们还从来没有造成过所谓的“附带损害”①，这也是卡布里一直以来都引以为傲的一项纪录，他还曾发誓说要将此纪录继续保持下去。

由于9·11事件的刺激，不仅飞机上驾驶员座舱的门会被加固，而且许多游轮也安装上了加固门以保护桥楼不受恐怖分子的袭击。胡安亲自将塑料炸药放在了门上面，向后退回到了船舱里。然后他通知埃迪和马克斯，告诉他们30秒钟以后炸药就会爆炸。

他目不转睛地盯着自己的手表，注视着秒针的移动，然后按下了遥控器上的键。

爆炸使得整条走道都浓烟弥漫，他们的眼睛也被熏得睁不开，同时感觉很呛人。当冲击波透过船舱门滚动而入时，卡布里便立即行动起来。他的激光瞄准器投射出了一条红色的直线，穿过了缭绕的烟雾。

他带领着手下跑上了桥楼，冲进了依然炽热的舱门，发觉莱尔德·伯格曼躺在地上，身下一片血泊。

“趴下！大家全都趴下！”他们一边举着武器扫视着驾驶舱，一边大声地重复喊道。

科瓦奇的反应之快超出了胡安的想象，他刚用枪对准科瓦奇，这个塞尔维亚人便把一个女人拖到了自己的身前，并用手枪抵在她的耳旁。

“你要是敢再往前走一步的话，这个女人就死定！”他咆哮道。

① 附带损害：在军事行动中对平民的生命或财产所造成的非故意的损害。——译者注

胡安有些站不稳，因为他发觉这名人质并非是一个陌生人。科瓦奇一定已经知道琳达·罗斯是他们的人，因为他早已将她从船长办公室里带了出来，然后在最关键的时候将其当做人盾。

“已经结束了，科瓦奇。放了她。”

“假如你敢动一下，结束的就是她的性命。”他更加用力地压了压抵在她耳旁的手枪，以表明自己所言非虚。琳达忘记了疼痛，但却无法抑制地抽泣起来。“把你们的枪放下，否则我立马打死她。”

“你要是敢开枪杀了她的话，那么下一秒钟死的就是你自己了。”

“我早就知道自己是必死无疑，所以这对我来说有什么关系呢？但是你难道愿意看到这位年轻的女士白白送命吗？你还有 5 秒钟的时间。”

“别管我，朝他开枪！”琳达叫道。

“我很抱歉，”胡安说道，松开了手枪。他的脸上浮现出了一丝怀疑的神情，“大家全都放下武器。”

于是大伙纷纷把手中的枪扔到了地上。

科瓦奇把抵在琳达头上的手枪拿了开来，然后对准了卡布里。“这么做才是明智的。现在，我希望你跳过围栏，回到你们的船上去。假如你再敢跟着这艘游轮的话，我就会继续把乘客扔到海里去的。而且从现在开始，我要将他们的手给捆起来。”

他把琳达推进了胡安的怀抱。

在距离“黄金天空号”前方大约 1000 码的地方，富兰克林·林肯正站在“俄勒冈号”的船尾，通过他最喜爱的武器——50 毫米口径的“巴雷特”狙击步枪的望远镜瞄准具，注视着游轮的桥楼上发生的一切。

“再见。”

当科瓦奇一心放在卡布里身上的时候，他的手下已经用细微的手语示意那些被科瓦奇安排在窗户前面的女人们趴在地上，好让林肯能够拥有毫无阻碍的射击视野。

当子弹穿过桥楼的安全玻璃时，他们只听见了一声静静的“砰”。子弹击中了科瓦奇的肩膀，那声音听起来有些不同，仿佛有把锤子正在敲打着地毯。尔后子弹穿过了他的身体，力度很大，以至于把他的身体投掷得足有 5 英尺之高，鲜红的血从他的胸前喷涌而出。

“你对我有过怀疑吗？”他俯下脸，笑着问琳达。

“当我在这儿没有看到林肯的时候，我就该知道了，”她的脸上绽放出了美丽的笑容，又恢复了往常的镇静，“我猜想他就是那名狙击手了。”

“当我需要一位百发百中的狙击手时，我实在想不出还有其他人能够胜任这项艰巨的任务。”

“嗯？”马克斯问道。

“恭喜林肯，科瓦奇被命中，琳达没事了。”胡安把耳塞摘了下来，然后将无线电通讯设备调为了扬声器模式，以便大家都能够听见。

“嗨，马克斯，”她说道。

“小甜心，你感觉怎样？”

“我很好，除了觉得有些冷以外。”

他们将马克从办公室里解救了出来，剪掉了绑在他手腕和脚踝上的强力胶带。马克同胡安握了握手，笑容灿烂。

“我一直在想，”马克斯继续说道，“你们俩应该会去洗衣房查看的，从而发现他们计划怎样来散布病毒。”

马克脸上的笑容变为了一丝愠怒，因为他的荣誉被人给窃取走了。

剩下来的东西他打算连同屋子一同售出。

他穿过了门厅，朝书房走去，想要在电脑上查看一下最新消息。他步入了书房，那扇厚重的木质房门在他身后关上了。他转过身来，发觉门后躲着一个陌生人。

假如他的思想状态处于正常的话，他会要求这个人离开，然而此刻他却只是一言不发地站在那儿，盯着这个擅闯民宅的家伙。

“我猜你就是那位詹纳医生，对吗？”

“没错。你是谁？你想干嘛？”

“不久以前我给你支付了一大笔钱，希望你可以帮助我的一位朋友。”

“我现在已经退休了，我的心理诊所没有再营业了，所以请你离开。”

“那么你对此有何感觉呢？”那位陌生人问道，“负责主义已经玩完了，你胜利了，你一定感到报仇雪恨了吧。”

库珀没法回答这个问题，因为他的双重身份如今已经让他的脑子变得有些糊涂起来，他不再能够知道该怎么去感觉或是行动了。

“你知道吗，”那人继续说道，“我并不认为你会对此感觉良好。事实上，我觉得你的内心遭受了重大的打击，因为我知道一些秘密，一些会让许多人大吃一惊的秘密。”

库珀似乎知道将要发生什么，他重重地坐在了一张沙发上。他那张经人工手段而变得年轻的脸庞，此刻一片死灰。

“我认为，即使我们的人没有偷听到你在厄俄斯岛上对科瓦奇发表的那通夸夸其谈，我也会猜出你的真实身份来的，因为你是唯一一个可能会出卖我们的人。我们曾以为凯尔的身上被植入了芯片，不过现在我们已经知道他并没有被植入那玩意儿。他压根就不知道自己身在何处，所以不可能通知科瓦奇把他给带回去。”

由于真相已经大白，所以库珀在沙发上坐直了一些。“没错。是我打电话通知科瓦奇到罗马来的，然后等我到达了酒店并和那个孩子单独相处的时候，我就把酒店名字告诉了他。你就是厄俄斯岛被袭事件的幕后主使吗？”

陌生人点了点头。“我们在‘黄金天空号’以及其他 49 艘游轮的洗衣机里找到了病毒，现在那 50 个装有病毒的容器正放在位于马里兰的一间研究生化危机的实验室里。”

“你难道不明白我们的世界已经面临末日之灾了吗？我本来可以挽救全人类的。”

陌生人笑了起来。“你知道在过去的这几百年里头有多少疯子声称过世界快要遭到灭顶之灾了吗？按理说，20 世纪 80 年代的时候我们的粮食就该耗尽了，90 年代我们的石油便已用光，人口在 2000 年的时候应突破 100 亿大关。这些预言家全都预言错了。该死的，1900 年的时候他们还希望关闭美国的专利局，因为觉得一切可以被发明出来的东西都已经发明完了。让我透露一个秘密给你听：那就是你无法预测未来。”

“你错了，我知道即将到来的会是什么，任何稍微有点儿脑子的人都能够明白这一点。50 年以后，当各个国家意识到没法养活其国民的时候，世界上便会充斥着各种暴力，而人类的文明也就会毁于一旦，这就跟《圣经》上所预言的末日是一样的。”

“你提到这个实在是太有趣了，”那人从背后掏出了一把手枪，“我一直喜欢《圣经》里面所倡导的正义观，那便是以眼还眼、以牙还牙。”

“你不会杀我的。逮捕我吧，把我放到审判席上。”

“让你有一个平台去宣讲你那些疯狂的念头吗？我可不会傻到这

么做的。”

“求你了！”

枪声响起。库珀感觉到了撞击，当他伸出手来去摸脖子时，可以感觉到有东西打进了自己的肉里面，然而他那爪状的双手不够灵巧，无法将那东西给拿出来。

卡布里注视着由标枪射出的镇静剂在库珀的身体里迅速起效，他的眼睛闭了起来，身体缓缓倒下，于是胡安把嘴凑到了无线电通讯设备前。不一会儿，一辆大型救护车停在了车道上，两位护理人员推着一副担架从后门冲了进来。

“有问题吗？”埃迪一边问，一边同富兰克林·林肯一起把担架推进了书房。

“没有。不过在跟他谈过以后，我感觉自己需要冲冲澡。我这辈子见过不少疯子，但相比这个来说，真是小巫见大巫了。”

林肯小心翼翼地将库珀从沙发上抱了起来，放到了担架上。卡布里在厨房的一个抽屉里面发现了库珀的护照以及一张飞往里约热内卢的单程机票，然后他们便冲出了这栋房子。一位邻居从自己的房子里走了出来，想看看究竟发生了什么事情。

“他的心脏病发作了，”胡安一边告诉那位女邻居，一边将救护车的车门撑开，好让林肯可以把担架滑进车内。

45 分钟以后，救护车驶抵了洛杉矶国际机场。仅过了 10 个钟头的飞行，公司的那部“湾流”公务机降落在了挪威奥斯陆以北 30 英里的加勒穆恩机场。

他们在机场大厅同詹妮·达尔简单地碰了个面，她同意让埃里克·斯通护送自己回家，还说要顺便带他在奥斯陆走走看看，结果被埃里克给婉拒了，说是必须要回到船上去。胡安赶忙把埃里克拉到了一边，跟他解释说詹妮的真正目的其实并不在于想带他观光一下自己的家乡。哪知道这个书呆子埃里克居然问他说那詹妮是啥意思呢，于是董事长不得不说得更加直白了一些。埃里克的脸红了，有些不好意思，有些兴奋，尔后立即接受了她的邀请。

他们派出了一架直升机载着埃里克和詹妮两个人飞往了挪威北部城市特罗姆瑟，其他人则搭乘另外一架飞抵了目的地。整个飞行期间，库珀都因为被注射了镇静剂而十分地安静，朱莉娅·赫胥黎守在旁边密切监视着他的情况。

这片冰川在夏日午后那明媚的阳光下闪烁着萤萤白光，犹如一块最璀璨的水晶。山谷外面的气温在 55 度以上，然而冰川上的温度则是 0 度左右。

乔治·亚当斯没有驾驶那架小型的“鲁宾逊”，而是换了一架“麦道 520N”来搭载他们。这架直升机要比先前的那架更大一些，而且需要对飞机棚的升降机进行一定的修改，不过这种飞机航速更快、动能更大，也更安静一些。“俄勒冈号”停泊在距离海岸不远的海面上，刚一完成升降机的改装，亚当斯便带领着他们一飞冲天了。

等到他们降落的时候，库珀已经处于半清醒的状态了，不过直到 15 分钟以后他才清楚自己身在何处。

“我们在哪儿？你们干了些什么？”

“很显然你已经意识到了我们在哪儿，库珀博士，”胡安说道，“不过，或许你并不清楚。毕竟，你上一次来这儿的时候已经是 60 多年以前了。”

库珀眼神茫然，于是卡布里继续说道：“这段时间以来有个问题一直困扰着我，那就是，一种由纳粹发现、尔后交给了其盟友日本人的病毒，是怎么落到了你的手里的？既没有关于病毒被发现的记录，也没有关于病毒被移交到菲律宾的记录，没有任何材料表明在这儿发现了什么。

“于是在我看来，只有一种解释可以说得通了，那就是你自己发现该病毒的。关于纳粹对挪威的占领有许多翔实的资料，我的人在这些资料里面发现了一条极为有趣的信息。1943年4月29日的夜里，有架四引擎的‘秃鹰’式侦察机被击落在了这片冰川之上，机组上的成员全都死了，只有一个人幸存了下来，那个人叫做厄恩斯特·凯斯勒。”

听到这个名字，库珀惊恐地往后退缩了几步。

“接下来的发现更让我大吃一惊，原来这个‘凯斯勒’的德文单词就是‘库珀’。很讽刺，对不对？你最先出版自己所撰书籍的那家出版社——叫什么来着？我相信应该是猛禽出版社——秃鹰也是一种猛禽，不是吗？这难道只是一种巧合吗？我可不这么认为。”

卡布里打开了直升机的舱门，一把将凯斯勒或者说库珀推到了冰面上。在同库珀打交道的过程中，胡安一直都是轻声细语，甚至可以说是和颜悦色的。然而他那压抑已久的怒火突然间沸腾了起来，他大声地咆哮道：“我们还发现，在那架侦察机坠毁以后，厄恩斯特·凯斯勒被吸收进了盖世太保，尔后在一个名叫奥斯维辛的地方接受了医疗培训。战争结束之前他所接受的最后命令，便是转移到土耳其的德国大使馆去，我猜想这对于你去菲律宾为日本人的731部队工作是一种很好的掩护。

“那天晚上你原本应该死掉的，这样一来世界就会少了许多悲剧，你这个变态的家伙！我经历过基地组织的暗杀、俄国人的酷刑以及其他各种卑鄙的勾当，然而你却是我所见过的最邪恶的家伙！你原本可以向世人展示一个有史以来最为伟大的发现，展示《圣经》里所记载的那个受人喜爱的故事，但是你却没有这么做，而是选择去播种死亡。

“嗯，凯斯勒，你现在是自食其果。一想到你今天晚上就会冻死在这里，我便会感到无比开心，”卡布里关上了直升机的舱门，“我们走。”

“发生什么事儿了？”当直升机从冰川边缘腾空而起时，朱莉娅问道。

“他死了。”

“我问的是诺亚方舟。”

“哦，原来是这个。我已经联系了国家水下暨海洋机构的库尔特·奥斯丁，他告诉我说他们打算想出办法来说服挪威政府允许他们去对这片冰川展开仔细的勘测。由于船的底部是铜做的，所以对他们来说要找到那艘古代沉船的地点应该是没有多大问题的。”

“我很好奇他们将会发现什么。”

胡安看了她一眼，眼神有些梦幻。“谁知道呢，或许是一公一母进到方舟里的各种动物吧。”

马克斯·汉利坐在格里菲思公园天文台附近的一张长椅上，俯瞰着下面的洛杉矶城。一片阴影遮盖住了他的脸，他抬起头来，看见自己的儿子凯尔正立在他的面前。马克斯冲他做了一个手势，示意他坐下来。他可以感觉到愤怒的情绪犹如阵阵热浪一般从这个年轻人的身上往外发散开来。

凯尔的目光投向了远方，所以马克斯便细细地打量起了他的侧面。这孩子长得很像他的母亲，不过他也看出了一些自己的影子。当他观察着儿子的时候，发觉有一滴眼泪从凯尔的面颊上滚落了下来。这滴泪水犹如打开了闸门，于是凯尔开始放声大哭起来——他哭得格外伤心，哭声听上去就仿佛他的心被撕扯成了两半一样。他抓住了马克斯的手，于是这位父亲便伸出了胳膊将儿子搂入怀中。

“我很抱歉，爸爸，”凯尔抽泣道。

“我原谅你。”

因为这是一位父亲会做的选择。